穆旦译文集 5

查良铮

MUDAN YIWENJI

人民文学出版社

一九五〇年四月查良铮、周与良在芝加哥 Jackson 公园。

一九五○年在美国印第安纳州北部密执安湖边的沙滩。
（Sand Dune, Indiana）

目　次

欧根·奥涅金

献辞 ………………………………………………… *4*
第一章 ……………………………………………… *5*
第二章 ……………………………………………… *41*
第三章 ……………………………………………… *69*
第四章 ……………………………………………… *101*
第五章 ……………………………………………… *129*
第六章 ……………………………………………… *157*
第七章 ……………………………………………… *185*
第八章 ……………………………………………… *219*
奥涅金的旅行(断章) ……………………………… *257*
第十章 ……………………………………………… *269*
《欧根·奥涅金》注释 ……………………………… *279*
关于《欧根·奥涅金》 ……………………(A.斯罗尼姆斯基)*287*
后记 …………………………………………(周与良)*292*

普希金叙事诗选

高加索的俘虏 ……………………………………… *297*
加百列颂 …………………………………………… *326*
强盗兄弟 …………………………………………… *347*
巴奇萨拉的喷泉 …………………………………… *356*

努林伯爵………………………………………… 378
波尔塔瓦………………………………………… 392
塔济特…………………………………………… 451
科隆纳一人家…………………………………… 464
青铜骑士………………………………………… 480

关于译文韵脚的说明…………………………… 499
附录……………………………………………… 501
后记……………………………………（周与良）560

欧根・奥涅金

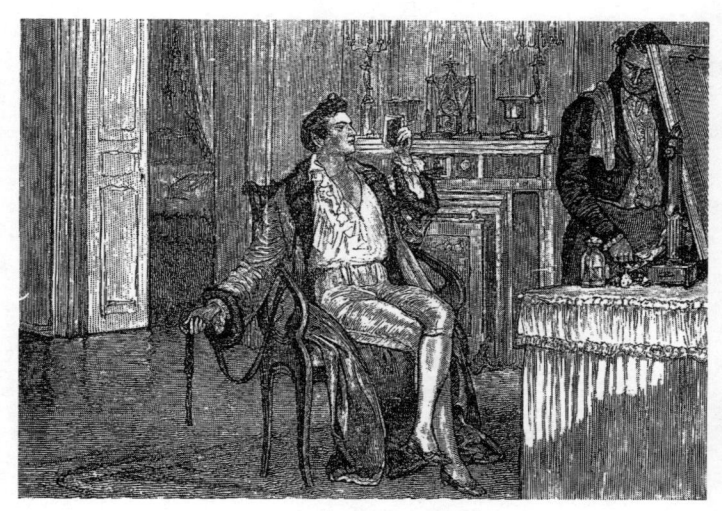

  他很虚荣,此外,还特别骄傲。由于一种也许是凭空杜撰的优越感,他对于自己好的或坏的行为,都同样淡漠置之。

——摘自一封私信①

---

 ① 书信为法文。

献　辞

我不想取悦骄狂的人世，
只希望博得朋友的欣赏。
但愿我能写出更好的诗，
献给你——和你的灵魂一样，
也那么优美，那么纯真，
也充满了圣洁的思想；
更加以生动、明朗的诗情，
配得上你的崇高的想象。
可是，去吧——请带一点偏心
接受这一堆芜杂的篇章。
其中既有俚俗，也不乏高吟，
既半带诙谐，也半带感伤。
无非是任凭我的兴之所至
在自娱或失眠中草率写出。
这是凋谢的青春的果实：
里面有冷静的头脑的记录，
和一颗苦涩的心灵的倾诉。

第 一 章

活得匆忙,来不及感受。①

——维亚赛姆斯基公爵

① 摘自俄国诗人维亚赛姆斯基(1792—1878)的诗作《初雪》。

1

"我的叔父从不辜负人,
他真的病了,一点不含糊。
这样,他可才令人尊敬,
更妙的办法谁还想得出?
他这种榜样值得人模仿;
然而,天哪!可真杀风景:
整日整夜坐在病人的身旁,
你想离开他一步也不行!
为了敷衍那半死不活的人,
还得低声下气,装模作样。
给他把枕头摆摆正,弄弄方,
再满面愁容地端上药品,
一面叹气,一面暗中诅咒:
怎么小鬼还不把你带走!"

2

就这样,年轻人坐着驿马车,
一面想,一面卷着尘土驰奔。
宙斯①注定这荒唐的公子哥
是他亲族唯一的继承人。
呵,鲁斯兰和柳德米拉②的知交,

---

① 宙斯,希腊神话中的主神。
② 《鲁斯兰和柳德米拉》是普希金初次轰动诗坛的长篇叙事诗,发表于一八二〇年。

请你们容许我,这一刻
不扯闲白先把主人公介绍,
然后再开始我这篇小说。
他是我的好友:奥涅金。
他出生在涅瓦河之滨。
亲爱的读者,你们也许
在那里生长,或者显赫,
我有一时也在那儿浪迹。
但北方对我并不适合① 1。

3

他的父亲拿退职书回了家,
每年在家中开三次舞会,
经常挪借度日,终于无法
清还他的债务累累。
奥涅金受到"命运"的照顾:
起初是"马丹"把他看管,
继而"麦歇"②取代了她的职务。
这孩子可爱但却贪玩。
"神父"先生,一个潦倒的法侨,
生怕他的学生感到苦恼,
一切避免严格的法规,
一半儿哄着,一半儿劝诱,
对他的顽皮只轻轻责备,
然后再领他到夏园③走走。

---

① 诗人此处暗指自己被放逐南方。
② "马丹"和"麦歇",原为法文 madame(夫人)和 monsieur(先生),指法国人。
③ 夏园,是彼得堡的一个公园。

4

可是等欧根逐渐发育，
澎湃着青春不安的热情，
心里交织着憧憬和悒郁，
先生就被撵出了门庭。
于是，从此，我们的奥涅金
就在社交场上崭露头角。
他的发式剪得最时兴，
他的衣着像伦敦的阔少 2；
他能用法文对答如流，
就是下笔也畅达无阻；
跳起"玛茹卡①"，妙曼轻柔，
他的鞠躬是多么自如！
够了！上流社会一致鉴定：
说他是又可爱，又聪明。

5

一般说，我们都东遴西捡，
一鳞半爪地学一点皮毛，
因此，感谢上帝，谁也不难
把自己的学识向人炫耀。
奥涅金，据很多权威人士说，
（自然，这意见有些苛求，）
他们称赞他年少而渊博，
但却又嫌他过于学究。
他有滔滔不绝的口才，

---

① 玛茹卡，一种波兰舞。

对任何话题都应付自如。
每逢重大的争辩,他会面带
一种老练的、学者的肃穆,
而突然,俏皮地说句冷嘲,
使夫人和小姐抿嘴而笑。

6

现在,拉丁文已经过时,
因此,说老实话,他的拉丁
不多不少,刚刚够解释
卷首的题词、文章的篇名,
他也能谈起尤维纳利斯①,
在信尾写上拉丁字"肃候"。
伊尼德②史诗多少背一点儿,
虽然其中免不了遗漏。
对于过去历史的陈迹,
他并没有那么大兴趣
去翻动故纸堆里的灰尘;
然而,从罗慕路斯③直到如今,
凡是名人的轶事和趣闻,
他都已一一牢记在心。

7

对于韵律,那高尚的娱乐,

---

① 尤维纳利斯(Juvenalis),纪元二世纪的罗马讽刺诗人。
② 《伊尼德》是纪元前一世纪罗马诗人维吉尔(纪元前70—前19)的著名史诗。
③ 罗慕路斯,传说为纪元前八世纪罗马的创建人。著述欧洲民族历史的人,常以罗慕路斯的事迹为起始。

他还不能驾驭,也认不出
什么是抑扬或扬抑的音格,
无论你怎样替他辩护。
费欧克利达①令他厌恶,
荷马②也不喜欢;却读得下
亚当·斯密③,因此,他是个
异常渊博的经济学家。
这就是说,他会对人议论,
说明一国怎样能致富:
它需要的并不是金银,
反而是什么"天然的产物"。
他的父亲越听越糊涂,
索性把田产一齐典出。

8

欧根的学识是包罗万有,
请原谅我无暇一一缕述。
然而,他有个最大的成就,
那是他的天才,他的长处,
从儿时起,他就在钻研,
这是他的工作,痛苦和快乐,
它占去了他日夜的时间,
代替了他沉思郁郁的懒惰——
这学问就是:爱情的艺术。
它曾被奥维德④化为歌颂。

---

① 费欧克利达,纪元前三世纪的希腊诗人,著有《田园诗》,歌唱田园生活。
② 荷马,纪元前九世纪的希腊诗人,著有史诗《伊利亚特》和《奥德赛》。
③ 亚当·斯密(1723—1790),英国资产阶级的经济学家。
④ 奥维德(纪元前43—纪元17),罗马诗人,为了他所著的《爱经》,被罗马皇帝奥古斯都放逐于黑海之滨。

为了这,那苦难的人被放逐。
结束了灿烂而动荡的一生,
就在摩尔达维亚①的草原上,
诗人忍受着孤寂的流放。

9

…………
…………

10

很早他就会虚假和装伴,
心头的意愿从不透露,
他会教人信赖,再使人失望,
他会装作悲哀或者忌妒。
你看他多么高傲,多么顺从,
多么屈意奉承,又多么淡漠!
忽而他懒懒地不做一声,
忽而热情迸发,口若悬河,
他的情书是多么一泻如注!
仿佛连自己都不放在心上,
呵,他只是爱你,为你而受苦!
他敏捷的眼神一会儿卤莽,
一会儿羞涩、温柔,有时候
如果需要,他也会热泪倾流。

---

① 摩尔达维亚,前苏联加盟共和国之一,在前苏联西南隅,北、东、南三面邻乌克兰,西与罗马尼亚接壤。

11

他知道玩弄新的花招,
让天真无邪的心感到惊奇,
他会以绝望吓人一跳,
也会用阿谀讨人欢喜。
他会趁着情感脆弱的时机,
以机智和热情、微笑和温柔,
让稚弱的心,不自主地
解除了她的防范和娇羞。
他等人对他亲热和爱抚,
他要你吐诉真心,以便聆听
这心灵的初次表白,并迅速
获得了密约、幽会和谈情……
而随后,再一次秘密的会晤,
他会默默无言地让她清醒!

12

从很早,他懂得怎样逗引
惯于谈情的风骚妞儿上钩,
还有意惹得她心神不宁,
然后踢开心目中的敌手!
他非议起情敌是多么刻毒,
他安排了多巧妙的圈套!
至于你们,呵,婚姻美满的丈夫,
你们准能和他异常友好:
那久经大敌的情场老手
足智多谋,也会对他甜情蜜意;
多疑的老头会对他迁就;

而至于那头戴绿帽的蠢驴,
永远庄严、自信、毫无烦忧,
对妻子和饮食都异常满意。

13、14

…………
…………

15

经常是,他还懒懒地高卧,
信函和短简已送到床边。
怎么?又是邀请?老实说
已经有三家都在同一天:
不是跳舞,就是庆祝一晚上。
我们的公子到哪里去胡缠?
先去看谁?左右都一样,
反正到哪里都不会嫌晚;
而暂时,他穿上午前的时装,
戴上宽边的玻利瓦尔①呢帽3,
他出去散散心,安闲游荡。
在那宽阔的林荫大道,
他总要逛到吃饭的时候,
等怀表一响,才往家里走。

16

天已黄昏,他坐雪橇出行。

---

① 南美民族解放运动的领袖玻利瓦尔(1783—1830)的帽子的仿制品。

"让开！让开！"一路上叫嚷，
围在胸前的水獭皮领
满铺着冰粒，闪着银光。
他飞快地奔向泰隆饭店① 4，
他想卡维林②已在那儿等候。
走进去：瓶塞飞向天花板，
"流星"酒③的浆液闪闪地流。
侍役端来嫩红的烤牛排，
还有蘑菇，青年人的宠幸，
还有最精美的法国大菜，
和新鲜的斯特拉斯堡④馅饼，
林堡⑤的干酪，金黄的菠萝，
各色的美味摆满了一桌。

17

他一杯又一杯，用酒的渴望
浇下炙热而油腻的烤肉。
胃口真不错，可是表一响：
呀，又到了看芭蕾舞的时候。
奥涅金，这号令剧坛的魔王，
这随便出入后台的贵宾，
迷人的女角他都要捧场，
却是三心二意，花样翻新。
现在，他就向剧院驰奔，

---

① 当时著名的餐馆，法国人泰隆所开。
② 卡维林(1794—1855)，普希金的友人。
③ "流星"酒，一种香槟酒名。
④ 斯特拉斯堡，法国地名。该地制有一种由鹅肝和松露做成的馅饼，置于蜡封的铁罐或陶泥罐中，运往各国，仍能保留原状和原味。
⑤ 林堡(Limbourg)，比利时省名。

去享受一点自由的熏陶；
何况给舞蹈鼓掌又很时兴，
如果高兴，对谁①喝个倒好，
或者就高呼心爱的女星②
（只为了让自己给人听到）。

18

呵，迷人的剧坛！很久以前
那自由的朋友，辉煌的冯维辛③，
曾以大胆的讽刺鳌头独占。
继而有善于模仿的克涅斯宁④，
还有奥泽洛夫⑤，和年轻的艺人
西敏诺娃⑥，不知引起多少掌声
和眼泪，使他们俩春色平分。
是在这里，我们的卡杰宁⑦
使高乃依⑧的天才重新照耀；
是在这里，尖刻的沙霍夫斯科⑨
以喜剧引起了人们的哄笑，
狄德娄⑩在这里名扬俄国。

---

① 原文指扮演费德尔（拉辛的同名剧中角色）和克利奥佩特提（原剧不详）的女角。
② 原文指玛伊娜（奥泽洛夫的悲剧《芬卡尔》中的女主人公），当时为女艺人科洛索娃所扮演。
③ 冯维辛（1745—1792），俄国的喜剧作家。
④ 克涅斯宁（1742—1791），俄国剧作家。有"俄国的拉辛"的称号。
⑤ 奥泽洛夫（1769—1816），俄国剧作家。
⑥ 西敏诺娃（1786—1849），著名的女演员。自一八○三年至一八二六年在彼得堡登台演出。
⑦ 卡杰宁（1792—1853），俄国诗人，剧作家及批评家。
⑧ 高乃依（1606—1684），法国古典主义剧作家。
⑨ 沙霍夫斯科（1777—1846），俄国剧作家。
⑩ 狄德娄（1767—1837），是彼得堡当时著名的芭蕾舞蹈专家。

呵,是在这里,在幽暗的厢座,
我青春的日子轻轻飘过。

19

我的女神呵!你们在哪里?
你们可听见我悒郁的呼唤?
虽然已有少女把你们顶替,
是否你们仍不可能替换?
我能否再听到你们的演唱?
呵,俄罗斯的舞蹈的女神,
我能否再看到你轻灵的翱翔?
对着这枯索的舞台,难道人
拿着望远镜,无论怎样观看,
却只有幻灭,像处身异域中,
只有陌生的跳闹,令他厌倦,
却再也看不见熟悉的面孔?
难道我只能一面看,一面呵欠,
默默地回想过去的光荣?

20

戏院满是人,包厢好辉煌,
池座和雅座沸腾着人声,
楼厢四处不耐烦地鼓掌,
帷幕"吱呀"地缓缓上升。
呀,你看那伊斯托敏娜①
灿烂夺目,神仙似的轻盈,
她听从着琴弓的魔法,

---

① 伊斯托敏娜(1799—1848),彼得堡著名的芭蕾舞星。

一群仙女把她围在当中。
你看她一只足尖点在地上,
另一只脚缓缓地旋转,
忽而扬身纵跃,忽而飞翔
像一根羽毛给吹到半天。
她的腰身旋过来,旋过去,
她的脚在空中敏捷地拍击。

21

全场在鼓掌。奥涅金进来
碰着人脚,从雅座穿着走,
他用高倍望远镜一排排
瞟着包厢中不相识的闺秀;
层层的楼厢无一不打量。
一切:女人的容颜、首饰、装束,
都使他感到可怕的失望,
这才和男人点头招呼;
和熟人寒暄已毕,他的视线
最后懒懒地落到舞台上。
接着扭转身,打了个呵欠,
喃喃说:"怎么还不换换花样?
我早就腻了芭蕾舞,我的天!
就是狄德娄也令人厌倦。"**5**

22

那些魔鬼、小爱神和妖怪
还在戏台上喧嚷和纵跳;
前厅的仆人早就无精打采,
正靠着主人的皮衣睡倒。

你听到忽而嘶喊,忽而鼓掌,
顿足的声音响个不停,
咳嗽和擤鼻涕震动了全场,
里里外外,灯火正照得通明。
门外的马儿,冻得难受,
在马具下不安地撕扭,
一群马车夫还正围火取暖,
一面咒骂主人,一面搓手——
这时候,奥涅金却已离开戏院:
他正赶着回家,更换行头。

23

我可要在一幅真实图画中
向您描绘一下他的研究室?
是在这里,这时尚底高材生
把衣服脱了又穿,试了又试。
凡是伦敦服饰店出售的货——
换去了多少树木和油脂,
都已经由波罗的海的浪波
运到这儿,让公子哥儿赏识。
凡是巴黎难填的审美力
为了人们的消遣和娱乐,
为了排场和时髦的奢糜,
苦心发明的赚钱的货色——
呵,请看十八岁的圣人的天才:
是这一切装潢了他的"书斋"。

24

这里有土耳其的琥珀烟嘴,

桌上陈列着青铜和瓷器,
雕花的水晶瓶里装着香水
散发各种香味,令人神迷。
这里有各种发梳和钢锉,
剪子有的弯曲,有的笔直,
刷子大概三十种,并不算多,
分别应付了指甲和牙齿。
卢梭(我想要顺便提一下)
曾经纳闷:为什么名贤格利姆①
竟敢面对着他修饰指甲,
对着他——这善辩的狂夫!6
他卫护自由和正义,固然可敬,
但对于这件事却毫不聪明。

25

通达的人,我们承认,也能够
想法子使他的指甲美丽;
为什么你偏要和时代别扭?
习俗原就是人们的法律。
我的欧根是恰达也夫②一流,
因为他害怕挑剔和闲言,
所以在衣饰上极力考究,
你可以说:他是个纨袴少年。
每一天至少三个小时
他要消磨在镜台前面,
一切完毕,这才走出梳妆室,

---

① 卢梭(1712—1778),法国作家,他的著作鼓舞了十八世纪的法国革命。格利姆(1723—1807),法国作家。修指甲的故事见卢梭的《忏悔录》。
② 恰达也夫(1794—1856),普希金的友人,以衣着讲究著称于时。

好像是维纳斯①出现在人间!
你看这女神穿上了男装
翩翩地来到化装舞会上。

26

好奇的读者呵,对最近的时尚
我想在这里已让您饱读。
对于学术界,底下的文章
似乎该描写他的装束;
自然,这描写是在我分内,
可是我斗胆也难以写出!
因为至今,我们的俄文词汇
就没有"坎肩"、"长裤"、"燕尾服"。
而且我看到,很对您不起,
让您读这种拙劣的文体:
许多外国字,弄得凌乱不堪,
本来也可以大大地缩减;
虽然,很早我也曾翻遍
那本科学院的俄文大辞典。

27

好了,这些事且闲话少说,
我们得快把舞会提一提;
我的奥涅金正雇了马车
风驰电掣地向那里奔去。
在沉睡的街心,不少车成列
驰过一排排黝黑的楼房,

---

① 维纳斯是罗马神话中美和爱的女神。

车前的两盏灯射到飞雪,
闪着愉快的、长虹似的光芒。
前面显出簇簇的灯火
照出了门廊,辉煌夺目,
和一座雄伟的巨厦的轮廓;
一排明亮的窗前人影飘忽,
能看见人面绰约地掠过:
是美妙的女郎,时髦的怪物。

28

我们的主人公直奔门廊,
飞步跑上了大理石级,
对看门的仆人望也不望,
却用手把头发细加整理,
走了进来。大厅里仕女云集。
乐队的杂沓已逐渐低沉,
"玛茹卡"舞正继之而起,
嘈杂的笑语,拥挤的人群。
近卫军的马靴丁当地响,
美人的秀足四处飞扬,
热情的注视跟着脚飞跃,
紧追着它的迷人的踪迹,
而这时,提琴的轰响淹没了
座中夫人们的窃窃私议。

29

以前,充满了欲念和欢笑,
我爱舞会真爱得发狂,
你可以偷偷塞一个纸条,

谈情也没有更好的地方。
敬爱的有妇之夫！您可要
接受我奉献的一点殷勤？
请注意我的这一句忠告，
我希望您要时刻留心。
还有您，呵，慈爱的母亲，
看紧您的女儿，千万，千万！
请时时举起您的望远镜，
否则……呵，否则，上天明鉴！
老实说，我所以写这几行，
因为我早已不再荒唐。

30

唉，多少欢乐已一去不返，
我的生命也随着掷去！
然而，假如良心允许，我宁愿
把过去的舞会一一温习。
我多么喜爱青春的热狂，
密集的人群，欢笑和轻浮；
我爱女人的别致的服装，
和她们精巧的小小玉足。
走遍了俄国，你难以看到
三双玉脚称得起美妙。
呵，很久以来，使我难忘的
是那一双脚……我虽然忧郁
而冷漠，却难忘情于它们：
它们往往搅扰我的梦魂。

31

癫狂的人,到什么时刻
在哪个天涯海角,你才能忘怀?
脚呀,脚呀! 是哪一角落
春日的鲜花正供你践踩?
你一度历尽了东方的豪华,
而在冰雪漫漫的北国
你却不曾把痕迹留下。
自然,地毡上旖旎的生活
更为你喜爱而欢迷无度,
我曾经为你忘了故土,
忘了去寻求赞扬和荣誉,
忘了流放——这才是多久的事情?
草原上消失了你的足迹,
我青春的幸福也无影无踪。

32

花神的面颊,狄安娜①的胸脯,
亲爱的读者,自然够美妙,
但是舞蹈女神的一双秀脚
却更能让我神魂颠倒。
它给眼睛打开喜悦的门,
任你去遐想,妙趣无穷,
它的美不可捉摸而蕴藉,
不知引动了多少痴情。

---

① 狄安娜是罗马神话中的猎狩、森林和月亮的女神。

呵,你那一双脚,爱丽温娜①!
或则踏着春日的草原,
或则露在桌边的台巾下,
在海岸的悬崖,冬日的炉边,
或则从光滑的大厅掠过:
它多么激动我的情波!

33

我记起暴风雨来临以前
那驰过海面的汹涌的波涛,
我多么羡慕浪花你追我赶,
怀着爱慕,在她的脚前伏倒。
但愿那时潮水带着我的唇
也喋喋不休地吻着她的脚!
唉,在我那沸腾的青春,
即使热情熊熊地燃烧,
我何尝这样地难以自禁,
这样地渴求少女的红唇?
那玫瑰的面颊,倦慵的酥胸,
从没有这样令我失神:
呵,激烈的热情从来不曾
这样撕裂着我的灵魂!

34

我的心沉湎在既往中:
有时那珍贵的梦依稀浮起,
呵,仿佛我还在扶着马镫,

---

① 爱丽温娜,普希金的女友。

而她的秀脚就在我手里……
我的幻想又有如涌潮,
我枯竭的心突然沸腾,
这沸腾的血重又燃起了
我的相思、我的爱情!……
够了! 我絮絮不休的琴弦
为什么老歌颂高傲的美人?
她们尽管给我们灵感,
却不值得我们钟情和歌吟:
那甜蜜的话语、媚人的眼睛,
和那双脚一样地飘忽不定。

35

然而,我的奥涅金怎样了?
从舞会回来,半睡半醒,
他刚刚上床,外面鼓在敲,
彼得堡又开始了匆忙的日程:
商人起来了,街上走着小贩,
马车夫赶忙去到停车场,
近郊的女郎匆匆携着罐,
踏着清早的雪,沙沙地响。
早晨的声音都愉快地苏醒。
百叶窗打开了,住宅的烟
卷卷的蓝柱飞上半空,
那戴棉帽的德国人的面包店
又准时开了张,从门窗口
把他的面包向顾客出售。

36

舞会的一夜笑闹和喧嚷
已经使公子哥儿异常疲倦,
因此,这一整个的早上,
他变为午夜舒适地安眠。
直到下午,他才起来梳洗,
周而复始,再到次日天亮。
今天和昨天没有差异,
一样的单调,一样的繁忙。
天天在游乐,随心所欲,
情场的胜利足够他夸口。
然而,我的奥涅金可真感乐趣?
这黄金的岁月有没有烦忧?
在筵席上,他豪饮而愉健,
他的心里可真是那么安憩?

37

不是的。他的感情早已冷却,
世俗的烦嚣已使他厌倦,
没有一个美人能把他吸引住,
或长久占据他空虚的心坎。
偷情也逐渐没有味道,
更不用说良朋和友情;
因为日久天长,他忍受不了
把牛排和斯特拉斯堡馅饼
浇着香槟酒向胃里输送;
连俏皮话也不太能开胃,
因为有时候,他会头疼;

而终于,这标准的荒唐鬼
即使对于刀枪和决斗,
也是一点兴趣也没有。

38

究竟是什么毛病?这值得
我们及早地查一下原因。
它很像英语所说的"脾火"①,
总之,是那俄国人的郁闷
多多少少地侵蚀了他。
活与不活,仿佛都不在意,
感谢上帝,他倒没有想自杀,
因为这件事也有点费力。
你看他一家一家去游荡,
像个哈罗德②,到处懒洋洋,
郁郁寡欢地坐在客厅里;
任你摊开牌桌,飞短流长,
任女人顾盼,调情地叹息,
他都恹恹地毫不注意。

39、40、41

············
············

---

① 英文为 spleen,或译"忧郁"。
② 哈罗德是英国诗人拜伦(1788—1824)同名长诗中的主人公,他对于一切都感到厌倦。

42

呵,怪癖的、喜怒无常的贵妇!
他首先把你们甩在一边;
的确,我们这时代的上流人物
真是俗不可耐,令人生厌。
偶尔也许有一两位夫人
从萨伊或边沁①找出话题,
但一般说来,她们的议论
虽然无邪,却都是胡言乱语;
还要板着一本正经的脸,
步步循规蹈矩,全身都是美德,
多么高不可攀,多么壁垒森严,
呵哈,哪个男子敢不退避三舍!
谁要想亲近,只看上一眼,
她们准能引起你的"脾火"。**7**

43

还有你们,呵,漂亮的小姐!
在深夜,在彼得堡的街心
你们的马车像风扫落叶
飞快地驰过,但我的欧根
就对于你们也落落无情。
这个花天酒地的老手
如今退了场,闭门家中,
却忽然动了写作的念头。

---

① 萨伊(1767—1832),法国资产阶级经济学家。边沁(1748—1832),英国资产阶级法学家和哲学家。

拿起笔来,打了个呵欠:
正经的工作也使他厌烦。
写了半天,还是毫无结果,
因此,他还没有当上文会会员;
傲慢的文会我不能说错,
因为我也是其中一个。

44

就这样,又无所事事地闲荡,
灵魂里仍旧感到空虚。
奥涅金的雄心值得人夸奖:
他忽然想到了"开卷有益"。
一架子的书,分门别类地看,
他读着,读着,毫无兴味。
不是信口胡诌,就是谎话连篇,
有的没头脑,有的没心肺,
本本是俗套,一切囿于成见,
新曲不过是老调的重弹。
越读越腻,于是他打住,
让一架子书,在灰尘里安睡,
前面遮上了永诀的帷幕,
和女人一样,从此不再理会。

45

交际场上的繁文和缛节
我也同样地不能忍受,
和他一样,也把浮华谢绝,
于是我们变成了朋友。
我爱他的沉思的味道,

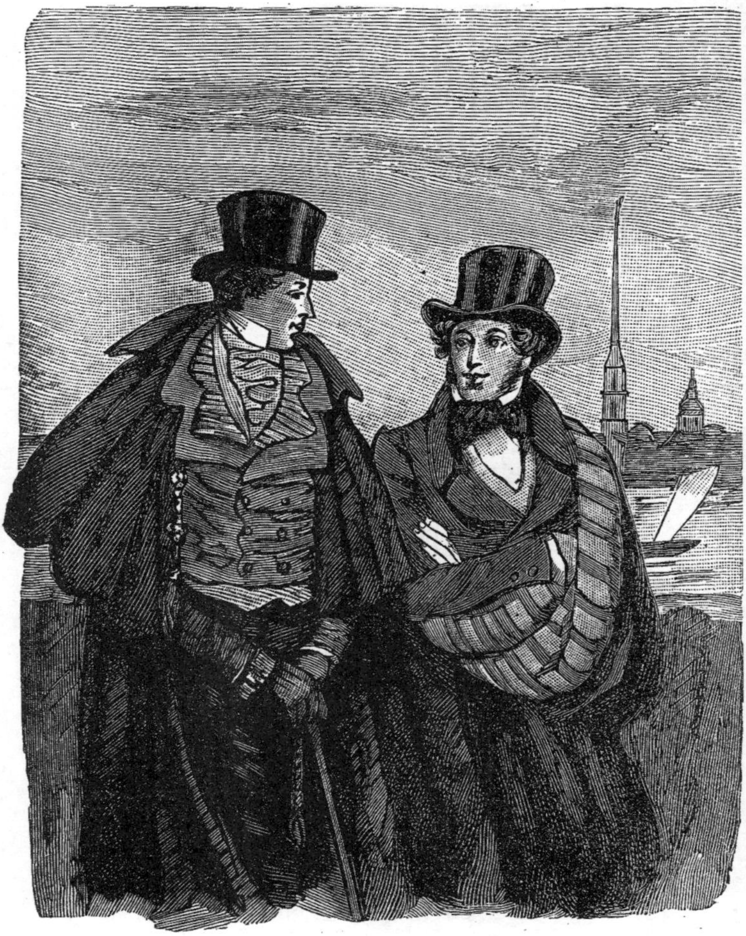

他那毫不做作的怪癖,
他有冷静而敏锐的头脑,
我怀着愤慨,他有些悒郁。
我们都经历了情海的浮沉,
而且厌倦了生活这舞台;
我们的心早已烧成灰烬,
就在生命之晨,已在等待:
或是人世的恶意的欺凌,
或是命运的盲目的安排。

46

只要谁生活过,又能想一想,
他就会冷冷地藐视世人,
只要谁有感情,过去的幻象
怎能不烦扰他的心神:
往事的回忆,带着悔恨,
是一条毒蛇在心里噬咬,
你怎能再有美丽的憧憬?
就是这种种,每次提到
都使我们谈得更契合。
奥涅金的口吻有些刻薄,
起初令人不安,但后来
我也就听惯他那种针砭,
那俏皮的机智暗含着愤慨,
他的笑语里一半是辛酸。

47

常常,在安静的夏夜,
当涅瓦河上的天空 **8**

柔和而透明,清光如泻,
而愉快的水面的明镜
还没有映出狄安娜的面影,
我们一面以默默的呼吸
把夏夜的幽香恣意啜饮,
一面想起了往日的艳绩,
那遥远的恋情又兜上心头,
令人既伤感而又忘忧。
仿佛一个梦中的囚徒
越出监牢,踱入绿色的森林,
我们随着幻想的飘浮
游进了年轻的生命的早晨。

48

欧根往往倚着花岗石栏
默默无言地望着河流,
像一个诗人描绘的那般,9
他的心充满了哀愁。
四周静悄悄,偶然响起
岗哨彼此传呼的声音。
突然马车嘚嘚地打破沉寂,
从遥远的市街传来回音。
也有时,一只小船摇着桨
划过眼前沉睡的水面:
那角笛声和豪迈的歌唱
吸引着我们,逐渐渺远……
自然,有时候,我们也歌吟
塔索①的诗行,更令人忘情!

---

① 塔索(1544—1595),意大利诗人。

49

呵,亚得里亚海的波涛!
呵,布伦泰河①!我多么渴望
看见你,并且再涌着心潮
听你迷人的声音荡漾!
那声音,对于阿波罗②的子民
是多么亲切、神圣!我已经
从阿尔比安③骄傲的竖琴
把你的乐声听了又听!
我愿意在意大利,尽情地
享受它温柔的、金色的夜晚,
在神秘的画艇跟威尼斯④少女
一会儿沉默,一会儿会心地闲谈:
我的嘴唇将向她学习
彼特拉克⑤和爱情的语言。

50

可到了我的自由之时?
自由!自由!我不断向它呼喊;
我在海岸徘徊,**10** 等待天时,
我招呼每一只过路的船帆。
什么时候我才能获得自由
逃上那茫茫无际的海路,

---

① 布伦泰河是意大利北部的河流,流入亚得里亚海。
② 阿波罗是希腊神话中的太阳神,艺术的护卫者。"阿波罗的子民"指诗人。
③ 阿尔比安(Albion),英国之古称。"阿尔比安骄傲的竖琴"指诗人拜伦。
④ 威尼斯,意大利的水上之城。
⑤ 彼特拉克(1304—1374),意大利诗人。

站在风暴里,和巨浪搏斗?
去吧!离开这乏味的国度
和险恶的气候,我要浮过① **11**
南海的浪涛,在我的非洲的
炽热的天空下,想着俄国。
我将为它沉郁的土地叹息:
是在俄国,我爱过、痛苦过,
是在那儿,我的心早已埋去。

51

我和奥涅金原来的意图
是同到遥远的异邦游历,
但命运由不得我们做主:
转瞬间,我们已各自东西。
奥涅金的父亲忽然去世,
留给他一群无餍的债主。
他们围住了他,各有说辞
和智谋,使他难以应付。
但奥涅金却能乐天知命,
索性将财产交他们处理。
因为他厌恶纠缠到法庭,
何况这遗产并不在他眼里:
也许因为他早就算定
年老的叔父要一命归西?

52

果然,不久他忽然接到

---

① 普希金的母亲有非洲人的血统。诗人常以此自豪。

总管的告禀,打开一看:
叔父卧病在床,不会久了,
很想在死前和他会见。
欧根读过了这告急的信,
立即坐上驿马车,刻不容缓,
为了财产飞快地驰奔。
但走了不久,又在打呵欠;
因为他想到:这事够无聊,
他必得虚情假意,唉声叹气,
(这,我在小说开头已提到)。
然而,等他奔到叔父的村里,
却看见叔父正要进棺材——
等着入土,了却生命的宿债。

53

他看见院内满是听差,
还有吊丧的朋友或世敌,
都从四面八方特地赶来,
谁不喜欢参加个葬礼?
死人埋过了,宾客和神父
高高兴兴地坐上了酒席,
吃过,喝过,好像办完正务,
这才郑重告别,各自回去。
于是,我们的欧根就当上
庄园的主人:河水、酒坊,
树林和田野,都归他支配。
这浪子虽然是放荡成性,
却也高兴生活换个口味:
现在,他要试试另一条途径。

54

头两天,一切都新鲜不同:
他好奇地望着寂静的田野,
他爱那茂密的丛林的幽冷,
和小溪的清波的喋喋。
到第三天,兴致大为减少:
看着树林、田野、丘陵的起伏,
他就想着应该去睡觉。
而这以后,他完全清楚:
尽管没有诗文和牌戏,
没有大街、府邸、舞会和宴饮,
乡村的生活也令人厌腻。
就在这里,"悒郁"这毛病
像是影子,或忠实的发妻,
也守着他、追着他、把他跟定。

55

平淡的生活是我的理想,
乡间的幽静对我最适合,
我的琴声在这里才最响亮,
幻想才飞扬,梦境才蓬勃。
我愿意享受恬适的闲情,
无忧无虑地在湖边漫游,
"无所事事"是我的座右铭,
就是它,每当早晨醒来后,
把我一天的日程规定出:
要少读书,多多地睡眠,
浮世的虚名任由它飘忽,

我要的只是舒适和懒散。
过去那些年,可不是如此
我度过了幸福的日子?

56

呵,田野、乡村、闲暇、爱情
和鲜花!多么令我神往!
我愿意随时向人指明:
奥涅金和我并不一样。
假如聪明的读者已经暗笑,
或者哪一个巧妙的诽谤者
牵强附会地把我和他对照,
而从这里看出了我的性格,
我请您,看在上帝的面上,
别再说吧:像骄傲的拜伦,
我是在涂抹自己的肖像——
仿佛我们绝不会写别人,
每写一首诗,它的主人公
必定就是作者的自供。

57

一般诗人,顺便提一句,
都喜欢沉入爱情的冥想,
和他们一样,我常常地
在梦中看到美丽的形象。
于是就在深心里珍藏
那些飘忽的记忆和印痕,
然后缪斯使她们活跃纸上:

萨尔吉尔河边的女囚人①
和那山峦的女儿②，我的理想，
就这样化成了无忧的歌唱。
最近，我的朋友，你们不断
这样问我："你的琴是为了谁
而发出歌吟？那群忌妒的莺燕
哪一个引动了你的感喟？

58

"是谁的顾盼激起了灵感，
用柔情酬答了你的歌声？
你的诗句沉郁而又缠绵，
究竟是把谁永恒地歌颂？"
呵，朋友！实则并无其人！
我爱过，爱情的剧烈的痛苦
不停地煎熬过我的心。
有一种人，我时常羡慕：
他把旋律的热狂织入悲哀，
越是痛苦，他的诗就越工整；
他不但宣泄了自己的心怀，
而且是继承彼特拉克的传统
获得了诗名。然而我
却爱得愚蠢，爱得沉默。

59

爱情逝去了，出现了缪斯，

---

① "萨尔吉尔河边的女囚人"，指诗人旧作《巴奇萨提的喷泉》中的被俘少女玛丽亚。
② "山峦的女儿"，指诗人旧作《高加索的俘虏》中的吉尔吉斯少女。

昏迷的神志开始清醒。
这时,我才又舒展,想编织
思想、情感和迷人的乐声。
我写着,但内心已不复悲伤,
我的笔茫然地停在中途,
就在那诗句中断的地方
女人的头脚一概画不出。
谁能让死灰重新燃烧?
我已经没有泪,只有悒郁,
而那残余的心灵的风暴
也很快、很快就要平息:
是在这期间,我摊开稿纸,
想写它一篇二十五章的诗。

60

全篇的计划粗具规模,
主人公也已有了名姓,
就这样,我这篇小说
开了头,第一章已经完成。
我严格地审视一下内容,
里面的矛盾可真不少,
然而,我并不想把它改正:
你得尊重检查的律条。
那么,我心血的果实,去吧,
我把你交给了批评家;
去吧,你初出茅庐的作品,
把足迹遍及于涅瓦河滨,
请为我赢得荣誉的供奉:
那无尽的歪曲、叫骂和闹声!

第 二 章

噢,乡村!
　　　　——贺拉斯①

噢,露西亚!

① 贺拉斯,纪元前一世纪的罗马田园诗人。

1

欧根活腻了的那个乡村
风景优美,荒远而僻静,
谁若对田园的生活倾心,
准要谢谢苍天,能在这里过一生。
山峰屏障着庄主的府邸,
一条小河绕过它前面,
它幽僻避风,览入眼底的
是远远一片金黄的农田,
草野的花儿开得色彩缤纷;
稀疏的农舍掩映在树丛间,
吃草的牛羊三五成群;
傍近有一处荒芜的大花园,
繁茂的树木铺下了阴影:
是沉思的森林女神的仙境。

2

这座大厦像一般的宅府,
稳固的样子令人起敬。
它坚实,肃穆,整个的建筑
表现了古代的风格和匠心。
房屋异常高大,在客厅
壁炉上嵌着各色瓷砖,
墙壁当中是帝王的悬影,
四壁裱糊着锦绣的花缎。

现在,这一切都褪了颜色,
任它破旧,我不知道为什么;
然而,在我这位朋友看来,
整理不整理,倒不怎样重要,
因为他总归是无精打采,
无论客厅是漂亮,还是古老。

<h2 style="text-align:center">3</h2>

在他那卧室里,老乡绅曾经
整整消磨了四十春秋,
或望着窗外,或拍打苍蝇,
或者把女管家狠狠诅咒。
一切都很朴素:橡木地板、
羽毛卧榻、桌子、两张柜橱,
墨水的污渍哪儿都不见。
奥涅金翻了翻柜中的杂物,
在一个柜里,是本流水账;
而另一个:果酒琳琅满目。
还有高坛果子汁在案上,
和一本一八〇八年历书。
显然,老人的事情已经够忙,
再没有工夫看什么读物。

<h2 style="text-align:center">4</h2>

欧根对着自己的田庄,
起初,仅仅是为了消磨
无聊的时间,他在设想:
怎样给它建树新的规格。
于是这偏远一角的圣贤

就把古老的徭役制度
改为赋税,减轻农奴的重担,
农奴高兴得给他祝福。
然而他的会算计的邻居
觉得这办法有害而无利,
私下里对他怒气冲冲;
有的笑了笑,认为他糊涂。
无论如何,大家异口同声:
都说他是个危险的怪物。

5

一起头,邻居常来到他家。
然而,自从他的后门旁
时常备好了顿河的快马,
只要他听见大路的远方
乡间的马车吱纽地响,
他便骑马飞快地逃去——
这举止实在把人刺伤,
因此,近邻都和他断了关系,
一致认为:"我们的邻居
是个狂夫,一点也不懂礼,
他一定是个共一会党徒①。
他独自喝着一杯杯红酒;
总不带敬意说'是',或'不';
也从不吻一吻夫人的手。"

---

① 共济会党徒(Freemason)之误。共济会是当时进步的宗教组织。当时凡有进步思想的人,都被视为共济会会员。

6

这时,又有个地主乘着车
也飞奔来到自己的庄园,
同样的,他也没有逃过
邻居们的挑剔和针砭。
他叫弗拉基米尔·连斯基,
是康德①的信徒和诗人,
有着被哥廷根大学②培育的
一颗心灵,又少年而英俊。
是从那雾气弥漫的德国
他带来了智慧的花果:
他有着向往自由的幻梦,
奇异的神采,兴奋的谈话;
他有着永远非凡的热情,
和垂到肩的黑色的鬈发。

7

上流社会的腐败和冷酷
还没有枯竭他的心灵,
友情的殷切,少女的爱抚,
还一样点燃他的热情;
他的赤子之心在无知中
还在闪着希望的光辉;
这世界新奇的灿烂和喧声

---

① 康德(1724—1804),德国唯心主义哲学家。
② 哥廷根大学是德国的大学,当时不少进步的俄国青年在这个学校里读过书,包括普希金的几个友人在内。

使年轻的神志不由得迷醉。
假如他怀着什么疑虑，
旖旎的梦想常使他忘记。
我们的生命是为了什么？
这对他是个不解的谜，
他常常费力去想，而且推测
也许有一天会出现奇迹。

8

他相信：在这宇宙间
有一个和他切近的精神，
它时时都在不安地想念
要和他的灵魂合为一身。
他相信朋友都肯为了他
而甘心坐牢、戴上枷锁，
他们连手也不会颤一下
就去诛戮诽谤他的家伙。
他认为：有些人命中注定
该去从事神圣的伟业，
这些不朽的、人类的救星
将不可抗拒地光照一切。
总有一天，我们会得到光明；
而他们把幸福给予世界。

9

他很早便倾慕真、美、善，
那高贵的愤怒、悔恨的绞痛，
那美名的苦恼和甘甜，
早就激动过他的心胸。

他携着竖琴到处浏览；
在歌德和席勒①的天空下
他停住，拨弄自己的琴弦，
他们的诗魂的火点燃了他。
呵，命运的宠儿！他的诗句
绝没有辱没缪斯的高曲，
总骄傲地保持艺术的美，
他的情感永远是那么高贵。
而在他蓬勃的幻想里
有着处女的单纯，令人陶醉。

10

他所侍奉的、他的赞诗
唱也唱不完的，是爱情。
他的歌纯洁得像少女的情思，
澄澈而明朗像婴儿的梦，
又像是隐秘和轻叹的女神：
幽静的明月在无垠的天空。
他歌唱别情和悒郁的心，
那若有若无的缥缈之境；
他歌唱着浪漫的玫瑰花
和他飘零过的遥远国度：
是在那里，他的热泪倾洒，
寂静而长久地忍受着孤独；
差不多十八岁，他歌唱着
生命凋谢的暗淡的花朵。

---

① 歌德(1749—1832)和席勒(1759—1805)是德国浪漫主义的诗人和作家。

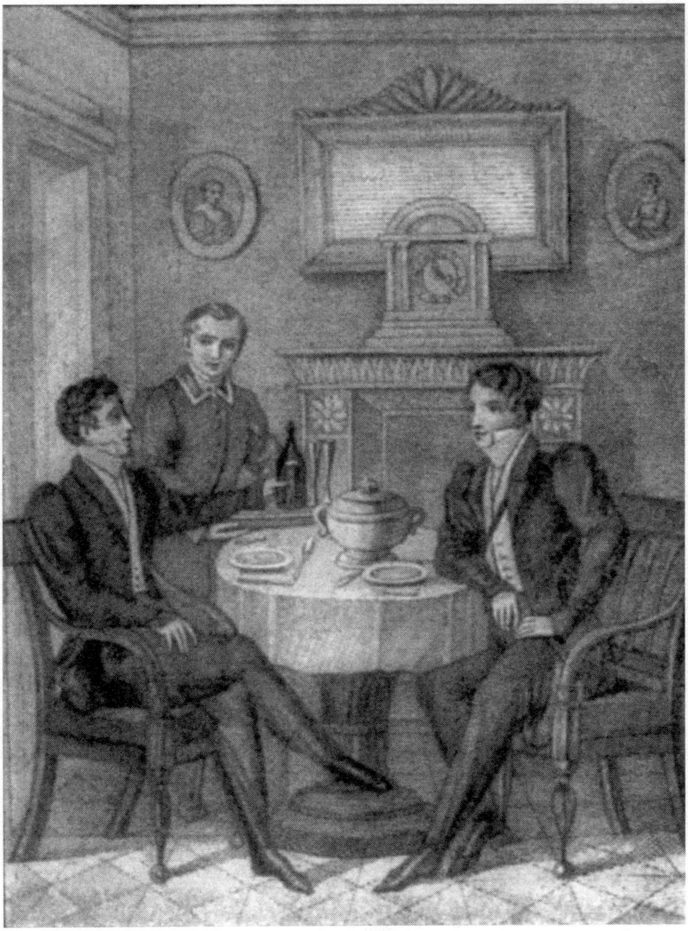

11

在这村野里,只有欧根
能够赏识他的才华。
邻居的宴会和那群乡绅,
对于他简直是味如嚼蜡。
他躲避他们嘈杂的谈话,
每人一本经,真令人厌腻:
不是谈酒,就是谈庄稼,
或者谈狗,或者谈亲戚。
自然,这种务实的言谈
既没有才华,也没有机智,
更没有诗的炽热的火焰,
也没有社交生活的雅致。
然而,乡绅太太们聚在一起,
她们的絮叨就更无趣。

12

连斯基既漂亮,又有钱,
早被公认为上乘的女婿。
凡有女儿的,都在盘算
怎样俘获这欧化的邻居。
这本是我们乡间的习尚。
无论他到哪里——主人
立刻把话题转了方向:
先慨叹独身生活多么苦闷,
然后给客人端来茶炊,
于是杜妮亚出来斟茶倒水,
偷偷对她说:"杜妮亚,注意!"

最后拿出吉他,为客人奏一曲,
她尖声地叫着(我的天!)
"来吧,请来到我的金殿!12……"

13

然而,你可以想见,连斯基
还不想拖着婚姻的锁链。
他和奥涅金已经熟悉,
他渴望友谊更深地发展。
他们结交起来。这两个人
比岩石和浪花、冰和炭,
诗和散文,还更有区分,
没一件事有相同的意见。
起初,他们彼此感到厌烦,
但渐渐地,开始有点欢喜,
以后每天骑着马见面,
两个人很快就形影不离。
就这样,人们(我得首先点头)
由于无所事事,成了朋友。

14

但在这时代,在我们中间,
连这种友谊也不易寻找。
我们看自己极重,不带偏见,
而别人——全都微不足道。
我们都仿效拿破仑,自然,
谁有感情就是野蛮和俗气,
而那些两脚动物,成千上万,
不过是作为我们的工具。

一般说,欧根比较许多人
更有涵养;固然,他早已看穿
而且藐视纷纭的世人——
但是(哪个法则能一成不变?)
他对有些人却很不同,
他也很尊重别人的感情。

15

他总是含笑听着一段段
连斯基的热情的议论。
诗人的头脑固然有些纠缠,
但那是多么激动的眼神!
这一切对欧根都很新鲜,
他听着,有些扫兴的言论
想要说出,却又留在唇边。
他心想:我何必那么愚蠢
打扰他的短暂的欢乐?
现在,且让他幸福地过活,
总有一天,他会自己清醒。
且让他相信世间的美满,
哪个青年人不燃烧着热情?
而且由于热情,胡话连篇?

16

他们两人的谈话一深入
往往引起沉思和争辩。
他们谈着过去的各民族
战争、协议和永恒的偏见;
善和恶、当代科学的成果,

还有坟墓的可怕的秘密；
还有命运,和生命的反搏——
这一切都成了讨论的话题。
年轻的诗人越谈越激昂,
就要忘情而兴奋地朗诵
北方诗歌①的几个断章；
奥涅金虽然不太听得懂,
却不愿辜负友人的诗兴,
仍旧耐心地静静聆听。

17

但是,我们这两个隐士
却更常常地谈到情欲。
奥涅金提起那紊乱的情丝
不禁惆怅地轻轻叹息。
谢谢天,谁要能一刀剪断!
那经历过情海沧桑的人
有福了,如果终于到达彼岸；
但更好的是从不为此伤神:
别离能使爱情冷到冰点,
恨化做诽谤,心里就舒服；
他对朋友和妻子打着呵欠,
从来没感到忌妒的痛苦；
就是祖先的遗产也很安全,
从没有到牌桌去受风险。

---

① 指俄国诗歌。

18

有时候,我们像溃败的兵
逃到理性的旗下,寻求平静,
当热情的火焰已成灰烬,
而我们看着以往的任性
或热情的冲动,都变为可笑,
并过迟地节制着自我反应——
这时,别人的爱情的波涛
我们往往喜欢拾来聆听。
他的故事,他那激动的言语
会轻轻地煽动我们的心;
我们会像一个被人遗忘的
住在陋室里的残废的老兵,
渴望听听小伙子的经历,
好回忆一下自己的战绩。

19

另一方面,热情的青年
也不能够把心怀隐藏,
爱和恨,忧郁和喜欢,
他要说出来才感到舒畅。
奥涅金以情场伤员自居,
因此,他往往满面严肃,
听着我们的诗人连斯基
将自己的心怀一一倾吐。
他愿意袒露自己的心,
他多么单纯地信任别人!
欧根把友人的全部情史

很快就知道了,毫无困难;
这自然是有血有泪的故事,
但对于你和我,却太不新鲜。

20

呵,是的,他爱着,那种爱
早已不适于我们的年龄,
我们认为,只有诗人
能有那样疯狂的感情:
无论何时何地,不改初衷,
只有一个梦想,一个心愿;
无论多么远,它不会变冷,
无论分别已有多少年,
一种忧郁永远留在心坎。
不管他怎样向缪斯供奉,
不管有多少娇美的容颜,
多少学识,多少欢笑的人声
也不能改变诗人心里的
那炽热的初恋的沉迷。

21

还在童年,他幼小的心
便已经倾慕了奥丽嘉。
那时候,还不知苦于热情,
他只高兴伴着她玩耍。
他们常常一起走进树林,
在林荫里游荡和嬉戏。
两个老邻居,他们的父亲,
早已看出这是一对小夫妻。

这女孩子就在乡野间，
在小小的家园逐渐长大，
她天真妩媚，被父母照管，
像是幽谷中的一朵百合花：
蜜蜂和蝴蝶都还不知道，
周围掩盖着密密的野草。

22

她给年轻的诗人的赠礼
是初次的热情的美梦；
由于思念她，他的芦笛
第一次发出委婉的歌声。
永别了，黄金时代的嬉戏！
现在，他爱在密林里游荡，
他爱孤独，黑夜和幽寂，
他爱夜空的星星和月亮——
呵，月亮，这天上的明灯，
是对着你，我们在夜色中
独自徜徉，并且流洒着
眼泪，那隐痛的心灵的慰藉……
可是如今，人们却觉得
你只是昏黄的路灯的代替。

23

奥丽嘉谦和而且柔顺，
她闪耀着清晨的欢欣，
像诗人的生命那样真纯，
和爱情的吻一样迷人。
她的眼睛是天空的碧蓝，

声音和举止无一不可爱,
她棕色的鬈发,她的笑脸,
还有她那轻柔的体态……
这一切——但哪本言情小说中
不是描绘这样的女主人公?
她很可爱,以前我也钟情,
可是现在却非常厌腻。
亲爱的读者,如果您高兴,
我要把她的姐姐提一提。

24

她的姐姐叫达吉亚娜① 13……
对于言情小说的女主角
我们竟以这样的名字描画,
也许您还是第一次碰到。
但有什么关系?这个名字
我喜欢它的声音嘹亮,
固然,我承认,它未免提示
古老的时代,女仆的住房。
我们该承认,我们很粗俗,
不但是诗句毫不高雅,
就在命名上也可以看出。
我们白受了很多年教化:
究竟从其中获得了什么?
也许是只学会矫揉造作。

---

① 达吉亚娜这名字在当时并不流行。丫头和老年人有用这个名字的。

25

好吧,就管她叫达吉亚娜。
她既没有妹妹的美丽,
也没有她那鲜艳的面颊,
可以吸引他人的注意。
她忧郁,沉默,像林野的鹿
那样怯生,又那样不驯;
尽管她在自己的家里住,
也落落寡合,像是外人;
她从不和爸爸妈妈亲昵,
或倒在他们的怀里撒娇;
就在儿提时,她也不愿意
和别的孩子一块跳闹;
她宁愿独自坐在窗前,
默默无言地,坐一整天。

26

从儿时起,她所爱好的
是冥想,这才是她的友伴;
乡村的闲暇悠悠流去,
以幻想点缀了她的时间。
她那两手纤细的手指
从未沾过针线;她从没有
选出各种花样,弯着身子
在丝绸上一针针刺绣。
然而,很早她有个特征:
愿意做个辖人的公主。
她对洋娃娃不断地使用

社交场中的礼仪和谈吐；
而且，她是多么一本正经
把妈妈的教训讲给它听！

27

但是，即使是年龄还小，
她也不把娃娃抱在怀里，
她也不喜欢对它絮叨
关于城市和时装的消息。
对儿童的嬉闹毫无兴致，
却很喜欢在冬季的夜里
让人讲述恐怖的故事，
只有这才使她的心沉迷。
有时候，乳母为了奥丽嘉
把小小的友伴聚集到草地上，
玩着捉人的游戏或其他，
只有达吉亚娜躲在一旁，
她厌烦她们的哄笑
和那一场无味的胡闹。

28

她喜欢当曙光尚未透露
在凉台等待早霞的彩色，
她爱看星群的圆舞
在苍白的天空逐渐沉没，
地平线跟着缓缓地明亮，
而那清晨的使者：微风
吹拂着，使白日冉冉登场。
在冬季，当寒夜的暗影

漫长地笼罩半个宇宙，
懒懒的东方躲在迷蒙的
月色里，也比平时睡得长久，
就在这种时候，万籁俱寂，
她也一样地按时起来，
点起了蜡烛走向凉台。

29

她很早就把小说读上瘾，
这对她比什么都更重要，
浪漫的故事吸去她的心，
无论是理查逊①，还是卢梭②。
她的父亲是个好好先生，
虽然已活在过去的时代，
虽然小说没看过一种，
却不觉得它有什么祸害，
认为它只是信口瞎编、
给人消遣——从不想打听
在女儿枕下，是什么宝卷
秘密地伴着她睡到天明。
而至于他妻子，她自己
早就是个理查逊的小说迷。

30

这太太所以爱读理查逊

---

① 理查逊(1689—1761)，英国小说家，他的小说风行一时。本诗中提到的有《克莱丽莎》，其中的男主人公为风流放荡的拉夫雷斯；另一部小说《葛兰狄生》，其中的男主人公是十全十美的葛兰狄生。
② 卢梭的小说《新爱洛绮丝》，当时颇为风行。

并不是用阅读打发时间,
也不是因为葛兰狄生
比拉夫雷斯更令人喜欢。**14**
而是多年前,在莫斯科,
她的表姐阿琳娜郡主
常常对她提起这些小说;
那时候,她对订婚的丈夫
并不满意,那都是父母主张,
而心目中另有一个情郎,
多情、聪明、处处比丈夫风流:
这个俄国的葛兰狄生
是花花公子,赌博的能手,
而且是个近卫军军人。

31

那时候,她的衣着讲究合身,
和他一样,也尽力追求时尚,
然而,少女并没有被征询,
便结了婚,父母硬给做了主张。
慎重的丈夫看出她的悲哀,
很快就搬到乡间去居住,
为的是换个环境,使她忘怀。
可是,天哪!周围是些什么人物!
起初她嚎啕大哭,非常痛心,
几乎就要和丈夫离异;
可是以后,为家务占了身,
逐渐习惯了,变得相当满意。
上帝本来没给人幸福,
"习惯"就是他赏赐的礼物 **15**。

32

无论悲哀是多么难于排遣，
"习惯"都能够化为恬静，
而且，有一个很大的发现
使这位太太异常高兴：
在百忙中，她找到一个秘诀
如何把丈夫置于她的股掌，
从此把他管得服服帖帖，
于是一切变得顺顺当当。
各种工作都要她来监督：
到冬天，她亲自腌腌蘑菇，
她记账，把农奴送去当兵，
生起气来，也打一下女仆，
每到礼拜六，必然洗澡净身，
这一切，全不必去问丈夫。

33

有过一时，她用血写的话
给女友的纪念册留下深情，
她管普拉斯科亚叫宝琳娜①，
讲话用一种歌唱的声音。
她把腰身也束得很紧，
说俄文要带着法文腔调，
她的 H 字夹杂着鼻音。
但很快，这一切全都忘掉：
宝琳娜郡主、纪念册、紧身褡，

---

① 宝琳娜和西琳娜是更雅致的名称。

还有稿本中感伤的诗情
都成为过去,以前的西琳娜
也恢复了阿库里珈的原名。
而终于,她也惯于穿戴了
老式的棉絮睡衣和寝帽。

34

但丈夫却爱她而又体贴,
从来不干预太太的主意,
因为他信任她的一切,
而且,他进食也穿着睡衣。
他们的日子平静地流着。
有时候,和和气气的邻居
在傍晚,全家都过来做客,
随意地谈心,毫不拘泥;
或者伤感,或者品评是非,
说说笑笑,没一定的话题;
一会儿,让奥丽嘉预备茶水,
时间就这样轻轻地逝去;
刚吃过晚餐,又快要睡眠,
于是客人起了身,"再见,再见!"

35

他们平淡的生活的细节
还保留着优美的古风:
每到大斋期前的狂欢节
必定要吃俄国的油饼。
每年有两次他们要吃素,
不但爱听少女的占命歌谣,

也喜欢秋千和土风圆舞。
在降灵节日,谢主的祈祷
听得人们个个打瞌睡;
他们却记着自己的义务,
在草束上洒下两三滴泪。
像需要空气,他们需要酸乳。
在酒席间,按照客人的官级
他们让仆人把菜盘传递。

36

就这样,两夫妻老了下来。
日月荏苒,丈夫先临到大限,
墓门无情地为他打开,
他终于戴上冥冠,离开人间。
他是在饭前一小时去世——
这个善良的、淳朴的庄主。
他的死是个不小的损失,
邻居和孩子都同声恸哭,
忠实的妻子加倍沉痛。
在他长眠的地方,一块碑上
刻着铭文,向世人宣称:
狄米特里·拉林,官衔准将,
曾以有罪的一生侍奉上帝,
在这块碑下,永恒地安息。

37

年轻的连斯基从国外回归,
到了家园,也曾去吊祭
这老人的骨灰,看着墓碑,

他不由得深深地叹息，
久久黯然于人世的沧桑。
"唉,可怜的约瑞克!"**16** 他感叹,
"在我小的时候,他常常
把我抱在怀里,让我玩
他胸前的奥恰科夫勋章!
他真心盼望奥丽嘉和我
有一天结婚,他这样讲:
我可能等到那快乐的一刻？……"
想罢,连斯基异常难过,
随即动笔写了一首挽歌。

38

同时,他想到父母的骨灰,
更不由得热泪盈眶;
他也为他们发出一篇感喟,……
唉,在这生命的田垄上,
根据上天的隐秘的意图,
世人出现,滋长和繁荣,
然后倒下了,像收割的谷物,
旧的去了,新的又在出生……
就这样,轻浮的族类一代代
在世上活一阵,笑闹、澎湃,
然后就挤进祖先的墓门。
呵,我们的末日,有一天
也会来到,我们的子孙
把我们迟早也挤出人间!

39

尽情享受吧,我的朋友,
趁生命的美酒尚在唇边!
它是一个泡影,飘浮不久,
我对它从没有什么留恋;
美丽的幻景已和我无缘,
虽然,有时候,希望的火
也还使我的心受到熬煎。
我承认:我活着,我写作,
并非为了博得世人赞誉,
然而,我也不愿意虚度一生
然后就了无痕迹。我或许
能将自己的悲惨的遭逢
宣告世间,哪怕只是几句,
像老友,把我讲给后人听。

40

它或许能感动谁的心灵;
那么,由我苦吟的这诗章
就算得到命运的宠幸,
不会沉入忘川①,被人遗忘。
也许,(自我陶醉的梦想!)
连后世的贩夫走卒之流
看见我的被传播的遗像,
都会指出:"那是诗人某某!"

---

① 忘川,"冥府"中的河名。鬼魂在投生前饮了这条河的水,便可以将过去一生的事情完全忘记。

呵，让我衷心地感谢你，
你缪斯脚下的膜拜者，
你以你的常青的记忆
保留了我随意涂写的诗作；
我将感谢你以善意的手
把前人的花冠加以整修。

第 三 章

她是少女,她堕入情网了。

———玛尔菲拉特①

---

① 玛尔菲拉特(1732—1767),法国诗人。

1

"到哪去？你们诗人好难说！"
"我该走了,奥涅金,再见。"
"我并不是想留你;不过
你到哪儿消磨这夜晚？"
"我吗？在拉林家。""真奇怪。
原谅我,你难道毫不厌腻
每一晚都在那儿闲呆？"
"一点也不。""我真不明白。
我能猜想那是什么滋味：
当然啦,一个俄国式的家庭,
淳朴、融洽,(我说的可对？)
他们对客人非常热情,
还有蜜饯和无聊的谈话,
絮叨着天气、牛棚和亚麻……"

2

"我不觉得这有什么不对。"
"可是,朋友,那够多么腻人。"
"我却讨厌你那时髦的社会,
熟稔的家庭对我更可亲,
我可以随便……""得,得,你听,
又是一段田园诗,我的天！
可是,你真的就走？太杀风景。
哦,朋友,等等,我几时能看见,

你的那个菲丽达①,你的灵感,
你的思想、眼泪、一切的主题,
你的天才和诗歌的源泉,
我可能见见?""你开玩笑。""真的。"
"好吧,""什么时候?""现在就行。
他们对你一定表示欢迎。

3

我们走吧。"——
　　　　　两个朋友登车
飞快地奔去,进了大门。
主人以古朴的盛情待客:
有时简直是累赘的殷勤。
他们遵照通常的风尚
先端来各样小碟的蜜饯,
然后在涂蜡的茶几上,
把一罐越橘汁放在面前。②
…………
…………
…………

---

① 古代的田园牧歌常以菲丽达为其牧女的名字。
② 本节在手稿中结尾如下:
先端来各样小碟的蜜饯,
大家共用一个羹匙品尝。
在乡下,饭后没有消遣,
也没有其他的事可做,
姑娘们挽着手跑进门,
却聚在门口远远观望着
这新近迁来的一对邻人。
他们的马拴在院落中,
也围观了一群人在品评。

. . . .
. . . .
. . . .
. . . .
. . . .
. . . .

4

他们回家的时候,坐着车
疾驰在一条便捷的小径,17
一路上,主人公讲些什么,
朋友,让我们来偷听一听:
"喂,怎么,奥涅金,你打瞌睡?"
"老习惯,连斯基。""可是,显然,
你特别厌倦。""唔,一向如此。
你看,呵,田野是多么幽暗;
这片景色多么地无味!
快点赶路,快点,快点,车夫!
我倒觉得,那位拉林太太
是个单纯而可爱的老妇;
然而,我恐怕那杯越橘汁
对我的脾胃不太合适。

5

告诉我,谁是达吉亚娜?"

"就是那个忧郁的姑娘,
她像诗人描写的斯薇特兰娜①

---

① 斯薇特兰娜是俄国诗人茹柯夫斯基(1783—1852)的一首诗中所歌颂的少女。

默默无言地坐在窗旁。"
"你可是爱那年小的一个?"
"怎么?""假如我是你,诗人,
在这姊妹里,我会另有选择。
奥丽嘉的容貌毫无生命,
和凡·戴克的圣母①一模一样;
呵,她那红红的圆脸
就像,你看,那呆板的月亮
正在那呆板的天际出现。"
连斯基只淡淡地应了一声,
以后,一路上,都默不作声。

6

在这期间,拉林的邻居
都知道了奥涅金的造访。
这引起了他们很大的兴趣,
都想猜一下他的意向。
种种推测开始在私下传布,
并给达吉亚娜指定了婚姻。
有些诙谐话;自然,上帝饶恕,
也少不了一些苛刻的评论。
有的人甚至说得肯定:
他们的婚事已经安排好了。
而婚礼所以迟迟未订,
是因为戒指打得不够时髦。
至于连斯基的婚姻问题,
大家都认为早已成定局。

---

① 凡·戴克(1599—1641),荷兰画家,这里指他的圣母画像。

7

达吉亚娜听到这些流言
很感到气愤;不过私下
却有一种难以解说的快感
使她不知不觉地老想到它。
她的心里有什么在滋生,
好像一颗种子,埋在土中,
春日的和煦给了它生命:
呵,是时候了——她感到爱情。
很久以来,她的幻想蓬勃,
她做着惆怅而柔情的梦
渴望去尝试那一枚苦果;
很久以来,她少女的胸中
就已积压着情愫和郁闷,
她在期待着……某一个人。

8

他来了……打开了她的视野;
她对自己说:就是这个人!
唉,从这时候起,无论日夜,
就连炽热的孤寂的梦魂
也没有忘他;一切中了魔,
一切都向这柔情的少女
以神奇的魅力把他讲说。
她厌烦别人体贴的言语
和仆妇们的关切的眼神;
终于她变得忧郁而消沉,
再也不听客人的讲话,

而且诅咒：他们一点事没有，
无缘无故来打扰人家，
一旦坐下来，再也不肯走。

9

现在，她是多么细腻地
阅读那悱恻缠绵的小说，
她是怎样如醉如痴地
让迷人的虚构流入心窝！
凡是沾到她的幻想的人
就在书页里活跃生色，
无论是久莉·乌尔玛①的情人
还是那苦恼的少年维特②，
或是完美无双的葛兰狄生
（读着他时，真教你发困），
或是阿德尔、德林纳③ **18** 等等
都已被我们柔情的女郎
在梦想里捏成一个情种——
自然，都成了奥涅金的形象。

10

她常常想象，仿佛她自己
就是作者创造的女主人公；

---

① 久莉·乌尔玛是卢梭的小说《新爱洛绮丝》中的女主人公。她的情人是圣·普赫。
② 歌德《少年维特之烦恼》的男主人公。
③ 马列克·阿德尔是法国女作家克妲（1770—1807）的小说中的主人公。德林纳是克汝登诺男爵夫人（1764—1824）的小说《瓦雷瑞》中的一个角色。

克莱丽莎、黛菲妮①、久莉,
使她生活在各种景幕中。
她常带着害人的小说去到
幽静的树林里独自游荡。
在那里,她似乎已找到了
意中的情人,私心的梦想;
她叹息,仿佛是她自己
在故事里激动或忧郁;
有时候,她忘情地低声背出
给她的英雄的一封情书……
然而,我们这故事的主人
却早已不是葛兰狄生。

11

在以前,热心警世的作家
常常采用严肃的文体,
他写的主人公是为了表达
完美的典范,无可比拟。
他让我们看到敬爱的主角
总是受着不义的迫害,
却又多情善感,心志崇高,
而且有着迷人的风采。
自然,这慷慨激昂的英雄
永远怀着最纯洁的热望,
不惜为他人把自己牺牲;
而等你翻到最后的一章,
也永远是:罪恶受到严惩,

---

① 克莱丽莎是理查逊同名小说中的女主人公。黛菲妮是法国女作家史达尔夫人(1766—1817)的同名小说中的女主人公。

美德获得了圆满的收场。

12

可是，我们这时代的心智
全都迷乱：道德只令人瞌睡；
罪恶才有趣，叫人人赏识，
而且在小说里耀武扬威。
英吉利的缪斯虚构的掌故
勾引了我们少女的幻想：
她们都喜欢阴沉的毒心妇，
诡秘的斯波加尔①成了偶像；
那漂泊的犹太人，那"海盗"，②
或那郁郁的游子梅里莫斯，③**19**
总是在她们的梦魂里缭绕。
拜伦给我们树立了规格：
他任性地，使绝望的自我主义
也裹上了悒郁的浪漫的外衣。

13

然而这一切有什么意义，
我的朋友？也许，老天高兴，
让我不再来拼凑韵律，
我的心里跳出另一个精灵
全不理会阿波罗的恫吓；

---

① 斯波加尔是法国作家诺地埃的同名小说的男主角。
② "漂泊的犹太人"是一个传说中的人物，漂流世界各地，永远得不到休息。许多作家都用这个人物作他们的作品的主人公。"海盗"是指诗人拜伦的一篇作品。发表于一八一四年。
③ 梅里莫斯是英国作家马杜林（1782—1824）的小说中的男主人公。

我宁愿自己跌落尘埃
来写散文,写旧式的小说,
也许,这更投合我的心怀。
我不想叙述坏人的狠毒,
血呀、泪呀、那难言的隐情,
我只想单纯地给您写出
一个传统的俄国家庭:
这里有爱情的迷人的梦想,
还有我们前代人的风尚。

14

我要转述我们的父辈
或老伯伯的淳朴的语言,
这故事将有儿提时的约会
在菩提树下,在小河边;
以后是忌妒的痛苦,彼此分离,
忏悔的眼泪使破镜重圆;
以后又是一场争执,而终于
我要让他们缔结良缘……
我将要引用自己的经验
回忆那热情温柔的倾诉,
很久以前,我曾将它从嘴边
向我爱的少女郁郁吐露,
当我,当我跪在她的脚前;
而如今,我已没有那种习惯。

15

呵,达吉亚娜,亲爱的姑娘!
让我们的眼泪流在一起。

一个时髦的暴君被你遇上；
你却把命运交到他手里！
你注定了要毁灭，亲爱的！
但首先，希望会闪着光辉，
渺茫的幸福诱得你痴迷，
你将会初尝生命的甘美，
把欲望的毒汁直饮到心底；
而梦想追着你，折磨你，
无论在哪里，你都会想象：
这岂非和他密约的好地方？
无论在哪里，你睁开眼，
那诱惑的魔鬼就在你面前。

16

热恋之苦追着达吉亚娜，
她踱进花园也忧闷于怀……
你看她的眼睛突然垂下，
脚步懒洋洋地不再迈开。
她的胸口膨胀，两颊红润，
好似一刹那勃发的火焰，
她的呼吸在唇边渐渐停顿，
耳鼓在轰响，眼前金光闪闪……
夜降临了，皎洁的月亮
缓缓地巡游着遥远的苍穹，
而夜莺躲在幽暗的树上
正在鸣啭着清脆的歌声。
这时候，不能合眼的达吉亚娜
开始和乳母小声地谈话：

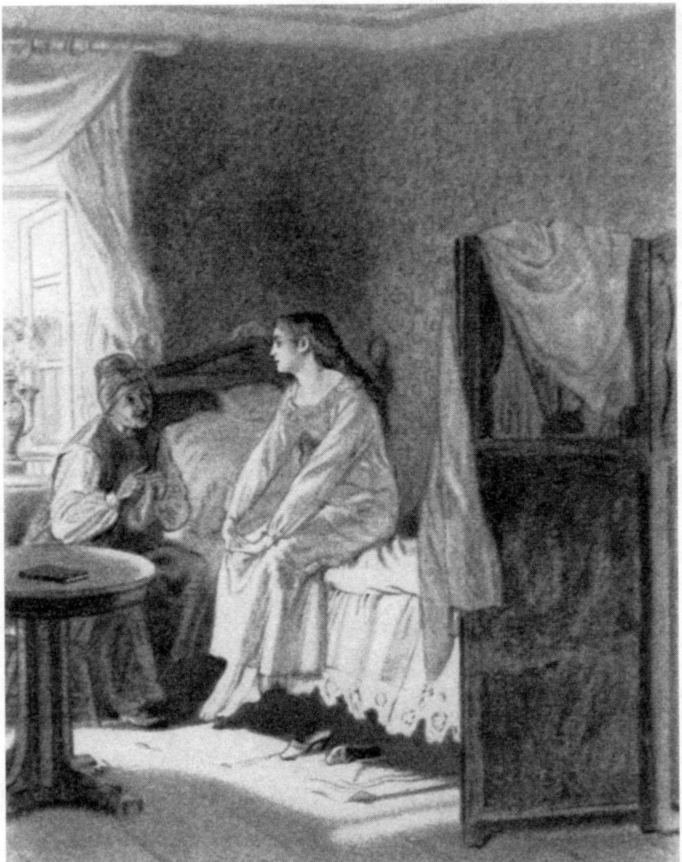

17

"我睡不着,奶妈,屋里多闷气!
打开窗户吧——坐在我身旁。"
"怎么,达妮亚,你怎么的?"
"我心里烦闷,给我讲一讲
老辈子故事吧。""讲什么呀,
达妮亚?是呵,我倒是有过
不少老辈子的传说和神话,
我记得什么小姐,什么妖魔,
可是现在,你看,达妮亚,
都记不清;我记得的,都忘啦。
唉,人就是,越老越不像话!
简直不行了……""那么,奶妈,
就讲讲你过去的时代:
你从前可曾有过恋爱?"

18

"别提啦,达妮亚①!那年头,
嘿,我们哪能够谈情说爱?
我那去世的婆婆可执拗,
还不把我撵到九霄云外?!"
"那么,你怎么结婚的,奶妈?"
"我们吗,上帝给配的一对。
他比我年轻,我那瓦尼亚,
我那时呢,也才十三岁。
算算看,媒人找我的父母,

---

① 达妮亚是达吉亚娜的爱称。

可不是,整说了两个礼拜;
到末了,父亲就为我祝福,
我吓得直哭,一切听人安排;
他们把我的发辫分为两行,
接着,唱着歌,把我领到教堂。

19

就这样,我嫁到外人家里……
你可是听着么,达妮亚?……"
"呵,奶妈,奶妈,我心头闷气,
我有点不舒服,好奶妈,
我想要哭,好好哭一顿!……"
"我的孩子,你哪里难过?
老天保佑,但愿不是大病!
你要怎么样,快跟我说……
我就给你用圣水洒身,
呀,你发烧了……""不,我没有;
我……奶妈,我爱一个人。"
乳母伸出了颤巍的手
对达吉亚娜画了个十字:
"但求上天保佑,我的孩子!"

20

"我爱一个人,"痛苦的少女
又对老婆婆轻轻地说。
"你不舒服了,我心爱的。"
"我心烦意乱,离开我。"
这时候,皎洁的月亮
正在洒下倦慵的光辉,

照着达吉亚娜苍白的脸庞
披散的发和颊上的泪；
还照着女主人公面前
那坐在小凳上的年老的乳母，
她穿着没衣袖的长衫，
一块方巾包着银白的头发。
整个的人间都在安睡中，
月光带来了轻盈的梦。

21

达吉亚娜对着月亮凝视，
心神飞到了缥缈的远方……
突然，心里闪过一个意思……
"奶妈，我要笔和纸张，
把桌子挪近些，你就回屋，
我要呆一会儿，然后再躺下，
晚安，奶妈。"于是，一人独处，
四周静悄悄，我的达吉亚娜
用肘支着身子，在月光下
一面写，一面想到奥涅金。
这封坦率的信，每句话
都流露着纯洁少女的爱情。
信写好了，也折好了……请问：
唉，姑娘，你要发给哪个人？

22

我见过一些高不可攀的女士，
和冬天一样的玉洁冰清；
她们毫无情面，心如铁石，

对于我真是莫测高深。
我赞叹她们天生的德行，
那种趋时的、做作的高傲；
坦白地说，只要看见她们，
我就会吓得拔腿而逃。
因为，在那眉梢上仿佛写着
地狱的铭文："来吧，永远绝望！"[20]
惊吓别人才使她们快乐，
引人爱慕是最大的忧伤。
亲爱的读者，在涅瓦河滨
您也许碰到过这样的美人。

23

我还见过一些乖僻的妞儿
不知颠倒了多少青年，
随你恭维，或叹息着曲意追求，
她们只沾沾自喜，一意冷淡。
而且，我吃惊地看到什么？
尽管她们摆出一派严峻
把怯生生的爱慕肆意恫吓，
却又用手腕把爱意吸引。
至少，只要偶尔一言半语
听来仿佛有一丝情意，
或者语调里带一点怜悯，
那么，年轻的傻瓜准能
毫不迟疑，献上整个的心，
再去追逐一场空虚的梦。

24

达吉亚娜犯了什么罪过？

可是因为她不曾期望
世界上有欺蒙,却单纯得
相信自己美好的梦想?
可是因为她听任情感指引,
她的爱情没有一点装佯?
对于男子,她是这么信任,
上天又给了不安的幻想,
意志和心性都非常蓬勃,
头颅里充满倔强的精神,
女儿的心里也满是情热。
可是这一切得罪了人?
难道您就不能够饶恕
她的热情的一时胡涂?

25

调情的姑娘会冷静地
判断情况,然而达吉亚娜
却像个孩子,十分认真地
让爱情完全俘虏了她。
她不会说:"把它搁在一旁——
这才能抬高爱情的身价;
这里本来是一面罗网,
要耐心、谨慎,才能抓住他;
起头给一点希望的刺激
引逗他的虚荣,以后用疑惑
折磨他,让他妒火难熄;
要不然,这狡狯的俘虏
就餍足于快乐,随时随地
都想要摆脱她的枷锁。"

26

但我还预见一个困难：
为了维护祖国的荣誉，
达吉亚娜的信我不能照搬，
一种外国文需要我翻译。
您知道，她不很懂俄文，
我国的杂志从不曾阅览。
若使用祖国的文字谈心
对她岂不是非常困难？
因此，她还是用法文顺手……
有什么办法！让我加个注：
直到现在，我们的闺秀
从不用俄文来写情书；
直到现在，我们骄傲的语言
还不能俯就日常的信简。

27

有人说，我们的大家闺秀
应该读俄文。非常有理！
可是，很难想象她们能接受，
每人的手里拿一册《友意》①21！
我要请问你们，我的诗友，
既然你们都有个毛病，
都喜欢向那可爱的芳友
献上你们整个的心灵，
并且偷偷地把诗寄呈，

---

① 《友意》杂志名，在一八一六至一八二六年间由伊兹玛依洛夫发行。

请问你们：她们可不全都
对俄国的文字半通不通,
常常要犯些可爱的错误——
而她们说起异国的语言
却仿佛生来就那么习惯？

28

祈求上帝,别让我此生中
在舞会或在话别的门口,
碰见那戴女帽的冬烘,
或是围着黄披肩的学究！
正如我不愿看见朱唇
没一丝笑意,我也不爱听
没有文法错误的俄文。
也许,(对我将是大不幸！)
我们下一代的女儿家
顺从了舆论的殷殷劝告,
不但能使我们谙习文法,
把写诗也变成自己的嗜好；
可是我……我会怎么样！
我只好把古代不断颂扬。

29

那随意呖呖的莺声燕语,
那不正确的咬字和发声,
和从前一样,一进到耳里
就会引起我心灵的跳动。
我无意忏悔,用法国化的言辞
喁喁会谈,一如我少年的荒唐,

一如波格达诺维奇①的诗,
永远能叫我心神向往。
好了,现在该话归本题。
达吉亚娜的那封书简
我应许过了,又怎能回避?
这时候,我但愿不必呈献。
自然,我知道,巴尼②的柔情
在我们这时代已不时兴。

30

呵,歌唱华筵和哀情的朋友,③22
但愿你此刻和我在一起,
那么,这里有个鲁莽的请求。
亲爱的诗人,我要麻烦你:
请把这热情的少女的外文
译成你的迷人的诗句。
你在哪里?来吧,我躬身
向你让出自己的权利……
然而这时候,他正孤独地
在阴沉的山岩峭壁间,
在芬兰的天空下,随意浪迹;
他潇洒的心早已不习惯
人世的赞誉,也不会想到
我在这里遭遇的苦恼。

---

① 波格达诺维奇(1743—1803),俄国诗人,作有诙谐诗《杜申嘉》。
② 巴尼(1753—1814),法国诗人。
③ 指巴拉邓斯基(1800—1844),俄国诗人。他曾被贬去芬兰,著有《华筵》一诗。

31

达吉亚娜的信摆在我面前,
我珍惜它像一件圣物,
我怎样读它也不会厌倦,
每一次都引起内心的感触。
是谁教给她这样的词句
信手写来,却委婉缠绵?
谁教给她这种心灵的梦呓,
这爱情的宣泄,迷乱的言谈,
令人既陶醉,又觉得可怕?
我无法解答。这里就是它
拙劣不全的翻译,只好当作
一幅名画的苍白的描摹,
或是怯生的女学生的手
在把"魔弹射手"①的乐曲弹奏。

达吉亚娜给奥涅金的信

我是在给您写信——够了,
这使我还能说什么话?
现在,您已经决定,我知道,
用沉默的蔑视给我惩罚。
但只要您对我悲惨的命运
能抱着即使一丝儿怜悯,
我相信,您就不会置不作答。
起初,我本想力持沉静;
那么,一定的,您就不知道

---

① 《魔弹射手》是德国作曲家韦伯(1786—1826)所谱的歌剧,当时颇为流行。

我有怎样难言的隐情。
我会沉默,要是我能盼到:
在我们村里可以看到您
哪怕一礼拜一次,时间短暂;
只要我能听见您的声音,
并且和您有一两句闲谈;
以后就盘算这一件事情,
茶思饭想,直到再一次会见。
可是我听说,您不好交际,
这荒僻的乡村令您厌腻,
而我们……尽管对您很欢迎,
却没有什么能让您垂青。

为什么您要来访问我们?
否则,在这冷僻的乡间,
我就一直也不会认识您,
也不会感到痛苦的熬煎。
也许,这灵魂的初次波涛
(谁知道?)会随着时间消沉,
创伤会平复,而我将寻到
另一个合我心意的人,
成为忠实的妻子,慈爱的母亲。

另一个人!……呵,绝不!我的心
再没有别人能够拿走!
这是上天的旨意,命中注定
我将永远是为你所有。
我过去的一切,整个生命
都保证了必然和你相见,
我知道,是上帝把你送来的
保护我直到坟墓的边沿……

我在梦中早已看见你，
就在梦里，你已经那么可亲，
你动人的目光令我颤栗，
你的声音震动了我的灵魂……
呵，不，谁说那只是梦境！
你才走来，我立刻感到熟悉，
全身在燃烧，头晕目眩，
我暗中说：这就是他，果然！
可不是吗？每当我帮助
穷苦人的时候，或者当心灵
激动地感到思念的痛苦，
只有在祈祷中寻求平静，
那一刻，那可不是你的声音？
我听着你轻轻和我谈心。
就在我写信的这一刻，
在透明的夜里，那可不是你，
亲爱的影子，在屋中掠过，
在我的枕边静静伫立？
可不是你在温柔地絮语，
给我希望和爱情的安慰？
呵，你是谁？是卫护我的
安琪儿，还是骗人的魔鬼？
告诉我吧，免得我怀疑。
也许，这一切不过是虚无，
是无知的心灵的梦呓！
而命运另有它的摆布……
那就随它吧！从现在起，
我把命运交在你手里，
我流着泪，恳求你的保护……
请想想，我是多么孤独，
在这里，没有人理解我，

我的万千思绪自会萎缩,
我也将随着它无言地沉没。
我在等待:只有你的目光
能够点燃我内心的希望;
或者,唉,给我应有的谴责,
让这沉重的梦永远断丧!

打住吧! 我不敢重读一次……
羞耻、恐惧,都已把我窒息……
但我只有信赖您的正直,
我向它大胆地呈献了自己……

32

达吉亚娜又呻吟,又叹息,
她拿着信,不停地发颤,
信封的粘胶红润润的
在火热的舌尖下由湿变干。
她把头垂到一侧,任裙衫
轻轻地滑下她动人的肩膀……
但这时,曙光就要露面,
皎洁的明月逐渐无光。
只有稀薄的雾气氤氲,
远处露出了明亮的山谷
和银色的水流,而牧人
也吹起角笛,唤醒了农夫。
是早晨了:一切都已苏醒,
我的达吉亚娜却无动于衷。

33

她低垂着头坐在房里,
并没有感到天光大亮。
对着那封信,她懒懒地
也没有把图章打在信上。
这时候,白发苍苍的奶妈
菲利彼芙娜,轻轻把门推开,
手托着茶盘喊叫着她:
"不早了,我的孩子,起来!
呵,原来你把衣服已经穿好,
你真是个早起的小鸟!
昨天晚上,你多叫我担忧!
好了,谢谢天,你很健康!
你一点难过的模样也没有,
你的脸真和罂粟花一样。"

34

"呵,奶妈,我要求求你……"
"什么?亲爱的,你尽管说。"
"不要以为……真的……别猜疑……
你看……呵,可别拒绝我。"
"上帝保证,我一定办到。"
"那么,叫你的孙儿,把这信
偷偷地送给……送给奥……
一个邻居……并且要说清——
叫他千万别提我的名字,
也别开口,别说一个字。"
"是给谁呢,亲爱的?我如今

越老越糊涂,没一点记性。
我们附近有的是邻人,
你叫我数,我也数不清。"

35

"你怎么猜不出,奶妈!"
"呵,我已经老了,我的心肝,
我老了,脑筋钝了,达妮亚;
要是从前,我也能掐会算,
只要主人说句话,他的心意……"
"哦,奶妈,奶妈!我没问从前,
你的脑筋和我有什么关系?
我说的是这封信,你看,
问题是把它交给奥涅金。"
"是了,是了,别生气,我的爱,
你知道,我这人不太明白……
呵,怎么,你的脸色又发青?"
"奶妈,别理会,这不要紧,
快叫你的孙儿送这封信。"

36

一天过去了,却没有答复。
又过一天,还是一无所有。
达吉亚娜一早就穿上衣服,
脸色惨白:呵,要等到什么时候?
奥丽嘉的情人来造访了。
主妇不由得向他发问:
"您的朋友到哪里去了?
好像他完全忘记了我们。"

达吉亚娜红了脸,全身抖颤。
"今天,他原说要来问候,"
连斯基回答:"可是,显然,
他没有来,大概要写信。"
达吉亚娜心里异常难过,
像是听到了恶毒的指责。

37

天已昏黑。在桌上,闪闪的
黄昏的茶炊在缓缓燃烧,
瓷制茶壶咝咝冒着气,
轻飘的水雾在壶边缭绕。
奥丽嘉伸手从壶嘴倒出
浓郁的热流,茶香四溢,
杯子一一斟满;一个童仆
拿着凝乳向座中传递。
达吉亚娜独自站在窗前,
对着冰冷的玻璃,哈着气
不断吹嘘,有意无意间
她就在这雾湿的玻璃上,
用纤柔的手指轻轻画出
欧和奥,两个神圣的字母。

38

但她的心里却异常痛苦,
泪水模糊了她的眼睛。
突然马蹄声!她立刻呆住。
越响越近,转眼到了院中,
呵,是欧根!——她惊叹了一声,

立刻飞快地,和幽灵一样,
从前厅跑到廊下,蹿到院中,
又直奔花园,连回头望望
也不敢,只是飞呵,飞呵,转眼
跑过了小桥、草地、花坛,
跑过树林、幽径,直奔湖边,
并且撞断了紫丁香枝干,
又沿花圃直奔向小溪,
不断地吁喘,她终于

39

倒在长凳上……
　　　　"他来了,欧根!
呵呀,上帝! 他会怎样想!"
她的充满了痛苦的心
还留着一线迷蒙的希望;
她又是发烧,又是颤栗,
心想:他可是来了? 却听不见
什么声音。只有一群使女
在花园里,在山坡的丛林间,
一面采草莓,一面合唱:
(这合唱是遵照主人的命令,
因为狡狯的嘴被歌占上,
主人听着歌就不必担心
有谁得空偷吃他的莓果:
请看乡间的智谋也很出色!)

少 女 的 歌

姐妹们,亲爱的友伴,

美丽的、快乐的姑娘,
来吧,站一个圆圈,
耍一耍,到这儿歌唱!
快乐地拉开嗓子,
唱出你心爱的歌曲,
引诱年轻的小伙子
来到我们的圆舞里。
呵,只要他肯受骗,
只要我们远远望见,
跑开呀,亲爱的姐妹,
跑开呀,用樱桃掷去,
掷给他樱桃和蔗梅,
还有红色的醋栗。
别来啦,偷听的少年,
别偷听我们的歌曲,
也别再跑来窥探
我们姑娘的游戏。

40

她们唱着。达吉亚娜无心地
听着她们清脆的歌声,
她不耐烦这内心的颤栗,
等它平静下来,但也无用;
她的脸颊并不能冷却,
相反,她的胸口还那么跳动,
发热的赧颜不但没有歇,
反而烧得更红,更红……
就像可怜的蝴蝶被捉住
在顽童的手里,枉然拍击
它的像彩虹一样的翅翼;

又像是冬麦田里的小兔
突然看见远处的树丛
射进一箭,惊惶地颤动。

41

但终于,她叹口气,从石凳
站了起来,慢慢往回走,
可是刚一转弯,迈上小径,
那是谁? 她陡地抬起头——
是欧根,像个可怕的精灵,
目光炯炯地站在对面。
她惊呆得在路上站定,
像周围都是熊熊的火焰。
关于这场意外的会见——
它的后事如何,亲爱的读者,
请原谅我今天不想多说。
我已经写了很久,感到疲倦,
我该休息休息,散散步,
然后再把故事慢慢叙述。

第 四 章

伦理寓于事物的本质中。

——内克①

① 内克(1732—1804),法国政治家。

1、2、3、4、5、6、7

我们爱女人越是不专心，
我们就越被她们欢喜，
这样，你才真正害得她们
跌进你的迷魂的罗网里。
那些冷血的偷情老狐狸
总是自诩手段的高明。
他到处夸口：爱情的乐趣
是享受，而不是奉献心灵。
自然，对这样重要的游戏
我们的前代人才算是好手，
那些老猴子会自寻风流；
但如今，拉夫雷斯的盛誉
已经过去，就是傅粉的假发
和红跟皮鞋，也都成了旧话。

8

有谁不厌烦装腔作势？
谁受得了反复的陈词滥调？
或者他早就清楚的事
别人却还要津津乐道？
谁要听那些无聊的申斥：
仿佛一切都是你的错误，
而其实，连十三岁的女孩子
也不会想得那么糊涂！

那些哭闹、恳求、恫吓、起誓，
眼泪、戒指、欺骗和诽谤，
一封短简也要写六张，
还有妈妈和姑母的监视，
还有丈夫的勉强的友谊，
对于这一切，谁能不厌腻！

9

我的欧根想到了这种种。
在以前，他青春的热情
也曾奔放不羁，他也曾
做过热狂的梦想的牺牲。
生活娇惯着他：美丽的憧憬
一个刚刚幻灭，另外一个
接着就占据了他的心灵。
渐渐，他厌了不费力的俘获，
一切都使他感到餍足；
无论他是笑闹，还是安闲，
他永远听见灵魂在怨诉，
他只好用笑声掩饰呵欠。
就这样，一生中最好的年华
整整有八年被他糟蹋。

10

他和女人不过是厮混，
其实心里早没有兴趣：
碰个钉子——转瞬便很开心；
变了心吗——他正好休息。
他虽然也在情场上角逐，

得手不欢,放手也不惋惜。
对她们的爱情或恼怒
他一概马虎,很难记起。
就像黄昏来打牌的宾客
淡漠地坐下,淡漠地打完,
然后他坐车走出院落,
回家静静地睡一个夜晚,
次日早晨,连自己也难说,
这一晚要到哪里去消磨。

11

然而,达吉亚娜的来书
却触动了奥涅金的心弦,
纯洁少女的诚挚的倾诉
引起了他的种种感叹;
达吉亚娜的悒郁的容貌
和苍白的脸,立刻浮在脑中,
他的整个心灵也沉入了
一种无邪的、甜美的梦。
也许刹那间,他又被过去
情感的烈焰所侵扰,
但他不愿意欺骗这少女:
那纯洁的心对他多么信靠。
现在,让我们再回到花园,
看看达吉亚娜和他的会见。

12

起初,他们沉默了一瞬,
但接着,奥涅金朝前几步

对她说:"您给我写了信,
请不要否认。我已拜读
一篇诚恳的心灵的自白,
和纯洁的爱情的倾诉。
您的真挚我觉得很可爱,
它使我激动,不禁唤出
我的久已沉寂的感情。
这里,我并不想把您赞誉,
不过为了报答您的情意,
我也要率直地表白我的心。
请听吧,这就是我的自白:
我是怎样的人,请您决裁。

13

"如果我愿意今后的生活
承受着家庭范围的约束;
如果友善的命运指定我
去当一辈子父亲和丈夫;
如果,即使仅仅有片刻,
家庭之乐的图景令我神迷——
那么,除您以外,坦率地说,
再没有人更适于作我的妻。
这些话绝不是美丽的词句,
如果是从前,我会选择您
作我孤寂岁月的伴侣。
您正是我从前的意中人,
您是那一切美好的保证,
我会快乐……尽我的可能!

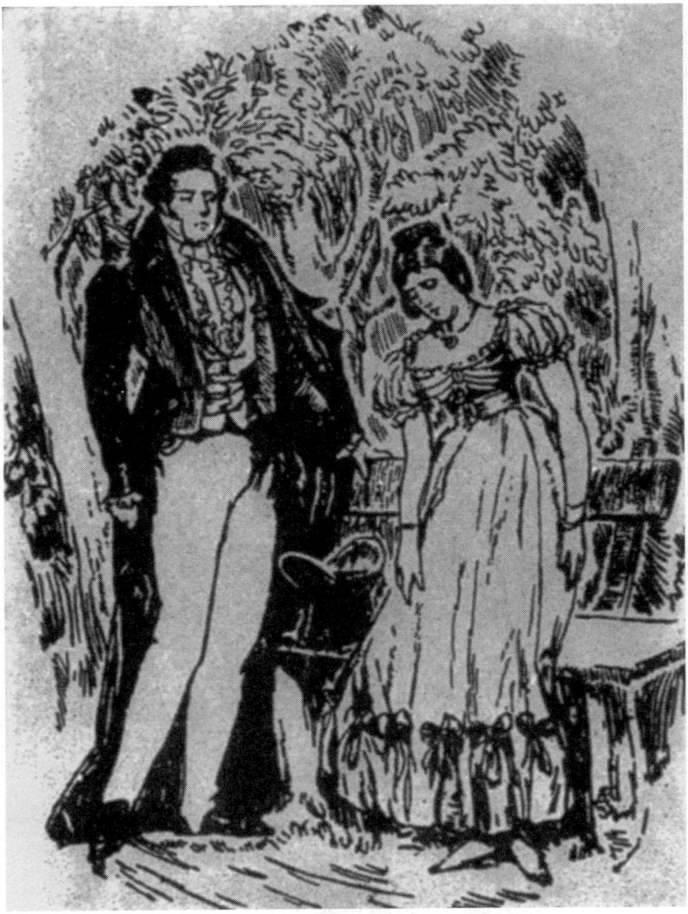

14

"然而,我与幸福早已诀别,
我的心和它冰炭不容;
您固然十全十美,但我却
完全不值得您的垂青。
请相信吧(我以良心保证):
别管我的爱情怎样热烈,
日久生厌,它就会变冷,
我们的婚姻将痛苦地终结。
您会哭的,但您的眼泪
不但打不动我的心,
反会激怒我把您怪罪。
请想想:婚姻之神将给我们
以怎样的蔷薇洒在道上,
呵,这道路又是多么漫长!

15

"世上有什么比这更悲惨:
请想,假如有一对夫妇——
可怜的妻子日夜孤单单
想着那配不上她的丈夫;
而厌烦的丈夫,虽然明知
妻子贤惠,却不免皱着眉头
发脾气,忌妒也毫不热炽,
要不就天天把命运诅咒。
这就是我。您以纯洁的
火热的心,如此单纯而聪慧,
给我写信,——您所追求的

难道就是这样一种结尾?
残酷的上天,我不相信,
这就是给您的命运!

16

"岁月、梦想,都一去而不回,
我的心灵也无法再生……
我把您看做年幼的妹妹,
也许,我爱您胜过长兄。
您听着,但请不要恼怒:
就像小树,每年的春天,
都要披上新绿的装束,
年轻的女郎也时时更换
她飘忽的幻想,一次又一次……
这是天命,谁能够违反?
您会再去爱别人,自然……
但希望您能对自己克制:
并不是每个人都了解您,
冒失会给您带来不幸。"

17

欧根一口气把道理讲完。
达吉亚娜静静地听着,
她泪眼模糊,一切看不见,
只屏声静气,更不会反驳。
他向她伸出手臂,伤心地
(或者"机械地",如时人所说)
达吉亚娜靠着他的臂,
低头绕过菜园默默走着。

他们回到家还挽着手,
人们看见他们这种亲昵,
并没有表示如何诧异。
您知道,乡间的居民也有
它可喜的自由的风尚,
和骄傲的莫斯科没有两样。

18

亲爱的读者,你一定感到
我们的朋友奥涅金,这一回
对悲哀的达妮亚表现了
最高贵、最可敬的行为。
他不止一次这样露一手。
虽然,有些人存心不良——
他的敌人和他的朋友
(唉,也许,他们反正是一样)
把他骂得体无完肤,
没有一件事能得到宽恕。
敌人,自然,谁能不树敌?
可是,天哪,这样的朋友——
饶了我们吧!话说到这里,
我那些朋友也兜上心头。

19

怎么?我想要说些什么?
没有什么,我不过想平息
我那无谓的沉郁的思索,
我要在括弧里随便一提:
请看吧,凡是饶舌的小人

在顶楼编造的可鄙的诽谤,
无论是多么荒谬绝伦,
乌糟的上流人物都会捧场;
凡是粗俗的讥讽,没有一句
您的朋友不在体面人前,
带着笑,没有一点恶意,
加油加盐说它一百遍。
虽然如此,他还是很帮忙:
他爱您……就像亲戚一样!

20

吓吓!敬爱的高贵的读者,
您的亲戚是否都健在?
请容许我——也许,这一刻
您愿意把故事暂时撇开,
听我说一说所谓的"亲戚"
是什么意思。这是一群人——
我们必须对他们表示爱意
和体贴,从深心里尊敬,
而且按照习俗,到了圣诞节
我们就该一一去拜见,
或者,至少,寄一张年帖。
这样,这一年的其余时间
他们才能够把我们遗忘……
天哪!但愿他们活得久长!

21

那么,也许美人的爱情
比朋友和亲戚都更可靠?

在生活的风暴里,您可能
对她保持权利,不致失掉?
呵,当然。不过也要当心
时尚的旋流,女人的任性,
社交场中的议论纷纭……
而异性和鸿毛一样轻。
所以,尽管妻子贤惠无比,
应该事事都听从丈夫,
但那终归有什么用处?
转眼间,您的忠实的伴侣
她的心已经另有所属:
爱情原就是魔鬼的把戏。

22

应该去爱谁?谁靠得住?
谁对我们始终一条心?
谁在每句话上、每件事务,
都能和我们心心相印?
谁能不把损人的话传扬?
谁诚心诚意地爱护我们?
我们的过失有谁肯原谅?
谁能够永远不厌腻我们?
呵,您在追求白日梦了!
假如您不想白费力气,
敬爱的读者,我有句劝告:
您要想爱,就爱您自己!
这是唯一值得的目标,
此外,此外,只有天知道!

23

花园的会见，后事如何？
唉，这结果却不难猜想。
爱情的痛苦不断折磨
年轻的心灵，使它发狂。
可怜的达吉亚娜！她受着
没有安慰的热情的煎熬，
一天甚似一天；而梦魇
躲着她的床；她没有言笑。
生活的彩色、健康、欢欣，
少女的平静都已不见，
一切去了，像空谷的足音；
她珍贵的青春只是一闪，
就像是才透曙光的天
又为险恶的阴云布满。

24

唉唉，达吉亚娜憔悴了，
她消瘦、苍白、整日沉默，
再没有什么能使她心跳，
她对一切都同样冷漠。
邻居们无一不在私下
郑重地摇着头，议论纷纭：
她该快一点找个婆家！……
可是，随它去吧。我该给您，
亲爱的读者，开一开怀：
另有一段快乐的爱恋，
我还没有着一笔色彩，

我却让忧戚充满了心坎。
请您原谅:可爱的达妮亚
是这么令我放心不下。

25

每过一刻,都更使连斯基
被奥丽嘉的美貌所俘获,
他全心全意地把自己
拴给爱情的甜蜜的枷锁。
他总陪着她。你看这一对,
或坐在她屋中,守着黄昏;
或者手拉着手,在花园内
走来走去,享受清凉的早晨。
而结果呢? 只有时,连斯基
陶醉于爱情,过分激动,
又被奥丽嘉的笑所鼓励,
这才敢在羞怯的迷惘中,
或者用手玩弄她的发辫,
或者吻着她的衣襟边。

26

有时候,他给奥丽嘉朗诵
一本警世言情的小说,
似乎,这作者对于人性
比夏多勃里昂①知道得更多;
于是,有那么两页,三页,
(都是无聊的臆造和胡说,

---

① 夏多勃里昂(1768—1848),法国贵族的浪漫主义代表作家。

对少女的心灵不太妥帖）
他红了脸,匆匆地翻过。
有时候,他们对坐下棋,
就找一个远离人的角落,
一面以肘倚桌,支着下颌,
一面沉入深邃的思索里。
连斯基有时候一阵迷醉,
用小卒吃掉自己的堡垒。

27

即使回到家里,他的心间
也在惦念着他的奥丽嘉。
她的纪念册还留在手边,
他立刻加意地为她描画。
他用笔触和彩色,画出了
一幅美丽的乡间景色:
有墓碑,有维纳斯的庙,
或者竖琴上落一只白鸽。
或者,在那珍贵的册页里
在别人的题词和签名下面,
他写下自己多情的诗句,
将刹那的思潮留作纪念。
这样,她可以默默地记起——
多年以后……这永远的痕迹。

28

自然,您不止一次遇见
外省小姐的这种纪念册,
其中左右前后,周围空间

都有她的女友的涂抹。
那里,单字拼得各种式样,
诗句有的陈腐,有的错韵,
或短小晶莹,或语重心长,
以表示友谊的万古长青。
在第一页上你会看到:
"您在这里要说些什么?"
下面署名:"您的安奈特。"①
在最后一页还会读到:
"谁对你的情谊更为深刻,
谁就会比我写得更多。"

29

在这里,您一定能看见
一束火把、花朵、两颗心,
多半还有庄重的誓言:
"我的爱情随你直到墓门。"
在这里,任何军界诗人
都可以涂写他的歪诗。
我的朋友,我也时常(我承认)
爱提笔书写这样的纪念册,
因为我相信:无论你怎样
信口雌黄,你由衷的胡说
总会赢得善意的欣赏;
而以后,也不会有人带着
恶意的笑,一心吹毛求疵,
看我的胡诌够不够机智。

---

① 这里的话用的是法文。

30

然而你,从魔鬼的书室
散落出的辉煌的纪念册,
贵夫人为了那里的打油诗
苦恼过多少时髦的韵客!
托尔斯泰①的奇异的画笔
或者巴拉邓斯基的诗作
都曾匆匆地装饰过你。
呵,但愿天雷给你烧一把火!
每当有豪华艳丽的贵妇
把她的四开本交给我,
立刻会有恶毒的冷波
涌自我的心灵的深处。
我想狠狠地写一段讽刺;
但她们要的却是赞诗!

31

在他的奥丽嘉的手册中
连斯基写的却不是赞诗。
他的笔触呼吸着爱情
而没有闪着冰冷的机智。
凡在奥丽嘉身上,他体会
和听到的,都坦然写出,
他的哀歌像奔流的江水,
是真实生活的自然流露。

---

① 托尔斯泰(Ф. П. толстой 1783—1873),俄国画家及雕刻家。

呵,你也是这样,雅泽珂夫①!
你激于心灵的情热而歌,
天知道谁引动你的爱慕。
总有一天,你珍贵的诗作
集合起来,将对后人讲述
你一生的命运的坎坷。

32

可是,喂,安静! 你可听见?
我们铁面无私的批评家②
正在号令我们和我们那班
诗匠和韵客,为要我们放下
寒伧的哀歌的花冠而叫喊:
"好了,不要老是嚎丧和哭泣!
老是哀悼'过去'和'从前',
够了,够了,唱些别的主题!"
"你说得很对。然而,朋友,
你是不是叫我们复古,
叫我们搬来喇叭、面具、匕首③,
把僵死思想的宝贝都拿出?"
"不是的。请你们细听:
我要的是颂诗,诸位先生!

33

"呵,颂诗! 像猛勇的古时

---

① 雅泽珂夫(1803—1846),俄国诗人。
② 指 B. K. 久赫里别克尔(1797—1846),普希金的同学。他写了一篇文章赞扬颂诗。
③ 这些都是古典主义戏剧所使用的道具。

我们的诗人那样的歌唱……"
"什么,只能写庄严的颂诗!
算了,朋友,又有什么两样?
我们的讽刺家说些什么,
你该记得。难道你能忍受
'外国格调①'里奸巧的歌者,
而我们的骚客却该住口?"
"哀歌的题材无足轻重,
它的内容空洞、细琐、无聊;
可是颂诗,呵,多么不同,
它的立意是多么崇高……"
我何必再争论,我不想
使两个时代一较短长。

34

连斯基素来向往的是
光荣和自由,他沸腾的心
本来会使他去写颂诗,
但奥丽嘉怎会阅读它们?
可曾有过诗人,噙着眼泪,
对他的所恋诵读自己的诗?
据说,在这世间,没有谁
能得到比这更高的奖赐。
真的,有哪个羞涩的情人
能将自己的情思念给
他的热情和歌吟寄托的人,
而她听着,似乎在陶醉?

---

① 《外国格调》是德米特里耶夫(1760—1837)的长诗,其中讽刺了庸碌的颂诗作家("奸巧的诗匠")。

他有福了！……虽然，也许是
她正在想着别的心事。

35

至于我，我情思的果实，
我所编织的小小旋律，
我只读给老乳妈赏识——
她是我的自幼的伴侣。
或在一顿无聊的正餐①后，
抓住凑巧来访的邻居，
不管他爱听不爱听，
出其不意地念一段悲剧。
或者（这却不是开玩笑），
忧闷地，我为吟诗所苦，
独自在我的湖畔散步，
以歌吟把一群野鸭惊扰；
听到我的美妙的韵律，
它们立刻从岸边飞起。

36、37

但奥涅金怎样了？等等，
朋友！我请你们忍耐一刻：
这里，我就要把他的日程
详详细细地给你们解说。
他像个隐士一样逍遥：
在夏天，每晨七时就起床，

---

① 正餐（обед），或午餐，即是有汤伴随的正式一餐。贵族们往往在下午五六点钟才吃它。因此不便译为"午餐。"

轻装简便地走到山脚,
在那河水的清流里浮荡,
他在仿效古尔娜的歌者①
游过达达尼尔的海水;
然后他饮着一杯咖啡,
拿起无聊的杂志随意翻着;
穿上衣服……

38、39

散步、读书、幽深的梦乡,
潺潺的溪水、树林的浓荫,
有时候,黑眼睛的女郎
如果允许,一个新鲜的吻,
一匹驯服而又英骏的马,
一瓶清醇的美酒,伴着
可口的正餐,孤独,闲暇。
这就是奥涅金神圣的生活。
他不动感情,毫无牵挂,
也不管盛夏时光的流逝,
就这样安适地一天天度过;
他忘了朋友和城市的繁华,
就连节日照例的把戏
也早已厌烦,不再提起。

40

然而,我们北方的夏季
好似南国冬天的翻版:

---

① 古尔娜是拜伦《海盗》诗中的女奴。"古尔娜的歌者"指拜伦。

大家都知道,但仍不服气
看它刚来,就忽地不见;
转瞬间,天空已大有秋意,
布满了阴云,很少见太阳;
白昼一天比一天更短,
树林神秘的阴影逐渐剥光,
在瑟缩中,发出悒郁的声响;
一层雾霭笼罩着田野;
成群的大雁正飞向南方,
一队队在空中啼唤不迭。
呵,闷人的季节来了。请看:
十一月已经站立在庭院。

41

冷冷的曙光透出幽暗,
枯寂的田野没一点声音。
饥饿的狼带着它的伙伴
肆无忌惮地在路上巡行。
路上的马嗅到狼味,不断地
打喷鼻;提心吊胆的旅人
便急急忙忙向山里逃去。
在晨曦中,再也不见牧人
把棚里的牛赶到草地;
晌午的时候,也没有阵阵
角笛的声音召唤牛群。
在茅舍里,纺纱的少女 **23**
边织边唱,对面烧着柴杆——
这孤寂的冬夜唯一的友伴。

42

冰花开始冻结、爆裂,
田野里闪着银白的光……
(读者必等着押韵的"雪",
好吧,我就快快给您奉上。)
冰铺的小河坚固平整,
比镶花的地板还更光亮,
上面飞跑着欢笑的儿童,
冰刀划着冰嚓嚓地响 24。
一只笨重的鹅迈着红脚
想要到河心里去游荡,
它战战兢兢地走到冰上,
一滑就倒了。冬雪初飘,
它欢快地,耀眼地往下飞旋,
像是一群星星落在河岸。

43

在村野里,每逢这种时刻
怎样消遣? 走出去看看?
然而这季节的乡村景色
荒凉、单调、令人望而生厌。
或者骑马奔驰于空漠的草原?
然而马的铁掌容易打滑,
它在冰上一个拿不定,
等着吧,你随时都可能跌下。
那么,安坐在斗室里读书?
这是普拉德,这是司各特。①

---

① 普拉德(1759—1837),法国政论家,颇风行一时。司各特(1771—1831),英国小说家。

你不喜欢?那就查查账目,
发发脾气,饮饮酒来消磨。
漫漫长夜过去了,明天还一样:
你的冬季过得真够舒畅。

44

奥涅金和哈罗德逼肖:
溺于沉思,不愿意活动。
起床以后,洗一个冷水澡,
然后就整天呆在家中,
尽自一个人想来想去。
他心爱的游戏是台球,
从一清早,以球棍为武器,
他打那两个球,打个不休。
转眼间,乡村的夜幕垂落,
球棍、游戏,都一起抛掉,
在壁炉前摆上一张餐桌,
他等着:呵,连斯基来了。
三匹灰马的马车奔到门前。
快一点,快摆出正餐!

45

立刻,法国名贵的香槟酒:
"克利口寡妇"和"莫哀",①
整瓶浸在冰里,冰了很久,
这时一齐给诗人端来。
酒浆流倾,闪着明亮的泡沫,

---

① "克利口寡妇"和"莫哀",法国香槟酒名。

像是伊波克林①的泉水,**25**
(像这个或那个,由你选择)
我看着它,就能够酩醉;
我常为了它花光我的腰包,
你可还记得,我的朋友?
它那富于魔力的清流
是多么让人神魂颠倒:
它给你多少谈笑、多少论争,
多少诗文和快乐的美梦!

46

然而这种气泡喧腾的酒
对我的肠胃很不适合,
因此,现在,我慎重的胃口
更常常地看中"波尔多"②。
至于"阿伊"③,我已不再能
敷衍它,它像一个情妇,
华而不实,毫不庄重,
风流、任性、空无一物……
但是你呵,"波尔多",像友人,
无论艰难困苦,悲与乐,
却总是与人志同道合,
有时和我们悠闲得出神,
有时带来心灵的安慰。
呵,祝好友"波尔多"万岁!

---

① 伊波克林是希腊赫利孔山中的泉水。希腊神话传说这里是缪斯居处,凡人饮了这里的水,就可以有写诗的才能。
② "波尔多",法国葡萄酒名。
③ "阿伊",法国香槟酒名。

47

炉火渐渐暗了,金黄的煤
刚刚被一层灰烬遮掩。
依稀可见的蒸气向上飘飞,
壁炉已半冷,轻烟从气管
进入烟囱。在满满的餐桌上,
高脚酒杯显得那么透明,
酒泡还发着咝咝的声响。
黄昏的幽暗逐渐加浓……
(我喜欢和知心的好友
在酒杯之间任意地闲扯,
尤其是在那种时刻:
法国人叫做"狼犬之交",①
谁能知道这称呼的来由?)
现在,请听听这两个朋友:

48

"喂,你的邻居近来怎样了?
达吉亚娜,还有你的奥丽嘉?"
"再给我斟上半杯酒……好,好,
够了,我的朋友……她们一家
都很健康,让我向你问候。
呵,奥丽嘉越长越好看,
她的肩膀、胸脯,多么动人!
多美丽的心灵!过些天,
你应该和我一同去造访。

---

① 原文为法语在俄语中的直译,指黄昏的时辰。

去看看她们,朋友!请想想
你看望了人家一共两回,
以后就再也不曾露面。
唉,你看,我净在这儿瞎吹!
她们这星期要请你吃饭。"

49

"我?""是呵,达吉亚娜的
命名日,就在这个礼拜六,
奥丽嘉和她母亲要我请你,
我想你没有不去的理由。"
"呵,但那里将有一大群
乱糟糟的人和无聊的谈话……"
"不,谁也没有,我相信!
有谁呢?除了她们一家。
我们一道去吧,你看怎样?"
"好吧。""这才真够朋友!"
说完,连斯基拿起那杯酒
为了祝贺他的女邻的健康
一饮而尽,以后又谈开了
奥丽嘉:爱情就是这样!

50

他很快乐。再过一十四天
就是择定的幸福的日期。
他等待甜蜜的爱情的花冠
和那喜期的床上的秘密。
他只有激动,却从没有

想到希门①给人的麻烦、
悲哀和痛苦,以及结婚后
那一长串冷漠的呵欠。
至于我们——希门的叛逆,
却只看见结婚的生活
不过是一幕幕暗淡的景色,
就像拉方丹② 26 所描绘的……
唉,可怜的连斯基!他反倒
以这种生活作为目标!

51

他是被人爱着的……至少
他这样相信,并感到快乐。
那忠于信念的人有福了:
假如他没有冷静的思索;
假如他安于心灵的静谧,
好似旅人在酒醉后就寝;
或者(用个更文雅的比喻)
像蝴蝶在春日的花间啜饮。
但另一种人却最可叹:
他预见一切,他的头脑
从不昏眩,他总是看到
行为和语言的可憎的一面。
他的心早已被经验浇冷,
要他欢腾雀跃却绝不可能!

---

① 希门是希腊神话中婚姻之神。
② 拉方丹(August Lafontaine),十九世纪德国小说家,他写了很多描写家庭生活的感伤小说。

第 五 章

呵，但愿你没有这可怕的梦，
你，我的斯薇特兰娜！

——茹科夫斯基

1

那一年的秋季一再拖延,
它和庭院老是恋恋不舍;
大自然等着,等着冬天,
到年初三的夜,雪花才飘落。
达吉亚娜照例很早起床,
走到窗前,向外一望:呀!
庭院变成了一片白茫茫,
还有屋顶、树木、花坛、篱笆、
玻璃窗都披上了银装;
冻结了薄薄的一层冰花,
喜鹊在院里欢叫、飞翔,
冬天给远远的山也铺下
一层柔软而灿烂的绒毡。
一切都洁白,一切亮闪闪。

2

呵,冬天!……农夫精神抖擞
坐着雪橇,摸索着途径;
他的马儿嗅着冰冷的雪,
东绕西绕地向前趱行。
勇敢的篷车跑得急速,
犁出两道松软的雪沟。
你看那坐在车台的车夫,
红腰带系在羊皮袄外头。

奴仆的孩子,一个小顽童,
雪橇里放下他的黑狗,
自己装作马,就在
雪里飞跑:自然,他的手
全冻僵了,又痛又好笑。
母亲在窗口直向他喝叫……

3

然而,也许,这样的图画
会使您觉得淡然无味,
这里原本是乡俗野景,
一点说不上风雅和高贵。
也许别的诗人,心中点燃着
神的灵感,以优美的词句
给我们描写初冬的雪
和这季节的各种乐趣 27;
我相信:他会以诗的热情,
描绘坐着雪橇的一对情侣
秘密地出游。呵,多么动心!
然而我并不想和他相比,
我也不想和你争胜,诗人①
你那么优美地唱着芬兰少女 28!

4

达吉亚娜连自己也不解:
她有着俄国人的心灵,
她偏爱俄国的冬天

---

① 指巴拉邓斯基。他著有芬兰故事诗《爱达》。

和她严酷肃杀的风景。
她爱雪车;爱严寒的日子
那阳光下的冰霜闪闪;
那晚霞,把雪地映成红色;
那主显节期的幽暗的夜晚①
这种时候,她家里的人
完全遵守古代的习俗:
在主显节晚上,每家女仆
都要给小姐占一课命。
而每一年,在小姐的命里
都有个军官丈夫和一次远征。

5

达吉亚娜全心相信
自古以来的民间的传说,
她知道梦和月亮的征兆,
用纸牌占卜是多么灵验。
一切征象都令她担心,
没有任何事物,在天地间
不暗暗地对她说些什么,
她的心头堆满了预感。
那坐在壁炉上弄姿的猫,
一面叫着,一面用爪洗脸,
对于她便是个无疑的征兆:
必然有客来访。如果,突然
她抬起头,看见左边的天空,
一钩弯弯的新月正在上升,

---

① 主显节在旧俄历的一月六日。这一时期的晚上是最黑最冷的。

6

她会立刻颤抖,脸色苍白。
如果一颗流星正在划过
幽暗的天穹,而且变为
斑斑的火花向下散落,
我们的达妮亚立刻慌张地
对着流星,低声儿说出
心头的愿望。也有时候,
如果在田野里看见一只兔,
从她走的路上飞快地穿过,
或者,无论在哪里,碰见了
黑衣的僧人,她就会吓得
不知怎样办才好;而随着
她就为这凶兆扰得不宁,
并且闷闷地等着厄运。

7

但这有什么关系?她发觉
恐怖却给她神秘的喜悦,
造物主原就给我们天性
充满了矛盾,令人难解。
好了,圣诞节期①已经来临,
呵,多么高兴!快乐的青年人
争着占命,因为他们不知道
一点哀愁,他们生命的远景
还是明亮的,一望无边;

---

① 圣诞节后的一个星期。

老年人也戴上眼镜来占卦,
但他们却站在坟墓的边沿,
过去的一切已不再回转——
左右都一样:对于他们,希望
用孩子的呓语也骗过一场。

8

达吉亚娜急切地望着
那熔化的蜡,等它凝结
一个形状,就会向她道出
未来的不幸,或是喜悦。
一只盛水的盘子,每个少女
要从里面捞起一只戒指,
她们边捞边唱,达吉亚娜
所捞的却是这一支歌曲:
"在那儿,乡下人家值万贯,
他们取银子都用铁铲,
这支歌唱给谁,谁就有
荣华富贵,享受不完。"
然而这支歌却令人丧气,
女儿们都更爱"猫咪"①。**29**

9

冰雪之夜:天空异常明亮,
星群奇异的合唱和团舞
是这样和谐,这样静悄……
达吉亚娜穿着长服

---

① "猫咪"是一支歌名。这支歌象征结婚。

毫不怕冷地走到院中,
她手里拿着一面圆镜①
对着月亮,在镜里出现的,
呵,却是月亮的瑟缩的面影……
雪沙沙地响……有人走过。
她飞快地踮着脚尖跑,
问那过路人:"您姓什么?"**30**
在这句话里,她的声调
温柔得像是芦笛的歌唱;
而那人望了望,说:"阿嘉方"。②

10

达吉亚娜听乳母的话
要在夜晚占一课命。
她悄悄叫仆人在浴室里
摆桌子一张,餐具两份;③
但是她突然感到了恐惧……
呵呵,我也同样地心惊胆战
当我想到了斯薇特兰娜……
因此,算了,我们别再谈
她占命的事。达吉亚娜
终于解开丝带,宽衣上床。
列尔④在她头上轻轻飞翔,

---

① 据说少女从镜中可以看到未来丈夫的样子,她跑出去问一个陌生人的名字,就是未来丈夫的名字。
② 阿嘉方,是普通农民的名字。
③ 一种占卜方法。据说少女的未来丈夫的神魂会坐在少女的对面,而她会从镜中看到他。茹科夫斯基在《斯薇特兰娜》一诗中,描述斯薇特兰娜在占卜时看到可怕的景象。
④ 列尔(Лель),俄国神话中的爱神。

在绒枕下,女儿的圆镜
守护着她:达吉亚娜睡了,
夜深沉,一切是那么安静。

11

她做了一个奇异的梦。
她梦见,仿佛她走进
树林中积雪的空地里,
她的四周是那么阴森。
在她前面,这积雪堆中,
一条急湍的水流在沸腾,
幽暗的水翻着白的浪花:
冬天也无法把它结冻。
横架在水上,有两棵
颤巍巍的细小的树干,
冰雪在中间把它们接连。
就在这样危险的桥旁,
她站着,对着喧哗的急流,
心里感到异常迷惘。

12

她伫立在可憎的小河前,
无法过去,不由得埋怨,
回顾前后,也不见一个人
能够搀扶她走到对岸。
突然,一个雪堆在蠕动,
猜猜看:是谁从那里出现?
呵!一只毛茸茸的大熊!
达吉亚娜呵呀一声叫喊,

这动物也用咆哮回答,
并向她伸出锐利的甲爪。
她勉强镇定,一手扶着它,
战战兢兢地走过小桥;
走过了,可是又怎么办?
那只大熊还跟在后边。

13

她连回头望望也不敢,
只是急促地往前赶路,
但无论多快,也躲不开
这个毛茸茸的忠仆。
可怕的大熊呜呜叫着
往前奔蹿。前面一片苍松,
每一棵树都呈现肃穆的美,
枝桠堆着雪,凝然不动。
还有桦树、菩提和白杨,
夜空的繁星从它们高高的
杈桠的树顶,洒下青幽的光。
远近不见路,一望迷离,
矮的树丛和急流的溪水
都深深地埋在积雪里。

14

她走着,大熊在后面跟随。
松软的雪直没到她双膝;
垂下的树枝不是挂住
颈后的发,就突然使劲地
揪着她的金耳环。过一会儿,

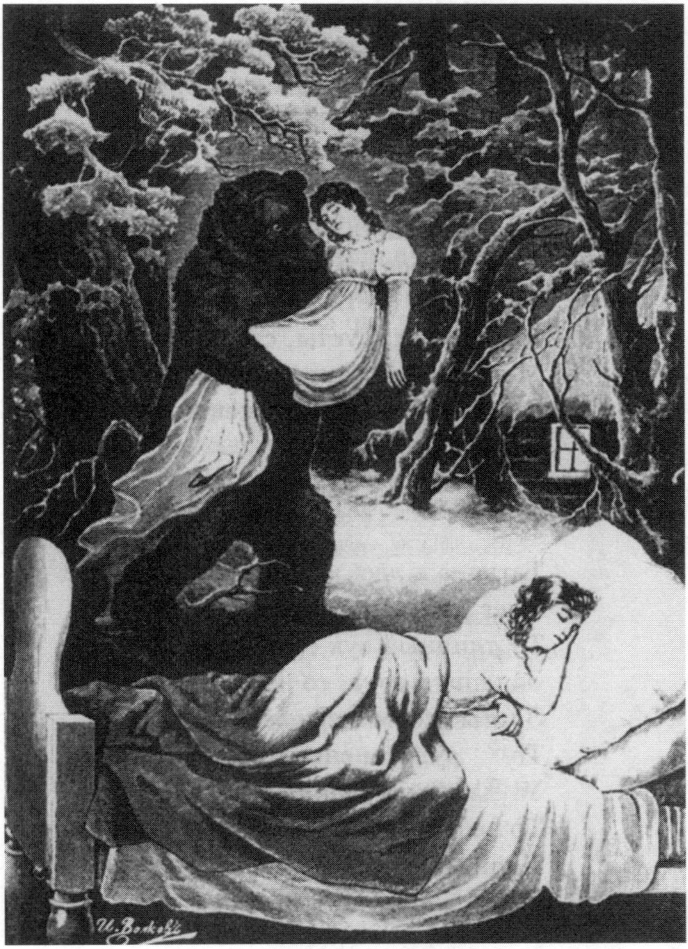

她那湿透的鞋子粘在
松软的雪里，光了脚；
又一会儿，不意地掉了手帕，
她都来不及把它拾起，
因为她听见大熊在身后
紧紧跟随，她颤栗的手
连提起衣襟都没有胆量。
她吓得快跑，熊还是一步不离。
跑了一会儿，她已经没有力气。

15

她终于跌倒在雪里。大熊
一把抓住她，挽在臂中。
她茫然地任它带着走，
不出一口气，动也不动。
它带她走过林中的曲径——
突然，前面有一所茅屋
被树木遮掩着，又被积雪
茫茫地盖着：幽僻、孤独，
只有小小的窗子透出
一线光亮，里面却人声喧哗。
熊说："这是我的伙伴的家，
你可以进去取一取暖。"
说完，它径直走进门廊，
就把达吉亚娜放在门槛。

16

她恢复了知觉，睁开眼，
熊已经不见了，她躺在门前。

屋里正乱哄哄地碰杯,嚷闹,
像是吊丧的客人在饮宴。
她听不出个道理,便扒着
门缝,悄悄往里窥探:
呀,她看见了什么?原来是
许多妖魔围坐了一圈。
一个头上长着角,却是狗脸;
另一个的脑袋像只公鸡;
你看那只骷髅,博学、傲岸;
那个女巫长满山羊的胡须;
还有一个带尾巴的矮人;
还有一个是鹤腿,猫身。

17

而更奇怪,更惊人的是:
一只龙虾骑在蜘蛛的背上,
鹅的颈项钻出一颗头壳
戴着小红帽,左右张望,
还有一扇石磨蹲着舞蹈,
风车的翅膀劈啪地旋转,
呼哨、鼓掌、狂吠、大笑、高歌,
人言和马蹄的嘚嘚混成一片 **31**!
然而,在这些客人们中间,
达吉亚娜(怎不叫她震动!)
却看见了她又爱又怕的——
我们这小说的男主人公!
奥涅金正坐在桌子一旁,
并且对着门不断地斜眼。

18

他饮酒,他们也干杯、欢叫,
大家都等着他的号令;
他微笑,立刻满屋都哄笑,
他略略皱眉,便鸦雀无声。
显然,他是这里的主人。
达吉亚娜看到这种情形
便壮了胆子,不再害怕,
还好奇地推开一线门缝……
可是突然起了一阵风
把灯火都吹熄,吓慌了
这一伙鬼怪和妖精。
而奥涅金目光闪闪,
嗖的一声从座位起立
朝门走来,妖魔跟在后边。

19

达吉亚娜可吓坏了。
她忙着想跑,却使不上劲;
她想叫,但无论怎样挣扎,
她的嗓子也喊不出声音。
欧根一下子推开了门,
立刻,可怜的少女便完全暴露
在一群地狱的魔影之前。
在粗野的哄笑中,她听出
对她的争执:所有的眼、
蹄子和头角、毛烘烘的尾巴、
骷髅的手、髭须的脸和獠牙、

血红的舌头、弯曲的长鼻子——
都一齐指着她,叫着:
"她是我的!她是我的!"

20

"她是我的!"欧根厉声说,
立刻,这些魔鬼便销声匿迹;
在冷峭的黑暗里,只剩下
年轻的姑娘和他一起。
他默默无言,领她来到
屋中的一角,把她安放
在一张凳子上,摇摇摆摆,
他的头依偎着她的肩膀。
突然,奥丽嘉推门而入,
后面是连斯基。灯光一闪,
奥涅金突然满面恼怒,
眼睛发出凶光,挥着拳,
责备这两个不速之客。
达妮亚躺在那儿,面无人色。

21

他们争吵得越来越凶,
欧根忽地抓起一把长刀,
一转眼,连斯基倒下了:
可怕的幽暗!……凄恻的嚎叫
震撼着整个的茅屋……
达妮亚吓得一觉醒来……
睁开眼,卧室已经明亮,
紫红的晨光已经跳跃在

冰花冻结的玻璃窗上。
门开了。她看见奥丽嘉
比曙光更鲜艳,比燕子更轻盈,
一直飞到她的卧榻——
"呵,"她说:"快点对我讲,
你梦见的人是个什么样?"

22

然而,她对妹妹的话
并没有理会,沉默不言,
只伴着一本书,躺在床上,
一页一页地细细翻看。
这本书——虽然夸不上
诗人的优美的刻画,
也没有深刻的真理和想象,
但是,即使维吉尔,塞涅卡①,
即使司考特、拜伦、拉辛,
甚至于《妇女时装杂志》
也没有如此让人着迷。
这就是,朋友,占卜的圣手
马丁·沙杰卡所著的书:33
看相测梦,百无一误。

23

不久以前,在她们乡间,
来了一个江湖的小贩,

---

① 塞涅卡(纪元前3—纪元65),罗马悲剧作家。

他把这本奇书和一套
《玛尔温》①(虽然残缺不全)
忍痛让给了达吉亚娜。
他换去的,除了三个半卢布,
附带还加上一本文法,
一本民间传奇的辑录,
两本《彼得颂》②,再加上
《玛尔蒙特耳》③的第三卷。
这以后,达妮亚便全心向往
马丁·沙杰卡……他给她
带来了喜悦和安慰,
而且每一夜陪着她安睡。

24

那噩梦使她非常不安,
她不知道该怎样解说。
呵,它究竟有什么涵义,
达吉亚娜忍不住要寻索。
于是,在那简短的索引里
她便按着字头的顺序,
查看树林、风暴、桥、熊、
冰雪、黑夜、松树、妖精、巫女,
以及其他。马丁·沙杰卡
并没有解决她的疑虑。
但是她相信:对于她
这场噩梦一定是凶多吉少。

---

① 《玛尔温》是法国女作家克妲(1770—1807)的一部小说名。
② 《彼得颂》是俄国诗人格鲁金切夫所作的英雄史诗。
③ 玛尔蒙特耳(1723—1799),法国作家。

甚至几天以后,她的心
还因此感到悒郁不宁。

25

可是,看呵,从早晨的山谷 **34**
朝霞伸出来紫光万道,
太阳随着升上了天空。
并且展开命名日的欢笑。
从一清早,拉林家里
就挤满客人,附近的邻居
全家坐上了马车或雪橇,
全篷的、半篷的,都到了这里。
人们在前厅挤来挤去,
在客厅里,新交和旧好,
打着寒暄,姑娘们在接吻,
笑呵,嚷呵,叭儿狗在狂叫,
客人们打躬作揖走进门,
乳母在喝喊,孩子在哭闹。

26

那个肥胖的普斯嘉科夫①
带着太太,也同样肥胖;
格渥斯金,一个出色的地主,
他的农奴都穷得精光;
斯科金宁老夫妇,白发苍苍,

---

① 这里的几个名字,本身即带有讽刺意味。普斯嘉科夫(Пустяков)——"毫无价值";格渥斯金(Гвоздин)——"钉子";斯科金宁(Скотинин)——"牲口";彼杜式珂夫(Петушков)——"公鸡"。

他们的子女数目不少:
从两岁到三十,排成一行;
彼杜式珂夫,乡间的阔少;
还有我的堂兄布扬诺夫,①
戴着长舌帽,满脸是胡须　35
(我相信,您和他都很熟悉);
还有退休的参议符连诺夫,
那个老坏蛋、小丑、贪官,
好吃、肥胖、暗地里传播谰言。

27

和卡里珂夫一家同来的
有个法国人:蒂凯先生。
他刚从塔波夫②来,富于机智,
戴着红色的假发和眼镜,
像一个真正的法国人。
他的衣袋里装着一件贺礼——
是给达吉亚娜的一首歌曲。
唱出来,孩子们都知道:
"请您醒醒吧,沉睡的美女。"③
是从一本破旧的历书里
我们的诗人,蒂凯先生,
以他特具的鉴赏能力
使这一支歌重见天日,
而且大胆地,把"美丽的妮娜",

---

① 普希金的伯父瓦西里·勒伏维奇·普希金曾经写过一首幽默诗《危险的邻居》,其中的主人公即名布扬诺夫。普希金这里诙谐地把他称为自己的堂兄。
② 塔波夫,俄国中部的城市。
③ 当时流行的法国歌。

换成了"美丽的达吉亚娜"。

28

呵,请看! 从附近的市镇
赶来了驻军的连长——
哪个母亲不喜欢见他?
他正是二八少女的偶像。
他来了……呵,多大的新闻!
就要派来军中的乐队!
听说还是上校的手令。
多令人高兴:就要开舞会!
小姑娘个个欢蹦乱跳,**36**
然而,开饭的时间到了,
人们成双地走进餐厅。
达吉亚娜拥在少女们中间,
男客们在对面。划过十字,
大家嘈杂地坐下,开始用餐。

29

转眼之间,谈话便停止,
嘴在咀嚼。从四面八方
响着刀叉和盘子的声音,
还有酒杯的清脆的碰撞。
酒宴在进行,但很快
客人便开始喧哗、吵闹,
谁也听不见谁的声音;
人们争辩、嘶喊、哄笑。
突然门开了。连斯基进来,
后面是奥涅金。主妇叫道:

"呵,天！你们终于来了！"
客人们赶紧往一处挤：
杯盘和椅子都挪到一边,
急忙让两个朋友入座。

30

他们正坐在达妮亚对面。
她比拂晓时月亮的脸
还要苍白,全身在颤抖
像被追逐的小鹿；她不敢
抬起她那无光的眼睛,
她心里爆发着热情的火焰,
感到窒息、难过,连两个朋友
对她的问候也不曾听见；
盈眶的热泪直想往下流。
呵,可怜的少女！要没有意志
和理性的支持,她随时
都会晕倒。她轻轻对他们
只从牙缝里迸出两个字,
便在座位上勉强支持。

31

欧根早已经不能容忍
这种神经质的悲剧的场面,
少女的泪呀、叹息呀、昏厥呀,
他已经看得足够厌烦。
这怪癖的人意外地遇到
盛大的宴会,已经不高兴；
再看到少女悲惨地颤抖,

便气恼地垂下了眼睛。
在怒火中,他暗暗发誓
一定要好好给连斯基
一顿不快,一泄心头的闷气。
这样决定了,感到兴冲冲,
他便在脑中给每个来客
描摹一副尴尬的面孔。

32

自然,不只是欧根一个人
看到了达妮亚的不宁。
但那时,大家的眼睛和心智
正集中在油腻的馅饼
(很不幸,吃来有些口重)。
烤肉以后,还没有上甜品——
呵,请看树胶封口的瓶子
里面荡漾着顿河的香槟!
接着,人们拿来一列酒盅,
又细、又长,和你的腰一样,
呵,姬姬①,我灵魂的宝藏!
我的诗多少次把你歌颂,
你呵,爱情的诱人的酒杯,
你曾经多少次令我沉醉!

33

砰地一声,瓶塞拔了出来,

---

① 指叶蒲拉克茜·尼古拉叶芙娜·渥尔芙,普希金的女友,住在米哈伊洛夫斯克村附近的三山村。

酒咝咝地响,蒂凯先生
(那首诗已使他忍得够久)
接着起立,态度很庄重,
面向着大家,拿出一张纸,
客人们立刻鸦雀无声!
达吉亚娜连出气也不敢,
看他咿咿呀呀地对她吟诵
那首诗(虽然调子很有错误)。
立刻,又是鼓掌,又是欢呼。
她必须对他屈膝行礼,
我们伟大的诗人却很谦虚:
他第一个举杯向她致贺,
并且献给她那一首歌。

34

别人也跟着祝贺、碰杯,
达吉亚娜都表示了谢意。
等轮到欧根,他看出了
少女的内心的忧郁,
她憔悴的脸,慌张的神情,
他的心中不由得浮起怜悯。
他便默默无言地对她
鞠了一躬,但他的眼睛
露出了无限情意。可是由于
他真的受了少女的感动?
还是调情老手的逢场作戏
情不由己? 或者是出于善意?
但无论如何,他温柔的眼睛
重又点燃了达妮亚的心。

35

椅子乒乓地向旁推移，
人们急速地冲进客厅，
就像是从甜蜜的蜂房
嗡嗡飞向草原的一窝蜂。
美餐以后，感到很满意，
邻居相对而坐，彼此哈气。
太太们喜欢靠在火边，
姑娘聚在一角，悄悄低语。
绿色的牌桌摆开了，吸引着
热心的牌客：年老的人
坐下来打"波斯顿"和"奥伯"，
最时兴的，自然是"惠斯特"①。
总之，这三种牌戏都相同，
都是由贪婪的"无聊"所诞生。

36

打"惠斯特"的牌手本领高强，
一转眼就打了八个回合，
他们的阵地换过了八次，
于是茶来了。亲爱的读者，
我喜欢用吃茶、正餐、晚餐，
来标明时刻。在乡间
我们不用费事去看时钟，
肚子就能够报告钟点。
说到这里，我想顺便一提：

---

① "波斯顿""奥伯""惠斯特"，都是牌戏名。

我的诗常常讲了又讲
宴会呀、酒呀、各种珍馐呀,
我的兴趣就和你一样——
呵,神圣的荷马!三千年来
你是诗国的至高的偶像。

37、38、39

然而茶来了,少女们斯文地
端着茶碟,还没有啜饮,
突然从门外传到大厅里
箫和笛的响亮的声音。
这乐声多使人心花怒放!
立刻,放下了掺甜酒的茶,
请看那乡间的花花公子——
彼杜式珂夫拉起奥丽嘉,
连斯基伴着达吉亚娜,
哈丽珂娃,这早已待字的姑娘,
塔波夫的诗人抓住了不放,
而布扬诺夫又拖走了
普斯嘉科娃,大家都到了舞厅:
呵,舞会在色彩缤纷地进行!

40

我在这篇小说的开头
(请参看本书的第一章)
本想描写彼得堡的舞会,
像阿尔班尼[①]所画的那样。

---

① 阿尔班尼(1578—1660),意大利画家。

但是，我由于胡思乱想，
竟在那里一心去追念
我所熟悉的美人的脚，
唉，脚呵，我随你已走得够远，
别让我再陷入你纤纤的痕迹！
青春已经逝去了，我应该
变得清醒，无论事务的处理
还是为文，都应该有所改进。
而在这第五章，无论如何，
我一定要闲话少说。

41

"华尔兹"舞像一阵旋风
疯狂地转着一圈又一圈，
像是青春的生命的旋流，
一对又一对闪过人面前。
奥涅金眼看报复的时机
逐渐临近，心中暗暗喜欢——
他找到奥丽嘉。他们俩
挨近座客，飞快地旋转。
以后他陪她一起坐下，
找一些话题，谈这，谈那；
又过两分钟，你看这两人
又跳起"华尔兹"，跳个不停：
客人都感到诧异。连斯基
简直不相信自己的眼睛。

42

"玛茹卡"舞曲响起来了。

在过去,每响起这种舞曲,
整个舞厅都轰轰地响,
地板被脚跟震得颤栗,
窗户也颤动丁当作响。
但是如今,我们都像是夫人
轻轻就溜过光滑的地板,
只有市镇和乡村的居民
还保留着"玛茹卡"舞的
原来的光彩。你看那舞场,
又纵跳,又用脚跟,又有胡须,
一切遵照古风,还没有染上
邪恶的时髦——我们的暴君,
你才是现代俄国的敌人。

43、44

我的堂兄,活泼的布扬诺夫
走来了,向我们的主人公献出
达吉亚娜这一对姊妹。
欧根立刻和奥丽嘉起舞:
他漫不经心地擦着地板,
他带着她,头向前靠拢,
低声说两句无谓的恭维,
又捏紧她的手——呵,她的面容
立刻显露了自满的喜悦,
两颊泛起红润。我的连斯基
看见了这一切,又急又气,
他只好忍着忌妒的愤怒,
好容易,"玛茹卡"乐曲奏完了,
他来约她跳八人的合舞。

45

但是她不行。不行？为什么？
因为奥涅金已经和她
先有约定。噢,天哪,天哪!
他听见的竟是什么话？……
这怎么可能？这轻佻的孩子
刚出了襁褓,就卖弄风情!
呵,她居然会狡猾和欺骗,
她已经学会了翻脸无情!
连斯基怎能受这种打击？
他诅咒女人的变化无常,
走出屋子,骑上马,飞奔而去。
有什么可说？一对手枪,
两颗子弹——再也不要什么,
就让它决定个你死我活。

第 六 章

在那儿,日子阴暗而短促,
那儿的人民对死不觉痛苦。

——彼特拉克

1

奥涅金一旦发觉:连斯基
已经走了,而且他的报复
相当成功,于是沉思地坐在
奥丽嘉身旁,又为无聊所苦。
奥丽嘉也随着打起呵欠,
她的眼睛不断地搜寻
连斯基,而这不停的八人舞
像是沉重的梦,使她不宁。
舞终于停了,人们去晚餐。
接着该就寝:客人的床
从门口直摆到女仆的下房。
大家闹了一天,都需要
一个平静的梦。只有欧根
回到自己的家里去睡觉。

2

一切静下来:在客厅里
肥胖的普斯嘉科夫夫妇
沉睡着,打着鼾声;格渥斯金,
布扬诺夫,彼杜式珂夫
和符连诺夫,身体不算好,
睡在饭厅里,用椅子当床;
还有蒂凯先生,戴着旧睡帽,
穿着绒毛衫,倒在地板上。

在达吉亚娜姊妹的卧房,
姑娘们都已经堕入梦乡。
只有达吉亚娜一个人
没有睡,悒郁地倚在窗前:
月光映出了她的身影,
她遥望着田野的幽暗。

3

奥涅金的意外的造访,
他的目光的刹那的柔情,
他和奥丽嘉的厮混多奇怪!
这一切都使她深深不宁。
无论怎样去想,她不能
理解他。一种忌妒的怀想
苦恼着她,仿佛是冰冷的手
死死地压在她的心上;
仿佛她面临无底的深渊
看去黑黝黝,水声喧响……
"我就要毁灭了,"她暗想,
"但是,为他而毁灭我却甘心。
我不想埋怨:那有什么好处?
他本来不能够给我幸福。"

4

快说吧,快说吧,我的故事!
一个新人物向我们呼唤。
离开克拉斯诺格列(连斯基
所住的乡村)有五俄里远,
在那宜于哲人的幽静里,

住着一个(如今还很健旺)
沙列茨基,好惹事的"大炮"。
他曾经是赌棍的酋长,
酒店的喉舌,浪子的头目;
但是现在,他却和蔼可亲,
他主持着一个单人的家庭,
是个好地主,可靠的朋友,
甚至是一个诚实的人:
谁说我们这时代没有改进!

5

在以前,世人都异口同声
赞誉他的恣意的蛮勇:
的确,他能够在五丈以外
用枪瞄准,百发百中。
据说,有一次,在战场上,
他醉醺醺地,比一切官兵
都得意洋洋,却一个跟斗
从加尔梅克①马上跌进泥泞。
立刻,法国人把他捉了走
做了俘虏:多珍贵的抵押!
像是雷古尔②,荣誉的象征,
他愿意自动地戴上铁枷,
只要在维利37,每天早晨,
他能够欠账喝它三瓶。

---

① 西伯利亚的蒙古游牧民族。
② 雷古尔,纪元前三世纪时罗马的将军和执政官,曾为迦太基所俘。传说迦太基曾遣之伴随迦使往罗马劝和,并使之保证如果罗马不肯接受和约,他必须仍返迦太基为俘虏。他回到罗马,仍旧主战,使议院不接受和约,然后返回迦太基,终被处死。

6

他常常和人们开玩笑,
他知道怎样让傻瓜上钩,
聪明人也往往受他的骗:
他会明着或暗地给人苦头。
虽然,有时候,连他自己
也受到捉弄,闹得很窘;
有时候,因为施展诡计
他受到人们一顿教训。
他会兴高采烈地和人争辩,
他的答复有时候尖刻,
有时候愚钝,全靠随机应变:
他会斟酌情形,吵嘴或沉默。
有时候,他会使年轻的朋友
彼此不和,任他们去决斗。

7

或者,使他们不得不和解,
为了明晨白吃一顿饭;
然后呢,暗地里编些笑话,
把他们说得不值一钱。
可是,时光不再!青年的猛勇
(还有它另外一种恶作剧:
爱情的梦)一去而不返了。
前面说过,我的沙列茨基
终于隐居起来,在槐树
和樱花下,避开了人世的风暴。
他像一个圣贤那么逍遥,

像是贺拉斯,他种种白菜,
养养鸡鸭,就这样打发日子,
也间或教儿童几个生字。

8

他绝不愚蠢,我的欧根
如果说对他的心没有好感,
却爱他的谈锋,爱听他
对大小事情的清醒的意见。
他常常来造访,也还受到
欧根的欢迎。因此,那天早晨
欧根一点也没有诧异
看见这个客人前来访问,
他向主人寒暄了一阵,
忽然把话中断,两只眼
笑眯眯地望着奥涅金,
接着交给他诗人的书信。
欧根拿着信走到窗前,
默默无言地看了一遍。

9

那岂不又痛快,又高贵:
将一封挑战书投给对手?
连斯基礼貌地、冷静地
约请他的朋友和他决斗。
奥涅金丝毫没有迟疑,
凭一时的冲动,立刻向
送信的差使简短地说:
"我随时都可以应召前往。"

沙列茨基立刻没话可说，
站起来：他不愿意再坐下去，
家里很多事还得他料理。
他走了。剩下了欧根
一个人，在屋里想来想去，
他对于自己很不满意。

10

当然啦！他批评别人
向来严厉，现在把自己
私下里审判一遍，他发现
有很多事情自己没道理。
首先，他不应该在昨晚
随意捉弄初恋的热情；
其次，即令诗人的举止
有些愚蠢，然而他的年龄
才十八岁，难道不该原谅？
他既然一向从心里
喜欢他，就不该这么小气，
不该像个暴躁的小儿
动辄打架；而该像个成人，
爱惜名誉，做事有分寸。

11

他尽可直接向他表明——
而不必像野兽一样暴怒；
他如果以赤诚相见，年轻的人
自然解除武装，心悦诚服。
"然而晚了，时机已经飞逝……

这个老打手——他心里想——
为什么他在这里插了一脚?
他奸猾、饶舌、随意诽谤……
自然,对他可笑的无稽之谈
只该报以蔑视;但愚蠢的人
却会叽叽咕咕,传为笑柄……"
呵,"公众的意见!"这就是 **38**
我们的偶像,美名的来源!
我们的世界就在这上面旋转!

12

诗人在家里等着答复,
心怀着愤恨,焦躁不宁;
好了,请看他的夸口的邻居
得意洋洋地带来回音。
我们的忌妒儿多么高兴!
他一直恐怕不能邀到
那个坏蛋,怕他随便找个借口
笑一笑,耸耸肩,就逃开了
正对胸膛的那支枪口。
现在,一团疑虑都已消散:
无论如何,明日破晓以前
他们都要去那个磨坊
扣上枪,拼个你死我活,
让子弹钻进大腿,或者前额。

13

对于水性杨花的奥丽嘉
愤怒的连斯基越想越恨,

在决斗前,他不愿意见她。
他坐着:看看太阳,看看时辰,
而终于,挥了一挥手——
怎么,他已经来到女邻的家。
也好,他想用自己的造访
让奥琳嘉①感到惊悔交加;
然而,事情似乎并非如此。
奥琳嘉还和以前一样
看见我可怜的诗人,立刻
从台阶上跳下,像风吹的希望,
活泼、嬉笑,满面高兴,
和从前没有一点不同。

14

奥琳嘉一见他,就问道:
"为什么昨晚走得那么早?"
诗人的心里异常纷乱,
默默地,不知怎样回答才好。
对着这么明亮的眼睛,
这么温柔、单纯的举止,
又是这么活泼的心灵,
他的忌妒、恼怒,一古脑儿消失!
他望着,充满甜蜜的伤感,
他看到自己还是她的情人,
便不由得有一些悔恨;
他颤抖,想要求她原谅,
但又不知道怎么说才好,
呵,他感到幸福,心在欢跳……

---

① 奥琳嘉是奥丽嘉的爱称。

15、16、17

在他可爱的奥丽嘉面前
连斯基又变得沉思、忧郁,
因为他想到昨天的事情,
但却又不敢和她提起。
他想:"我要作她的救主。
我不能容忍道德败坏的人
用魔火、阿谀和叹息,
引诱和欺骗年轻的心。
我不能让那可鄙的毒虫
随意侵蚀着百合花梗;
这朵小花才活了两个早上,
我不能让它半开就萎黄。"
这一切都指明了:朋友,
应该去和友人决斗。

18

假如他知道怎样的伤痛
在灼着达吉亚娜的心!
假如达吉亚娜预先知道——
呵,只要她知道:明天早晨
连斯基和欧根这两人
就要为坟墓的阴影争吵,
那么,也许,她的爱情
会使两个朋友言归于好!
然而,还没有人,即使偶然地
看到她内心潜伏的情热。
奥涅金对一切保持沉默;

达吉亚娜只在暗地里伤心；
也许,只有乳母能够猜到,
但她却又不够机灵。

19

整个晚上,连斯基心神不宁,
一会儿沉默,一会儿又高兴；
然而自古以来,凡是缪斯
宠爱的人,谁不这样任性?
他皱着眉,坐在琴座上,
才弹了几节曲子就打住。
继而,他两眼望着奥丽嘉
低声说:是不是? 我很幸福!
但是天晚了,该走了。他心里
充满了忧思,异常沉重。
当他和少女告别的时候,
他的心像被割裂似的痛。
她注视着他:"您怎么了?"
"没有什么,"——说完便走掉。

20

他回到家里,把手枪
察看了一遍,又放回匣里,
然后换下衣服,在烛光下
翻开了席勒的诗集。
然而他沉郁的心却不安闲,
只有一个念头反复盘旋:
奥丽嘉,说不出的美丽,
他总是看见她在眼前。

弗拉基米尔于是合上了书，
拿起笔，用铿锵的诗句
滔滔不绝地表达了心怀——
尽是些爱情的胡言乱语。
接着，他热情地朗诵一回，
像是捷里维格①在席间喝醉。

21

这些诗偶然保存下来，
谁要看，它就在我手边：
"呵，你飘到哪里，哪里去了，
你呵，我的金黄色的春天？
明天为我准备下什么？
我的眼睛向着幽深的黑暗
枉然去寻索：算了，算了，
命运自有公正的决断。
那一箭是否将把我射倒，
还是从身旁飞掠而过？
怎样都好：无论是睡，是醒，
都有一定的时限，不容逃躲。
我祝福那充满忧烦的白天，
但黑夜的莅临也值得欣羡！

22

"明天早晨将露出曙光，
绚烂的白日普照大地，
而我，也许我却蹚入黑暗，

---

① 捷里维格（1798—1831），俄国诗人，普希金的朋友。

独自去领略坟墓的秘密。
忘川的迂缓的浊流将吞没
一个年轻的诗人的痕迹,
整个的世界会把我遗忘;
然而你,呵,美丽的少女,
你会不会来洒一滴清泪
在这抔土上？你会不会想:
他爱过我,是为我他献出了
多难的生命的黯淡的曙光！……
呵,亲爱的朋友,我的伴侣,
来吧,来吧,我是你的！……"

23

他的诗行异常阴沉、悲凄,
(我们常说:这是浪漫主义;
虽然这里,我一点不觉得
它是这样。可是有什么关系?)
他很疲倦,在破晓以前,
终于把他沉重的头垂下
在"理想"——一个时兴的字上,
安静地睡了。但只一刹那。
他刚刚堕入矇眬之中
享受安憩的梦,他的邻居
就走进了静谧的卧室,
大声把他唤醒:"快起,快起！
已经六点多了,快点动身,
奥涅金一定在等待我们。"

24

然而他没有说对。这时候
欧根正在昏沉的梦中。
虽然夜影已经逐渐稀疏,
公鸡也已啼唤过长庚,①
奥涅金却只是沉睡不醒。
太阳升得很高了,而突然
飞过一阵风雪,耀眼的
雪花,在空中飞舞、盘旋,
但欧根还是拥在床上
恬适地睡着,做着美梦。
最后他醒了,把床帐
两边分开,向外一望:呀,
原来早已经过了时候,
他应该赶快就离开家。

25

他匆忙地摇铃。他的男仆
法国人吉罗立刻跑到屋里,
给他拿过来拖鞋和长袍,
还有雪白浆硬的衬衣。
奥涅金匆忙地把衣服穿好,
随即吩咐仆人,要他
准备好一切跟自己出去,
并且要带着手枪和木匣。
快速的小雪橇准备好了,

---

① 长庚星,又名太白星,在拂晓和黄昏时出现。

他坐上，立刻向磨坊飞奔。
到了地方。他吩咐仆人：
拿着列巴若 **39** 精制的手枪，
随在身后；而橇上的马
拉到田野，拴在两棵橡树下。

26

连斯基将身子靠在水堤，
他早已等得很不耐烦；
沙列茨基——我们乡间的
工程师，正藉此端详着磨盘。
奥涅金走过来，表示歉意。
沙列茨基却异常惊诧：
"怎么，你的副手在哪里？"
在决斗上，他是个专家
和学究，讲究艺术和方法，
他绝不能容忍一个人
用随意的方式给人打倒，
而必须遵守严格的条文。
他多么珍惜它古老的传统
（这件事很值得我们歌颂）。

27

"我的副手吗？"欧根说：
"这里就是：我的伙伴
吉罗先生。对我的选择
我想不会有什么意见。
他虽然没有什么地位，
但却是个正直的人。"

沙列茨基咬了咬下唇。
接着,欧根向连斯基说:
"怎么,开始吗?""好吧,请。"
连斯基说完,他们两个人
便直走到磨坊的后身。
这时,在远处,我们的沙列茨基
和"正直的人"在郑重地会谈;
两个仇人站着,目光暗淡。

28

呵,仇人! 杀戮的狠毒
把他们分开才有多久?
曾几何时,他们曾共享悠闲,
共饮食、共操劳、气味相投,
多么友善! 而现在,恶毒得
他们像是世代的仇敌,
仿佛是在一场可怕的
迷离的梦中,他们不言不语
给彼此预备了残酷的死亡……
呵,当他们的手还没有染上
彼此的血,难道他们不能
笑一笑,重新言归于好?……
但上流人物都重视虚荣,
在争吵上最怕人耻笑。

29

手枪拿出来,闪闪发亮。
撞针铿锵地碰着杵条,
子弹装进了光滑的枪膛,

咔嚓一声,扳机已经扣好。
接着,火药像灰色的细流
缓缓地洒到枪盘里。
牢牢嵌着的齿形的火石
给扳在上方。吉罗迷惘地
在附近的树桩后,呆呆伫立。
两个仇人都脱掉了斗篷,
沙列茨基以出色的精密
量出了三十二步,并且领着
两个朋友各站在一方,
每个人的手里拿着手枪。

30

"好了,往前行进!"
两个仇人
还没有举枪,平静、冷酷,
每人都以坚定的步履
往前整整迈了四步,
呵,迈上了死亡的四道石级。
首先,欧根一面不停地
向前行走,一面开始
把手枪静静地举起。
看,接着他们已经又走了五步,
而连斯基把左眼眯细
也正要瞄准——但立刻
砰的一声,欧根已经射击……
这一声是末日的钟响,
诗人无言地松开手枪。

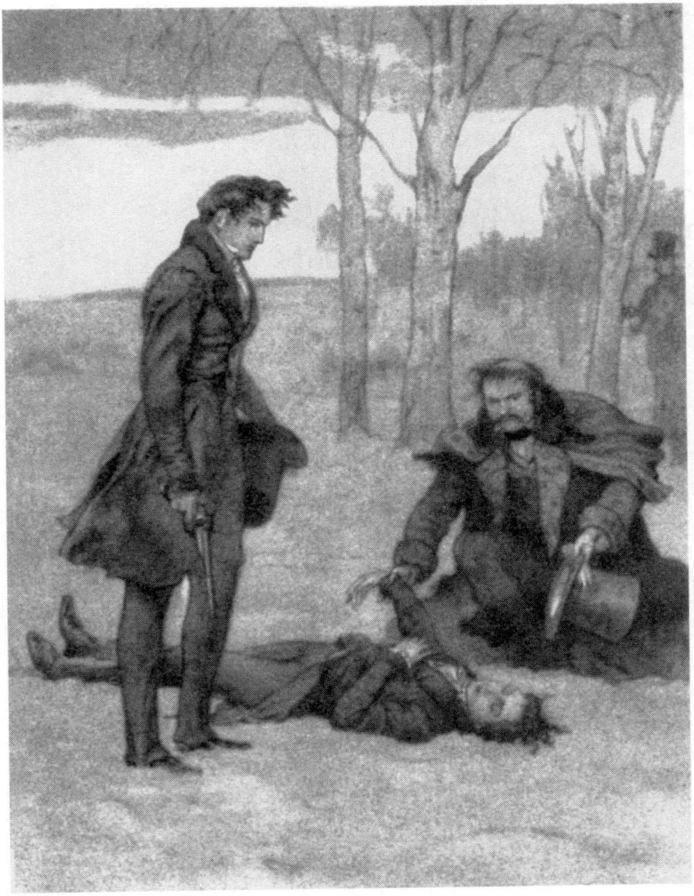

31

他以手轻轻地抚着前胸,
倒下了。他迟滞的目光
表明着死亡,而不是苦痛。
这好像是雪球在山坡上
一面给太阳照得银光闪闪,
一面缓缓地滚落,倏忽不见。
奥涅金全身一阵冰冷,
立刻跑到连斯基面前,
看望、呼唤他……但有什么用?
他已经完了。年轻的诗人
就这样早早地结束了一生!
美丽的花呵,还在生命的清晨
就已在暴风雨下摧毁、凋落。
呵,永熄了,神坛的火!

32

他静静地躺着,他的前额
呈现异样的怠倦和安详,
他的胸膛已被子弹洞穿,
血从伤口流出,冒着热气。
呵,不过是一刹那以前,
在这颗心里,灵感在波动,
它有的是希望、爱情和仇恨,
生命在跳跃,血在沸腾!
而现在,像是无人居住的
一所房屋,一切都幽暗、沉静:
百叶窗关闭了,窗玻璃

也涂着白粉。女主人已经
去了。她在哪里?只有天知道。
就连踪迹也无法寻找。

33

用大胆的讽刺
挑敌人的错,自然很开心,
你看他多么执拗:他真似
一条蠢驴,一肚子气愤,
却不自主地对镜子瞅瞅,
而羞于承认自己的尊容。
更开心的是:假如他脱口
叫出来:这正是我的面孔!
但尤其好的是:不声不响
给他做好寿终正寝的棺木,
而你高贵地、居于远方,
悄悄瞄准那苍白的前额;
但是,若真的把他送回老家,
对您的胃口恐怕也不适合。

34

您会有什么感觉,假如
您用手枪打死了一个
年轻的朋友,只因为喝了酒
他出言不逊,或者神色
有些凌人,或由于别的小事
惹恼了您,甚至一阵激昂
他愤怒地,傲然不顾地
邀您决斗。请问您心上

有什么感想,假如您看见
他躺在地上,动也不动,
他的额际死亡在盘旋,
而他的全身逐渐僵冷?
当他默默地,再也听不见
您对他的绝望的呼喊?

35

欧根紧紧地抓住手枪
瞧着连斯基,从内心感到
悔恨的啃咬。"唔,怎么?"
邻居看了看:"已经打死了!"
打死了!……这可怕的叫声
立刻使奥涅金全身颤抖,
他赶紧走开去叫唤人。
沙列茨基把僵硬的尸首
小心翼翼地放上雪橇,
他就带着这可怕的宝物
往家驰去。马儿嗅到
死人的气味,喷着鼻气,
撕扭着,马衔全是白沫,
随即像飞箭似的驰去。

36

朋友,你们在为诗人难过:
那欢愉的希望的花苞
还含蕊未放,那青春的彩色
还没有向人间照耀
就已枯萎了!哪里还有

那炽热的激动,远大的追求,
那青春的思想和情感
又崇高、又大胆、又温柔?
哪里还有狂飙似的爱欲,
对于知识和工作的渴望,
对于耻辱和罪恶的警惕?
还有你呢,深心的冥想?
你呢,神圣的诗的意境?
和不平凡的生活的幻影?

37

连斯基也许会造福于世,
甚至会博得广大的声誉,
他的已经沉寂的琴弦
也许会在遥远的年代里
仍旧不断地铮然而鸣。
也许,这世界的最高赏赐
正在等着他前去摘取,
但他殉难的圣者的影子
从此带走了神圣的秘密。
而对于我们,呵,沉寂了,
他那令人欢愉的歌声,
世代的歌颂再不会传到
他的耳鼓里,一道黄泉
隔断了万民对他的礼赞。

38、39

但也许,那等待着诗人的
竟是庸庸碌碌的一生:

青春的时代倏忽逝去，
他心灵的火随着变冷。
他也许改了许多，和缪斯
终于分了手，结了婚，
一件长棉袍，一顶绿帽子：
他很幸福地住在乡村。
也许他知道了这就是生活：
吃、喝、感觉无聊、渐渐发胖，
四十岁得了风湿，身体衰弱，
终于一病不起，倒在床上，
被医生、子孙、哭泣的老妇
环绕着，就这样把一生结束。

40

然而无论你怎样猜想，
亲爱的读者！我们的诗人，
这多情的少年，沉郁的梦幻者，
却已在友人的手里丧命！
剩下了一抔黄土，留在诗人
曾经居住的村落的左首，
那里有两棵松树根须交缠，
在树下，一条细小的河流
曲折地流入附近的山谷。
农人喜欢在那里休憩，
有时候，割禾谷的农妇
把金属的罐子浸入河水，
那儿，在河岸的浓荫下，
你可以看见简单的墓碑。

41

在碑下(当春天的细雨
蒙蒙地淋着田中的谷物)
牧人一面编织着草鞋,
一面唱着伏尔加的渔夫。
有时候,来乡间度夏的
城市的女郎,独自一个
在田野里骑着马飞奔。
假如她是从这里经过,
她会停下马,立在碑前,
一手拉紧皮缰,另一只手
把面纱轻轻地撩到一边,
用匆促的一瞥,读过了
简短的墓铭——她的眼睛
会为多情的泪水所迷蒙。

42

于是,女郎沉湎在深思里,
骑马缓缓地在田野行进。
她会不自觉地、长久地
感叹着连斯基的命运。
"奥丽嘉怎样了?"她会问:
"她的心可是长久地悲戚,
还是泪眼很快就擦干?
她的姐姐如今在哪里?
还有他,那遁世的怪客,
时髦女郎的时髦的仇敌,
他在哪里,那个忧郁病患者,

那杀死青年诗人的家伙?"
呵,亲爱的读者,请等一等,
我就会对您细细解说,

43

可不是现在。我虽然
真心喜爱我的主人公,
我虽然终归要把他提起,
但现在,他却不在我的心中。
年岁大了,使人日益接近
刻板的散文,把轻佻的韵律
渐渐吓走。而我——唉,我承认:
我和缪斯已没有那般情意。
我的秃笔已不再尽情地
一页一页飞快地涂抹;
却有另一种遐想和忧思
更冷静、更严肃——每当我
或独处,或在欢闹的人群中,
它总在侵扰我心灵的梦。

44

我听见了一些新的愿望
从心里呼出,感到新的悒郁。
过去的希望已经不再来了,
我感叹旧有的哀愁的逝去。
呵,春梦!春梦!你在哪儿?
哪里是(为了押韵)你的甘蜜?
难道我们灿烂的年华
终于凋谢了,真的?真的?

难道事实竟是如此:
还没有等我唱一句哀歌,
我的生命的春天已经消逝
(我以前的诙谐竟成了事实)?
难道青春真的不再回返?
而我的年龄很快就到三十?

45

是的,生命的下午来了,
我知道,我必须承认。
那么,让我们友好地告别吧,
噢,我的飘忽的青春!
我感谢你给我的欢乐,
那忧郁、那可爱的痛苦,
那狂飙、喧哗和宴饮,
为了你带来的一切礼物,
我感谢你。无论是静怡
还是狂乱,你所有的日子
已使我享尽了个中情趣。
好了!我的心已澄澈、平静,
我要卸下往日的重负,
让自己走上新的旅程。

46

让我回顾一下,别了,庭荫,
是在你的幽寂里,我的热情
和疏懒的日子悄悄流去了,
也逝去了沉郁的心灵的梦。
而你,呵,青春时代的灵感,

来吧,请再燃起我的想象,
请让我困倦的心重新醒转,
请常来到我的一隅翱翔。
不要看着诗人的心变冷,
不要让他变得残忍、庸俗,
终于和化石似的僵硬:
因为世俗的欢乐只令人麻木;
而你和我,亲爱的友人,
却一向在这摊死水里浮沉。**40**

第 七 章

　　莫斯科呵,俄罗斯的爱女,
　　哪里能找到你的匹敌?
　　　　　　　　——德米特里耶夫
　　人们怎能不偏爱莫斯科?
　　　　　　　　——巴拉邓斯基
诋毁莫斯科!这就表明你
游遍了世界!还有什么地方
比这里更好?
　　　　哦,是的,有:
　　　那许是虚无缥缈之乡。
　　　　　　　　——格里鲍耶陀夫①

① 格里鲍耶陀夫(1795—1829),俄国剧作家。这一段摘自他的名剧《聪明误》。

1

从附近的山峦,堆积的雪
被春日的阳光融化,追赶,
变成了无数浑浊的细流,
汇集到一片汪洋的草原。
大自然展开了明媚的笑
半睡半醒,迎接着一岁之晨。
天空是明亮的、蔚蓝的,
树林尚可透视,但已绿绒绒
耀人眼睛。成群的蜜蜂
从蜡质的窠里飞了出来
觅取田野给它们的贡金。
山谷就要干了,呈现华彩;
牛羊在咩叫,而夜莺
也从夜的幽寂里唱出歌声。

2

呵,春天!春天!爱情的季节!
你的降临使我多么悒郁!
在我的心灵和我的血中
荡漾着怎样倦慵的涟漪!
当春天的气息吹拂在
我的脸上,那么温柔、醉人,
而我,深深地躺在乡野的
静谧中,心怀却多么阴沉!
可是因为我不惯于欢乐,

而凡是能使人快慰、喜悦的,
那鼓舞人的明媚的一切,
必然会给我厌烦和怠倦?
可是因为我的灵魂早已死了,
看到了一切都觉得幽暗?

3

或者是因为我们看见
这不过是秋天落叶的循环,
而听到树林的新的喧声
使我们记起了逝去的悲叹?
或者因为大自然的复活——
这季节的回转令人不宁,
因为它使我们想起了
我们一去不返的衰退的年龄?
也许,我们会不自觉地堕入
诗意的感伤的梦幻,
想到了以往的一个春天,
心在颤抖,情思在飘浮:
我们想到了遥远的地方,
一个奇异的夜晚和月亮……

4

正是时候了。善良的懒虫,
来吧,会享乐、会逍遥的哲人,
还有你们,列夫申 **41** 的门生,①

---

① 列夫申(1746—1826),很多经济论文的作者。"列夫申的门生"指当时的新派地主。

还有你们,淡漠而又幸运,
乡间的普利姆①,多情的夫人,
来吧,来吧,春天在招手
要你们来到绿色的田野,
这正是春暖花开的时候。
动一动吧,不要错过了时光,
快来到郊野里怡情闲步,
而春夜又是那么撩人、迷荡!
朋友们,套上自家的马,
或者用驿马拉着重载的车,
把自己拖出城,来到乡下!

5

还有您,温文尔雅的读者,
坐上您的外国的轿车,
来吧,离开那扰攘不休的城市,
这一冬您已享尽了安乐。
来吧,跟着我的任性的缪斯
去听春日的树林的声音,
去到那无名的小河旁边,
就在那村子里,我的欧根
(那个闲散而忧郁的隐者)
不久以前,住过一个冬季;
而达妮亚,我的好幻想的
姑娘,曾经是他的邻居。
可是现在,他已经去了……
他去了,留下了不幸的痕迹。

---

① 普利姆,即荷马史诗《伊利亚特》中的特洛伊国王,普里阿摩斯有子多人。这里指地主。

6

在这群山环抱的幽谷中,
来呵,请看那蜿蜒的溪水
穿过绿色的田野,没入
菩提树丛里,向大河流汇。
那儿,春季的情人——夜莺
整夜地歌唱。玫瑰正鲜艳,
你可以倾听泉水的淙鸣。
那儿,在两棵古松的浓荫间,
还可以看见这一块墓碑
对路人讲述如下的事迹:
"这里是弗拉基米尔·连斯基,
卒于某年,享年若干岁,
虽然早死,却死得勇敢,
年轻的诗人呵,愿你安眠!"

7

在这朴素的坟墓上面
松树垂下了它的枝叶,
常常,树枝上挂着花圈
在晨风里轻轻地摇曳。
在向晚的时候,常常有
两个女郎结伴来到这里,
她们互相拥抱,坐在坟头,
在月光下轻轻地啜泣。
但如今……这凄凉的墓石
早被人忘记。坟前的小径
荒芜了。树枝上再没有花圈。

只有苍老瘦弱的牧人
坐在那里,还和以前一样,
一面编草鞋,一面歌唱。

8、9、10

我可怜的连斯基!奥丽嘉
虽然憔悴,却没有哭很久。
唉,哪一个风情的少女
能够把悲哀记在心头?
很快,另外一个人引起了
她的注意,他爱情的阿谀
使她的悲痛化为乌有;
一个骑兵俘获了她的心,
她成了他的爱情的俘虏……
看哪,她和他走到了神坛,
她戴着新娘的花冠,
羞涩地低着头,站在那里,
她下垂的眼睛闪着情热,
轻盈的笑在唇边飘过。

11

我可怜的连斯基!你却躺在
坟墓的永恒的寂灭里。
忧郁的诗人呵,你可还会
感于这致命的负心的消息?
或许你,诗人,为忘川河水
催眠了,幸福地没有知觉,
再没有什么能使你苦恼,
你和这世界已完全断绝?……

呵,是的,那坟墓后面的
冷漠的寂灭正等着我们。
朋友、仇敌、爱人的声音
就会变为安静。只有一群
气势汹汹的继承人,为了遗产,
还在合奏着可耻的争论。

12

在拉林家,很快地消失了
奥丽嘉的清脆的话声。
骑兵不能自主,她必须
和丈夫一同去到军中。
老母亲满脸流着眼泪
和女儿告别,她几乎
悲伤得一口气晕倒;
但达妮亚却难得哭出,
只有死一般的苍白
笼罩着她的阴郁的脸。
所有的人都走到了门外
围着新式的轿车,和新夫妇
匆忙地告别。达吉亚娜
这时才走来向他们祝福。

13

而她很久地,像隔着雾,
遥望着这对夫妇的背影……
就这样,我的达吉亚娜
剩了一个人,孤孤零零!
呵,她的这么多年的伴侣,

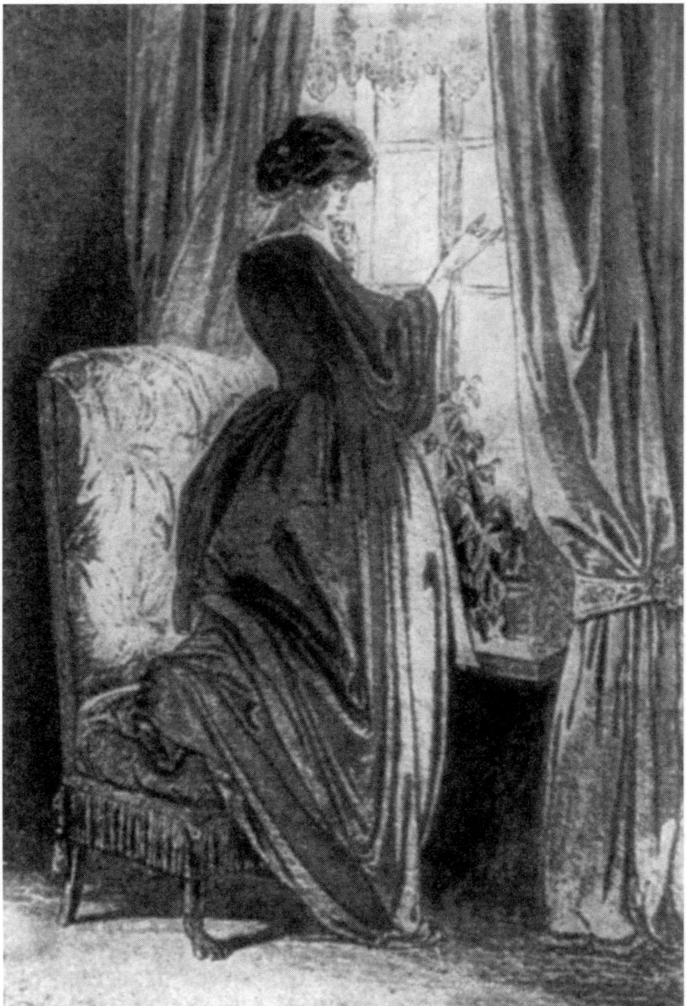

她的小鸽子,她的密友,
命运给送到遥远的地方,
从此,她们永远分开了手。
她像个幽灵,到处游荡,
有时朝空旷的花园凝望……
无论在哪里,她没有安慰;
而她的久已咽住的眼泪
也不能痛快地流泻出来——
唉,她的心已经破碎。

14

是在这种残酷的孤独里
她的热情燃烧得更旺,
她的心更大声地向她提起
奥涅金,虽然已经天各一方。
她再也不能看见他了,
是的,她应该深深憎恨
这杀死她的妹夫的凶手;
诗人已经死了……再没有人
把他提起,而他的未婚妻
已另有所属。尽管他生前
多么勇敢,可是这一切
已经轻烟似的散入蓝天。
也许世界上还有两颗心
在为他哀伤……但岂非枉然?

15

夜幕低垂,天空渐渐幽暗。

河水静静地流着。在河边
蟋蟀在合奏。圆舞已散了。
渔人的篝火从河的对岸
冒着烟燃烧。在田野里
达吉亚娜乘着银色的月光,
一个人做着无穷的幻梦,
很久,很久地徘徊游荡。
她走着,上了一座小山,
突然看到山下一个村落:
树丛里现出庄主的宅子,
一所花园倚着明澈的小河。
她望着——不由得一怔,
她的心跳得多快、多凶。

16

"我是走下去,还是退回?……"
她迟疑不决:"他自然
不在这里。没有人认识我……
我来看看房子,看看花园。"
达吉亚娜于是下了山坡,
心慌意乱,她困惑的眼
向周围看了一下,然后就
不安地走进荒芜的庭院。
一群狗立刻奔扑而来,
对她狂吠。奴仆家的儿童
听见她的惊叫,从屋中
乱哄哄地跑来。孩子们
为了怕小姐受到伤害,
像打仗似的把狗赶开。

17

"这家主的房子,"达妮亚问:
"我能不能进来看看?"
儿童们立刻去找安妮夏
向她取钥匙。这个女总管
很快地跟着儿童走来
把门打开了,达妮亚
于是走进这无人的住宅——
不久以前,我们主人公的家。
她四处望望:一根台球棒
冷清地歇在大厅的台上,
叠皱的靠榻上横躺着
一支马鞭。达妮亚再往前望:
"呵,这个壁炉,"老妇人说:
"主人常常在这里静坐。

18

"我们死去的邻居连斯基
在冬天,常常和主人在这里
一起吃饭。请您跟着我来——
这是主人的书房,在这里
他有时候歇息,喝喝咖啡,
在午前,他总翻看什么书……
总管到这里向他请示,
这也是去世的老爷的住屋。
呵,老太爷在世的时候
就在这窗下,每到礼拜,
常常戴上眼镜和我斗纸牌。

但求上帝保佑他的神灵吧,
但愿他的骨灰在坟墓里
伴着土地妈妈永远安息!"

19

达吉亚娜用多情的目光
向屋中的一切扫视一遍,
一切对她都那么珍贵,
一切都引起她的怀恋,
使她又是痛苦,又觉快慰。
她看到那张书桌,在桌上
一盏无光的灯,一堆书,
窗前是一张铺毯子的床,
窗外望出去,是暗淡的月色,
而室内一片朦胧的光。
她看着那张拜伦的肖像,
和一个小型的铁铸的人:
戴着呢帽,两臂十字交叉,
他的脸色是那么阴沉。①

20

达吉亚娜像中了魔,对着
这时髦的禅堂,呆立了半天。
然而已经不早了。冷风
吹起来,山谷里一片幽暗。
丛林在多雾的河旁睡了,
月亮也躲在山峰背后。

---

① 指拿破仑的塑像。

该回去了,参拜的少女呵,
早已到了回家的时候。
达妮亚藏起内心的激动,
叹了口气,和一切告别,
然后走上归家的路程。
但是在走前,她讲好了
还要来到这幽静的房屋,
她喜欢独自一人看看书。

21

达吉亚娜走到大门口
和女管家告了别。第二天
一大清早,她又已来到
这被遗弃的幽暗的房间。
在这安静的书房里,她暂时
把世间的一切都忘记;
在这里,终于剩下了一个人,
她坐下来,很久、很久地哭泣。
哭完了,她翻看着一些书。
起初,这并不引起她的注意,
可是那各色的书名和作者
对她很新鲜,使她好奇。
她读了几页,越读越爱,
呵,另一个世界在她面前展开!

22

虽然我们说过,奥涅金
很早就已厌烦了读书,
不过有几本作品是例外,

它们受到他特别的爱护。
这就是：诗人拜伦的作品
例如《唐璜》和《邪教徒》，
还有两三本小说，它们
刻画了我们当代的人物
是这么逼真！整个的时代
都呈现其中。请看那颗心灵
自私、冷酷、充满了虚荣，
永远沉湎于无穷的幻梦：
他激愤的心智尽管沸腾，
然而却做不出一件事情。

23

在这些书里，很多地方
留有清楚的指甲痕迹。
达吉亚娜看到它们
更增加了阅读的兴趣。
从这里，她颤栗地看到
是些什么思想、什么语句，
打动了奥涅金的心，
他对于什么表示同意。
在书页的边沿，她看见
他用铅笔写的一些话。
到处，不自觉地，他把心灵
流露在自己的笔下：
这里一个问号，那里一个
简短的字，或者一个十叉。

24

而渐渐地,我的达吉亚娜
开始明白了——谢谢上帝!
她看出是怎样的一个人
命运注定她这个少女
要为他发出心灵的叹息。
这是个忧郁难测的怪物:
谁知道,他究竟是天使
还是傲慢的魔鬼?他的来路
是地狱还是天堂?也许,
他不过是个冒牌的赝品,
披着哈罗德外套的莫斯科人?
他可是外国的古怪思想
新的化身,满是时髦名词的
一本辞典?一篇戏谑的模仿?

25

她是否解答了这个谜?
她可看出了事情的真谛?
时间不觉地溜走了,她忘了
家里早就在等她回去。
在家里,有两个邻居来拜访,
他们正把她当作话题。
"怎么办?她已经不是孩子,"
老母亲一面说,一面叹息:
"奥琳嘉比她年轻,都已出嫁。
真的,早该给她安顿下来,
但你对她有什么办法?

无论是谁,她都一口回绝:
不行,不行。却整天忧郁,
一个人在树林里荡来荡去。"

26

"她没有爱人吗?""有谁呢?
布扬诺夫曾经求过婚;
碰了钉子。彼杜式科夫也一样。
接着来了骠骑兵倍赫金。
他简直为达妮亚颠倒了,
呵,他多么会对她小心奉承!
我心想:这回大概答应了吧?
怎么成! 这件事又落了空。"
"老太太怎么啦? 何必发愁!
到莫斯科去! 那是嫁人的市场。
在那里,据说有很多美缺。"
"噢,老天爷! 没那么多进项。"
"可是总可以过一冬天,
如果不够,我借给您钱。"

27

这一个合乎情理的建议,
老太太听了倒很高兴,
算了算——于是决定了
冬天动身到莫斯科去。
达妮亚也听到了这个消息。
她立刻想到那上流社会
会怎样苛刻地评头论足,
而她显然是这么乡下味;

衣饰过了时,谈起话来
也格格不入,呆板、生硬。
那莫斯科的摩登仕女
会把她当作怎样的笑柄!……
呵,可怕! 她宁愿留在
这自由自在的林野之中。

28

天空刚刚透亮,她起来
就赶快往田野走去,
她用多情的目光把一切
看过一遍,满心的忧郁:
"唉,别了,平静的山谷,
别了,亲切的树林和山峦!
你们都留过我的足迹;
再见吧,欢欣的大自然,
再见吧,平和、美丽的天空,
为了一个浮华世界的烦嚣,
我将舍去可爱的安静……
唉,别了,别了,我的自由!
命运给我安排些什么?
究竟有什么要我去追求?"

29

她游荡的时间更长了。
现在,无论是小河、小山,
都有一种特别的妩媚
使达吉亚娜看个不倦。
她对着熟稔的丛林和草地

就像是多年的老朋友
和它们赶紧一一絮谈,
呵,趁现在还有点时候。
夏天飞快地逝去,转眼是
金黄的秋天。自然在抖索
像装饰起来等待被宰割……
而北风很快地吹起来了,
它怒号着,追逐着阴暗的云彩,
冬天这巫婆接着走来。

30

她来了,到处都会看见她:
她的乱发挂在橡树枝上;
她横躺在草野和山坡,
铺着绒毡,像起伏的波浪;
她用魔法把冻结的河
和两岸填平,覆上白被单,
冰雪在闪耀。呵,冬天老妈妈,
你这些把戏多叫人赞叹!
但是达妮亚却不很开心,
她并没有去迎接冬天。
她懒得闻那冰霜的微尘,
也无意于从浴室的屋檐
抓一把雪,往脸上和身上擦:
她看着冬天的路,有些害怕。

31

原定的行期早已过去,
他们任凭时间流逝,

等那辆老旧的滑雪车
修补，装潢，准备上路。
三辆普通运货的篷车
装满了母女的一应用具：
炖锅啦、椅子啦、箱笼啦，
还有垫褥、鸡笼和公鸡，
还有羽毛褥子、陶泥壶，
还有脸盆、小罐果子酱，
呵，等等，等等，很多什物。
于是，十八匹瘦马牵到院中，
在奴仆的住房里，立刻响起了
送别的哭泣、嘈杂的话声。

32

厨子们忙着预备早餐，
主人的轿车立刻套上马，
篷车的行李堆得有山高，
车夫和婆子正因此吵架。
赶车的人满脸的胡须
已经跨上骨瘦嶙峋的马；
于是佣人们都赶到门口
等着送别；于是达吉亚娜
和母亲上了古老的轿车；
滑着，滑着，转瞬出了庭院。
"呵，别了，我平静的居处，
别了，我的幽僻的港湾！
我们能否再见？"一阵心痛，
达吉亚娜不由得泪如泉涌。

33

我们的国家也许开发较晚,
然而文明很快就要扩展
它的疆域。是的,据我们哲人
估计的数字:再有五百年
我们的道路就完全变样,
整个的俄罗斯将会贯穿
横的、竖的、平坦的大道,
无论到哪里都不困难。
我们将有宽大的弧形铁桥
跨过河身,而在河床下面
我们将修通惊人的隧道;
如果还没有路:再凿开山;
我们要让这基督教的世界
每一个站上都有个酒馆。

34

现在,我们的道路还很坏,**42**
桥梁年久失修,都已破烂,
驿站上有的是跳蚤和臭虫,
叫你一分钟也不能安眠。
找不到饭馆。在那冰冷的
小茅屋里,高贴着一张菜目,
可是要什么,什么没有,
看了它更叫你饥肠辘辘。
而同时,在徐徐的小火前,

我们乡间的赛克洛蒲①
正以俄罗斯的笨重的铁锤,
修理欧罗巴的轻巧的产物。
他们得祝福祖国的土地:
多亏它满是深坑和轨迹。

35

但无论怎样,冬季的旅行
却那么轻松,那么宜人:
冬天的道路像流行歌曲的
陈腐的诗行,平滑不用费劲;
我们的车夫都很灵敏,
我们的三驾车从不知道疲倦;
路标像栅栏似的闪过去,
一个又一个愉悦你的眼。**43**
但不幸,拉林娜的车一路拖延,
这一程,她嫌驿马的价格高昂,
宁可用家里的老马对付。
因此,我们的少女一路上
享尽了旅途的无聊,
走了七昼夜她们才走到。

36

呀,看哪,就在她们眼前
出现了莫斯科石砌的白墙,
教堂顶上的金色的十字

---

① 赛克洛蒲,希腊神话中的独眼巨人,曾为大神宙斯熔铸雷电。这里戏指俄国乡间的铁匠在改造由国外进口的马车,以适应俄国的道路。

像火焰一样辉煌、闪亮。
呵,朋友!请想我多么高兴,
当我面对那壮丽的宫殿,
那些花园、教堂和钟楼,
那弧形的莫斯科的风景线!
随着命运的飘泊,我常常
在远离你的悲哀的日子里,
莫斯科呵,我多么怀念你!
呵,莫斯科……这一个名字
会使多少俄国人心神荡漾,
对于他们,你的意味多么深长!

37

这里是一片树林环绕的
沉郁的彼特洛夫斯基王宫,①
它仿佛还在骄傲地回忆
不久以前享有的光荣。
是在这里,得意的拿破仑
陶醉于他的最近的战功,
白白等待莫斯科匍匐着
把克里姆林的钥匙向他呈送。
呵,没有。我的莫斯科给他的
不是胜利、礼物和欢迎,
她却预备了一场大火
送给这等得焦躁的英雄。
是从这里,他郁郁地望着
惊人的火焰烧满了天空。

---

① 彼特洛夫斯基王宫在莫斯科郊外,拿破仑进击莫斯科时,曾在这里居住。

38

再见吧,陨落的英名的见证,
骄傲的王宫!哎,不要打住,
我的故事要快些进行!
好了,那城口的洁白的石柱
耀人眼睛;她们的轿车
已经颠簸在特沃斯卡亚街上。
她们驰过了警察岗位,
儿童、老妇、店铺、高大的住房,
公园、寺院、路灯、布哈拉人①,
雪橇、果树园、看守人的小屋,
宽阔的大道、哥萨克、农夫,
凉台、药铺、时装和化妆品的
商店,门前的石狮张牙舞爪,
成群的乌鸦在十字架上叫。

39、40

就这么沉闷地足足走了
一两点钟,在哈里顿教堂旁边
她们转进了一条小巷,
于是轿车在一所住宅门前
停下了。这里住着达吉亚娜的
老姑姑(她生肺病已经四年)。
一个白头发的卡尔美克人
打开大门,出现在她们面前。
他戴着眼镜,穿着破长衫,

---

① 指由布哈拉(今名乌兹别吉斯坦)来的商人。

手里在补着一只破袜。
郡主在客厅里,正倚着沙发,
听见她们便叫了起来。
两个老人淌着泪,彼此拥抱,
接着又是感叹,又是呼叫。

41

"郡主,我的天使!"
"巴西特!""阿琳娜!"
"谁想得到?呵,一晃多少年?
岂不像昨天?表妹!亲爱的!
快坐下——呵,这简直是一篇
小说的情节,多么奇怪!……"
"这是我女儿,达吉亚娜。"
"呵,达妮亚,过来,我看看——
哎,这多像是在梦里说话……
表妹,可记得你的葛兰狄生?"
"什么葛兰狄生……呵,葛兰狄生!
对了,记得,记得。他在哪里?"
"在莫斯科。住在西米恩①附近。
圣诞节前夕他还来看我,
他刚刚给儿子娶过了亲。

42

"还有那……得了,以后再详谈。
对不对?我们让达妮亚
明天就和亲友一一见面。

---

① 西米恩,教堂名。

很不幸,我没有力气带着她
到处去走。唉,我的腿简直
不中用了。可是你们这一路
一定很累,我们去歇歇吧……
哎,没有气力……心口不舒服……
喜事也经不住,一动就累,
更别提烦心的事了。如今,
亲爱的,我真的事事不行……
人老了,活着简直是受罪……"
说到这里,她完全接不上了,
呛得又是咳嗽,又是流泪。

43

达吉亚娜虽然很感激
病弱老人的欢迎和疼爱,
但她已惯于自己的斗室,
换了这新居并不很开怀。
在生疏的床上,在丝绸的
帐幔里,她辗转了一个夜晚;
而莫斯科的清晨的钟声
唤醒了嘈杂和烦嚣的白天,
吵得她再也不能够入梦。
达妮亚于是起来,坐在窗前。
夜影稀疏了,但怎样看
她也看不到那一片田野;
在她眼前只是一道篱墙,
一个院落、马厩和厨房。

44

每一天,达妮亚都被带着
挨家去就亲戚的餐桌,
她那疏懒的模样得一一介绍
给那些老太太、老伯伯。
亲戚们对于远道的来客
都表示特别的亲热、欢迎,
到处都邀请,"哎!噢!"个半天。
"呵,达妮亚已经成了大人!
我给你洗礼才有多久?
我记得就这样把你抱着!
我曾经喂你吃过甜饼干,
我还这么扯过你的耳朵!"
老太太们都同声慨叹:
"唉,多么快,光阴真似飞箭!"

45

但他们都没有什么改变,
一切和从前没有两样:
老姑姑叶琳娜郡主
还戴着那帽子,遮着面网;
彼特洛芙娜依旧说谎话;
利渥芙娜粉还擦得那么多;
伊凡并没有变得聪明;
彼得罗维奇一样很吝啬;
尼古拉芙娜的知心朋友
还是那法侨芬木希先生,
她还有那只长毛狗;那个男人,

他仍旧准时去到俱乐部，
一样的聋，一样的恭顺，
吃得多，喝得多，赛过两个人。

46

各家的女儿们，莫斯科的
标致的小姐，经过引见
和拥抱后，便把达吉亚娜
从头到脚地打量一番。
她们觉得她有些特别：
有些乡下气，局促不安，
脸庞稍显消瘦苍白，
不过，大致说来，很不难看。
过一会儿，她们不再矜持，
挨近些，成了亲热的朋友，
吻着她，轻轻捏着她的手，
把她的头发按照时式
翻卷上来，用歌唱的声音
向她吐露少女的心事，

47

谈着自己和别人的俘获，
各样的诡计、梦想和希望。
少女们又说又笑，自然，
话里还点缀着轻佻的诽谤。
这以后，为了要取得
她们这一番表白的报偿，
便温存地请求达妮亚
把她的心事也细讲一讲。

但她却和在梦里一样,
对她们的话全没有理会,
她的神魂尽在别处飘荡。
而至于自己心上的秘密,自然,
她紧守着,对谁也不吐露:
呵,她那快乐和眼泪的宝库!

48

客厅里满是嘈杂的话声。
达吉亚娜很想专心来听,
但人们谈的都是些什么?
无聊的废话,没一点内容。
这些人是如此平淡、乏味,
连他们的诽谤也毫不出色。
他们的家长里短、造谣中伤,
传闻和发问都同样枯涩,
谈一整天,也谈不出什么结果;
甚至偶然的机智也不曾
从他们脆弱的脑中掠过,
任何笑话也摇不动他们的心。
呵,空虚的世界!你甚至
拿不出一点有趣的愚蠢!

49

档案处的那些贵族青年①
每有聚会,必然瞟着达妮亚,
他们彼此间私自议论,

---

① 外交部档案处是时髦的贵族青年愿意工作的地方。

摇摇头,说些挑剔她的话。
一个滑稽的家伙,郁郁地
动了情,于是倚在门边,
为她写下了一首哀歌,
赞美她,把她夸做是天仙。
维亚塞姆斯基在她乏味的
姑母家,曾经坐在她身旁,
他的谈吐使她心神向往;
旁边座上有一个老人
看到了她,便问这,问那,
并且整理着自己的假发。

50

然而在剧院,却没人注意她。
当狂暴的梅里波敏娜①
对着冷淡的观众嘶声嚎叫,
并且把她的彩服舞上舞下
炫人眼目;当塔莉雅②瞌睡了,
对善意的鼓掌全不注意;
在那里,只有舞神的登场
引起年轻的看客的惊奇,
(这情形,你我都很熟悉,
上代人自然也不在话下);
这时候,无论忌妒的夫人
或者时装的鉴赏家,
再也不会从厢座或楼厅
把望远镜举起,瞄准着她。

---

① 梅里波敏娜是悲剧的女神。
② 塔莉雅是喜剧的女神。

51

人们又领她去到跳舞厅。
那里嘈杂、笑闹、拥挤不堪,
音乐在交响,烛火辉煌,
一对对的舞伴旋风似的转。
美妙女郎的轻盈的霓裳,
回廊上的灿烂的人群
多少种颜色,多少娇艳,
不由得不迷醉你的神魂。
是在这里,真正的花花公子
炫耀他的狂妄、他的西装,
并且戴着望远镜肆意玩赏。
休假的骑兵也来到这里
匆忙地出出风头,闹一闹,
等人上了钩就逃之夭夭。

52

夜空里有很多灿烂的明星,
莫斯科也有的是姣好的美女;
然而只有月亮,她的光辉
压过天空中所有的伴侣。
在她前面,我笨拙的竖琴
沉默了,再也不能卖弄。
她和辉煌的月亮一样,
独自照耀在一群女儿中。
那是怎样的天庭的风韵
她给带到了这个尘世,
她的心里充满了多少柔情!

她美妙的顾盼又多么倦慵!……
呵,够了,够了,快些打住:
你已为癫狂吃够了苦楚!

53

人们喧哗、笑闹、奔忙、鞠躬,
"华尔兹"、"加洛普"、"玛茹卡"……
达吉亚娜坐在姑母中间,
挨着圆柱,没有人看到她。
她在望着这一场骚动,
望着,却没有看见;她讨厌
这窒息人的场所,她的心
不由得飞向那一片田园:
想到那村庄,那乡野的居民,
还有她那偏僻的角落,
那小河的明亮的水波,
她想到自己的小说,想到野花
和菩提树的幽暗的曲径,
那突然站在面前的"他"。

54

她的思潮正在远远游荡,
她忘了舞会和这一片喧声;
这时候,有个显贵的将军
望着她,却望得目不转睛。
两个姑母彼此眨了眨眼,
立刻用肘碰碰达妮亚,
并且一齐对她小声地说:
"快一点,看看你的左边吧。"

"左边?怎么,要看些什么?"
"唉,不管怎样,快看一看……
就在那堆人中,就在前面,
那里,另外两个也穿着军装……
呵,他走开了……看他的侧影……"
"谁?是不是那个胖胖的将军?"

55

达吉亚娜的胜利的俘获
我们固然应该祝贺,
但是,现在得话归本题,
不要忘了我们为谁而歌……
说到这儿,让我添上两句:
"我要歌唱的是年轻的友人,
和他那无数怪癖的幻想。
噢,缪斯!史诗的女神!
请照拂我的艰苦的诗章,
请递过你的可靠的拐杖,
不要让我迷失了途径。"①
够了!我总算尽了责任!
虽然稍晚,我向古典主义
已经用序曲表示了敬意。

---

① 照古典主义的惯例,史诗作品总要用"我歌唱(某人和某事)……"等话作为篇首或"序曲",这已经成了一种滥调。因此,普希金在这里诙谐地模仿了一段。

第 八 章

别了,如果是永远地
那就永远地,别了。
　　　　　　——拜伦

1

当我在皇村中学里,像一朵花
在它的花园里无忧地开放,
我喜欢阅读的是阿普雷亚①
而不把西塞罗②放在心上。
回想那时候,每当煦和的春日,
当我在幽深的谷里,在湖水边,
听着天鹅的啼唤,看着水波闪烁,
缪斯便出现在我的面前。
我的宿舍的斗室因为她的
突然的降临而辉煌、明亮。
她为我摆开筵席,她歌唱
儿童的欢乐、青春的戏谑,
她歌唱我们古代的光荣,
还有心灵的颤栗的梦。

2

世界带着微笑迎接她,
这最初的成功令我们鼓舞,
杰尔查文③老人也赏识我们,

---

① 阿普雷亚,即二世纪的罗马诗人阿普列乌斯,著有讽刺长诗《金驴》。
② 西塞罗(纪元前106—前43),罗马散文作家,政治家。
③ 杰尔查文(1743—1816),俄国诗人。普希金在皇村中学时代,即受到当时著名诗人杰尔查文的鼓励。

在坟墓的边沿向我们祝福。①
············
············
············
············
············
············
············
············
············

3

而我一直把不羁的热情
当作行动的唯一的指针,
我常常带着顽皮的缪斯
和笑闹的人群一起宴饮。
她伴着我们争吵(在午夜,

---

① 原稿中本节结尾如下:
　　德米特里耶夫没有指责,
　　而那俄国习俗的捍卫者,①
　　暂停下教导,聆听着我们,
　　把怯生的缪斯轻轻抚摸。
　　而你,深深充满灵感的
　　一切优美情愫的歌者,②
　　你呵,少女心灵上的偶像,
　　你岂非出于偏爱而向我
　　伸出你的手,叫我把一生
　　奉献给诗的纯洁的名声?

① 指俄国史的作者克拉姆金。
② 指浪漫主义诗人茹科夫斯基。

那对巡查是多大的声音!)
在这狂欢的筵席上,她也使
座中的节目花样翻新:
作为酒神的忠实的信徒,
她对酒放开了自己的歌喉;
而那些昔日的青年人
都颠倒了,热狂地向她追求——
在朋友面前,我感到骄傲
有这一个轻佻的女友。

4

然而我已经远离他们了,
我跑到远方……她跟着我。
多么常常地,温存的缪斯
为了解除旅途的寂寞
使我醉心于迷人的故事!
在月下,在高加索的山径,
多么常常地,像林诺娜,①
她和我一起在马上飞奔!
在幽暗的夜晚,呵,她常常
领我去到塔弗利达②的海滨,
她让我倾听那海涛的喧响,
那波浪的深沉的永恒的合唱,
妮列伊达③的低声的喃喃,
那对创世主的无言的礼赞。

---

① 林诺娜是德国诗人毕尔格(1747—1794)的一首叙事诗中的女主人公。她骑马和自己死去的未婚夫一起驰奔。
② 指乌克兰东南部及罗马尼亚北部,以前属于俄国。
③ 希腊神话中的海神的女儿。

5

而暂时,忘了遥远的京华——
它的灿烂和喧腾的宴饮,
她来到悒郁的摩尔达维亚的
荒凉的山野,前来访问
游牧民族的简陋的篷帐。
她变得和他们一样的粗犷,
她爱上了野蛮人民的
异域的方言和草原的歌唱,
而忘了自己的神的语言……
继而一切突然变了个样。
于是,她出现在我的花园
成为一个乡间的姑娘;
她的眼睛是多么沉思郁郁,
一本法文小书拿在手里。

6

而现在,我初次带着缪斯
来到了社交界的晚会**44**,
我有些忌妒,又有些胆怯,
望着她那草原的妩媚。
呵,有多少贵族、外交家,
军界的浪子和骄傲的夫人。
她有时坐下,静静观看;
有时穿过这密集的人群,
她欣赏他们的笑闹和喧哗,
机智的谈吐、灿烂的衣裙;
还有客人们在年轻的

女主人前面,那种殷勤;
还有男宾们像镶着画的
黑色的镜框,包围着夫人。

7

她爱听那种有条不紊的
知名人士的高雅的会谈,
那种老成持重,那种尊贵,
令人感到冷静的傲岸。
然而,那是谁?谁茫然而沉默
站在这一群雅致的人中?
一些面孔在他前面闪过
却像是令人厌倦的幽灵:
他们对他都像是路人。
在他痛苦的脸上,是忧郁?
还是骄傲?为什么他在这里?
他是谁?难道竟是欧根?
难道是他?……呵,一点不错。
"那么,他来了有多少时辰?

8

"他是否受了磨练,变得温驯?
或者还是和从前一样
摆出那种怪癖的神气?
请问他如今是什么情况?
他可是梅里莫斯①爱国志士,

---

① 见78注③。

哈罗德、伪君子、教友会信徒①，
舍弃祖国的世界主义者，
或者他换上了另一种面目
拿来招摇？也许,他终归是
像你和我,一个善良的家伙？
听我说吧！至少,别再充当
一个早已不时兴的角色。
而他把世界也耍得够了……"
"那么,您认识他？"
"勉强这么说。"

9

"可是,为什么您这样无情,
谈起他来,就加以针砭？
是否因为我们都喜欢
无事生非,对一切抱有成见？
是否因为大胆的才华
对于自命不凡的糊涂虫,
不是可笑,就是得罪了他,
而智者爱高谈,也彼此不容？
或者因为我们往往把闲话
过于当真,不但愚蠢的人
饶舌、邪恶,就是正人君子
也把胡说看作了一本正经？
难道对于我们,只有平庸
才那么合适,那么称心？"

---

① 教友会信徒,原为基督教的一派,在当时守旧的人看来是有进步思想的危险人物。

10

这样的人有福了:假如他
在青年时代热情、活泼,
以后随着年龄逐渐老成,
他也能忍受生活的冷漠,
他不再梦想那怪异的梦,
却随波逐流,成为社交的能手;
他在二十岁是个花花公子,
三十结了婚,太太很富有,
到五十岁,他的各种债务
都已清偿,而且平稳地
把光辉的名誉、金钱、爵禄,
都依次一一拿到手中。
关于他,人们一直这么说:
某某真是个可爱的家伙。

11

然而,我们不禁沉郁地想:
青春来得真是徒然。
我们对她不断地变心,
她也时时把我们欺骗;
而我们最美好的愿望
和新鲜的梦想,都像秋天
衰败的落叶,就这么快地
——凋零了,腐蚀,不见。
生活竟成了一长串饮宴
横在面前,谁能够忍受?
你看它就像是一场仪式,

跟在一群规矩人的后头，
而在自己和他们之间
没一点相投的兴趣和意见！

12

在聪明好事的人群之中，
谁受得了（您一定同意）
听他们喋喋不休的批评，
而你就是他们的众矢之的：
不说你是装模作样的怪物，
就说你是狂夫、孤僻、邪恶，
或者，甚至是我的"魔鬼"。
奥涅金（我拾起原来的线索），
呵，自从打死了朋友以后，
没有目的，无所事事地活着，
已经活了二十六个春秋。
太多的闲暇也使他苦恼：
没有官职，没有太太，没有事情，
他发现：要做什么他都不行。

13

他异常不安，于是想
也许应该换一换地方
（这完全是痛苦的气质：
自愿把十字架背在身上）；
他离开了自己的村庄，
离开了田野和树林的幽静：
呵，是在那里，每一天，
他都看见那带血的幽灵。

他开始游荡,毫无目的,
只顺着感情到处游览;
然而,旅行也和世界上的
任何事一样,使他厌倦。
他终于回来,而且,像恰茨基①,
刚下船他就在舞会上露面。

14

舞会的人群在交头接耳,
窃窃的私语传过了大厅……
一位夫人来了,正走向女主人,
后面紧跟着高傲的将军。
你看她一点也不慌张,
既不冷淡,也不絮絮多言,
对于谁都没有傲慢的神色,
她的态度没一些气焰,
她也没有贵夫人流行的
那种小小的挤眉弄眼……
她表现得那么娴静、单纯,
真就像这一句法文的翻版:
Du comme il faut②……(呵,
对不起,席席珂夫③,我不知
道怎样翻译。)

---

① 格里鲍耶陀夫的戏剧《聪明误》中的主人公。
② 意指"举止合仪,恰到好处"。
③ 席席珂夫是和普希金同时的作家,维护古体的俄文,反对外国文字的引用。

15

夫人们都朝她聚拢来,
老太太也微笑着眨眼,
男人们的鞠躬多么谦卑,
谁都想赢得她的顾盼,
少女们在面前走过时
都把谈笑放低,而那个将军
和她一道进来,也挺起胸膛,
翘着鼻子,睥睨着人群。
她的相貌固然没有人
能说美丽;然而,从头到脚,
也没有人能够找到
那使伦敦的上流社会摇头,
那被专断的时尚叫做
Vulgar① 的东西。(我不能够……

16

我很喜欢这个英文字,
但却不会把它译成俄文。
它对于我们还很生疏,
因此,目前,还没有受宠幸。
对于讽刺诗,它会多么合用……)
好了,我再回到那位夫人。
她靠桌子坐着,那么可爱,
在潇洒中那么富于风韵。

---

① 英文字意即"俗气"。

旁边坐着漂亮的妮娜①,
那个涅瓦河的克柳巴②。
呵,您一定会和我同意,
无论妮娜怎样光艳夺人,
她也不能以她石雕般的
典雅的美压过她的近邻。

17

"难道这就是,"欧根想:
"这就是她?真的……谁相信……
怎么!从那草原的乡野里……"
于是拿起了他那望远镜
不断朝着那一处叩问——
呵,那容貌使他依稀记起了
一个久已忘却的情影。
"请问,公爵,你可知道
那是谁?那戴红帽的女人,
西班牙的公使正和她谈天。"
公爵把奥涅金瞧了一眼。
"呵哈,你很久没到社交界来!
等一等,我来给你介绍。"
"然而她是谁?""我的太太。"

18

"原来你结婚了!有多久?

---

① 妮娜全名为妮娜·渥隆斯卡亚,或即为普希金一度爱恋过的 А.Ф.莎珂列夫斯卡亚。
② 古代埃及的女王,以美著称。

我竟不知道!""将近两年。"
"对方是谁?""一个拉林娜。"
"呵,达吉亚娜!""你和她熟稔?"
"我是她的邻居。""噢,那么来吧。"
公爵于是带着他,向太太引见
自己的这个亲戚和朋友。
公爵夫人把欧根细看了看……
假若她是感到了惊异,
假若她心里烦乱而又激动,
至少,表面上,她却一点没有
透露这种强烈的反应。
她依旧保持自己的风度,
她的躬身也同样的娴静。

19

真的! 她不但没有颤栗,
脸色也没有变白、或者红润,
甚至连眉毛也没有挑起,
更不曾咬紧她的嘴唇。
呵,无论欧根怎样仔细看
他也不能发见几年以前
那个达吉亚娜的任何痕迹。
他很想和她找一些话谈,
然而——然而却不能。她问:
他来这里多久,从什么地方?
是否最近看到了他们家乡?
这以后,她以怠倦的神色
向丈夫示意,随即飘然离去……
奥涅金简直呆若木鸡。

20

难道这是那个达吉亚娜?
那个和他单独会面的人?
您记得,在我们小说的起头,
在那遥远的荒僻的乡村,
他曾经激于告诫的热情
向她道出一篇高贵的教训。
这难道是她?他至今还有
她写的那封吐诉心灵的信,
多么坦白、真诚、随心所至,
这可是那姑娘……还是个梦?……
呵,那姑娘!在她卑微之时,
他曾经无心地轻视过,
难道如今竟变成了这样,
竟对他又勇敢,又淡漠?

21

他离开了那喧嚣的人群,
独自回到家,忧思重重,
又是甜蜜、又是悒郁的思潮
久久扰着他,不能入梦。
他醒来时,看见一封来信:
公爵今天有一个晚会
请他光临。"呵,天!去会见她!
去吧,去吧!"立刻提笔一挥
给公爵写了封恭谨的回答。
他怎么了?他做着什么怪梦?
在他那冷漠怠倦的心里

是什么在深深地搅动?
是悔恨?还是虚荣?或者
又是那青春的赘疣——爱情?

22

奥涅金又在计算时刻,
他又盼着一天的尽头。
钟敲了十下:好了,他离开家,
他飞奔着,他到了公爵门口,
来见公爵夫人,他有些颤抖。
达吉亚娜正是一个人
待在屋里,于是他们有几分钟
一起对坐。奥涅金的嘴唇
却迸不出话来。他沉郁,
他局促不安,对她的问话
结结巴巴,简直不会作答。
他只想着一个固执的思想,
他看她也看得目不转睛;
她坐在那里,自如而平静。

23

丈夫走进来,他打断了
他们这种不快意的"谈心";
他和奥涅金一起回忆到
过去一些胡闹、可笑的事情。
他们笑着。客人们来了。
于是,社交场的刻毒和俏皮
开始使谈话活泼起来,
一些无伤大雅的胡言乱语

也毫不掩饰地当着女主人
畅快说出。自然,其间也夹杂
严肃的话题、处世的箴言,
没有大道理,并不计较分寸,
总之,谈笑自如而生动,
谁听了都不会感到过分。

24

这里有典型的时髦仕女,
京都的才华显贵和名门,
还有那必不可少的蠢材,
还有你到处碰见的面孔。
这里有戴帽子和插玫瑰花的
半老的夫人,紧绷着脸;
也有一些少女,那么严肃,
从来不透露一丝笑颜;
请看那位公使,议论风生,
谈着天下大势、各国政情;
那个白发洒香水的老头
说话爱诙谐,爱俏皮:
那老一套机智固然很出色,
但在如今,却有点不合时宜。

25

请看那位好讽刺的先生,
对于一切都爱发脾气:
不是嫌茶里糖放得太多,
就抱怨女人们谈吐无趣,
男人语调不好,所谈论的小说

莫名其妙,两姐妹的花纹字,①
和说谎的杂志,都令他厌烦,
接着诅咒战争、雪天和妻子。
....
....
....
....
....

26

这里还有位普洛拉索夫,
真是名不虚传,异常卑鄙,
呵,圣浦瑞②,为了描画这种人,
你已画秃了那枝老笔;
在门口,有一位舞会的大王,
和杂志的图画一样美观,
红红的面庞像个小天使,
穿着紧身衣,沉着、寡言;
还有一位远方的旅客
说不出的矜持、骄傲,
他那种故意的一本正经
使座上的宾客暗中好笑:
他们无言的眼神的交换
可已足够使这家伙难堪。

---

① 指一种镶有钻石的金饰,由佩带人名字的字首编成一种花样,经常作为宫女的奖品。
② 圣浦瑞是当时著名的漫画家。

27

但这一整晚,我的奥涅金
却为达吉亚娜占住了心坎:
自然,不是那个怯懦的姑娘,
那么爱他,那么单纯、可怜;
而是这淡漠的公爵夫人,
这从富丽庄严的涅瓦河上
移驾而来的难亲近的女神。
呵,世俗的人!你们就像
你们原始的妈妈:夏娃①。
凡是到手的,你们就不希罕;
反而是那条蛇的召唤
和神秘的树,使你们向往:
去吧,去吃那一颗禁果——
不然的话,天堂也不是天堂!

28

达吉亚娜变得多么厉害!
她多么清楚所扮演的角色!
贵胄的礼节虽然繁重,
她却多么快地学会做作!
呵,这高贵而冷淡的夫人,
这舞会的皇后,在她身上
谁还敢找出那柔情的少女?
而他曾使她那么心神迷惘!

---

① 夏娃,《圣经》以夏娃为上帝所造的第一个女人。夏娃和亚当原居伊甸乐园,以后受了蛇的引诱,吃了知识树上的禁果,被贬到人间。

为了他,她那少女的心
在幽寂的夜里,当梦神
还没来翱翔,曾经忧思寸断,
对着明月,她悒郁的眼睛
曾经幻想:有一天,要和他
一同走上生之卑微的途程!

29

无论老少,谁不服膺爱情?
尤其是青春的稚子之心
像春日的田野,对它的风暴
和雨露,特别感到欢欣;
在热情的雨里,年轻的心
受到润泽,会滋长、成熟,
它的内部获得了强烈的生命,
展开茂盛的花朵,结出
甘美的果实。然而,如果我们
蹉跎了光阴,转向暮年,
热情的足迹却会带来凶兆,
有如凄冷的风雨,在秋天,
会把一片草地变为沼泽,
周围的树林也随着剥落。

30

毫没有疑问:唉,这一回
欧根和稚子一样,爱得发狂,
整日整夜,只有达吉亚娜
占住了心,令他郁郁地向往。
理智的谴责他毫不理会,

她那门口和明亮的前厅
成了他每天必到的地方。
像个影子,他把她跟定;
他会很快乐,只要有机会
给她披上毛皮的披肩;
或者他那炽热的手,偶尔
碰到她的手;或者走在前面
替她把一群仆役挥开;
或者给她拾起了手帕。

31

呵,尽管他怎样鞠躬尽瘁,
她却从来也不注意他:
她应付自如,当着客人,
看他来了,说上两三句话;
有时候欠欠身,表示欢迎;
有时候简直睬也不睬。
她一点也没有卖弄风情——
自然,上流社会得讲究正派。
奥涅金开始憔悴,苍白,
而她呢,不知是毫不同情
还是没有觉察。人们恐怕
他也许就要染上痨病,
他们把他送到医生那里,
医生都劝他到温泉休息。

32

但他没有去,他早就准备
和他的祖先赶快团圆。

达吉亚娜仍旧无动于衷
(您知道,女人就是这般)。
而他也固执地不肯罢手,
仍旧怀着希望,照样殷勤。
呵,真是比健康的人还大胆,
他以病弱的手,给公爵夫人
终于写了一封热情的信。
虽然,他知道,书信并没有
什么功效,然而内心的痛苦
已经使他再也不能承受。
这下面就是他的书信
一字不移,我来抄给您。

　　(奥涅金给达吉亚娜的信)
我知道,这悲哀的内心的表白
一定会使您感到不快。
我能预见您那高傲的眼神
会露出怎样刺人的轻蔑!
真的,我还能希求什么?
我向您吐诉能有什么目标?
也许,这不过是自寻苦吃,
徒然惹来您的恶意的嘲笑!

我们过去偶然结识了,
我曾看到您的柔情的火花,
我踌躇,不敢过于相信:
我不愿意让自己心猿意马;
独身生活固然令人厌烦,
然而我还不肯把它放弃。
还有,连斯基的不幸的牺牲
也终于使我们各自东西……

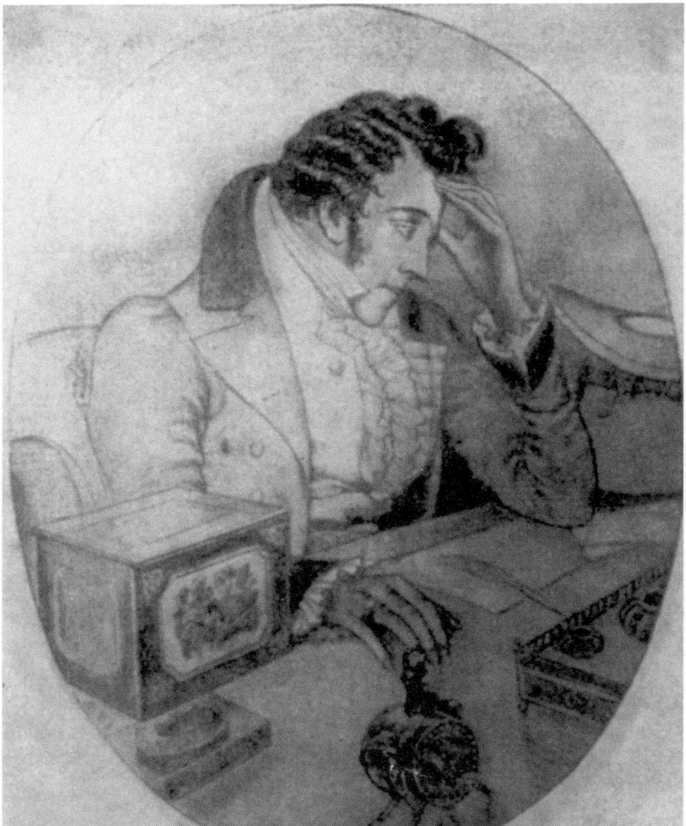

于是，我心上珍贵的一切
都被我一一从心里割舍，
从此孑然一身，无所牵挂。
我想：我要以自由、淡泊，
代替幸福。可是，天！我错了，
我是受了怎样的煎熬！……

正相反：必须时刻看到您，
到处跟着您，寸步不离，
把您的笑靥、您的凝眸，
都一一收在我痴情的眼里，
必须不断聆听您的声音，
让灵魂渗透了您的完美，
必须受您的折磨，在您面前消殒：
呵，幸福地死……死也没有后悔！

我却没有那福分：为了您，
我随处奔波，胡乱度过；
时光在飞驰，我应该珍惜，
命运给我的限期已经不多，
但我的日子却无聊地逝去。
呵，岁月成了沉重的负担！
我知道：我的生命不会很久，
但假若可以延长它的期限，
必须是这样：每天早晨
我能知道下午就和您相见……

我恐怕：这一片卑微的陈辞
也许，您会以严厉的眼色
看做是可鄙的欺骗、狡诈——
我或许要听到您的谴责。

呵,假若您知道,爱情的渴望
正在怎样地折磨着我:
烈焰在燃烧,必须以理性
时时去压制那血液的沸腾。
一方面,我渴望在您脚前
流着泪,抱住您的双膝,
向您吐诉一切:恳求、忏悔、埋怨,
一切和一切,倾泻无遗;
然而,另一方面,我又不得不
在神色和话声中装出冷淡,
望着您,眼里做出笑意,
若无其事地和您对谈!……

可是,随它去吧!至于我,
我已经无力和自己作对。
一切已经注定:我把自己
交给您,并且听从命运的支配。

33

信发出了,却没有回答。
他接着写了第二信,第三信,
也仍旧杳无音讯。有一次
他去到一个晚会,刚走进……
她正迎着他。呵,多么冷峻!
她的眼睛朝他望也不望,
更没有和他有半句寒暄。
嘿,她简直是冷若冰霜!
她那倔强的嘴唇正怎样
紧闭着一腔恼怒!奥涅金

注视着她，不由打着寒噤：
哪里有怜悯，哪里是烦乱？
泪痕在哪里？……一概俱无！
那脸上只有一丝愠怒……

34

是的，也许还隐藏一些忧虑：
假如丈夫或可畏的人言
竟然猜出她偶然的轻狂……
这一切，奥涅金都已看见……
还有什么希望！他跑开，
他诅咒自己内心的疯狂——
然而，仍旧深深往那里沉没，
他又和社会断绝了来往。
他把自己关在书房里，
不断地回想，想起那些时候：
他花天酒地，而残酷的忧郁
却常常跟在他的后头，
追逐他，忽地把他抓着，
并且把他关进阴暗的角落。

35

他又开始拿书来消遣，
不管是什么：吉本、卢梭，
孟佐尼、赫尔德、商弗尔，
史达尔夫人、毕夏、蒂索，
什么都好。有抱怀疑哲学的

培尔,也有方泰纳尔的著述,①
还有我们俄国的一些作家,
他不加选择,看到就读。
年鉴也好,流行杂志也好。
提到杂志——我指的那本读物,
它常常把我们教训,就在最近,
我还被批评得体无完肤,
虽然它一度赞扬过我的文笔:
诸位,请看他写得多么出色!

36

可是怎么了?他的眼睛
看着书,脑子却在远方,
一些幻想、欲望和忧愁,
都在他心里深深激荡。
怎么,在书本的字里行间
他呆痴的、茫然的眼睛
却看到了另外一些字句,
这才是他深钻的一本经。
那是久已淹没在世俗中
心灵的秘史、古代的传奇,
是萍水相逢的一些春梦,
充满了要挟、预感和猜忌,
是生活的神话,荒诞不经,
是妙龄女郎给他的书信。

---

① 吉本(1737—1794),英国历史学家,著有《罗马衰亡史》。孟佐尼(1784—1873),意大利作家。赫尔德(1744—1803),德国思想家及学者。商弗尔(1714—1794),法国讽刺作家。毕夏(1771—1802),法国医生及生理学家,著有生理学及解剖学的书。蒂索(1728—1797),瑞士医生。培尔(1647—1706),法国无神论的哲学家。方泰纳尔(1657—1757),法国反基督教的作家。

37

他读着,他的思想和情感
不由得渐渐迟钝、模糊,
幻想在他面前展开了
色彩缤纷的一幕幕情景。
他忽而看见:一个青年
静静地倒卧在雪地里,
像睡着了似的,而且听见人说:
怎么?打死了?已经咽了气!
他忽而看见那些忘却的
敌人、诽谤者、恶毒的懦夫,
还有那一群负心的莺燕,
和一群朋友,可鄙的庸俗。
他还看见乡间的一家:
她坐在窗前……呵,永远是她!

38

他整日地沉迷于幻想,
如醉如痴,简直要发狂,
或者更坏,几乎变成诗人,
(谢谢上帝,他倒没那么不幸!)
不知是怎样的一种魔力
吸住了他,我的这个门生
虽然当时头脑不太清楚,
却几乎把俄国的诗律搞通。
请看他坐在屋子的一角
孤独、沉郁,多么像诗人,
壁炉的火在熊熊地燃烧,

他对着它,哼着"幸福的少女"
或"我的偶像",①并且随意
把杂志或拖鞋投到火里。

39

日子一天天地飞逝了,
气候变暖,转眼过了严冬,
欧根没有死掉,也没有
成为诗人,或者发疯。
融和的春日使他复苏起来。
这一冬,他像个土拨鼠
蛰居过去了,那炉火,
那双层窗户紧闭的房屋,
他都一下子离开。那是个
晴朗的早晨,他坐着雪橇
沿着涅瓦河驶去。太阳
在蓝色的冰块上照耀;
街上的雪化了,满是泥泞。
呵,奥涅金这么快地奔跑

40

要到哪里去?读者,您已经
猜到了吧?是的,一点不假:
我的这个倔性难改的怪人
正是去找她,找他的达吉亚娜。
他来了,真像个幽灵,
门房里看不见有什么人,

---

① 都是意大利文的歌曲。

他走进大厅,没有一处
碰到谁。再往前走,推开门:
呀,是什么使他突然惊呆?
他看见了谁? 正是公爵夫人
脸色苍白,还没有梳妆,
独自坐着,读着一封书信。
她用一只手支着面颊,
眼泪像泉水似的流下。

41

呵,只要仓促地看上一眼,
谁能瞧不出她深沉的痛苦?
这一刻,在公爵夫人的身上,
谁还认不出以前的村姑——
那可怜的达妮亚? 欧根
满腔的悔恨,跪在她脚前。
她全身颤抖,两眼注视着
匍匐的奥涅金,默默无言,
既不惊诧,也没有怨怒……
他那憔悴的失神的眼,
那恳求的样子,默默的责难,
她怎能看不见? 在她心里
以前的梦想,逝去的种种,
重又唤醒了那单纯的少女。

42

她的眼睛一直看着他,
任他跪着,并不扶他起来;
她那冰冷无情的手

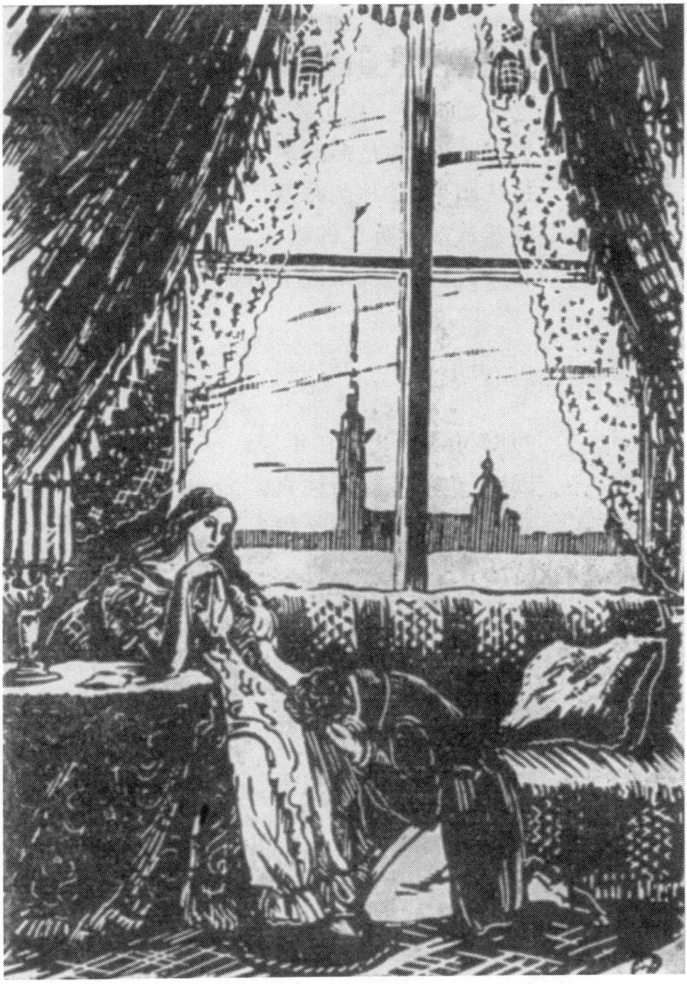

也不从他炽热的嘴唇拿开……
此刻,她的心里在想什么?……
沉默了很久,谁也没讲话。
终于,她对他轻轻地说:
"好了,奥涅金,起来吧。
现在,我应该坦白地向您
把一切说清。您可还记得
那一刻,仿佛是命运注定
在花园里,在林荫路上
我恭恭敬敬听您的教言?
今天,也轮到我来说上一篇。

43

"那时候,我比现在年轻,
因此,也好像更为纯真,
我爱过您,可是怎么样?
您的心里有什么反应?
我看到的是什么?只有冷酷,
是不是?一个普通少女的爱情
对于您难道有什么新鲜?
那冷冷的眼神、那篇教训,
呵,上帝!就是现在想起了
我还不寒而栗……但我不想
怪罪您:对我那一刻的狂妄
您的行为是那么高贵,
您在我面前是那么正确:
我只有以整个的心感谢……

44

"那时候,呵,在那村野里,
那偏远的地方,没有莫斯科
这么繁华,您不爱我,是不是?
但现在,为什么您又追逐我?
为什么我又成了您的目标?
难道不是因为如今的我
成了上流社会的人物,
因为我现在富豪、显赫,
因为我丈夫有战功,受过伤,
得到宫廷特别的宠幸,
而我的荒唐、失足、将会
被所有的人们传为笑柄,
这样,也许就可以使您
在社会上,自炫为'情圣'?

45

"我哭了……现在,如果您
还没有忘记您的达妮亚,
请认清吧:您以前那种
尖刻的斥责,冷酷的谈话,
如果让我选择,我会觉得
它远胜过这种凌人的热情,
胜过这些眼泪、这些书信!
那时候,对我的青春的幻梦
您至少还有一丝怜悯,
对我的幼稚也表示宽容……
可是现在!——是什么使您

跪在我脚前？多么不郑重！
以您高贵的情思,难道竟
屈从于这种浅浮的感情?

46

"对于我,奥涅金,这种豪华,
这种可厌的生活的浮夸,
这富贵场中对我的推重,
这些晚会和这漂亮的家,
它们算得什么？这时,我宁愿
抛弃这场褴褛的化装表演,
这一切荣华、喧嚣和烟尘,
为了那一架书、那郊野的花园
和我们那乡间小小的住所,
我宁愿仍旧是那个地方：
奥涅金,我们在那里初次相见；
我愿意看到那荒凉的墓场：
那里,一个十字架,一片树阴
正在覆盖着我的奶娘……

47

"幸福消失了,但它曾经是
多么挨近！……而现在,我的命运
已经注定了。也许,这一切
来得太突然,我不够谨慎：
但年老的母亲流着泪
那么哀求我；而且,任何安排
对可怜的达妮亚有什么区别？
于是我结了婚。您应该——

我请求您——立刻离开我。
我知道您的为人,您一向
为人正直,自视很高。
我虽然爱您(又何必说谎?)
但我已经是属于别人,
我将要一世对他忠贞。"

48

她走开了。欧根站在那里
仿佛一声霹雳把他震呆。
在他心里,是怎样的情感的风暴,
怎样的思潮,怎样的悲哀!
然而,突然外面马铃的声音,
达吉亚娜的丈夫随着进来。
就在这里,亲爱的读者,
这尴尬的一刻,我们要离开
我们的主人公,而且长久地……
永远地离开了。我们跟着他
在这世界上跋涉了一程;
已经够久了,现在终于到达
港口。来呵,让我们庆祝,欢呼:
可不是? 早就应该打住!

49

噢,我的读者! 无论你是谁,
无论朋友或仇敌,我愿意
现在,我们友好地分手。
再见吧。在这篇潦草的诗里
无论你想寻找的是什么,

无论是一些烦恼的回忆,
还是茶余酒后的消遣,
生动的画面,或俏皮的语句,
或者,甚至是文法的错误,
但愿你能找到(谢谢天!)
哪怕一点点:能让你冥想,
称快,帮助你消磨时间,
或者使杂志争论不休。
就这样吧:别了,我的朋友!

50

别了! 你,我同行的伴侣,①
还有你,我理想的少女,②
还有你,这本寄兴的小书,
我长期的习作。我们一起
体验了诗人灵感的源泉:
那人世的旋风给人的沉迷,
和那会心的友人的长谈。
呵,自从我在矇眬的梦里
初次看到了年轻的达吉亚娜,
还有和她一起的:奥涅金,
多少天、多少天已经逝去了——
那时候,对着这魔幻的水晶③
我还不能够清晰地看出
这篇即兴的小说的远景。

---

① 指奥涅金。
② 指达吉亚娜。
③ 西方的术士从水晶里可以占命,看到未来的景象。

51

然而,那些听我朗诵过
最初几节诗的、早年的友人,
有的已经逝去,有的去到远方,①
犹如萨迪②所惋惜的情景。
奥涅金写完了,而他们
却已不在;还有可爱的"她",
那个达吉亚娜的原型……
呵,命运淘尽了多少浪沙!
这样的人有福了:假如他
早早离开了生命的华筵,
满满斟一杯酒,却不饮到底,
人生的故事,也不必读完,
要能突然分手,不动感情,
唉,一如我和你,我的奥涅金。

---

① 诗人这里指他的十二月党的朋友普希钦和久赫里别克尔。
② 萨迪(约 1208—1292),波斯诗人。

奥涅金的旅行(断章)

欧根·奥涅金的最后一章是单独发表的,曾附有如下的一段序言:

"这些略去的诗节不止一次(而且是完全正确地、机智地)受到人们的责难和嘲笑。作者愿意坦白地承认:他从这本小说里抽去了整整一章,就是描写奥涅金旅行的一章。他本可以用虚点和数字来标明这省略的一章。但为了避免予人口实,他想最好还是把'第九章'这个数字取消,把《欧根·奥涅金》的最后一章称为第八章,并且取消结尾中的这一节:

　　是时候了,笔要求休息,
　　我已经写完了第九支歌;
　　是这第九个浪头推送
　　我的小船靠了岸,我欢乐——
　　我歌颂你们,九位诗神……"

卡杰宁(他的杰出的诗才并没有妨害他成为一个精细的批评家)向我们指出过:这删除,对于读者可能是好的,但对于通篇的筹划则有害,因为达吉亚娜从一个乡间姑娘变为社交场中的显贵夫人的这一过程是太突如其来,太不可解了。这论断实在是一个经验丰富的艺术家的明见。作者一方面感到它的正确,但仍旧决定把这一章删除,这理由主要地是为了他自己,而不是为了读者。有些片断已经印过了,我仍旧把它们附在这里,并且添上另外几节。

欧根·奥涅金从莫斯科来到尼日尼·诺伏格洛得城。

　　………………他看见
　　欧亚的商人都在市集上忙碌,

缤纷的货色看得人眼乱。
这里有印度人运来的珍珠,
从欧罗巴来的冒牌的酒,
从草原赶来的挑剩下的马
一群群地陈列在街头。
赌徒带着纸牌和一把
骰子,邀人和他玩耍,
地主带来成熟的女儿,
女儿卖弄去年时兴的服装。
到处充满了商人气味,
没有人不扯谎,不匆忙。

呵,苦闷!……

奥涅金到了阿斯特拉罕,
又从那里到高加索。
他看见暴虐的捷列克河①
任意冲激着陡峭的两岸,
苍鹰有力地在高空翱翔,
垂角的鹿站在他的前面。
在悬崖的阴影里,一峰骆驼
憩息着,而草原上驰过了
吉尔吉斯人②的马。在帐幕附近
卡尔美克人③的绵羊正在吃草。
远方耸起高加索的群山:
向着那里,一条道路正在开凿,

---

① 高加索北部的河流。
② 高加索的民族。
③ 西伯利亚的蒙古游牧民族。

战争正越过它的天险
和自然的界限,向前逼近,
在阿拉瓜和库拉河岸①
已经排列着俄罗斯的军营。

那尖峭的别式突高峰
和四季葱绿的马舒克山,
终年矗立在层峦叠嶂中,
像是守卫着周围的荒原。
马舒克山附近有无数的
神奇的小溪,可以医病,
苍白的病人都到这里来:
有的在战场上付出了巨大的牺牲,
有的为了痔疾,有的情场失意,
谁都想藉着灵活的水波
活跃那已暗淡的生之情趣。
风骚的妞儿想把不吉的
多年的冷落沉到水底,而老人
想年轻起来——哪怕只有一瞬。

在同是不幸的人们中间,
奥涅金的忧烦更为加深。
他的眼睛充满了惆怅
望着那河水的雾气奔腾。
他不禁忧郁地、茫然地想:
为什么子弹没打进我的胸膛?
为什么我不是龙钟的老人
和这可怜的酒商一模一样?

---

① 高加索南部的两条河。这里俄国正在从事征服高加索的战争。

为什么我不像那个图拉①的
陪审官,也患一种疯瘫?
或者,即使仅仅是在肩膀
为什么我没有痛风病?呵,天!
我的生命正当健旺、年轻,
我等待着什么?恼人!恼人!

以后,奥涅金访问了塔弗利达,
那是令人冥想的神圣地方:
在那里,比得拉和阿特里德
争战过,米特里达在那里自刎,②
诗人密支凯维奇③唱过他的歌,
而且,在那深山峭壁间,
忆起了他的立陶宛。

呵,你美丽的塔弗利达的海岸,
谁能不像我似的赞叹,
假如他在清晨的金星闪耀下,
从海上,初次看到你的容颜?
你对我发出婚礼似的灿烂:
在那蔚蓝的透明的天空中
你的罗列的山峰在闪亮,
你的山谷、村落、树林的错综,
多像一幅图画在我面前!
呵,在那鞑靼人的茅屋中……
我的心里燃起了怎样的热情!

---

① 地名,靠近莫斯科。
② 比拉德和阿特里德是古希腊史诗《伊利亚特》中的人物。前者是阿伽门农的儿子,后者是他的侄子。米特里达是纪元前一世纪时克里米亚的国王,为罗马大军战败,自刎而死。
③ 密茨凯维奇(1798—1855),波兰伟大的诗人。

是怎样令人陶醉的苦恼
重又涌上我火热的胸膛!
然而,缪斯呵,快把过去遗忘!

尽管那时候,在我的心里
起伏着怎样的情绪——
然而现在,它已经消失,变化……
过去的烦恼呵,请你也安息!
那时候,仿佛我需要的
是荒僻的、浪花翻腾的远方,
是海的喧声、层叠的山岩,
是高傲的、理想的女郎
和内心的无名的苦痛……
呵,那过去的日子,过去的梦!
而现在,我生命的春天逝去了,
辉煌的幻想也已隐退,
就是你,我的诗的酒杯呵,
也已渗进了很多淡水。

现在,另一种景色使我沉迷:
我爱的是砂土的山坡,
一间茅屋,屋前两棵梨树,
柳枝编成门,篱墙一半残破,
天空飘着灰色的阴云,
一堆干草站在打谷场上,
一片池塘,在柳树的浓荫下,
一群鸭子在那里徜徉。
现在,我爱在酒店的门旁
看那农民的踉跄的舞步,
一面听着三弦琴的声音。
我愿意有个体贴的主妇,

因为我的愿望是——安闲,
吃一钵菜汤,不受谁的拘束。

如果是在梅雨的季节,
那么,我就去看一下牛栏……
呵,无聊的呓语!何必搬弄
这眩人的佛兰德斯①的画面!
难道盛年的我竟是这样?
告诉我,巴奇萨拉的喷泉!
难道我曾想到这些事情,
当我无言地站在你前面,
一面听着你无休的喧响,
一面构思莎丽玛的形象……②
三年后,我的朋友奥涅金
也来到了这同一处地方,
站在那寥廓的宫廷中间,
他充满了对我的怀念。

那时,我住在灰尘的敖德萨……
那里经常有蔚蓝的天,
那里商业繁荣,热闹的港口
吐纳着往来各地的船帆;
一切都充满欧罗巴气味,
一切闪耀着南国的风光:
五色缤纷、生动、明媚。
在愉快的行人的边道上
飘着嘹亮的意大利的语言。

---

① 佛兰德斯派的油画,画面明朗灿烂,流行于十六、十七世纪的荷兰。
② 普希金早年曾游克里米亚的古迹,看到可汗的王宫中的巴奇萨拉的喷泉,并写有长诗《巴奇萨拉的喷泉》一首,其中的一个女角即莎丽玛。

你还能看到西班牙人,
法国人、希腊人、亚美尼亚人,
骄傲的斯拉夫人,沉郁的
俄国人和埃及土地的儿子:
那退隐的海盗——摩拉里。①

我们的朋友杜曼斯基②
曾以诗句歌颂过敖德萨,
但他那时候有些偏袒,
他从有色的眼镜看到了它。
作为一个诗人,他飘然而来
在海上漫游着,并且举起
他的望远镜向这里遥望,
于是便以他生花的妙笔
歌颂了敖德萨,把它说成
一片花园。但事实并不这样:
这里附近全是光秃的荒原,
只是最近,在有些地方,
有些小树,费了几许人工,
才在夏日铺下一些荫影。

然而,我的不连贯的故事
说到哪了?哦,灰尘的敖德萨。
我甚至可以说是:"泥泞"的
敖德萨,也没有冤屈了它。
每一年中,有五六个星期,
由于狂暴的宙斯的旨意,
敖德萨雨水滂沱,漫上堤堰,

---

① 摩拉里是普希金在敖德萨结识的人,出生于埃及。传说他是退隐的海盗。
② 杜曼斯基(1802—1860),俄国诗人,和普希金同时(1823)住在敖德萨。

它深深没入稀烂的泥泞里。
所有的房屋陷入一俄尺,
行人要踩着高跷、战战兢兢,
才能够涉过街心的泥泞。
轿车和乘客在泥水里陷住,
而那些货车也去掉了瘦马,
都用公牛:垂着角往前拉。

可是救星来了:看哪,
铁锤已经在敲碎石头,
很快,这城市就要披上盔甲,
马蹄清脆地在石路上行走。
然而,在这潮湿的敖德萨,
还有一个重要的难题。
您猜是什么?它的饮水
必须花费很大的人力……
然而,这能算什么不幸?
没有什么。尤其是当酒
可以免税,自由地进口。
还有大海,还有南方的太阳……
嘿,您还期望什么,朋友?
这不已经是十足的好地方!

常常,当港口的号炮声
震响着清晨的空气,
我跑下陡峭的海岸
投入海中,在那里游来游去。
咸涩的海水使全身都爽快,
然后上来,点起烟斗,
我慢慢饮着东方的咖啡,
像个回教徒,安然享受

他的天堂。我散一会步。
舒适的咖啡座刚刚开门。
听呵,那里正响着茶杯的声音;
一个半睡半醒的台球员
正扫着凉台;而在门廊下
已经有两个商人坐着谈话。

看哪,在那市街的广场
人声嘈杂,熙熙攘攘,
有的闲暇无事,但更多的
却在为着什么事奔忙。
那精于计算和冒险的商人
正在赶向港口去观察
船上的旗帜,是不是老天
已使他的海船安然抵达。
有的赶着来打听消息:
有什么货品正在进口?
有没有他所盼望的酒?
瘟疫怎样了?哪里着了火?
什么地方有了饥荒、战争,
或者诸如此类的事情?

在这些满怀心事的商人中
我们却显得无忧无虑,
只有一件事我们要打听:
是否来了沙列格勒①的牡蛎?
来了吗!真的?多令人高兴!
立刻,一群嘴馋的青年人
争着去大嚼那包在贝壳里的

---

① 沙列格勒,君士坦丁堡的古称。

丰腴的、新鲜的肉身，
并且略略滴上一些柠檬。
在奥顿餐馆①里，请听吧：
那一片争吵、笑闹、喧声。
地窖的美酒也都搬到桌上。
酒宴进行着；吓人的账单
同时也在不知不觉中增长。

黄昏的天色由蓝变黑，
呵，我们已经该去看歌剧：
正演奥尔菲②，欧洲的宠儿，
还有那迷人的罗西尼③。
对于批评家他从不理会；
他永远不变，又永远新鲜。
乐声流出来：有时候沸腾，
有时候燃烧，有时如清泉。
它像是青春少女的吻
充满了情焰，异常温柔；
又像是酒沫咝咝的"阿伊"
倾出飞溅的金色的清流……
然而，诸位先生，您可允许
我把乐声用酒来比拟？

然而，何止是音乐美妙动人？
您可带着搜索的望远镜？
您可到幕后去会过情人？

---

① 敖德萨的著名餐馆。
② 奥尔菲，希腊神话中的歌者。这里指德国作曲家格留克（1714—1787）所作的歌剧。
③ 罗西尼（1792—1868），意大利的名作曲家。

还有芭蕾,还有主演的女伶!
您可看见坐在包厢里的
那个年轻美貌的商人妇:
多么风流自赏,缱绻多情,
包围着她的有多少忠仆?
而她只是半有心、半无心地
听着歌曲,听着一群追逐者
对她的恳求和戏谑的阿谀;
而她丈夫,坐在后面角落,
偶尔从曚眬中喝一声"好",
打个呵欠——又呼呼地睡觉。

终场的乐曲轰响起来,
歌剧散了。观众匆匆忙忙
离开剧院,喧哗的人群
伴着星星和灯光奔向广场,
快乐的意大利人轻轻地
哼着他们早已谙熟的调子,
愉快的歌曲在黑夜激荡,
而我们则大声念着台词。
但是夜深了。敖德萨在安睡。
寂寥的夜是那么温暖、静穆,
没有一丝风。月亮升起来,
一层透明的轻柔的帷幕
笼罩着天空。一切沉静,
只有黑海的水在翻腾……

就这样,我生活在敖德萨……

第 十 章①

① 据普希金自称,他于一八三〇年十月十九日将第十章的手稿焚毁。现存的只是一些片断。据推测,第十章的写作时间可能在同年十月上旬。

1

意外地被光荣所宠幸的
懦弱而又狡狯的国君,①
秃头的公子,劳动的仇敌,
那时候治理着我们。
…………

2

我们都知道他很温驯
在拿破仑的营帐中,②
当不是我们的厨师
在揪俄国的双头巨鹰③
…………

3

一八一二年的暴风雨④
袭来了——是谁救了我们?
是人民的热狂?还是冬天,
巴尔克莱⑤,或俄国的神?

---

① 指亚历山大一世,他少年即秃顶。
② 一八〇七年亚历山大在蒂尔西特和拿破仑签订和约,这条约对俄国是不利的。
③ 双头鹰是俄国的旗帜。
④ 指拿破仑入侵俄国。
⑤ 巴尔克莱(1761—1818),俄国将领,在一八一二年的战争中没有什么功绩。

....

4

但托福上帝——怨声减弱了。
很快地,由于局势的推进
我们发现自己进了巴黎,
而沙皇率领着各国的国君。
....

5

越是肥胖的人,也就越重;
呵,我们愚蠢的俄国人民,
告诉我,为什么你们
....

6

"也许"①,呵,人民的语癖,
我很想写首诗把你歌颂,
然而有一个身世高贵的
打油诗人②,已经先我而成
....
阿尔比安③获得了海洋
....

---

① 俄国人民爱说 авось(也许)这个词,表示对事情抱着希望。
② 指杜尔戈鲁基(1764—1823),他写过一首诗,题为《也许》。
③ 英国古称。

7

也许,伪善的人会忘记
地租,把自己关在寺院里;
也许,尼古拉点点头,
西伯利亚将被送回家里①
…………
也许会给我们修整道路
…………

8

这命运的主宰②,这逞雄的
旅人,国王都向他躬身,
这为教皇所加冕的骑士
像朝霞的影子一样消隐,
…………
平静像绞刑一样折磨他③
…………

9

比利牛斯山凶猛地震动,④
那不勒斯的火山在喷燃,

---

① 指十二月党人的被赦免。
② 指拿破仑。
③ 指拿破仑在圣赫勒拿岛上的放逐生活。
④ 这一节的前两行指十九世纪二十年代普遍爆发的民族解放运动,如西班牙(比利牛斯山)革命,意大利(那不勒斯)革命,和希腊反抗土耳其的独立运动。

独臂的公爵①从吉辛辽夫
向摩里亚②的朋友们眨眨眼。
…………

…………③

10

在会议里,我们的沙皇说:④
"我要带领我的人民去镇压
任何地方。"而你,当然更没有
顾忌了,你亚历山大的爪牙⑤。
…………

11

彼得巨人的少年兵团⑥
成了满面髭须的一队老头,
他们曾把一个专制暴君
出卖给一帮凶狠的刽子手。
…………

---

① 指希腊革命党领袖亚历山大·伊普西兰蒂,他在德累斯顿城下之役丧失一臂。
② 摩里亚是希腊南部的半岛,希腊人民曾在这里起义。
③ 原文有 кинжал(短剑)及 тень(阴影),意思不明。
④ 会议指亚历山大一世所参加的反动的欧洲神圣同盟的会议,他担保去镇压任何国家的民族解放运动。
⑤ 指亚历山大的宠臣,军政部长阿拉克切耶夫。
⑥ 即彼得大帝所组建的谢苗诺夫近卫团。彼得之孙巴维尔一世被刺的前夕,驻守皇宫的谢苗诺夫近卫团与亚历山大串通,允许行刺的人们进入宫内,杀死巴维尔一世。随后即由亚历山大即位。

12

俄罗斯又驯服下来了,
沙皇更常常出去漫游。①
但是,烧起了又一次大火,
那火星,也许,很早就有,②
....

13

他们时常有自己的聚会,
他们拿着一大杯酒
或者是一小杯"伏特加"
....

14

这一伙的成员经常聚会,
他们以尖刻的雄辩著称,
有时去找不安的尼基达③,
有时在谨慎的伊里亚④家中。
....

---

① 亚历山大加入神圣同盟后,常在国内外游历。普希金在《圣诞节之歌》中称他为"游历的暴君"。
② 这一节以及下面两节描写最初的秘密社团如救世同盟和幸福同盟的活动。
③ 尼基达指十二月党人 H. M. 穆拉维约夫(1796—1843),是北社最活跃的革命党人,以后被流放西伯利亚,死于苦役中。
④ 伊里亚指幸福同盟盟员杜尔戈鲁珂夫(1797—1848),以后脱离了秘密社团,未受刑罚。

15

于是鲁宁①,那个战神、酒神
和维纳斯的朋友,勇敢地
提出了自己坚决的计划,
并且忘情地自言自语。
普希金读着自己的
圣诞节歌②,忧郁的雅库希金③
仿佛是沉默地拔出了
行刺沙皇的剑。另一个人——
跛脚的屠格涅夫④,在世界上
只知有俄国,对自己的理想
又很忠心,一直注意地
聆听他们。他由于憎恨
奴隶主的皮鞭,把这群贵族
看做是未来解放农奴的人。

16

在冰冻的涅瓦河旁,事情
就是这样。但在卡明加田庄⑤
和杜利青山⑥上,茂密的树木

---

① М. С. 鲁宁(1787—1845),十二月党人,是最早主张暗杀亚历山大一世的人,死于西伯利亚苦役中。
② 普希金著有《圣诞节之歌》一诗,讽刺亚历山大。
③ И. Д. 雅库希金(1793—1857),十二月党人,曾拟由自己刺杀亚历山大。
④ Н. И. 屠格涅夫(1789—1871),十二月党人,热烈主张废除农奴制度。
⑤ 卡明加田庄是十二月党人 В. Л. 达维多夫的产业。那里是南社的中心之一。
⑥ 杜利青山在布格河附近,驻扎着由维根斯泰因将军统率的第二军的司令部,南社的一个中心(由彼斯捷尔领导)也在那里。

却闪耀着早春的光亮。
在那里,维根斯泰因的大军
屯扎在第聂伯河的平原
和布格的茫茫的草野上。
那儿却有了另一些事件。
彼斯捷尔……为了暴君们
集合了……大军
而那沉着的将军①以及
说服了他的穆拉维约夫②,
他们满是果敢和力量,
事件爆发了,却很匆忙。

17

起初,这些密谋只是
对着"拉斐特"和"克利口"③
朋友之间辩论的资料,
叛变的思想并没有
深入他们心中;这一切
不过是积郁,是一些少年
无所事事的头脑的游荡,
是成年人的顽皮的消遣。
仿佛……
一结连着一结……
而逐渐,俄国以密结的网
…………

---

① 指十二月党人 А. П. 尤西涅夫斯基(1786—1844)。
② С. П. 穆拉维约夫–阿波斯托尔(1796—1826),十二月党人,于一八二五年底在南方车尔尼戈夫军团中起义。是五名被绞死的十二月党人之一。
③ "拉斐特""克利口",法国酒名。

我们的沙皇在瞌睡……
…………

(一八二三——一八三一)

《欧根·奥涅金》注释①

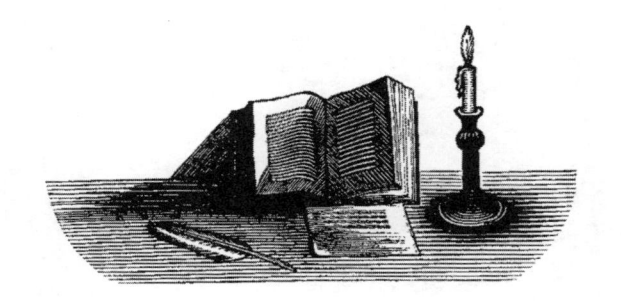

① 这是普希金在本书再版时所附的注释。

1. 写于比萨拉比亚。
2. Dandy("阔少"),公子哥儿。
3. 玻利瓦尔式的帽子。
4. 著名的餐馆。
5. 这种冷淡的情感足配得上恰尔德·哈罗德。狄德娄先生的芭蕾舞曲充满生动的想象和非凡的魅力。我们有一位浪漫作家从他的舞曲比从整个法国文学里找到更多的诗意。
6. "大家都知道他搽粉;我起初不相信,可是后来也相信了。这不仅是因为他的脸色转佳,他的梳妆台上摆有粉盒,而且因为有一次,当我在清早走进他房间的时候,我看见他正使用一种特制的小刷子刷他的指甲,而且骄傲地、当着我的面继续从事这种工作。于是我断定了,那个每天早晨浪费两小时来刷指甲的人,是很可能化些工夫用粉去抹掉皮肤上的缺陷的。"

(卢梭:《忏悔录》)①

格利姆走到了时代的前面:现在,整个文明的欧洲都用一种特制的小刷子刷指甲了。
7. 这整个诗节无非是对我们美丽的女同胞的巧妙的赞美,有如布阿罗装作谴责的样子颂扬路易十四一样。我们的夫人和闺秀把教育与和蔼、严格的道德的清白与被史达尔夫人所如此迷恋的东方的妩媚都结合在一起了。
8. 读者当记得格涅吉屈的田园诗对彼得堡之夜的美丽的描绘:

> 夜降临了,但金色的云彩没有暗淡。
> 没有星和月,远方仍旧是一片明亮。
> 在遥远的海边上,隐约可见的船只
> 移着银白色的帆,像在蓝天上飘荡。
> 夜晚的天空闪着透明的光辉,
> 落日的绛红和东方的金光融成一片:
> 仿佛是晨光追踪着黑夜,带来了

---

① 引文为法文。

胭红的早晨。——像是那黄金的一刻,
夏天的白昼窃取了夜的统治;
而阴影与柔和光辉的美妙的融和
在北国的天空迷住了异邦人的眼,
晌午的天空何曾有过这种华饰;
那明辉像是北国的少女的妩媚,
她那淡蓝的眼睛和鲜红的面颊
几乎被棕色鬈发的波浪所掩蔽。
那时,在涅瓦和华丽的彼得城上空
是不暗的夜,是转瞬即逝的朦胧;
那时,夜莺刚刚唱完了午夜的歌
就又开始歌唱,迎接升起的晨光。
夜深了,凉风在涅瓦的苔原上飘拂;
露水降落了……
正是夜半:千百只船桨喧闹已过,
涅瓦河不再荡漾;城市的客人散了,
岸上无声,水上没有涟漪,一切寂静;
只有桥上的隆隆声,偶尔掠过水面,
只有从远方的村落,岗哨和岗哨
在夜晚彼此传呼的悠长的声音。
一切在沉睡……

9. 诗人怀着激动
   望着这可亲的女神,
   他倚着大理石栏——
   一夜都不曾入梦。

(摩拉维奥夫:《给涅瓦女神》)

10. 写于敖德萨。
11. 见《欧根·奥涅金》第一版。
12. 引自《第聂伯河女仙》第一部。
13. 最好听的希腊名字如阿嘉方,菲拉特,菲朵拉,菲克拉等,只有在我们的平民中间才使用。
14. 葛兰狄生和拉夫雷斯,两部著名小说的主人公。
15. 假如我有那么糊涂还相信幸福,我会在习惯里去寻找它。(夏多勃里昂)
16. "唉,可怜的约瑞克!"——是哈姆雷特对一个小丑的骷髅的感叹。(参看莎

士比亚和斯特恩①）

17. 在前一版中，домой летят（往家里驰奔）被误印为эимой летят（在冬天驰奔）（这没有任何意义）。批评家们没有看出这一点，却在以后的一些诗节中抓住时间的错误。我们敢于正告读者，我们这篇小说中的时间是准确地计算好了的。

18. 久莉·乌尔玛是《新爱洛绮丝》中的主人公。马列克·阿德尔是克姐夫人一本平庸的小说中的主人公。古斯达夫·德林纳是克鲁登诺男爵夫人的一篇美妙小说的主人公。

19. "阴沉的毒心妇"，被错认为是拜伦爵士所写的小说。《梅里莫斯》是马杜林的天才作品。《约翰·斯波加尔》是查理·诺地埃的著名小说。

20. Lasciate ogni speranza voi ch'entrate.（你们来到这里的人，放弃任何希望吧）我们谦虚的作者只译了这句名诗的前半。②

21. 曾由亡故的 A. 伊兹玛依洛夫发行的杂志，常常不能按期发行。发行人有一次在刊物上对读者道歉，因为他休假"游玩"去了。

22. 指 E. A. 巴拉邓斯基。

23. 杂志上表示惊讶，怎么能把农家女子叫作 дева（"少女"），而在稍后③则将高贵的小姐称为 девочка（"小姑娘"）。

24. 我们的一位批评家说："这意思就是孩子们穿着冰鞋滑冰。"对的。（译者按：原文为如下一句 Коньками…режет лед，意为"以冰刀割冰"，由普希金以上的注看来，似乎有人觉得难解。）

25.   在我年青的岁月
    诗意的"阿伊"
    以奔腾的泡沫使我欢喜，
    那泡沫像是爱情，
    又像疯狂的青春，等。

（致 Л. П.）

26. 奥古斯特·拉方丹，写家庭题材小说的作家，著作甚多。

27. 见维亚赛姆斯基公爵的诗：初雪

28. 见巴拉邓斯基在《爱达》诗中对芬兰冬天的描写。

---

① 斯特恩(1713—1768)，英国感伤主义作家，曾以约瑞克为名给一女子写了很多感伤的信，收集在他的小说《垂斯串姆·仙台》里。

② 这是意大利诗人但丁《地狱篇》中给地狱门口的题词。

③ 见第五章二十八节。

29. 公猫在招呼母猫
    到炉子上睡觉。

    这是结婚的预兆;前一首歌预示死亡。
30. 这样就可以知道未来新郎的名字。
31. 杂志上指责这几个字:хлоп("鼓掌")、молвь("人言")和топ(蹄声),认为它们是不得当的新词儿。这几个字都是地道的俄国字。"波瓦从帐篷走出来乘凉,听见田野里有人声(молвь)和马蹄声(топ)"(《波瓦王子的故事》)。在俗语中,人们用хлоп而不用хлопание,犹如用шип(咝咝声)而不用шипение一样。

    他学蛇作咝咝声(шип)。

    （俄国古诗）
32. 我们有一位批评家似乎认为这些诗句有伤大雅,这是为我们所不理解的。
33. 我们占卜的书是用马丁·沙杰卡的店名出版的,马丁·沙杰卡是一个可敬的人,正如 B.M.菲多罗夫所说,从没有写过占卜的书。
34. 这是戏仿罗蒙诺索夫的著名诗句:

    朝霞以紫红的手
    把太阳从早晨的
    静谧的海洋拉出——等等。
35. 布扬诺夫,我的邻居,
    ············
    昨天到我这儿,也没剃胡子,
    毛发蓬松,戴着长舌帽子……

    （《危险的邻居》）
36. 我们的忠实的崇拜女性的批评家们,极力指责这一句诗的不当。
37. 巴黎的一个餐馆。
38. 这是格里鲍耶陀夫的诗句。
39. 一个著名的制枪店。
40. 在初版里,第六章是这样结束的:

    而你,呵,青春时代的灵感,
    来吧,请再燃起我的想象,
    请让我困倦的心重新醒转,
    请常来到我的一隅翱翔。
    不要看着诗人的心变冷,

不要让他变得残忍、庸俗,
终于和化石似的僵硬:
因为社交场上只令人麻木,
你在那里碰到的只能有
灿烂的蠢材,骄慢的狂徒。

47

还有一群狂妄的幼稚儿,
狡猾、懦弱、一向被娇惯,
可笑而又可厌的小人,
拙笨的、纠缠不清的法官,
还有自愿效劳的奴仆,
虔信上帝的调情女人,
每天扮演的时髦的景象,
最可敬、最温柔的偷情,
还有冷酷无情的虚荣
对一切人的冷酷的裁判,
就在这忧虑、议论、计算
所给的无谓的烦恼之中,
就在这摊死水里,你和我,
亲爱的朋友,一直在浮沉。

41. 列夫申,很多经济论著的作者。
42. 我们的道路是眼睛的花园:
树木、生草的土墙、积水沟,
花了不少力气,声名卓著,
只可惜,有时候不能通行。
树木像是站岗的士兵,
对于车马没什么好处;
你也许说,道路还不错——
但立刻会想起那一句诗:
"为走路的想一想吧!"
在俄罗斯旅行,只有碰到

> 两种情形才最畅快:
> 就是当我们的马克·亚当①,
> 或者更确切地说:我们的
> 冬天老婆婆,出于愤怒,
> 爆响着,向大地袭击,
> 把道路包上冰的甲胄,
> 并且使初雪的松软的
> 颗粒,铺盖着她的足迹;
> 或者是,当酷热的干旱
> 把田地干裂成这般:
> 就连苍蝇,眯着眼睛,
> 也能够涉过一摊水洼。

(维亚赛姆斯基公爵:《驿站》)

43. 这个比喻取自以游戏的想象著称的K君。K君说,有一次波焦姆金公爵派遣他送信给女皇,他跑得如此之快,他的突出于马车之外的剑鞘敲打着路标,像敲打着栅栏一样。
44. Rout是一种不跳舞的晚会,特指人群。

---

① 马克·亚当是苏格兰的工程师,发明以碎石铺路。

关于《欧根·奥涅金》[①]

A. 斯罗尼姆斯基

诗体长篇小说《欧根·奥涅金》的写作费时八年以上。一八二三年五月,普希金在比萨拉比亚开始动笔,到一八三○年的秋天,在波尔金诺村才将它写完。一八三一年的秋天他修订并补充了最后一章。[②]

欧根·奥涅金像是一面镜子,反映了俄国人民解放斗争的重要阶段之一——即以一八二五年十二月十四日的暴动为结束的贵族革命运动时期。这一篇小说的情节正是贯穿了从一八一九年到一八二五年的一段时期。

小说的主人公欧根·奥涅金并不是一个十二月党人。十二月党人都有坚强的政治信仰,并且是奋不顾身的;而奥涅金呢——则是一个利己主义者,没有任何信念,对一切都"幻灭"了。他所受的教育是肤浅的——"他多多少少,这样或那样学一点东西。"

他没有等到完成学业,就和当时许多贵族青年的典型人物一样,追逐着社交场中的宴乐。所不同的是:他的资质聪慧,而且富于情感。他的心灵深处隐藏有高贵的憧憬,而社交场中的游乐很快就使他厌烦了。他看出了上流社会的空虚和庸俗,从而对一切人都感到了幻灭。因为他除了上流社会以外,不曾见到其他的人们。外国教师教育他成长,他既不清楚俄国,也不认识俄国的人民。他一旦摆脱了上流社会,就不知道该做什么事情才好。于是他充满了心灵的怠

[①] 本文摘自斯罗尼姆斯基选注的《普希金选集》,一九五三年出版。
[②] 现存的第八章原拟置于《奥涅金的旅行》一章之后,以后普希金将《奥涅金的旅行》一章提出,使其成为第九章,而将现存的第八章改写过,并且将最后(1831年10月)写成的《奥涅金给达吉亚娜的信》放在第八章中。——译者注

倦,毫无目的地打发日子,成为一个任什么也不能做、只是整天想着他自己的多余的人。

奥涅金的利己主义在他和连斯基的决斗上表现得特别鲜明。他由于心浮气躁杀死了年轻的友人,因为他只是追随着上流社会的一般风习,不肯在事前好好想一下,究竟应该怎样处理这件事情。

然而,他却有一个重要的优点,就是:他对于贵族社会的否定态度。他为自己的无所事事感到难受,切身体验了利己主义的痛苦。因此,就这一点而论,他是与众不同的。他不同于那一群自满的、被一切人一提起来就认为"某某真是个可爱的家伙!"的贵族们。奥涅金的苦恼不是装出来的,而是真真实实的痛苦。苦恼的原因在于他不满意周围的现实。别林斯基非常正确地说,他是"痛苦的利己主义者"。

和奥涅金成为对照的是小说中的达吉亚娜。她也隶属于贵族阶级;然而,有如普希金所说,她有一个"俄罗斯的灵魂"——这是她的最大的长处。她爱俄国的自然景物和俄国冬天的冰雪的灿烂,她爱俄国的歌曲和故事,爱自己的奶妈菲利彼芙娜(奶妈的形象,普希金承认是照他自己的奶妈阿林娜·罗吉翁诺芙娜描摹出来的)。达吉亚娜的"俄罗斯的灵魂"可以从一切——从她的行为,她的冲动,她的思想和情感,她的谈话(例如:"呵,奶妈,奶妈,我心事重重,我想要呕吐,好妈妈,"这里激荡着纯朴人民的多么真挚的声音)看出来。这种人民的语言也可以从达吉亚娜的信中,从她和奥涅金的女管家的谈话(第七章)以及最后对奥涅金的动人的表白中感觉到。

尽管贵族小姐的地位和她青春的幻想所着迷的法国小说给了她怎样的影响,达吉亚娜的"俄罗斯的灵魂"却克服了这一切。她在性格上仍旧是一个地道的俄罗斯女人——有决断,有坚强的道德信念和责任感。如果说她的积极的品质没有得到适当的开展,这过错不在于她,而在于她所不得不生活于其中的环境。因此,达吉亚娜的命运引起了读者深切的同情。"我可爱的达吉亚娜"——这不仅是诗人的真心话,也是读者的共同感受。

这篇小说描出了农奴制时期俄国社会各个阶层的广阔的画面。它有贵族生活的彼得堡及其剧院和餐馆;也有彼得堡的平民:送牛奶的女郎、马车夫、卖面包的德国人(第一章)。它表现了彼得堡的上流社会(第八章),它以尖刻的讽刺写出了莫斯科的贵族社交界及其琐碎的兴趣和无聊的谈话(第七章)。乡间的地主们也被诗人以同样讽刺的笔调描绘了出来。拉林老夫妇和他们的邻居——"乡间的花花公子"彼杜式珂夫、"出色的地主"格渥斯金等等——正是这种庸俗的、不可能有任何智慧的、活生生的农奴地主社会的代表人物(第二章和第五章)。在这篇小说里,普希金使现实中的各种典型现象都得到了艺术的反映。用别林斯基的话来说:《欧根·奥涅金》确实是"俄国生活的百科全书"。

俄国的大自然也得到了鲜明而生动的描绘。涅瓦河上的彼得堡的透明的夏夜和乡村景色的图画,在小说中交织着。我们依次看到了夏季、秋季、冬季和春季,好像我们也跟着经历了时序的变迁——我们欣赏着"冬天老妈妈的把戏",我们对春天的来临感到欢欣,仿佛亲眼看见了蜜蜂怎样在"觅取田野给它们的贡金"(第七章的开始)。普希金多么会以寥寥数语,以两三轻妙的笔触描绘出自然的面貌!

《欧根·奥涅金》的诗节是普希金特创的,通常称为"奥涅金诗节"。它一共有十四行,有其一贯特殊的韵脚。头四行的韵是交叉的(隔行韵):

  Эима!……крестьянин,торжествуя,(甲甲)①
  На дровнях обновляет путь;(乙)
  Его лошадка,снег почуя,(甲甲)
  Плетётся рысью как-нибудь;(乙)

再下面的四行是双行韵:

  Бразды пушистые взрывая,(丙丙)
  Летит кибитка удалая;(丙丙)
  Ямщик сидит на облучке(丁)
  В тулупе,в красном кушаке.(丁)

---

① 两个符号表示双声韵或叠韵。

再下面的四行是两头韵,中间有一个双行韵(即一、四行同韵,二、三行同韵):

　　Вот бегает дворовый мальчик,(戊戊)
　　В салазки жучку посадив,(己)
　　Себя в коня преобразив;(己)
　　Шалун уж заморозил пальчик:(戊戊)

最后两行是双行韵:

　　Ему и больно и смешно,(庚)
　　А мать грозит ему в окно……(庚)

　　普希金自己不止一次地指出:《欧根·奥涅金》不仅仅是长篇小说,而且是诗体长篇小说。就是说,它是抒情的长篇小说。这种小说的特点在于:诗人本人常常出现在读者面前,他也好像是小说里的人物之一。他把自己说成是奥涅金的朋友,他表示了对达吉亚娜的喜爱,评论着拉林夫妇和沙列茨基,把自己的创作意图讲给读者听,往往在叙述中顺便插进个人的回忆,并且以简短的格言形式发表由生活经验提示给他的感想。例如:"上帝本来没给人幸福,'习惯'就是他赏赐的礼物。"(第二章)等等。

　　抒情的插话大大扩展了小说的轮廓,异常地丰富了它的内容。普希金把自己从经验中累积的一切——"里面有冷静的头脑的记录,和一颗苦涩的心灵的倾诉"——都倾入小说中。他把《欧根·奥涅金》说成是"散乱的篇章":"这些朴素的、理想的诗句,有些儿诙谐,有些儿悒郁",以此指出它内容的多样性。普希金的中学时代的朋友,十二月党人久赫里别克尔从第八章的真挚的抒情语调,尤其是从达吉亚娜的结尾的表白中,听出了他所熟悉的普希金的声音。他坐在碉堡里写日记说:"我读了《奥涅金》的最后一章。这里有多么澎湃的情感!好几次泪水涌上了我的眼睛——呵,这不仅仅是艺术;这是心,是灵魂!"

　　《欧根·奥涅金》是普希金自己最喜爱的作品,是他的最主要的、中心的作品。这篇小说总结了他以前的(一八三一年以前的)所有创作经验,由此诗人转入了散文的写作。在俄国文学史上,它发生了很大的影响。它成了描写社会的小说的第一部典范。在这部小说里,一系列典型的社会现象第一次被描绘出来。以后,这些现象才在莱蒙托夫的《当代英雄》,果戈理的《死魂灵》,屠格涅夫的《贵族之家》,冈查洛夫的《奥勃洛摩夫》,托尔斯泰的《战争与和平》以及其他俄国古典小说作品中得到更多的艺术的加工。

《欧根·奥涅金》以它富于音乐性的、和谐的诗行,以它明朗的、单纯的、真正的人民的语言和深刻丰富的内容而获得了思想上和艺术上的完美。不仅在俄国文学中,而且在世界文学中它都永远是一部最辉煌的作品。

后　记

　　今天,《欧根·奥涅金》改定本终于和读者见面了,可是它的译者查良铮,已经离世将近五年。

　　良铮,每当我拿起你修改后的那本一九五七年上海文艺出版的《奥涅金》,看到上面几乎每行都用铅笔做的修改和新加上去的注释,往事就像昨天一样浮现在眼前。

　　一九七七年初,赶在去医院治疗伤残腿之前,你将《奥涅金》最后修订完。在去医院的公共汽车站上,你说:"这一年做了不少工作,《普希金抒情诗集》《拜伦诗选》《奥涅金》都搞完了。"你好像如释重负。谁知第二天,突发的心脏病就夺去了不满六十岁的你,《奥涅金》竟成了你最后的译作!

　　良铮,朋友们都惊叹你是在何等的状况下完成这些巨大工程的。一九五八年以后的道路坎坷不平,你的译著绝无出版希望;但是你为繁荣祖国诗歌事业贡献力量的信念却始终坚定不移。二十年来几乎所有节假日和业余时间你都是在诗歌翻译工作中度过:溽暑的傍晚,我和孩子们都在室外乘凉,你独自一人仍在室内电灯下伏案工作,常常是汗水湿透了衣裳;数九寒冬,你坐在那张冰冷的木椅上长时间工作,炉火熄了,屋内寒气逼人,你好像全无感觉。一九七六年,你不慎摔伤了腿,考虑当时全家的处境,你宁可自己忍受痛苦而延误治疗,伤痛稍减又开始了工作。这以后你更是拼命地译作,像是在抢时间,一拿起笔就好像进入了另外的世界。

　　良铮,人们知道,四十年代你在昆明西南联大读书时以及以后的时间里曾以穆旦为笔名,发表了许多新诗,出版了诗集,已是一个有名望的青年诗人;一九五三年从美国芝加哥大学回国至一九五八年,你先后翻译出版了十多本普希金、拜伦、雪莱等的诗集。读者说你译诗似有传神之笔,可是你从来也不满足。你常对人讲:译诗要有诗味,要忠于原意,不仅要对中国读者负责,更要对外国作者负责。出牛棚回家以后,你立即拿出已经出版的译诗,一字一句对照原文琢磨,常常为了一个疑点,查阅大量书籍,思考几个小时,吃饭走路都心不在焉。孩子们说你生活在云雾中。我知道,只要有一句话以至一个字不译好,你是不会罢手的。晚餐是你和全家坐下来团聚的唯一时间。你喜欢喝一小杯酒,谈笑几句,或是叫来小女儿弹一曲琵琶。可是你最愉快的时刻,莫过于恰当漂亮地译好一段诗,这时你会情不自禁微笑着朗读起来。

良铮说过:"凡是读过《欧根·奥涅金》的人,就像孩子尝过味道极浓的蜜糖一样,有谁不想再读两遍三遍呢?"译诗是良铮晚年最大的乐趣,为了译诗,他献出一切以至他的生命。今天,在他毕生热爱的祖国迎来的文艺春天里,让我们珍惜他用生命换来的这蜜糖吧。

周与良
一九八二年元旦于南开大学

普希金叙事诗选

〔俄〕 普希金 著

高加索的俘虏　（1820—1821）

献　辞

给 H. H. 拉耶夫斯基①

请你笑纳吧，我的朋友，
这自由的缪斯的赠与：
我献给你的是流亡的琴弦的歌
　　和我的灵感的游戏。
这一向，我郁郁地忍受无故的中伤，
从四面八方，我听到人们的窃窃私议，
　　无论是背信小人的冷箭
　　还是爱情的沉重的梦幻，
　　都使我痛苦而又麻痹；
但只有靠近你，我才得到一些慰藉。
我们彼此敬爱——我从心里感到安恬：
我头上的风暴在这里失去了威严，
在你平静的港湾里，我感谢上帝。
　　在我们别离的日子里，
　　我对你的悒郁的怀念
　　常常使我想起高加索，

---

① H. H. 拉耶夫斯基的父亲是俄国在对拿破仑战争中的英雄将领。普希金和他们一家人的结识，给自己在高加索的流放岁月添了不少乐趣。

想起那伯式突①高峰,阴沉而又庄严,
像巨人,五个峰峦俯瞰着村落和农田,
　　　哦,我的新的帕纳斯山!②
我怎能忘记那嶙峋峻峭的山顶,
那淙鸣的泉水,荒芜的平原,
那炎热的荒漠和处处的胜景,
那引起我们年青的心灵共鸣的地方?
我怎能忘记深山中的强盗,快速,骁勇,
　　　和那潜迹于蛮荒之中的
　　　诗歌的不羁的精灵?
　　　在这首诗里,你也许找到,
　　　我们怀恋的往日的遗痕:
　　　那冲激回荡的热情,
　　　你所熟悉的思想和苦痛,
　　　和我的灵魂深处的声音。
在生活的道上,我们走着不同的路程:
你刚刚在静谧的胸怀里含苞待放,
便随着英雄的父亲直赴血染的沙场,
英俊的青年呵,你傲然在敌人的弹雨里飞奔!
祖国在慈爱地拥抱你:为了祖国
你牺牲了一切,你是希望的忠实的花朵。
而我,很早便尝到忧患,不断受着迫害,
我作了诽谤和愚蠢的报复的祭品;
但是,我的心却为自由和忍耐所坚定:
　　　我坦然遥望美好的未来,
　　　而暂时,朋友们的快乐
　　　也可以宽慰我的胸怀。

---

① 伯式突,高加索山名,距乔治叶夫斯克四十俄里。我国历史上之名山。——普希金注
② 帕纳斯山,在希腊,希腊神话中传为缪斯(诗神)居住的山。

第 一 部

在山村里,几个切尔克斯①
闲暇无事,坐在门槛谈天。
这些高加索的英雄好汉
谈着打仗和冒险的经历,
谈着他们英俊的马儿,
和男儿的豪迈的乐趣。
他们想起以前的岁月
多少次的所向无敌,
多少官员的狡猾欺骗;
他们提到准确的射击,
和自己的无情的钢刀,
村落烧成灰,和被俘的
黑眼睛少女的温柔和爱娇。

人们在安静中闲谈,
月光在夜雾里荡漾;
忽然,一个切尔克斯青年
骑马飞奔而来,用绳索
拖来一个年轻的俘虏。
这强盗喊着:"一个俄国人!"
全村听见了,迎着喊叫
立刻聚起来愤怒的人群;
但是俘虏满头带着伤,
却冷冷地不做一声,
像死尸似的,动也不动。
他看不见敌人们的脸,

---

① 切尔克斯(Черкес)是高加索西北部深山中的民族。

也不去管叫骂的汹涌,
是死亡的梦在头上盘旋,
飘散着阵阵腐蚀的阴冷。

年轻的俘虏由于伤痛
昏迷无知地躺了很久,
直到正午,头上的太阳
给他烧着快乐的光芒,
他的生命才开始苏醒,
嘴边发出微弱的呻吟。
俘虏被阳光烤得很热,
轻轻抬起身子,向四面
疲弱无力地望了一眼……
他看见层峦叠嶂的山峰
高不可攀,压在他头顶:
这是盗匪世代的巢穴,
切尔克斯的自由乐园。
回忆这次被俘,他感觉
好像是噩梦的一场虚惊,
而突然,他听见脚前
响着镣铐丁当的声音……
这可怕的响声说明了一切。
他眼前突然一片昏黑,
呵,神圣的自由,从此告别!
他成了奴隶。

    他躺在小屋后面,
在一道荆棘篱墙的旁边。
没有人看守,人都在田里了,
小小的山村异常寂寥。
他眼前展开了广阔的平原,
像是一幅绿色的帷幔;

一座座的山峰,同一个式样,
绵延不断地向前伸展,
在层峦里,一条幽僻小径
弯弯曲曲没入迷离的远方。
他看着:年轻的心里
不禁涌起沉郁的思想……

这条山路通到俄罗斯;
在那儿,他是多么兴高采烈
开始了自己火热的青春;
他初次尝到了人生的喜悦,
他爱过那么多可爱的人,
也拥抱过难忍的苦痛;
他过去的生活好像一场风暴,
把希望,情欲,快乐,都给摧残;
现在,在他枯竭的心里,
只剩下了美好的往日的怀念。

他认识了世界和人类,
也看出了生活的虚伪。
朋友的心里暗藏着冷箭,
爱情完全是愚蠢的梦幻,
他早已厌倦了随世浮沉
去为不屑的浮华牺牲,
去听那头脑单纯的毁谤,
或者口是心非的阿谀;
他宁愿隐退,离开故土,
把自己寄托在自然怀中,
去追随欢乐的精灵——自由,
向着遥远的边疆飞奔。

呵,自由! 即使在这荒漠里,
他还是只有把你寻找。
他的热情已为苦难所代替,
诗意的幻想也不再缭绕;
现在,能让他倾心聆听的,
只有你的激励的高歌:
他正以热烈、诚挚的祈祷
膜拜在你的高傲的神座。

完了……他看不见任何东西
可以作为追求的目标。
就连你,残留的梦想呵,
连你也躲去:他是个奴隶。
他垂着头,俯在大石上,
只等悲惨的生命的火焰
和黄昏的彩霞一起暗淡。
现在,只有坟墓是他的愿望。
夕阳已经没入山中,
远方响着嘈杂的闹声。
田里的人们开始回来了,
他们带着明晃的镰刀
走到村里。家家点起灯,
渐渐地,闹声变为沉静。
一切都沉入夜色里,
山村复归于恬适、安宁。
只有远处,山中的涧水
急流而下,在石上闪着光辉;
高加索的沉睡的峰顶
已经覆盖着一层云雾……
但这时,正当夜深人静,
是谁在月光的银辉下,

悄悄走来,轻敲着屋门?
俘虏醒来时,看见对面
一个年轻的切尔克斯女郎,
无言地,温柔地站在眼前。
他默默望着她,心里想:
这一定是个不真实的梦,
是疲劳的心绪对我的捉弄。
女郎披着一角月光,
漾起怜悯、安慰的笑容,
屈着双膝,用手轻轻地
把清凉的马乳送到他嘴唇。
但他已经忘了去啜食
这美好的饮料,他的灵魂
正在吸取少女的顾盼,
和她的姣好妩媚的声音。
他虽然不懂异邦的语言,
但那亲切的目光,那红晕,
那温柔的音调却在说:
"活吧!"俘虏立刻振作起精神。
他听从了多情的旨意,
用所有的力气,抬起身,
以这充盈情意的杯子
灌溉了他那饥渴的心灵。
喝完以后,他沉重的头
又倒在石上,他的眼睛
虽然无光,却不断地看望
这年轻的切尔克斯女郎。
而她很久地,很久地,
坐在他身旁,沉思不响。
她像是要用同情的沉默
来安慰俘虏;每过一刻

她不自觉地张开嘴唇
想说什么,却又无法讲说。
她不由得叹息,不止一次
泪水充盈在她的眼里。

日子像浮影似的掠去。
带着镣铐,山中的俘虏
伴着牛马一天天度过。
山洞里异常阴湿、凉爽,
使他忘了盛夏的炎热;
每当皎洁的一弯新月
从阴郁的山峰后升起,
切尔克斯少女就从幽暗的
小道,来到俘虏的住处,
她带着酒、马乳①、雪白的黍米,
和从蜂房取出的芬芳的蜜。
她和他分享这秘密的晚餐,
她用柔情的目光安慰他;
他们半用彼此不通的语言,
半用眼睛和手势谈话。
她给他唱了不少山歌,
唱着幸福的格鲁吉亚,②
同时她把异方的言语
说出来,印给不耐的记忆。
这是第一次,少女的心灵
感到幸福,感到爱情,

---

① 是马乳做成,亚洲一般山居民族和游牧民族所常用的一种饮料(кумыс)。其味甘美而又滋补身体。——普希金注
② 格鲁吉亚的良好气候不能补救这一片美丽邦土经常遭受的贫困。格鲁吉亚的歌曲大都沉痛动人。它们歌颂高加索的军事的暂时胜利以及俄国英雄巴库宁和齐加诺夫之死,歌颂反叛、残杀,有时也歌颂爱情和欢乐。——普希金注

然而这俄罗斯的青年
却早已对生活感到厌倦。
呵,他怎能以全心回答
少女的坦率的爱情?——
也许,他害怕重新提起
那久已遗忘的缱绻的梦。

我们的青春不会突然凋谢,
热情也不会突然变冷,
不止一次,意外的欢乐
也能充满我们的心胸:
但只有你,新鲜的感印,
只有你,初次的爱情,
你呵,圣洁的欢乐的火焰,
你却一去而不复返!

这失去了希望的俘虏
好像已安于苦寂的生活。
囚禁的烦恼,冲激的热情,
都被他深深埋在心中。
他时常在清凉的早上
漫步于阴郁的山岩之间,
他的眼睛随处浏览。
他常常注视着远方的
灰色,红色,蓝色的峰峦。
这一幅景色多么庄严!
皑白的峰顶是积雪的
永恒的宝座,屹然不动,
像一列白云凝固在天边,
而群山中的那座高峰:

埃里布斯,①那庄严的巨人,
头上闪着冰雪的冠冕
以双峰伸向蔚蓝的天空。
有时候,暴风雨还没有来临,
它的前奏——震耳的霹雳
已在群山里反复轰鸣,
他坐在高山上,动也不动!
他看着脚下的乌云弥漫,
草原上飞腾着飘忽的烟雾,
惊慌的牡鹿到处逃窜
寻找可以躲避的山岩;
巨鹰也从峭壁上飞起,
在天空中呼应盘旋;
马群的喧扰,牛羊的鸣叫,
都已没入这一场风暴。
而骤然,从乌云里,雨点
和冰雹,穿过闪电向下倾落;
雨水在谷里汇成急流,
巨浪冲激着悬崖和高坡,
将古老的岩石一起卷走——
这时候,山顶上的俘虏
站在隆隆的乌云上面,
独自等待太阳的回转;
呵,处身在雷雨的侵袭之外,
他怀着多么愉快的心情
倾听雷雨的无力的吼声。

然而,这个奇异的民族
却引起远客更大的兴趣。

---

① 埃里布斯,高加索群山的最高峰。

俘虏在山民中,渐渐看出
他们的信仰,教化和风尚。
他爱他们生活的纯朴,
热情好客,和作战的勇敢,
他爱他们的动作矫健,
脚步敏捷,臂膀强壮。
有时候,一连几个钟点,
他看着飞奔的切尔克斯
在群山中,或广阔的草原,
戴着皮帽,披着黑色外套,
把前胸紧紧贴着马鞍,
颀长的腿蹬着脚镫,
任凭快马火速地飞奔,
做着战场上骑射的训练。
他喜爱他们穿着的衣服:
看来英挺而又朴素。
切尔克斯经常是全身武装:
披戴着盔甲,箭袋,火枪,
库班的弓,套绳,刀剑,
他们以此自豪,以此消遣,
劳作或闲暇,寸步不离,
这成了他们毕生的友伴。
无论骑马,步行,这些武器
从不乱响,也从不累赘;
一切像他们那么灵便,
那么不屈不挠,那么矫健。
他们的财富是——骏马,
是无忧的哥萨克的忧患,
是山马的优良的纯种,
忠实而坚忍的伙伴。
常常地,强盗和马一起

躲在洞穴,或幽深的草里,
而突然,望见过客的时候,
他就骑马飞箭似的冲去;
只在刹那间,他的猛击
便可以解决一场恶战,
而飞绳早已套住旅人
把他直曳到山谷中间。
骏马以全力扬蹄飞奔,
像燃烧着烈火,勇往直前;
无论是沼泽,矮树,松林,
悬崖或深谷,全不能遮拦;
一路留下斑斑的血痕,
荒野里响着清脆的蹄声。
呵,急湍的河流横在前面——
它就冲进沸腾的深渊,
骑马人突地沉到水底,
不由得饮下浑浊的波浪,
他只无力地祈求着死,
而看着眼前就是死亡……
可是马儿一使力——像飞箭
把他带上水溅的河岸。

有时候,没有月光的夜色
阴森森地铺满了山坡,
也许有切尔克斯从河里
捞到一截雷雨打断的
斑驳的树桩,就把他的装备:
盾牌,外套,胸甲,头盔,
弓和套绳,围绕着树枝
和古老的树根,一一挂上,
然后推着它,一声不响,

这臂力饱满的好汉
泅进了急湍的波浪。
深沉的夜。河水在怒吼;
他随着激流向下浮走。
就在水边,荒凉的河岸,
在那高高隆起的坟岗上,
哥萨克兵正倚着长枪
注视着河中幽暗的水流,
而在他们眼底下,浮过去
强人的黝黑不清的武器……
喂,你在想什么,哥萨克?
是不是想着往日的战斗,
想着沙场上的露宿,营火,
全军的弥撒,谢主的祈祷
和故乡?……呵,不幸的遐想!
别了,别了,自由的村庄,
静静的顿河,祖先的家园,
还有战争和美丽的女郎!
敌人偷偷傍近了河岸,
从袋里摸出一支羽箭——
忽地一射——这个哥萨克
立即滚下血染的山坡。

有时候,切尔克斯一家人
融洽一团地在家里围坐,
炉边的炭火微微发红,
把阴雨的日子慢慢消磨;
在荒凉的山里,也有时
有疲乏的,迟暮的过客,
看见有人家,便下了马,
走进来,也靠近炭火

怯生地坐下——殷勤的家主
立刻起身亲热地招呼,
并且酌一杯醇美的红酒
慰解客人旅途的疲惫。
汗湿的外套,烟雾的小屋,
平静的梦伴着旅人的安睡。
次日一早,他才离开
这一家殷勤的招待。①

每当晴朗的除斋节日,②
成群的青年聚在一起,
玩着一个又一个把戏。
有时候,他们打开满满的
一袋羽箭,一一射中
那飞在白云中的巨鹰;
有时候,在陡峭的山坡上,
他们横着排列成行,
焦躁地等待一声口令——
就像一群牡鹿,忽地冲下,
遍野扬起了漫天的灰尘
伴着整齐的跑步的声音。
然而,单调乏味的和平
使好斗的心感到厌倦,
意图欢乐的节日的游戏
常常为残酷的节目扰乱。
有时候,席间疯狂的笑闹

----

① 切尔克斯人和所有其他的野蛮民族一样,招待客人异常殷勤。他们把客人看做神圣。如果有陷害客人或有保护未周之处,他们便认为莫大的耻辱。他们一旦和你结识,便以生命担保你的安全,你甚至可以随他们深入克巴尔金群山各地。——普希金注
② 除斋节日是回教的节日。

伴以刀剑的吓人挥舞,
奴隶们的人头四处乱飞,
年轻人鼓掌而又欢呼。

然而,俄罗斯人却淡漠地
望着这种流血的游戏。
他以前也曾是杀气腾腾,
喜爱角斗场中的荣誉。
现在,这无情的荣誉的信徒
看着自己的末日逐渐临近,
他等着决斗中的那一颗
致命的子弹,冷淡而镇定。
也许,他的沉思是由于
想起了过去的那些日子:
多少朋友和他日夕相聚
他们欢闹饮宴,都在一起……
他是否在惋惜流逝的时光,
呵,那时光骗走了他的希望;
也许,他是在好奇地观察
他们酷虐而单纯的嬉戏,
想要从这面忠实的镜子里
看出野蛮民族的性格——
但无论如何,他以沉默
深深掩藏了内心的波动,
而在他的高耸的前额
也不见有一丝表情;
他这种漠然的大胆
反而使强盗感觉惊奇;
他们怜惜他的年纪轻轻,
而在彼此间常常私语:
为了俘获他感到光荣。

第 二 部

山峦的女儿呵,你尝到了
深心的激动,人生的甘露;
你的火热无邪的眼睛
在把欢乐和爱情倾诉。
在暗夜里,当你的情人
默默吻着你的时候,
欲望在燃烧,你忘掉了
整个世界,温柔地恳求:
"可爱的俘虏呵,为什么
还不愉悦你忧愁的目光,
快把你的头靠在我胸前,
忘了自由吧,也别想故乡。
我情愿和你在山野里
一起隐居,我心灵的沙皇!
爱我吧,直到今天,除了你,
还没有人吻过我的眼;
在静悄悄的夜里,还没有
黑眸子的切尔克斯青年
偷偷走到我孤寂的床边;
人人都以为我过于执拗,
说我美貌但却无情。
我知道那等待我的命运:
严峻的父亲和哥哥
想要把我出卖给邻村
换取我不爱的人的金银;
但是,我就要求他们转念,
否则——不是毒药,就是宝剑。
谁知道是什么不可解的魔力

使我这样地迷恋你;
我的心为你而沉醉了,
亲爱的俘虏呵,我爱你……"

但他却带着无言的怜悯
注视着热情的少女,
他听着她的爱情的话语,
心头却浮起忧思重重。
他出了神。充塞在他心里的
是无数往事的阴影,
有一次,甚至冰冷的泪珠
也滴下了他的眼睛。
那绝望的爱情的怀念
像铅块,积压在他的心上;
而终于,在少女的面前,
他倾泻了自己的悲伤:

"把我忘记吧;我不值得
你的钟情,你的热望。
别跟我浪费你美好的时光;
去吧,去依靠别的年轻人。
用他对你的爱情来代替
我内心的绝望的寒冷;
他会对你忠实,他珍惜
你的美,你的多情的顾盼,
你青春的火一样的吻,
和那温柔的炽热的语言。
我没有欢乐,没有意愿,
我已因热情枯萎,牺牲。
你看见的是不幸的爱恋
和内心风暴的惨淡的遗痕。

离开我吧,但请可怜
我这悲凄零落的命运!
不幸的人,为什么以前
你没有在我跟前出现!
我曾经怎样充满了希望,
并且陶醉于无穷的幻想!
现在可晚了,希望已经飞逝,
在幸福之前我已经死亡;
你的朋友早已没有情欲,
对于柔情也无法报偿……

"试问要用死人的嘴唇
回答活人的吻,用无情的笑
迎接热泪盈眶的眼睛,
这是多么残忍的事情!
枉然的嫉妒已使我枯竭,
在热情的怀抱里,麻木的心
却在沉睡中想着别人,
呵,这是多么,多么残忍!

"当你吸吮我的吻的时候,
是这么舒缓,这么温柔,
这爱情的刹那,对于你,
飞速地逝去,毫无烦忧。
但我却悄悄地为泪水——
为悒郁的泪水侵蚀着心,
我恍惚地像在梦里
看见那永远可爱的人;
我呼唤她,向她奔去,
默默地,我不看,也不听,
我茫然地把自己交给你,

却秘密地拥抱另一个形影。
在边塞外,我在为她流泪,
我怀着她的影子到处流浪,
这影子使我孤寂的心
充满了黯然的怀念和悲伤。

"离开我吧,离开我的
铁镣铐,孤寂的幻想,
我的眼泪,悲哀和思念:
这些,你都不可能和我分担。
你已听过了我心的自白,
让我们握握手,说声再见……
这无情的分别绝不会
使女人的心长期悲伤,
爱情逝去了,感到无聊,
美丽的少女会再堕入情网。"
年轻的女郎张着嘴唇,
坐在那里,无泪地啜泣。
她模糊地,呆迟的眼神
透露着无言的责问;
她脸色苍白得像个幽灵,
颤抖着,把一只冰冷的手
放在情人的两手之中,
于是她以悲凄的话语
倾诉了爱情的苦痛:

"呵,俄罗斯人,俄罗斯人,
为什么我要委身于你
在我知道你的真心以前!
可怜的少女! 从你的怀里
她才得到多久的安憩;

命运注定给这少女的
一共有几个欢乐的夜晚!
那时刻是否还会回来?
难道欢乐竟从此不见?……
你尽可以,俘虏呵,用沉默
和虚假的温存,骗一骗
我的未经世故的青春:
哪怕是仅仅由于怜悯;
我也能温柔而且顺从,
照顾和慰解你的苦痛,
我会卫护你的梦魂,
让烦恼的人儿得到安静;
但是你不愿……你这美丽的
女友,她是谁?呵,俄罗斯人,
你爱她吗?她爱你吗?……
我很了解你的苦痛……
请你原谅我的哭啼,
也不要嘲笑我的不幸。"

她沉默了。眼泪和抽噎
使可怜的少女感到窒息。
她的嘴唇在无言地怨诉。
像失去了知觉,她抱住
他的双膝,艰难地喘息。
这时,俘虏把不幸的少女
轻轻挽起,向她说道:
"别难过吧,我也体验过
内心的创痛,命运的煎熬。
从来没有人报我以爱情,
我只孤独地爱,孤独地悲伤;
我就要像野火一样烧尽,

在荒僻的山间被人遗忘。
我将死在遥远的天边，
这片草野便是我的墓园；
这里，绕着我流放的尸骨，
这沉重的铁链将生着锈斑……"

夜空的星星逐渐黯淡，
在远处，那皑白的雪山
也层层地透出光亮；
他们黯然无神，低垂着头，
默默无言地分开了手。

从这时候起，阴郁的俘虏
便独自在山村附近徘徊。
在炎热的天际，朝霞
把白日一天天引来，
一夜跟一夜随着溜走；
他却白白渴盼着自由。
无论是羚羊在树丛里一闪，
或是野羊在暗处驰过，
他立刻激动地响起锁链，
看看是否来了哥萨克，
是否来了奴隶的救星，
那勇敢的夜袭山村的人。
他呼唤……但一切是那么寂寥，
只有波浪的喷溅和怒号，
只有被他惊动的野兽
向着幽暗的荒野里奔跑。

有一天，俘虏突然听见
山中传出了战争的号令：

"上马！上马！"奔跑和喧嚷，
马上鞍后的暴躁和兴奋，
铜铃响着丁当的声音；
黑压压的外套，盔甲的闪亮，
全山村都准备一场进攻。
这些战争的剽悍的子孙
有如河水，涌下了山坡，
他们沿着库班河飞跑，
为的是要人交纳财宝。
山村静静的。看家的狗
睡在小屋旁，晒着太阳。
一些赤裸的棕色的儿童
正在随意地嬉闹和喧嚷；
他们的祖父坐了一圈
蓝色的旱烟缭绕着烟管。
他们正在静静地聆听
少女所唱的熟悉的歌曲——
歌曲温暖了老人的心。

切尔克斯的歌

一

河里滚着汹涌的波涛，
山里是夜的静悄；
哥萨克疲倦得睡了，
他倚着钢矛睡了。
别睡啦，哥萨克：在黑夜，
契秦人从对河来了。

二

哥萨克坐在独木船上,
从河底里拉起来鱼网。
像小孩子,天气太热,
在河里洗澡就会沉没,
哥萨克,你可就要沉了:
契秦人从对河来了。

三

在那幽静的河岸上,
有多少富裕的村庄,
人们正在快乐地舞蹈。
快回家吧,美丽的女郎,
俄罗斯的歌女,快一点跑!
契秦人从对河来了。

少女在歌唱。俄罗斯人
坐在河边,却想着逃跑;
但他的镣铐是这么沉,
河水这么急,这么深……
一会儿,天黑了,草原在安睡,
山峰的岩壁转为黝黑。
小小的山村里,苍白的月亮
在白色的村屋闪着光辉,
牡鹿也已经睡在河岸,
苍鹰停止了迟暮的鸣叫,
而这时,从远远的山间
轻轻回响着马队的奔跑。

这时候,仿佛有人响动,

女郎的面纱晃了一下:
一张苍白而悒郁的脸
来到面前——呀,可不是她!
她的眼睛充满了怀念,
嘴唇动一动想要说话,
她的头发像黑色的波涛,
顺着肩头和胸前流下。
她一只手里拿着钢刀,
另一只手里是一把利锯;
仿佛少女暗地里跑来
是为了秘密的比赛武艺。

深山的女儿把眼抬起,
"跑吧,"她看着俘虏说,
"切尔克斯不会碰见你,
快一点跑,别把黑夜放过。
拿着这把刀:在黑暗中
没有人会看出你的行踪。"

她颤抖着手,拿着锯
向他的脚前弯下身去。
铁链被锯得吱吱作响,
眼泪不由得流下脸庞——
铁链断了,哗啦啦跌落。
"你自由了,去吧!"少女说,
但是她的慌乱的眼神
却掩遮不了爱情的激动。
心在绞痛。呼啸的风
吹起来,卷起她的衣襟。
"噢,我亲爱的!"俘虏悲噎地讲:
"我永远是你的,让我们

一起离开这可怕的地方,
和我去吧!""不,不,俄罗斯人!
人生的美景早已消隐:
我尝过了欢乐和一切,
一切都完了,无影无踪。
这怎么可能?你爱着别人!……
去找她吧,去爱她吧;
我还有什么可以伤心?
我还有什么值得悲哀?……
别了!但愿你时时刻刻
都在爱情的幸福里过活。
别了!请忘掉我的痛苦,
伸出手吧……让我最后一握。"
他把手伸给切尔克斯少女,
他复燃的心也向她飞去。
久久地,这别离的一吻
烙下了心心相爱的印痕。
他们悒郁地,手拉着手,
默默无言地走向河滨——
呵,俄罗斯人投进了喧腾的
深水,已经拍打着波浪,
他已经游过中流,用手
摸到对岸的岩石上……
而这时,波涛突然哗响,
远处发出微弱的呻吟……
他爬到了荒凉的岸上
回头一望……对岸很分明,
四溅的水沫闪着光亮;
但却不见了切尔克斯少女,
她不在山脚,也不在岸上,
一切死寂……在沉睡的水边

只听见微风轻轻的吹动，
在月色里，在汹涌的河中
连荡漾的水圈也消失不见。

他一切都明白了。最后一次
他以诀别的目光看了看
那荒凉的山村和栅栏，
那他牧过牛羊的田野，
带着镣铐攀登过的山崖，
那小河：他日午在那里歇息，
曾经听着剽悍的切尔克斯
在深山里唱着自由的歌曲。

漆黑的天色渐渐发白，
白日爬进了幽暗的山谷，
朝霞升起来。解放了的俘虏
已经走上遥远的山路。
在他前面，在雾色里，
俄罗斯的刺刀在闪耀，
间或听见放哨的哥萨克
正在山坡上彼此喊叫。

结　语

诗的女神呵，幻想的伴侣，
就这样，向着亚细亚的边远，
她轻轻飞去，以高加索的
野花，编成自己的冠冕。
她迷于从战争成长的
那些异族的服饰的粗简，
而她就穿起这样的新装

常常出现在我的眼前。
她在荒凉的山村附近
独自漫游于山岩道上,
并且常常在那里倾听
孤寂的少女的歌唱。
她爱剽悍的高加索的山村,
和勇敢的哥萨克的警号,
她爱那山丘,静静的墓场,
那马队的嘶鸣和喧嚷。
主宰歌曲和故事的女神,
呵,她的记忆是多么丰满,
也许有一天,她要追述
惊人的高加索的流传——
她将提起那远方的典故:
古代姆斯蒂司拉夫的决战,①
以及那些格鲁吉亚的女郎:
多少俄罗斯人的恋情、背叛,
在她们复仇的怀里的死亡。
那光荣的一刻我也要歌颂,
那一刻,当我们的双头鹰
嗅到血腥的战争,直飞上
愤怒的高加索的峰顶;
而在斑白的捷列克河旁
初次扬起了战斗的声音,
俄罗斯的战鼓咚咚地响,

---

① 姆斯蒂司拉夫是弗拉第密尔之子,绰号"英勇的",为特姆塔拉干的大公。他曾讨伐科索哥人(大约即今之切尔克斯人),单独与其大公雷节久决战而获得胜利。这是十一世纪初叶的史实,普希金在自己的写作计划中,有名为《姆斯蒂司拉夫》的一诗,拟写姆斯蒂司拉夫在战败科索哥人后,为其王后及公主所迷,因而杀死自己的朋友的故事。

而你,齐加诺夫,①威风凛凛,
异常骄矜地走上战场;
我也要歌颂你,克亚列斯基,②
高加索的魔王和英雄!
无论你的雷霆转向哪一方——
你一路上就像黑死病,
给异族到处洒满了死亡……
但今天,你放下了仇雠的剑,
战争已不再使你心欢;
你避开俗世,带着荣耀的伤痕,
去到平和的山野田园间
享受一些逍遥的恬静……
可是,——东方又起了喧声!
高加索呵,叶莫洛夫③来了,
快低下你的积雪的头顶!

于是战争的叫喊平息了,
一切在俄罗斯的剑下俯顺。
呵骄傲的高加索的子孙——
你们被征服了,你们悲惨地
死亡了,但是我们流的血
并没有用:仍旧是迷人的
盔甲,仍旧是骠马和深山,
仍旧是放荡不羁的爱情!
总有一天,像巴特的子孙,
高加索也将要背叛

---

① 巴维尔·德米特里维屈·齐加诺夫(1754—1806),俄国征服高加索的将军。以后战死于巴库。
② 彼得·西米诺维屈·克亚列斯基(1782—1851),俄国征服高加索的将军。以后受伤隐退。
③ 阿列克西·彼得洛维屈·叶莫洛夫(1772—1861),俄国征服高加索的将军。

自己的祖先,忘记了战争
狂热的呼喊,放下弓箭。
行人将会毫没有戒心
走进你们聚居的山间
而关于你们所受的酷刑
人民的口中会悠久地流传。

《高加索的俘虏》题注

　　本诗写作开始于一八二〇年八月,一八二一年二月二十三日第一次誊清稿完成。"结语"后注有:"一八二一年三月十五日,奥德萨。"在发表时,带有政治色彩的词、句,如"献辞"中讲到"迫害"的地方,和"呵,自由!……他还是只有把你寻找"等,曾被官方检查人员篡改、删节。

　　本诗第一版和第二版(一八二二年及一八二八年),都证明献给H.H.拉耶夫斯基。普希金被流放于高加索及克里姆的最初几个月,是住在拉耶夫斯基的家中。在第二版之前,诗人有如下的一个声明:"这篇短小故事所以为读者垂青,应该归功于对高加索及其山居民族的忠实的描绘,虽然这一点人们很少提到。作者也同意一般的评语,它正确地指责了俘虏的性格及其他。"

加百列颂 (1821)

　　这是真心话,我很珍视
那希伯来少女灵魂的得救。
到我这儿来吧,美丽的天使,
来吧,接受这祝福的圣油。
我要拯救一个尘世的姑娘!
她迷人的微笑使我高兴,
我要向基督和诸天之王
在虔诚的诗琴上弹唱。
也许,这谦卑的敬神的歌声
终于把她的心灵打动,
而圣灵——我们思想和情感的
主宰,终于充满少女的心中。

　　她年方二八,真纯而温顺,
黑眉毛,两只隆起的小阜
在麻布衫下有弹性地颤动,
珠玉似的牙齿,一双秀足……
呵,希伯来姑娘,你为什么
笑了,脸庞泛起了红霞?
不,亲爱的,你真的弄错了,
我不是写你——是写马利亚。

　　在那远离耶路撒冷的荒野,
这美人度着平静的岁月,
没有美妙的幻想,没有欢愉,

也没有那浪荡子的追逐
(魔鬼为了害人才把他们保留)。
她的丈夫,一个可敬的老头,
鬓发苍苍,是个拙劣的木匠。
那个村子里只有这把手,
因此,他日里夜里都很忙,
一会儿拿锯,一会儿拿斧头,
一会儿又拿尺,却没有时间
把自己的美人儿看上两眼;
而这朵被埋没的花儿,命运
早给注定了另一种荣幸,
也不敢在这枝茎上绽开。
懒惰的丈夫不曾在早晨
用他的老壶把鲜花灌溉;
像个父亲,他和纯洁的少女
同居:他养活她,如此而已。

  然而,朋友,那至高的上帝
此刻正从他高高的天庭
欢喜地注视着他的奴婢,
那少女的胸脯和苗条的腰身,
他情火中烧,便以深邃的智慧
决定给这珍贵的园子,
给这荒芜的寂寞的苗圃
赐以厚爱,施以秘密的报酬。

  寂静的夜正笼罩着田野,
马利亚在屋里正睡得香甜。
按上帝旨意——她做了一个梦;
她梦见:在她的面前
那幽深的天穹突然打开,

一群天使在骚动喧腾,
闪着令人目眩的光彩,
许多六翼天神在翱翔,
小天使随意拨弄着琴弦,
天使长们则端然静坐,
用蔚蓝的翅膀遮住了脸——
他们前面是创世主的宝座,
包围在五色彩云中间。
突然,他光彩夺目地出现了……
大家都跪下……琴声沉默了,
马利亚屏住呼吸,低下头,
一面听着上帝的声音,
一面像树叶似的颤抖:
"人间可爱的女儿之花啊,
听着,以色列的鲜艳的希望!
我是出于爱情把你召唤,
我的荣耀必须让你分享:
等着接受不可知的命运吧,
就来了,就来了,你的新郎。"

　　上帝的宝座又罩上白云,
一队天使又起来飞翔,
天庭响着乐琴的声音……
马利亚张着嘴唇,合起掌,
在天庭面前呆呆站住。
呵,是什么引起她的激动,
是什么使得她如此注目?
哪个天使的蓝色的眼睛
对她恋恋地望个不停?
他那羽毛盔,华丽的服装,
金丝的鬈发,光辉的翅膀,

他那身段,和羞涩的眼睛,
哪一处不使马利亚神往!
他是这样英俊,这样称心!
骄傲吧,骄傲吧,加百列天使长!
但突然,这一切就好像
幻灯的映影,消失、不见,
也不管注视的儿童的抱怨。

　　美人在天亮时醒来了,
却只倦慵地留恋在床上。
她一直想着这奇异的梦,
和可爱的加百列的影像。
她很想俘获天庭的上帝,
她爱听他所讲的话语,
但她对他不自主地敬畏——
但加百列才更使她中意……
正如有时候,笔挺的副官
却引诱了将军的爱妻,
有什么办法?命运就这样决定,
学究和愚昧都只有同意。

　　让我们谈谈爱情的怪癖吧
(我的话题离不开爱情)。
每当火样的目光将我们注视,
我们便感到血液的激动,
每当郁郁的骗人的欲望
抱紧我们,重重压在心上,
而那唯一的思想和苦闷
无论哪里都把我们跟定——
那时,在青年朋友中,对不?
我们就要找一个知心,

用激动的语言,传达出
苦恼的热情的秘密的声音。
每当我们从飞逝的时流
把握到稀有的欢愉的一瞬,
在快乐的卧榻上,我们和
羞怯的美人共享欢情,
每当我们忘了爱的痛苦
并且感到真心的满足——
那以后,为了使记忆重温,
我们总爱跟朋友絮絮谈心。

  就是你呀,上帝,也为爱情激动,
你和我们一样,也热情沸腾。
造物主嫌恶所有的造物,
祈神的祷告也使他厌恶——
他开始写支歌礼赞爱情,
并且高歌:"我爱,我爱马利亚,
我忧郁地拖着永生的日子……
翅膀呢?向马利亚飞去吧,
我要在美人的怀里安息!……"
等等……一切他想到的话语——
神爱东方的华丽的文体。
以后,他唤来心爱的加百列,
用散文抒发了自己的爱情。
这一番谈话呵,被教堂瞒起,
福音传教士也有些歪曲!
然而,据亚美尼亚人口头传说,
上帝先盛赞马利亚姑娘,
随后叫天使长加百列
充当信使(因为他的才智),
派他晚间去马利亚家里。

但天使长却另有打算,
他不止一次当过幸运的差人;
他传递信息固然少不了
利益,却还有一颗虚荣的心。
这一次呢,这荣耀的儿子
瞒住自己的私心,给上帝
当了一次不情愿的差使……
人间所谓——拉皮条的人。

　　然而,撒旦——上帝的世敌
却没有睡觉!他正在人间游荡,
听说上帝中意了一个姑娘——
就是将把我们从永劫的地狱
解救出来的希伯来美女。
他多么恼怒啊,这个魔鬼——
他开始忙起来。这时上帝
坐在天庭中,在淡淡的哀愁里,
忘了全世界,什么也不过问——
虽然如此,世界倒也有条不紊。

　　马利亚做什么了?约瑟的
悒郁的妻子,她在哪里?
呵,在花园里,她满是忧烦,
正慢慢度过无邪的悠闲,
并且等待再一晚的好梦。
那俊影没离开过她的心坎,
她的神魂向着天使长飞翔。
在芭蕉的阴处,在淙淙的水边,
我的美人儿在沉思默想。
她不理会花朵的芳香,
溪水的淙淙也不像欢唱……

她突然看见:一条美丽的蛇
闪着诱人的鳞光,摇摇摆摆
在头上枝叶间,并对她说:
"上天宠爱的人啊! 不要跑开——
我是一个听从你的俘虏……"
怎么可能? 呵,多大的奇迹!
谁在向马利亚说话? 谁?
哎唉,自然,这正是魔鬼。

  蛇的美丽和斑斓的颜色,
亲切的招呼和火辣辣的眼睛
立时就迷住了马利亚的心。
为了使年轻的心快乐快乐,
她便温柔地望着撒旦,
开始了一段危险的攀谈:

  "蛇呵,你是谁? 凭着你的美丽,
光泽,眼睛,和谄媚阿谀,
我认出,就是你引诱夏娃
去到那神圣的生命树下,
你使那不幸的女人犯了罪,
你毁了一个不懂事的少女,
还有亚当的后代和我们。
你使我们不自主地沉沦。
不惭愧吗?"
    "教皇骗了你们!
我没有毁灭、而是救了夏娃!"
"是谁害了她?"
    "上帝。"
     "危险的敌人!"
"上帝爱上了……"

　　　　　　　"听着,当心!"
"他——"
　　　　　　"住口!"
　　　　　　　　　"热烈地爱她,
她的处境危险而且可怕。"
"呸,蛇,你说谎!"
　　　　　　　"我发誓!"
　　　　　　　　　　"不要起誓。"
"可是,听吧……"
　　　　　　马利亚在想:
"真不妙! 一个人在花园里
悄悄地听着蛇的诽谤,
相信撒旦是否正是时候?
可是上帝爱我,将我保佑,
至高的仁慈呵,他不会毁弃
自己的奴仆吧——为了这次谈心?
他决不会让我蒙受侮辱,
而且,这条蛇看来也很谦逊。
这算罪过吗? 有什么害处?
无聊的胡话!"于是她倾听,
暂时忘了加百列和爱情。
狡猾的魔鬼,它傲慢地伸展
沙沙的尾巴,弓起了脖颈,
从树间爬下——趴在她脚前;
它给她燃起欲望的火焰,
说道:

　　"我不能使我的故事
和摩西的胡扯协调一致。
他要用谎言迷醉希伯来人,
他装得正经——人们就相信。

上帝赏给他辞令和一脑子忠顺,
于是他就成了出名的先生。
我不是宫廷史官,你可以相信,
我无须摆出预言家的身份!

　　"别的美人啊,她们定会
羡慕你的眸子的火焰;
呵,谦逊的马利亚,你的美丽
足能使亚当的子孙赞叹,
你注定要颠倒轻浮的儿郎,
你的微笑给予他们宠幸。
只消你三言两语,他们就疯狂,
你可以随意——冷淡或者多情……
这就是你的宿命。年轻的夏娃,像你
可爱,谦逊,聪明,但却没有爱情,
郁郁开放在自己的花园里,
永远是一个少男,一个少女,
面对面,在伊甸的河岸上,
度过了平静无忧的时光。
他们的日子真够单调、无聊,
树阴也好,青春和闲暇也好,
都不能启发他们爱恋;
他们手拉着手散步,吃,喝,
白天打呵欠,夜晚呢,也没体验
热情的嬉戏,生命的欢乐……
你看怎么样?是无理的暴君——
希伯来的上帝,嫉妒,阴沉,
他爱上了亚当的女友,
就把她留作自己占有……
多么光荣呵!怎样的快乐!
在天上,就像在一座囚牢,

在上帝脚下她祈祷又祈祷,
她赞扬他,极力称颂他的美德,
不许偷偷地望别人一眼,
和天使长也不得悄悄地对谈;
呵,这就是一个女人的命运,
假如她成了创世主的情人。
以后呢? 对于这种枯索、苦痛,
报偿只是:小教士的嘶声赞颂,
老太婆的令人厌烦的祷祝,
蜡烛,吊炉烟,神像——镶着宝石,
出自一位不知名的画师……
多快乐呀! 这命运令人嫉妒!

"我开始觉得那夏娃可怜;
我决定,不管上帝怎样想,
我要打破那青年男女的睡眠。
你听说了吧? 事情就是这样:
两只苹果,挂在奇异的树上
(是幸福的前兆,爱情的征象),
给她展开了模糊的幻想。
首先,朦胧的欲望醒过来了,
她发觉了自己的美貌,
还有温柔的感情,心的颤栗,
和年轻男人的赤裸的肉体!
我看见了他和她! 我看到爱情
(这是我的学问)美丽的开端。
这一对走进了幽深的树林……
他们迅速地放任手和眼睛……
在少妇的美丽的两腿之间,
亚当尽心竭力,笨拙而无言,
浑身充满了猛烈的火焰,

寻找欢情的迷醉,他探询
那欣喜的源泉,他的心灵
沸腾着,整个沉没其间……
夏娃呢,不管上天的怒恼,
散开了头发,全身在燃烧,
微微地,微微地掀动嘴唇
回答了亚当的热烈的吻。
无知觉地躺在芭蕉树荫下,
她流着爱的泪,青春的大地
给一对恋人盖上了鲜花。

　　"幸福的日子!成婚的丈夫
把妻子从早到晚地爱抚,
在幽暗的夜里他很少合眼;
他们是怎样欢度过悠闲!
你知道:上帝把欢娱打断,
将这一对夫妻逐出了乐园。
从此,他们离开那可爱的园地,
在那儿,他们住了这样久,
不用辛劳,在静谧的怀里
没有烦忧地打发疏懒的日子。
但我让他们知道了情欲的秘密,
还有青春的快乐的权利,
尝到感情的折磨,幸福的眼泪,
热情的激动,爱吻和绵绵的低语,
你说吧:难道我是一个叛逆?
亚当难道是由于我而不幸?
我不这样想,而我只知:
我一直是夏娃的知己。"

　　魔鬼沉默了。马利亚静静地

一直听着狡狯的撒旦。
她想:"怎么? 也许魔鬼是对的;
我听说过:即使荣誉、爵禄
和黄金,也买不了幸福;
我听说过:人应该有爱情……
呵,爱情! 怎样去爱? 爱是什么?……"
而同时,少女却以整个心灵
听取撒旦的故事:那动作,
那奇怪的理由,那大胆的描述,
以及那一种不拘一格的情景……
(我们都爱听一点新鲜事情)。
每过一刻,那危险而朦胧的
思想的萌芽,就对她变得更显明,
突然间,蛇仿佛踪迹不见——
另一种景象在她面前出现:
马利亚看见一个美貌的男人
伏在她脚下,一句话也不说,
只朝她闪着奇异的眼睛,
他向她雄辩地请求着什么,
他一只手向她举一朵小花,
另一只手揉皱了她的麻布衫,
并且怯懦地伸进衣服底下,
用轻柔的手指抚摸戏弄
那美妙的隐秘……这一切
对马利亚都奇异、新颖——
而同时,在她那少女的面颊
飞舞着并不怯懦的桃红,
令人融化的火,焦急的叹息
掀动了马利亚隆起的前胸。
她沉默:但突然失却力气,
闪耀的眼睛不由得轻闭,

她把头垂在魔鬼的胸上，
"哎"了一声……就倒在草里……

哦，亲爱的！我把欲望和希冀
最初的梦幻献给了你，
美人呵，你也会对我垂青，
你是否能宽恕我的追忆？
可记得我青春的罪愆和欢欣，
那些晚上，当我在你家里，
在你讨厌而严刻的母亲面前，
我以秘密的恳求折磨你，
并且启发了一个少女的心弦？
我教会了一只顺从的手
怎样破坏那难过的分离，
我温暖了失眠少女的痛苦，
给她沉默的时刻带来欢愉。
呵，但你的青春蹉跎过了，
那苍白的唇上已没有笑意。
你的美才旺盛就枯萎了……
你能不能原谅我？亲爱的！

罪恶之源呵，马利亚的
狡猾的敌人，你凌犯了少女；
唉，但你也没有拒绝荒淫……
你终于用那罪孽的欢娱
开导了上帝宠幸的女人，
以粗鲁使纯真的姑娘动心。
骄傲吧，你那该诅咒的荣誉！
快享受……但时刻已经临近！
天晚了，夕阳的微光隐去，
一切沉静。突然，在疲劳的

少女的头上,兴奋的天使长——
爱情的差使,上天宠幸的
灿烂的儿子,在喧腾地飞翔。

　　美人儿看到了加百列
吓得蒙住了自己的脸……
魔鬼不快地跃起,慌乱地
向他说:"不逊的幸运儿,
谁叫你来的?为什么你不在
天上的宫廷,不在以太高空?
为什么你要跑来妨碍
一对有情人的无言的欢情?"
但加百列挑起嫉妒的眼睛,
他的回答轻松而且傲慢:
"天庭美女的凶恶的敌人,
永远放逐的、狂妄的恶汉,
你引诱了马利亚美人,
却居然敢来向我质问!
滚开吧,无耻反叛的奴隶,
不然的话,我就让你颤栗!"
"我不会为你们这些廷臣——
这些上帝的奴才而发抖,
你们这些给上帝拉皮条的人!"
魔鬼说完,天使长一腔怒气,
皱着眉,斜着眼,咬着嘴唇,
便照魔鬼的牙齿直打过去。
只听得一声叫,加百列
摇摆了一下,左膝跟着扑倒,
但突然跃起,又是怒气填胸,
以意外的一击,打中了
撒旦的鬓角,魔鬼呵了一声,

脸色发青,便扭打起来。
天使、魔鬼都不能取胜:
他们互扭着,在草地上旋转,
下颚紧靠着对手的前胸,
膀臂和腿子十字交缠,
一会儿使力,一会儿用智谋,
都想把对手掼到后面。

  不正是这样吗？我的朋友,
你们记得从前,在春天,
我们下了课,在草地上
随意玩耍,时常摔跤消遣。
天使们倦了,忘记了责骂
和教训,也正是这样相打。
那地狱之王是个魁伟的
恶徒,却故意装作呻吟,
但骗不过他狡狯的敌人。
最后,他想立刻结束,一下子
便打落了天使长的羽毛盔,
那金色的羽毛盔,镶着钻石。
于是抓住敌人柔软的头发,
他以有力的手朝地下
把他按紧。马利亚清楚地
看见天使长的年轻俊美,
不由得默默地为他颤栗。
看,魔鬼就要战胜,地狱就要
欢腾雀跃,但敏捷的加百列
幸而咬住了一个致命地方——
是魔鬼身上犯罪的部位
(几乎是任何战斗中的累赘)。
恶魔倒下了,乞命讨饶,

随即向着地狱慌忙逃跑。

  美人儿看着惊险的恶战
连出一口大气都不敢,
等天使长显完自己的本事
殷勤地转向她的时候,
她脸上烧着爱情的火焰,
她的心里充满了温柔。
哦,希伯来少女是多么可爱! ……

上帝的使者脸红起来,
就这样传达了别人的感情:
"快乐吧,纯洁的马利亚!
祝你有爱情,美丽的女人;
你的果实将受到百倍的祝福,
他将推翻地狱,拯救人类……
然而,我得坦白地承认,
作他的父亲的更幸福百倍!"
于是他跪在她的面前,
并且温柔地紧握她的手……
美人儿垂下眼,一声轻叹,
加百列趁势吻了一吻。
她惘然,默默地红了脸,
他又大胆地摸她的前胸……
"放手吧,"她低低说了一声,
但这时,热吻已经淹没了
少女最后的呼叫和呻吟……

  她怎么办? 那嫉妒的上帝
会说些什么? 但不要哀怨,
女人们呵,爱情的知己,

你们会使巧妙的机算
骗过你们郎君的注意
和内行们的审慎的目光,
你们会给风流罪的痕迹
遮上一层纯洁的外衣……
狡狯的女儿会从母亲
学得那种羞涩和温顺,
假作痛楚,故意怯懦地
在新婚的夜里扮一场戏;
一早晨呢,多少恢复一点,
起了床,苍白,弱得走不动路。
丈夫、婆母高兴地低语:谢谢天!
而老朋友却在叩敲窗户。

　　加百列带着喜讯,飞回
天空。等得不耐烦的上帝
热烈地迎接了他的心腹:
"有什么消息?""我已尽力
做了一切,一切都对她说明。"
"唔,那么她呢?""她很愿意!"
于是诸天之王默默地
从宝座起立,皱了皱眉毛
使众神走开,正似荷马的大神
制止无数的儿子不得吵闹。
但古希腊的信仰永远去了,
哪里有宙斯?我们变得更聪明!

　　在自己的角落里,马利亚
静静躺在叠皱的床单上,
充满生动的追忆的狂喜。
她心里燃烧着柔情和欲望,

新的火焰煽动少女的深心。
她悄悄呼唤着加百列,
为了给他准备秘密的赠礼,
她一脚踢开了夜晚的被盖,
微笑地往下看,异常满意,
呵,这赤裸的绝妙的美人,
她为自己的美感到惊奇。
但就在此刻,沉郁、多情,
她,犯罪了——美妙而倦慵——
她饮下一盅平静的欢娱。
你在笑了,狡猾的撒旦!
怎么!突然,一只毛茸茸的
白翅膀的鸽子飞进她窗里,
它尽绕着她的头上翱翔,
还带着一阵快乐的歌唱,
而突然,它飞进少女两膝之间,
就坐在玫瑰花儿上颤动,
用嘴啄它,践踏它,不断旋转,
它的嘴和脚忙个不停。
呵,他!这一定是他!马利亚
明白了,她在接待另一位神。
她靠紧了两腿,开始呼叫,
又是轻叹,颤动,又是祈祷,
她哭起来,但鸽子已经胜利,
在热情的昏迷中唱了一阵,
抖了抖,堕入轻盈的梦里,
并且用翅膀遮盖着爱的花朵。

　　它飞去了。疲倦的马利亚
心里想:"这是怎样的胡闹!
一个,两个,三个!他们怎么

没个倦怠?我真经得起骚扰:
就在同一天里,我接待的
又是魔鬼,又是天使,又是上帝。"

　　这以后呢,按照习惯,上帝
把希伯来少女所生的儿子
认作自己的后嗣,但加百列
(令人羡慕的命运!)却不停地
和希伯来少女秘密地会面。
和别人一样,约瑟很开心,
他对妻子仍旧不去凌犯,
他爱基督一如自己的儿子,
为了这,天主也给了他赏赐!

　　阿门,阿门! 我得怎样结束
这一篇故事?我将永不记起
这古代的韵事,把你歌唱,
呵,你飞翔的天使加百列;
我要在这谦卑的竖琴上
向你弹唱热烈求救的歌声:
保护我吧,请听我的祷告!
直到如今,我在爱情方面
还是个异教徒,疯狂地拜倒
在许多妙龄的女神之前,
我是魔鬼的友人,荒唐,负心……
祝福我吧,我正在反省!
我要怀着善意,我要悔改:
因为我遇见了叶琳娜;
她和马利亚一样温柔、可爱!
我的心离不开她的主宰。
请给我的话语一种魅力,

告诉我,怎样就能令人欢喜,
请在她心中点起爱欲的火焰,
不然,我可要去恳求撒旦!
然而日月如梭,时间悄悄地
会把我的鬓发染成白色,
在神坛之前,庄重的婚礼
就会把我和我的美人结合。
呵,你使约瑟神魂颠倒的人!
我双膝跪倒,我恳求你,
你庇护绿帽丈夫的大神,
哦,请你那时也来祝福我,
使我的心境坦然,温和谦顺,
让我能一次又一次地容忍,
给我恬静的梦,和平的家,
对妻子的信任,亲人的爱情!

《加百列颂》题注

  本诗在一八二一年四月写成,也就是在复活节前及复活节中写成,这就使它反教会的战斗精神更为突出。它揶揄了《圣经》上关于圣母纯净受胎的故事和亚当及夏娃逐出乐园的故事。这首诗以手抄本流行颇广,也很受到十二月党人的欢迎。一八二六年三月八日比比科夫向警察总监宾肯道尔夫密告普希金的时候(那正是追缉十二月党人的高潮时期),曾称《加百列颂》为"叛逆的诗",说它"以讽刺的危险而狡猾的武器,攻击了作为钳制全世界人民,尤其是俄国人民的宗教的神圣",因此"在社会的一切阶层中传播了叛逆的火种。"但这一密告当时没有引起注意。本诗的手抄本得以流传。一八二八年,米契诃夫大尉的农奴们向彼得堡大主教告发他们的主人,说他向他们诵读《加百列颂》,因此发生了"退伍大尉米契诃夫诵读《加百列颂》以致败坏其奴仆的宗教观念"的轰动一时的事件。尼古拉一世为此指定一个特别调查委员会,在他直接监督下进行调查。普希金曾经两次被彼得堡的军事总督传讯,但诗人否认是自己写的,指出在一八一五至一八一六年间,当他还在中学读书的时候,这首诗已经"在骠骑兵团中流行着了",而他就在那时知道了这首诗,并且把它抄下来,但声称以后又把自己的手抄本烧毁了。在这件事情发生的前后,普希金通过普通邮递寄给维亚谢姆斯基一封信,信中说(普希金可能料到这封信会落在警察局的手中):这首诗是四年以前去世的著名诗人葛尔察科夫公爵——那个写了"很多刻毒的讽刺作品"、"不屑于印出"的作者——写的。《加百列颂》事件很可能给诗人带来严重的后果,他在致维亚谢姆斯基的函中也提到了这一点。"你让我到宾沙去,可是你瞧吧,我会走得更远一些——'笔直地,笔直地去到东方。'一个非常不智的玩笑粘着了我的颈子。《加百列颂》终于落到政府手里;人们认为是我写的;告了我……"(这封信是一八二八年八月下旬写的)。诗人在当时所写的一首诗《预感》中反映了这种心情。尼古拉一世对普希金在审讯时的答复表示不满,要他直率说出该诗的作者。于是诗人请求直接向沙皇写信。这封信以及沙皇的复信都没有保留下来。但据葛利金的记载,普希金在致沙皇信中承认了自己是该诗的作者。委员会的调查始于一八二八年六月,同年十二月三十一日结束。尼古拉在结束时说:"这件事我已经详细知道了,它可以完全结束了。"

本诗初次发表在一八六一年伦敦出版的《俄国秘笈文学》一书中。在俄国,迟至一九〇八年,经过很大的删节,它才第一次问世。只有在十月革命以后,《加百列颂》的全文才刊印出来。

强 盗 兄 弟 (1821—1822)

这不是成群的乌鸦
密集在腐烂的尸骨上,
是一伙强盗,趁着夜黑,
围火坐在伏尔加河旁。
这里有不同的种族和面孔,
不同的语言,出身和服装,
从各处的牢狱、茅舍和小屋,
他们汇集而来,为了财物!
他们的心只有一条——
就是要在法外逍遥。
这里,有亡命的逃犯
来自骚乱的顿河两岸,
有黑色鬈发的犹太人
有茫茫草原上的好汉,
有卡尔梅克人,有丑陋的
巴什克尔人和红头发的
芬兰人,和懒惰的茨冈,
无所事事地到处流浪!
是冒险,流血,欺骗,污浊,
把他们结成了可怕的家族;
要想入伙,只要你铁石心肠,
各样的罪恶都肯承当;
只要你能手下无情
砍杀可怜的孤儿和寡妇,
认为小儿的哀号简直可笑,

毫无内疚,绝不饶恕;
只要你将杀人当作消遣,
像青年男女的密约和会见。

旷野静悄悄的。月亮
把苍白的光洒在人身上,
他们在饮酒,轮流传递
一只浮着泡沫的酒杯。
有的横倒在潮湿的地上,
就在那里飘忽地安睡,
也许还有邪恶的梦
在那罪孽的头上浮荡。
有的讲故事,让谈笑
打发深夜的幽暗的时光;
看,一个新入伙的强盗
正在那里讲:大家鸦雀无声,
坐了一圈,静静地聆听。

——我们哥俩,我和我兄弟
从小就生长在一起,
我们都寄养在人家,
我们的生活没一点欢愉。
我们听见了饥寒的声音,
还要忍受蔑视和欺凌。
从很早,残酷的嫉妒
就在折磨我们的心灵。
对于孤儿,普天之下,
竟没有一处可以栖身。
我们成天苦恼和忧愁,
终于有一天,这样的命运
使我们两人感到厌烦,

于是我们私下里决定
我们要试试另一种运道：
我们加入绿林，带着
我们的黑夜，我们的钢刀；
从此忘了胆怯和忧愁，
从此远远地把良心赶走。
呵，少年！大胆的少年！
那时候，我们活得多么尽兴！
面对着死亡，毫不在意，
我们的一切都彼此平分。
常常地，当一轮明月
升到了天空的中央，
我们就从洞穴里爬出
到树林里干那危险的勾当。
我们坐在大树的后面
专门等待夜晚的旅客，
犹太富翁也好，寒酸的
神父也好——谁都不能放过！
常常在冬天，寂寥的夜晚，
我们大胆地驾上三头马车
呼啸而又高歌，像飞箭
从冰雪冻结的河面驰过。
谁不害怕和我们碰面？
只要看见酒店的烛光——
呵哈！去呵，到那里敲门，
我们高声喊叫着女主人，
走进去：又吃，又喝，全不用花钱，
还可以搂抱美丽的姑娘！

但以后呢？我们两兄弟
游乐不久，便都遭了殃，

官府捉住了我们,铁匠
给我们连身钉上了镣铐,
卫兵又把我们送进监牢。

我比弟弟年长五岁,
比他更能经得住煎熬。
带着锁链,对着闷人的
铁壁,我还勉强支持,
他却因郁闷而病倒;
他呼吸困难,昏迷无知,
简直要死了,把火热的头
靠在我肩上,断续地说:
"这里太气闷,我要到树林去……
给我水!水!"但无论怎样喝
都不能减轻他的痛苦:
过一会儿,他又很干渴,
全身流满了大颗的汗珠。
这恶病的毒热煎熬着
他的血,激动他的神志;
他已经不能够认识我,
他不断喊着伙伴的名字
叫人快点到他跟前来。
"你躲在哪里?"他喊叫:
"你要向哪里通一条暗道?
为什么我哥哥把我留在
这个又黑又臭的角落?
难道不是他:怂恿我
从平静的田庄去到森林,
那里,借着幽暗可怕的夜色,
是他教给我第一次杀人?
现在,他可自由自在的

一边挥舞沉重的铁棍,
一边得意自己的幸运,
独自在辽阔的田野里漫游,
完全忘了生死的朋友!……"
忽而,他那讨厌的良心
又炽得他好生难受:
他仿佛看见一群幽灵
远远指着他,朝他责骂。
更常常的,是一个老人
早已死在我们的手下,
却在他的头里不断缠纠;
他常常用手遮住眼睛,
替那个老人向我哀求:
"哥哥!你看他老泪纵横!
看他那把年纪,饶了他吧……
他那嗓子嚎得我害怕……
放了他吧,没有什么要紧。
他连一滴热血都没有了……
哥哥,别和白发苍苍开玩笑,
别折磨他了……也许,他的祝福
能减轻上帝对我们的震怒!"
我勉强镇定,听着他;
我想遏止病人的眼泪,
并且驱散他空洞的梦寐。
他仿佛看见森林的死人
一起来到监狱里舞蹈,
一会听见幽灵的声音,
一会听见马蹄的飞跑
逐渐逼近,骇得他的眼神
张惶失措,他的头发悚立,
他的全身像树叶似的战栗。

一会儿,他又想象着
在刑场上,站了一群人,
想象那可怕的游街示众,
又是鞭打,又是刑吏的凶狠……
病重的弟弟忧惧太多
终于失去知觉,倒在我怀里。
就这样,我把日子熬过,
不分昼夜,得不到安息,
从没有安适地合过眼皮。

然而青春战胜了一切:
弟弟重新恢复了体力。
可怕的病症已经好了,
他再也没有那样的梦呓。
我们复活了。但是怀念
以前的日子,使我们更难受:
我们向往着田野的空气,
神魂儿飘向森林和自由。
我们厌倦了囚房的幽暗,
那从窗格漏进来的曙光,
镣铐的声音,看守的叫喊
和飞鸟的轻轻的喧嚷。
有一次,我们带着镣铐
去到街上,为着市立监狱
一路向人们募集捐款,
但在暗中,我们已经商议
怎样实现很久的心愿。
河水就在身旁哗哗地响,
我们走去——从高高的岸上
噗的一声,跳到深水中,
我们的脚并排拍打着波浪,

我们共同的镣铐丁当作声,
不久,我们就望见一片沙洲,
于是泅过急湍的水流
向那里奔去。在我们身后,
人们喊着:"跑了!快点捉住!"
两个警卫从远远泅来,
但我们已经浮上了小岛,
随即用大石砸断镣铐,
并且把灌满水的衣裳
一片一片彼此撕掉……
我们望着前来的追兵,
满怀希望,一点也不惊慌,
坐着等候。一个已经没顶,
忽而喝口水,忽而惨叫,
终于像铅块一样地沉没。
另一个已经浮过了波涛,
手拿着武器,在水里走,
他完全不理我的恫吓,
逐渐走近。但是两块石头
笔直地朝他顶上飞去——
鲜血立刻把水波染红;
他沉没了——我们又投进水里,
再也没有人敢来追踪;
我们顺利地到了河岸
进入森林。但可怜的兄弟……
由于劳累和秋水的寒冷,
损毁了他刚刚复原的体力:
他再一次为恶病缠身,
梦寐又在他眼前环行。
整整有三天,他不说话,
也没有闭过一下眼睛;

到第四天,悲哀和忧伤
好像压在他的心头。
他呼喊我,紧握我的手,
他的逐渐无神的眼睛
显现着他受不住的苦痛;
他抖了抖手,唉一口气,
就在我的怀里永远安息。

我守着他的冰冷的尸体,
三天三夜没有离开,
我在期望:是否他会醒来?
我悲痛地哭着。终于
我拿起铁锹;在墓穴前
我替他念了恕罪的祷文,
然后埋下弟弟的尸身……
从此,我又做那以前的勾当,
独自来往……但过去那些年:
那些酒宴,和快乐的夜晚,
那像狂风一样的袭击——
却去了,去了,再也不回返!
它们和弟弟已埋在一起。
我的生活忧郁而孤独,
我的心像顽石一样地
没有怜悯,越来越残酷。
但有时候,我却不忍
杀害老人;看着那皱纹,
和那可怜的苍白的头,
我举不起来自己的手。
我会记得,在无情的牢狱里,
我那害着重病的弟弟,
他疲弱无力,带着镣铐,

在昏迷和极端的痛苦里，
还在为老人向我讨饶。

《强盗兄弟》题注

　　本诗是普希金于一八二一年至一八二二年所写的一首长诗的断章，原来的长诗已为作者烧毁。普希金在一八二三年十一月十一日致维亚谢姆斯基的信中谈到本诗题材的来源说："一件真正发生的事情使我写了这个断章。一八二〇年，我住在叶喀捷林诺斯拉夫的时候，两个钉在一起的强盗泅过第聂伯河逃去了。他们在沙洲上的歇息以及一个警卫的淹毙，并不是我凭空造出来的。"

巴奇萨拉①的喷泉 (1821—1823)

　　许多人和我一样,来看过这个喷泉;但是有些人已经死了,又有些人流散在远方。

——沙地

基列坐在那里,目光幽暗,
他的琥珀烟嘴冒着浓烟;
卑微的臣僚鸦雀无声
环绕着这威严的可汗。
宫廷里弥漫着一片寂静,
所有的人都毕恭毕敬
从可汗的阴沉的脸膛
看到了忧烦怒恼的征象。
但骄傲的帝王已不耐烦;
摆了摆手;那一群臣僚
便躬着身子,退出金殿。

他独自坐在宏大的殿里,
这才比较自如地呼吸,
他的严峻的前额,也才更
清楚地表现内心的激动,
这有如海湾明镜似的水波
映照着团团狂暴的乌云。

---

① 巴奇萨拉是克里姆半岛南端的城市,古汗国的首都。

是什么鼓动着那高傲的心?
什么思想在他脑海里盘旋?
是不是又要对俄罗斯战争?
还是要把法令传到波兰?
是心里燃烧着血海的冤仇?
还是在大军里发见了叛谋?
难道他忧惧深山里的好汉?
或是热那亚①的诡计多端?

不是的。战场上的光荣
他已经厌烦;那威武的手臂
也已经疲倦。他的思想
已经和战争毫无关系。

难道是另外一种叛乱
由罪恶的曲径向后宫潜入,
难道宫闱里幽闭的嫔妃
有谁把心许给了邪教徒?

不是的。基列怯懦的妻妾
连这么想想都没有胆量;
她们受着严密而冷酷的监督,
像花朵,在悒郁的寂静里开放;
她们在枯索无聊的岁月中
从不知道什么是偷情。
她们的美貌已被安全地
关进了牢狱的阴影,
就好像是阿拉伯的花朵
在玻璃暖房里寄生。

---

① 热那亚是意大利的城市。热那亚人曾经征服过克里姆半岛。

她们一天天将岁月消磨——
呵,悒郁的岁月,无尽无休,
而看着自己的青春和爱情
不知不觉地随着流走。
对于她们,每天都那么单调,
每一刻钟都那么迟缓。
在后宫里,生活异常懒散,
它很少闪过欢笑的颜色。
年轻的嫔妃无精打采,
便想些方法排遣胸怀,
不是更换华丽的衣服,
便是玩些游戏,谈谈闲天,
或者成群结队地款步
在喧响的流泉旁边,
高临那清澈见底的水流,
漫游于茂密的枫树阴间。
凶狠的太监跟在当中,
想要躲开他万万不能:
他的监督的耳朵和目光
时时都盯在她们身上。
就靠着他的不懈的努力
建立起永恒不变的秩序。
可汗的意志是他唯一的法典;
就连《可兰经》的神圣的教言
也没有如此严格地遵行。
他从不希望别人的垂青,
像一具木偶,他承受着
人们的嘲笑,指责,憎恶,
还有不逊的戏谑的凌辱,
还有轻蔑,恳求,轻轻叹息,
畏怯的神色,气愤的怨诉。

他很熟谙女人的性格；
无论是你故意或者无意，
狡猾的他都一一洞悉；
温柔的眼色，含泪无言的谴责，
早已引不起他的同情，
因为这一切他已不再相信。

在暑天，年轻的宫妃披散着
轻柔的鬈发，在泉里沐浴，
她们让那泉水的清波
流泻下姣好诱人的躯体，
而他，这个监守人，寸步不离
看她们笑闹；对着这一群
赤体的美人，毫不动心。
在夜晚，他常常趁着幽暗，
轻踮着脚尖在宫里巡行；
他悄悄地踩着地毡，
推开轻便的门，溜进卧房，
然后走过一张张卧床；
他要察看这些昏睡的嫔妃
做着什么旖旎的美梦，
有什么呓语可以偷听；
凡是喘息，叹气，哪怕最轻的
颤动，他都深切地注意；
只要谁在梦中，唤着外人的
名字，或者对知心的女友
略微吐露了罪孽的思想，
那她就算触着了霉头！

但基列的心里为什么忧烦？
他手中的烟袋早已灰暗；

太监在门旁静候着命令,
动也不动,连出气都不敢。
沉思的可汗从座位起立,
门儿大开,他默默无言地
向不久以前还受宠的
那些嫔妃的禁宫里走去。

她们正坐在光滑的绒毡上
环绕着一座飞溅的喷泉,
一面在一起彼此笑谑,
一面无心地等待可汗。
她们充满了稚气的喜悦
看着鱼儿在澄澈的水中,
在大理石的池底往来游泳。
有人故意把黄金的耳环
掉在水里,和鱼儿做伴。
这时候,清凉芬芳的果汁
已由女奴们依次传递,
而突然,整个的内廷
响起了清脆美妙的歌声。

鞑靼人的歌

一

上天降给人间的报应
是无尽的眼泪和不幸:
老僧有福了,因为在迟暮残年
他去参拜了麦加①圣城。

---

① 麦加城是回教的圣地,在沙特阿拉伯。

二

有谁在著名的多瑙河滨
战死了,留下了英名:
他有福了,因为天国的少女
会热情地笑着向他飞奔。

三

但更为有福的却是他,
他爱恬静和柔情,莎丽玛!
在后宫的幽寂里,拥抱你,
像拥抱着可爱的玫瑰花。

她们唱着。但莎丽玛在哪里,
那后宫的花朵和爱星?
呵,她却在悲伤,脸色苍白,
一点听不见对她的歌颂。
像是棕树受着雷雨的吹打,
她俊俏的脸正低低垂下。
再没有什么引动她的心,
因为基列已厌弃了莎丽玛。

他变了心!……但是有谁能
和你比美,格鲁吉亚的女郎?
你的一对媚人的眼睛
浓过黑夜,又比白日明亮;
在你洁白如玉的额前
盘绕着两匝乌黑的发辫;
有谁的声音比你更娇柔
透出心中火一般的欲念?
有谁的热吻更能比过

你的噬人的吻的灵活?
那曾为你陶醉的心
怎能够再去迷恋别人?
然而基列,自从波兰的郡主
被他关在宫禁里面,
就变得无情而又冷酷
不把你的美貌放在心坎,
而宁愿一个人,闷闷地,
守着寒冷孤寂的夜晚。

年轻的郡主玛丽亚
还是刚刚在异邦居留,
在故国,她的花一般的容貌
出并没有争妍很久。
她愉悦着父亲的晚年,
他为她感到骄傲和慰安。
凡是她的话无不听从,
女儿的心意是父亲的法典。
老人的心里只有一桩事情:
但愿爱女终身的命运
能像春日一样明朗;
他愿意:即使片刻的悲伤
也别在她心间投下阴影;
他希望她甚至出嫁以后
也不断想起少女的青春,
想起快乐的日子,那么甜蜜,
像一场春梦飞快地逝去。
呵,她的一切是多么迷人:
安静的性格,活泼而柔和的
举止,倦慵而浅绿的眼睛。
这美好的自然的赋予

她更给添上艺术的装饰：
在家中的宴会上，她常常
弹奏一曲，使座客神往。
多少权贵和富豪，一群群
都曾跑来向玛丽亚求婚，
多少青年为她在暗中神伤。
然而在她平静的心坎
她还不懂什么是爱情，
只知在家门里，和一群女伴
嬉笑，游玩，度过无忧的光阴。
但是才多久！鞑靼的铁骑
像河水似的涌进了波兰：
转眼间，就是谷仓的火
也不曾这样迅速地蔓延。
原是一片锦绣的山河
给战争摧毁得破碎零落；
太平的欢乐不见了，
树林和村庄一片凄凉，
高大的王府也已空旷，
玛丽亚的闺房寂然无声……
在家祠里，那威武的祖先
还在做着寒冷的梦，
但新的坟墓，悬着冠冕
和纹章，又添在他们旁边……
父亲安息了，女儿已被俘，
刻薄的强人承继了王府，
整个河山到处荒凉，
在重轭之下忍受着屈辱。

唉，年轻的公爵女儿
关在巴奇萨拉的宫里！

玛丽亚无言地憔悴,
在禁室里忧伤地哭泣。
基列对她忽然发了慈悲:
她的悲哀,呻吟,眼泪,
惊扰了可汗的短促的梦,
而为了她,他放宽了
后宫里的严峻的法令。
不分日夜,嫔妃的监守人
都不许走进她的寝宫;
他那好事的手,也不得
强迫她在床上入梦;
他那无礼的眼睛绝不敢
在她的身上来回梭巡。
沐浴的时候,她和女奴
独自安排了另外一处;
就连可汗自己,也不愿
惊扰她的悒郁的孤独。
她住在宫中远远的一隅
和别的人们没有往还,
就好像在那一角地方
隐藏一位绝世的天仙。
在那里,日夜有明灯一盏
供奉着纯洁圣母的肖像,
她怀着这种虔诚的信仰——
是悲哀的心灵唯一的慰安,
寂寞的岁月仅有的希望。
她常常怀念美好的故土;
她想起那些远方的女伴
不由得滴下羡慕的泪珠;
这好像当周围的一切
都已沉沦在荒淫之中,

独有奇迹拯救的一隅
掩护了庄严的圣灵,
因此,她的为魔影侵扰的心
尽管四周的罪恶在欢腾,
却独自保持了神圣的约言,
和仅有的高洁的感情……
…………

在愉快的塔弗利达①原野上,
夜来了,铺满了它的黑影;
远远的,从桂花静穆的浓荫里,
我听见了夜莺的歌声。
在星群的后面,一轮明月
爬上了清朗无云的高空,
而把它的倦慵的光
流泻在树林、山谷和丘陵。
在巴奇萨拉的市街上,
像幽灵似的轻捷、飘忽,
头戴着白纱,掠来掠去,
是一些纯朴的鞑靼主妇,
她们挨家访问,好生匆忙,
为了消磨夜晚的时光。
皇宫静寂了,奢靡的内院
在温柔乡里没一些波动。
没有任何声音来打破
夜的寂静。只有太监,忠心耿耿,
还走来走去,不断巡逻。
现在他也睡了。但内心的惊恐
就在睡眠也不把他放过。

---

① 塔弗利达是克里姆半岛北部之古称。

时时防范别人的心
不给他的脑子一点安宁。
他仿佛忽而听见低语,
忽而呼叫,忽而窸窣的声音,
半真半假,令他扑朔迷离,
他醒来了,全身都战栗,
把受惊的耳朵竖起来细听……
但周身的一切又趋于平静:
只有淙淙悦耳的泉水
从大理石的洞隙不断迸涌,
还有那躲在玫瑰花丛的
夜莺,正在黑暗里歌唱……
太监侧耳听了许久
不知不觉也堕入梦乡。

呵,富丽的东方之夜,
你幽暗的景色多么撩人!
你的时光流得多么甜蜜
对于先知穆罕默德的子民!
他们有温柔的家室,
他们的亭园多么美丽,
幽静的是无忧的内廷
承受着月光的沐浴:
一切都神秘而又安闲,
一切充满着美妙的灵感!

嫔妃都睡了。只有一个人
不能入睡。她屏着声息,
悄悄起来,用慌乱的手
推开门,便在幽暗的夜里
轻踮着脚儿向前走去……

在她前面,白发的太监
正在战战兢兢地睡眠。
嘿,他的心可是铁石无情:
他的假寐可能是骗人!……
但她像个幽灵,走了过去。
…………

她停在门前,有些茫然,
她的手儿有些颤抖
摸到了那结实的门环……
她走进来,惊惶地张望……
恐怖的暗流沁入心坎。
一盏幽灯,它孤寂的光
暗淡地照着一座神龛,
照着圣母的慈祥的脸
和十字架,圣洁的爱的征象。
呵,你格鲁吉亚的女郎!
这一切又使你想起故土,
这一切突然以遗忘的声音
模糊地说出了往时情景。
郡主就静静地在她眼前
安睡着;呵,那处女的梦
把她的双颊烧得多么红润,
她的脸上正闪着轻微的笑
和潮湿的新鲜的泪痕:
她像是为雨水重压的花朵
在月光之下闪着光辉,
像是伊甸乐园的安琪儿
从天上飞来,在这里安睡,
而在梦中,为了可怜的
幽禁的少女,流着眼泪……

呵呀,莎丽玛! 你怎么了?
可是心头悲哀的重压
使你不由得在床前跪下?
"可怜我吧,"她说,"可别拒绝
我的恳求!"她的动作和话声
搅醒了少女的恬静的梦。
玛丽亚睁开眼,惊异地看见
一个陌生的少妇跪在面前;
她手儿颤抖,惶然无措,
赶紧把她扶起,向她说:
"你是谁?……在这深夜里,
你来做什么?"——"我来求你,
救救我吧;在我的命中,
我只剩了这一条路走……
我曾经幸福过不少时候,
我曾经一天比一天快乐……
但是,欢乐的影子逝去了,
我就要完了。请听我说。

"我不是这里人。在那很远,
很远的地方……过去的事情
直到如今,在我的记忆里
还留下了深深的印痕。
我还记得那巍峨的山峰,
那峭石间沸腾的水流,
那杳无人迹的茂密的丛林,
异样的法律,异样的风俗。
然而,究竟是怎样的命运
使我离开故乡飘零,
我已经忘记。我只记得
茫茫的大海,和在船帆上

高踞的水手……
　　　　　直到现在
我没有尝到惊恐和悲伤；
我一直在宫闱的幽寂里
像含苞的花静静开放。
我的全心在伫候和向往
爱情的朝露。这秘密的心愿
终于如意地实现了。基列
习于安逸，厌弃了血战，
可怕的讨伐都一一停顿，
他的顾盼又转向后宫。
我们忐忑不宁地，被领到
可汗的面前。他明亮的目光
默默无言地停在我身上。
他把我唤去……从那时候
我们便在不断的欢娱里
呼吸着幸福的气息。
从没有谗言使我们痛苦，
也没有猜疑或毒恶的嫉妒，
我们彼此从不感到厌腻。
玛丽亚！可是你到了这里……
唉，从那时起，他的心上
便暗存着非非之想！
这基列转眼便已不同，
对我的责备充耳不闻，
我的哀怨徒然使他厌倦；
往日的温柔已无处寻找，
他和我再也不絮絮地密谈，
自然，你不是这罪恶的同谋，
我知道，你一点过错也没有……
可是，听呵，我的美貌

整个的后宫没有人能比,
也许,只有你可以和我匹敌;
然而,我生就的儿女情长,
你不会像我爱得发狂,
你又何必以冰冷的姿容
搅扰他那脆弱的心?
把基列给我吧,他是我的;
我的嘴唇还烧着他的吻,
他曾经和我海誓山盟,
他所有的思想和欲望
早已和我同心相共;
他若变心,我只有死亡……
我哭了;看哪,我已经跪在
你的脚前,我不敢说你错,
只望你还我宁静和欢乐,
别拒绝我吧,我求你,
把从前的基列交给我……
他是我的!为你迷住了心。
回避他吧,随你用什么手腕:
恳求,蔑视,或者表示厌烦;
请你发个誓……(尽管我
因为住在可汗的嫔妃间
用《可兰经》代替了往日的信仰,
但我母亲的却和你一样,)
请你就凭基督向我发誓
把基列一定还给莎丽玛……
但听着:如果我必须
对你不利……我有利剑一把,
别忘了:我生在高加索山下。"

说完了,人立刻消失,

公主也不敢前去跟踪。
这种痛苦的热情的言语
纯洁的少女一点也不懂,
然而她却模糊地听出:
那是奇异而可怕的呼声。
呵,应该用怎样的眼泪和哀求
才能使少妇不致蒙羞?
是什么命运等待着她?
难道她就将是遗弃的婢妾
苦苦挨过青春的年华?
呵,天! 如果基列能够遗忘
不幸的少女,把她丢在一边,
或者就让她迅速夭殇,
把悲哀的岁月一刀割断!
那么,玛丽亚会多么愿意
脱离这个凄凉的人间!
对于她,人生珍贵的刹那
早已去了,早已不再回返!
在这荒漠的世界里,她还有
什么留恋? 去吧,这正是时候:
天国在等她,平静的拥抱
和亲切的微笑,在向她招手
…………

岁月流逝着,玛丽亚去了。
转瞬间,这孤儿已经长眠。
一个新的安琪儿,光彩夺目,
她去到那久已盼望的乐园。
是什么把她带进了坟墓?
是绝望的幽禁的哀愁,
是疾病,还是另有缘由? ……

谁知道？温柔的玛丽亚去了！
黯淡的后宫满目凄凉，
基列对它又变了心肠，
他率领浩荡的鞑靼大军
又去攻打异国的边疆。
阴沉的，毒狠的，他重新
在战争的狂飙中往来驰骋，
然而，在可汗的心底里
却燃烧着沉痛的感情。
常常地，在血战厮杀中，
他舞起军刀，突然呆住，
他失神的眼睛尽在张望，
苍白的面孔异常惊惶，
嘴里喃喃不停；有时候
痛苦的热泪泉水似的涌流。
被遗忘、被弃置的后宫
从此不见了基列的踪影；
那里，终生含怨的妃子
受着太监严酷的监视，
也一天天地衰老下来。
格鲁吉亚的女郎早已不见：
是在郡主去世的那一夜，
她也终结了痛苦的熬煎；
她被后宫沉默的守卫
投进了茫茫大海的深处。
呵，尽管她有怎样的罪过，
这惩罚也太惊人，太残酷！

可汗一路燃起了战火
使高加索诸国变为荒凉，
也毁尽了俄罗斯平静的村庄，

然后他回到塔弗利达,
择定宫中幽静的地方,
为了纪念薄命的玛丽亚,
用大理石建筑了一个喷泉。
在泉顶,高高的十字架下
悬着穆罕默德的新月弯弯
(自然,这是个大胆的结合,
是无知的可笑的过错)。
上面有铭文,风雨的吹打
还没有剥去石碑的字迹。
在这异国文字的花纹下,
在大理石中,泉水在呜咽,
它淅淅沥沥地向下垂落,
像清凉的泪珠,从不间断;
像慈母怀念战死的男儿,
在凄凉的日子忍不住悲伤。
在那里,年轻的姑娘
都已熟知这凄绝的纪念
和它隐含的一段衷情,
她们给它起名叫做"泪泉"。

我辗转地离去北国,
早已忘了那里的华筵,
我访问了巴奇萨拉
那湮没无闻的沉睡的宫殿。
在寂寥的回廊之间
我反复徘徊:就在这里
那暴虐的可汗,人民的灾星,
在他恐怖的攻战以后,
曾经尽情享乐,欢腾地宴饮。
在无人的宫阙和花园里

如今还看到安乐的遗迹。
泉水在喷涌,玫瑰开得嫣红,
架上绕着葡萄的枝藤,
而金色的墙壁依旧灿烂。
我望着那残旧的雕栏:
在这里,嫔妃们曾经数着
琥珀的念珠,同悲叹
静静消磨了她们的春天。
我望着可汗的陵墓:
呵,这君王的最终的居处。
这些竖立在墓前的华表
——戴着大理石的冠冕,
像是在清晰地朝我道出
命运的神圣的裁判。
可汗在哪里?后宫又在哪里?
我的四周凄凉而幽静;
一切都变了……但是我
却没有多想这些事情:
泉水的清响,玫瑰的花香,
使我不由得把一切遗忘。
忽然,我的心里充满了
一种难以捉摸的激动,
在宫院里,我恍惚看见了
一个飘忽的少女的身影!
…………

呵,我看见了谁的影子,朋友?
告诉我,是谁的美丽的倩影
那么不可抗拒,那么轻柔,
默默地跟在我的身后?
可是那纯洁的灵魂,玛丽亚

在这里显现,或者是莎丽玛
仍旧满怀嫉妒和烦恼,
在空旷的内宫里徘徊萦绕?

我想起了同样可爱的目光
和那依旧鲜艳的容颜,
流放中的我对她深深怀想,
我的全心都飞向她的身边——
呵,痴人!够了!快些打住,
再别让无望的死灰复燃,
对于这坎坷的爱情的春梦
你已付出了够多的苦痛。
想一想,你吻着你的枷锁
才有多久,你这郁郁的囚人?
才有多久,你以絮絮的琴弦
向世人弹出自己的烦乱?

皈依了缪斯,皈依了恬静,
我忘了荣誉,也忘了爱情,
呵,我要很快地再来看你:
沙尔吉尔快乐的河岸!
我要攀登你沿海的山峦
重温种种亲切的回忆,
而塔弗利达海岸的波涛
也将再任我放眼欢愉。
呵,醉人的景色,多令人神怡!
一切明媚如画:山峰,树林,
葡萄架上的红宝石和琥珀,
清泉的寒流,白杨的阴影,
山谷里堆积着缤纷的颜色……
一切都引动旅人的心。

一切召唤他:在高山上,
在静谧的清朗的早晨,
他可以任随识途的马
奔驰于沿海的山坡小径,
而在阿犹达①的悬崖之上,
他还能望着碧绿的海波
喧嚣奔腾,闪着光芒……

《巴奇萨拉的喷泉》题注

  本诗写作始于一八二一年春,大部分成于一八二二年,一八二三年秋全诗完成。诗前的引语是从波斯诗人沙地(十三世纪)所著《布斯坦》(意即"果树园")中摘下的,本诗第一版(1824)附有姆拉维夫·阿波斯托尔著《塔弗利达记游》的一段,其中叙述巴奇萨拉的喷泉及后宫的遗迹颇详。第三版(1830)并附诗人"致友人 Д 书"的片断。

  以下是"致友人 Д 书"的几段:

  "我们乘大船从亚细亚来到欧罗巴。② 我立即去到人们叫做'米特利达托夫墓陵'(一个楼阁的遗迹)那里,摘了一朵小花留作纪念,但次日就毫不惋惜地把它丢掉了。潘吉茹贝古迹也没有给我更深刻的印象。我看到了市街的遗址,蔓生杂草的沟渠,古老的砖瓦,仅此而已。我从费欧多西取海路直抵犹尔卒夫。整夜没有睡;昏黑无月,繁星满天,南方的群山透过雾色横亘在我眼前……'切尔克达格就在这里,'船长对我说。我看不出它在哪里,也无意去辨认。快天亮时我睡着了,大船即于此时停在犹尔卒夫港外。我醒来看到一幅迷人的图画:明媚的山峦闪着各种颜色;从远处看,鞑靼人的平顶茅屋像是粘在山脚下的一排排蜂房;白杨树像绿色的圆柱高高矗立于房舍之间;右方是雄伟的阿犹达山……而四周是蓝色的清朗的天空,闪亮的海水,南方的明媚和南方的气息……

  "我在犹尔卒夫深居简出,洗洗海水澡,大吃葡萄;我很快就习惯于南方的大自然了,我带着那波里斯游荡汉的那种淡漠和随便欣赏这一切。我喜欢在半

---

① 阿犹达是克里姆临黑海的悬崖。
② 即由塔曼至克尔屈。

夜醒来时听海涛的喧响，往往听上几个钟点。离住处两步以外有一棵新植的柏树，我每天早晨去看它，对它发生了像是友谊的感情。这就是我寄居在犹尔卒夫所值得记忆的一切了。

"我在这南国的海岸到处游览，M（按即姆拉维夫·阿波斯托尔——译者注）的游记引起了我很多回忆，然而他在吉金聂斯断崖上的旅行却没有在我的记忆上留下任何痕迹。我们步行上山，用手揪着我们的驮鞑马的尾巴攀登山道。这使我非常开心，好像我们是在举行什么神秘的、东方的宗教仪式似的。我们骑马翻越山岭，第一个引起我注意的目标便是白桦树，呵，那北方的白桦树！我的心立刻感到沉重：我开始怀想那北方的煦和的日午了，虽然我本人是在塔弗利达。虽然我看到的仍只是白杨树和葡萄的枝蔓。乔治捷夫修道院及其陡峭的通海山道给了我深刻的印象。我在这里看到了神话中的狄安娜（即月神——译者注）的宙宇的遗迹。显然，对于我，神话的传说比史迹更为可喜；至少，我的诗的源泉是在这里。

"我到达巴奇萨拉时是病着的。我以前听说过多情的可汗的这个奇异的纪念。K曾经用诗把它描写给我，叫它是'泪泉'。进了宫中，我就看到了颓残的泉；泉水从生锈的铁管中一滴一滴地落下来。我在宫阙中巡视了一遍，心中颇有感触，一方面看到它年久失修的倾圮的情况，一方面又看到有一些房屋是半欧化地改建过的。И. И. 强拉着我走上残破的阶梯，直到后宫的遗址和可汗的墓陵：

  但是我

却没有多想这些事情：

因为我正为寒热所苦呢。

"至于 M. 所谈到的可汗的情人的纪念碑，我在写这首诗时一点都不记得了，否则我是会使用上去的。"

努 林 伯 爵 （1825）

听呵，听呵，号角在鸣叫；
一群壮汉穿着出猎的服装
从天一亮，就骑在马上，
被勒住的猎狗在蹿跳。
主人走出庭台，两手叉腰，
他容光焕发，意态安然，
快活地，但又十分庄重：
把一切仔细地瞧了一遍。
他披着一件短身外套，
腰边插着土耳其短刀，
他的胸前有一瓶甜酒，
青铜的链子挂着号角。
在窗前，妻子露出愠怒的脸，
她裹着睡衣，戴着睡帽，
睡眼惺忪地，像在梦中，
望着猎人的叫闹和骚动……
看，丈夫的马已经牵来，
他握着马缰，登上脚镫，
向妻子喊道：不要等我！
随即扬鞭向大路飞奔。

说句扫兴话，九月的尾梢
住在乡村里实在无聊，
阴雨的天气，满地泥泞，
有时候小雪，有时候秋风，

还有狼在黑夜的嗥叫;
但是猎人,呵,多么高兴!
他可以豪迈地在旷野驰骋,
他不知辛劳,到处为家,
詈骂,叫喊,任风吹、雨打,
射杀和追击,多么尽兴!

然而,女人可做些什么,
假如丈夫走了,剩她一个?
家里的事情也不能算少:
她可以腌腌蘑菇,喂喂鹅,
制定午晚两餐的菜单,
再到谷仓和酒窖里看看——
主妇的眼睛到处得留神,
随处一看,都有点事情。
然而不幸,我们的女角……
(呵呀,我忘了给她名姓。
丈夫亲昵地叫她:娜泰莎,
可是我们,为了尊重:
叫她娜泰丽亚·巴洛芙娜。)
然而不幸,娜泰丽亚
对于家务一概不理,
这理由,老一辈人可不赞成:
是她已经受过了教育,
她上过一个寄宿学堂,
外侨法丽巴是她的先生。

她坐在窗前,她的前面
摆着一本厚厚的书,
一套言情小说的第四部:
《爱丽莎和阿尔曼的爱情》,

或者两个世家的书信。
这是一部古典名著,
空前的长篇,空前的丰富,
醒人戒世,趣味高尚,
没有一点浪漫的铺张。
娜泰丽亚起初还在
专心地阅读,但很快
就有什么分散她的心:
在窗前,一只山羊和家犬
正在角斗,她不由得
静静地转移了视线。
一群孩子正瞧着欢笑。
这时候,在窗户下面
一群火鸡悲凄地叫着
跟着一只湿淋的鸡奔跑。
三只鸭子在水洼里洗澡。
一个村妇越过院里的泥泞
把洗好的衣服搭上篱墙,
天气变得更为阴沉——
看样子,好像就要飞雪了……
突然,远方传来马的铃声。

凡是久住在穷乡僻野,
朋友,没有人不切身感觉:
有时候,远方的铃声
多么激动我们的心灵。
是不是有迟来的远客,
或是青春结伴的知音?
也许竟是她?……我的天!
铃声渐近,渐近……心在跳……
可是这声音由近而远,

绕过山后,微弱得不再听见。
娜泰丽亚满心欢快
迎着铃声跑上了凉台,
她东张西望:在小河对岸
在磨坊旁边,马车在飞奔,
看,它过了桥——正朝着我们!
可是一转,它向左去了,
她直瞪着眼,说不出的伤心。

可是突然——呵,多令人高兴!
绕着山隅,马车翻了身。
"费嘉!瓦嘉!有人吗?快去!
把那马车拉到院子里,
把那位先生请来吃午餐!
跑去看看,他有没有气息?
快点!快点!……"
　　　　　仆人跑得飞快;
娜泰丽亚忙着散开
蓬松的发卷,披上披肩,
把椅子摆好,垂下帐帘,
于是等待着。"我的上帝!
怎么这样慢?"呵,终于
那在路上受了重伤的
损坏得不像样的车身
被众人拉进了大门。
年轻的老爷一跛一拐,
他的法国仆人毫不丧气,
边走边说:来吧,没有关系!
于是上了台阶,走进外厅。
这时候,陌生的客人
躲在一扇屏风后面,

正需要一点特别的安静,
而皮卡也在匆忙和喧嚣,
帮着主人把衣服换上,
我可要把他向您介绍?
努林伯爵,在时尚的漩涡里
花光了他未来的进款,
这才刚刚从国外回转。
现在,他要前往彼得堡
显示他是多奇特的动物。
带着成箱的礼帽,燕尾服,
别针,袖扣,紧身衣,背心,
剧场望远镜,斗篷,折扇,
透明的长袜,彩色的毛巾,
还有吉索的危险的宣传,①
还有刻毒的漫画的手册,
司格特②的新出的小说,
白朗若③的最近的诗篇,
巴黎宫廷的俏皮和幽默,
还有罗森和彼尔的乐曲,
等等,等等,恕不多絮。

耽搁了半天:餐具早摆开。
主妇等得心中焦急。
门开了。伯爵走进来;
娜泰丽亚微微起立,
异常礼貌的问了一声:
你好吗?你的脚还跛不跛?

---

① 吉索的危险的宣传是指他在那时出版的一本小册子,其中为革命辩护,反对查理十世的反动统治。吉索(1787—1874),法国著名的史学家和政治家。
② 华尔德·司格特(1771—1832),英国著名的浪漫主义小说家。
③ 白朗若是法国十九世纪的著名诗人。

伯爵回答:没有关系。
两人走到桌前,他坐下。
他朝向她移了移餐具,
于是他们开始了谈话。
他诅咒着神圣的俄国,
非常想念巴黎;他奇怪
她怎能在这雪地里过活。
女的问:"巴黎剧界可还好?"
像孤儿似的没有人理睬。
塔丽玛聋了,身体不好,
玛尔斯小姐,唉,也已衰老……
只有波蒂,伟大的波蒂!
他还享有从前的声誉。
"可有什么时兴的作家?"
阿林库,拉马丁①最为风行。
"俄国也正在传颂他们。"
真的? 难道我们的民智
也开始一点点发达?
但愿上帝让我们开化!
"衣服的紧腰如何?"——哦,很低,
低到……这里,目前的风气。
请让我看看您的衣裳:
花边,领结……这里的样式
都很近似时下的风尚。
"我们订阅《莫斯科电讯》。"②
哦,原来如此! 您可愿意听
那迷人的歌舞剧? 客人

---

① 阿林库(1789—1856),法国小说家。拉马丁(1790—1869),法国诗人和政治家。
② 《莫斯科电讯》是波列渥依主编的杂志,其中附有时装图画。——普希金注

唱了一曲。"伯爵,请吃块点心。"
不,我饱了……
　　　　就这样
他们离开饭桌,
年轻的主妇非常快乐。
伯爵这时候也忘了巴黎,
开始发现:她多么美丽!
黄昏不知不觉溜过去,
伯爵失了魂。主妇的眼神
一会儿好像情意绵绵,
一会儿又似无情的冷淡……
一转眼——已经夜深人静,
前厅的仆人早在打鼾,
更夫的锣声刚刚敲完,
又从邻家传来了鸡鸣;
在客厅里,蜡烛渐渐烧残。
娜泰丽亚站起了身:
"不早了,"她说,"祝你晚安
和甜美的梦……"伯爵怏怏地
随着起立,忧郁地,温柔地
吻了她的手——可是呢?
有谁不愿意逢场作戏?
上帝原谅,她是在调情:
她把伯爵的手悄悄捏紧。

娜泰丽亚脱着衣裳,
巴娜莎站在她的一旁。
亲爱的读者:这个女仆
是她的一切计谋的心腹。
她能缝,能洗,传递信件,
她会讨索破旧的衣服,

有时候和主人戏谑玩笑,
有时候向主人大声喊叫,
对于主妇则谎话连篇。
现在,她正在一本正经
讲着伯爵和他的事情,
每一件小事都详细报告,
天晓得她怎样一一知道。
但主妇终于有点不耐烦,
向她说:"够了,我已经厌倦!"
让她取来睡帽和短衣,
躺下以后就叫她离去。

这时候,伯爵也正在上床,
他的随从帮着卸下了服装。
他躺着,叫一声"拿雪茄",
皮卡先生就给他送来
白银的茶杯,玻璃水瓶,
雪茄烟,青铜的烛台,
卷头发的夹子和闹钟,
和一本小说,还没有裁开。

他一边躺着,一边随意
翻看着《华尔德·司格特》。
但伯爵的心却没有在书上……
他的脑筋不停地思索。
他想:"难道我真的中了
情魔?这可能吗?会有什么
结果?……这是多么可笑!
但却也可以向人夸耀。
看来,主妇对我很有情意——"
于是,努林把蜡烛吹熄。

但是伯爵却不能入睡：
难以抑制的情火，这魔鬼
不断地煽动非非之想，
使我们的主角神魂荡漾。
用尽了想象，他在回味
主妇的情意绵绵的眼神，
她的丰满圆润的体态，
她的美妙的女人的声音，
她脸上的桃红，那光彩——
那乡村的健美多么动人。
他想着她秀美的双足，
真的，一切都这么清楚！
她以柔软的手漫然捏着
他的手：他真是笨伯！
为什么不和她留在一起
享受一下片刻的欢乐。
但现在，时机还没有错过。
她的门一定没有关闭……
于是，他立刻跳下床，披上
他那鲜艳的丝绸的睡衣，
又在摸索中撞倒了桌椅。
他怀着飘飘欲仙的梦想
在黑暗中，不顾一切地
向着他的露克瑞斯①走去。

这有如女仆娇养的猫，

---

① 露克瑞斯是古罗马名媛，以美著称。权门之子赛克塔斯·塔尔克文见色起意，借恫吓和暴力满足了他的欲望。露克瑞斯将此事告知父亲以后，即自尽。这事件引起了政治的波动，塔尔克文一家因此为布鲁特斯所率领的愤怒的民众逐出罗马，而罗马随即成立了共和制的政府。

有时候,看见一只老鼠,
狡猾的猫就溜下床来,
偷偷地,迟缓地放着脚步,
把眼睛眯起,一点点移行,
终于蜷作一团,摇着尾巴,
张开它那灵活的爪牙,
忽地一扑:可怜虫到了口中。

我们的伯爵中了情魔,
在昏黑里到处摸索。
心头的欲火烧得难忍,
连呼吸也几乎停顿——
只要脚步出了声,就吓得
全身颤抖。就这样,十分小心
他来到那森严的门前,
轻轻按着门上的铜环,
那门竟悄悄地推开了……
他望了望:微弱的灯光
还青幽地照着一张床,
主妇正在静静地安睡,
或者是假装不来理会?

他进来,想了想,要走出——
却忽地匍匐在她的床前,
她呢……彼得堡的夫人们
我想请你们不怕麻烦,
想想我们的娜泰丽亚
她一醒来是多么恐怖,
请您想想她该怎么应付?

她呢,大大地睁开眼睛

看着伯爵——我们的主人公
就把书本描写的感情
尽量向她倾吐,他的手
竟想大胆地抓着床被,
而娜泰丽亚,一起头
有些迷惘,但却忽然清醒,
一腔都是高贵的愤怒,
此外,也许,还由于恐怖,
就给了她的塔尔克文
重重的一记耳光。呜呼!呜呼!
一记耳光。事情就是这样!

努林伯爵受了这种侮辱,
脸上立刻羞得发烧。
这燃起了他一腔恼怒,
我正不知道他怎样终了。
这时,突然长毛狗的叫声
惊醒了巴娜莎的好梦。
伯爵听见了她的脚步,
立刻失色地掉头就跑,
一面埋怨美人的顽固,
一面诅咒这一夜的寄宿。

这一夜,伯爵,主妇,巴娜莎,
他们怎样把它消磨,
亲爱的读者,您去想吧,
我就不想在这里多说。

次日清早,伯爵懒洋洋,
默默地起来,穿上衣裳,
不断地打呵欠,百无聊赖,

修饰他那玫瑰色的指甲。
他懒懒地打着领带，
也不用沾了水的毛刷
去梳他那直立的短发。
他想什么？我也不知道；
人来请他：茶点已经摆好。
怎么办？难为情的伯爵
只有忍着羞愧和怒恼，
直走过去。
　　　　恶作剧的少妇
眼里好笑，却又装作正经，
用劲咬着她的红唇，
和伯爵谨慎地说些闲话，
说这，说那。他起初有点不宁，
但是渐渐转为兴奋，
便也有说有笑地回答。
就这样，半个钟点才过，
他已经谈笑风生，异常和蔼，
简直又要中了情魔。
突然，前门大乱，有人进来。
"娜泰莎，你好？"谁？呵呀，上帝！
这是我丈夫，她说。亲爱的，
这是努林伯爵。
　　　　"很荣幸……
嗬，天气是多么乌糟！……
在铁铺那儿，我看见
您的马车已经完全修好。
娜泰莎！看哪，在菜园里，
我们捉了一只灰兔，……
喂！酒！伯爵，我要请您尝尝。
这伏特加是远方的礼物……

您可能和我们一同午餐?"
"很难说,真的。我很匆忙。"
"得啦,伯爵,请您赏光!
我们夫妻都高兴招待客人。
别,伯爵,多呆一会儿!"
　　　　　而客人,
突然失掉了一切希望,
忧郁而懊恼地站起了身。
皮卡喝了酒,精神振作,
使劲把皮包向外搬运。
两个仆人抬出了铁箱
正在把它向车上捆紧。
马车停在台阶前面,
皮卡忙着装上行李,
于是伯爵走了。这篇东西,
亲爱的读者,到此本该结束,
不过再说两句,我就打住。

马车刚一嘚嘚地跑去,
妻子就把一切告诉丈夫,
同时写信给所有的邻居
报导伯爵的这件趣闻。
但是,有谁笑得最为开心?
谁和娜泰丽亚心心相印?
您不会想到。什么原因?
丈夫吗? 呵呵,怎么是丈夫——
为了这事,他非常恼怒;
他声言,伯爵是个笨虫,
乳臭未干;假如他早知道,
他可以揪他,使他哭嚎,
或者让猎狗把他围住。

笑得厉害的是他们的邻居：
黎丁，一个二十三岁的地主。
现在，我们可以公公正正
做个结论：在我们这时代
妻子都很忠心于丈夫；
亲爱的读者，这有什么奇怪？

《努林伯爵》题注

关于本诗，普希金写过如下一段话：

"一八二五年的年底，我住在乡间。读着莎士比亚的相当脆弱无力的诗《露克瑞斯》时，我想：假如露克瑞斯忽然给塔尔克文一记耳光，事情会变得怎样呢？也许，这就扫了他的兴致，使他羞愧而逃？那么露克瑞斯就不会自杀，帕布里阿斯就不会发怒，布鲁特斯就不会逐走国王，而世界及其历史岂不就不如此了。

"因此，历史之有共和政体，罗马执政，独裁者，凯托，凯撒大帝，实在应该归功于这一次桃色事件。和这类似的一件事，不久以前在与我邻近的诺瓦尔若夫那里发生了。

"我立刻想到模仿一下历史和莎士比亚：这双重的诱惑使我无法抗拒。于是我用了两个早晨写了这个故事。

"我惯于在稿纸上写下年月日。《努林伯爵》写于（一八二五年）十二月十三和十四日。奇怪的类似的事件是常常发生的。"

波尔塔瓦 (1828)

> 战争的威力和荣誉,
> 像趋炎附势的人类一样无常,
> 如今已属于胜利的沙皇。
> ——拜伦

献　辞

献给你——但你能否愿意
倾听忧郁的缪斯的声音?
是否你的朴素的心灵
理解我的内心的憧憬?
也许,这种诗人的献辞,
有如他一度仰慕的爱情,
献给你,却得不到回答,
自生自灭,引不起一点共鸣?

但至少,请记着,这清歌
你往往非常喜欢——
请记着,在分离的日子里,
无论我的命运怎样变幻,
你的幽僻、悒郁的居处,
你的别前切切的话语,
是唯一的宝藏、圣物,
为我的灵魂深深珍惜。

第 一 章

高楚贝显赫而又富豪,①
他的牧场一望无边;
他的马儿成群结队,
随地吃草,不用看管。
在波尔塔瓦的城郊
他的果园环绕着田庄,
他有数不尽的财宝,
有的明摆着,有的在库房:
金银,皮毛,和绸缎。
但高楚贝所以豪富、骄矜,
不是因为美鬃的马队;
也不是克里姆牧人的贡金,
或祖先的庄园,使他心醉。
年迈的高楚贝有个女儿,
他骄傲的是这女儿的美。②

真的!在波尔塔瓦地区,
没有美人能和玛丽亚相比。
她鲜艳得像春天的花朵
在茂密的树林里为林影抚摸,
她的身段苗条,像笔直的白杨
站在基辅的高岗。她的步履
有时让人想到洁白的天鹅

---

① 瓦西里·里昂切维奇·高楚贝,司法总监,现在伯爵中有以高楚贝为姓者,就是他的后裔。——普希金注
② 高楚贝有几个女儿,其一嫁于马赛蒲之甥奥比杜夫斯基。本诗所述的少女原名玛特隆娜。——普希金注

在荒凉的水上冉冉游去;
有时像牝鹿急速地逃脱。
她的胸脯泡沫似的洁白。
她黑色的鬈发,有如乌云
在她崇高的额前散开。
她的眼睛明亮,像是星星,
她的嘴唇和玫瑰一样的红。
然而,窈窕的少女受到敬爱,
不只因为美貌(刹那的容颜!)
使远近的人这样哄传,
到处,玛丽亚所以扬名
还由于她的谦逊和慧敏。
因此,多少英俊的少年
从俄罗斯和乌克兰前来求见,
但羞怯的少女躲避婚姻
像是躲避锢人的锁链。
所有的少年碰了壁——如今
督军自己派来了媒人。①
他老了,并且因为战争,
忧思和操劳,精神困顿;
然而热情却在沸腾:
爱情抓着马赛蒲的神魂。

少年的心只燃烧一下
随即熄灭。爱情寄寓其中
忽隐忽现,飘忽不定,
他的感情是那么变幻无常。
但老人的心为岁月磨练,

---

① 马赛蒲事实上曾向他的教女求婚,但被拒绝。督军是乌克兰的最高统帅,亦即总督。

却和顽石一样坚强，
不那样轻浮，不那样顺从，
它的火焰也不那样短暂；
而是迟缓，持久，让心
在情火里逐渐烧红：
生命的余烬再也不会变冷，
除非把生命连根除尽。

羚羊听见巨鹰的翱翔
也不曾这样向岩下躲避，
少女在廊前独自徘徊，
战栗着，等待一句应许。

然而母亲却怒容满面，
来在她跟前，全身发抖，
一面握着她的手，一面说：
"无耻的，不要脸的老头！
这怎么行？只要我们还活着，
不，他就不能这样无礼。
他本该是纯洁少女的
正经的朋友和教父……
居然发了疯！迟暮残年，
还要想做她的丈夫！"
玛丽亚全身颤栗。她的脸
像死人似的苍白、凄惨，
而突然，全身冰冷，麻木，
少女倒在廊下的阶沿。

她苏醒过来，但重新
闭上眼睛，没有一句话。
父母着了慌，尽量想法

怎样安定女儿的心,
怎样驱散悲痛和恐惧,
怎样排解愁思和忧虑……
可是都没用。整整两天
玛丽亚忽而无言地啜泣,
忽而长吁短叹,不食不眠,
只是在屋里辗转徘徊,
像个幽灵。到第三天,
她的寝室没有了声音。

她怎样逃走的? 什么时辰?
没有人知道。只有个渔夫
那一夜听见了马的驰奔,
哥萨克的讲话,女人的低语。
早晨,在草原的露珠上,
还能看到两匹马的足迹。

不仅是婴儿面庞的柔毛,
不仅是青春棕色的鬈发,
有时候,老人严肃的容貌,
额前的皱纹,银白的头发,
也可以构成热情的幻梦
交织于美人的玄想之中。
高楚贝很快地听到
这一个致命的消息:
她已经丧尽廉耻了!
她已经投入恶棍的怀抱!
多大的耻辱! 父亲和母亲
简直丝毫也不敢相信,
直到事实摆在眼前
是那样惊人的明显;

直到这个年轻的罪人
她的心怀完全可以剖明；
直到这时候，他们才明白
为什么她是这样任性
想从家庭的禁锢逃开；
为什么她忧郁，叹息，
对于求婚少年的殷勤
总是傲慢地不睬不理；
为什么在宴席上，这样沉默，
当座中的宾客谈笑风生，
酒杯的泡沫丝丝奔腾，
她只对督军含情示意；
为什么她永远吟唱
督军所做的歌曲，①
那时候他还寒微，困苦，
没有声名，也没有权力；
为什么：违反女儿的天性，
她喜爱大队的骑兵，
喜爱小俄罗斯的君王
马尾旌和锤矛的仪仗，
万众的欢呼，铜鼓的声音……

高楚贝显赫而又富豪，
他有的是好友和知交。
假如他要洗刷自己的名誉，
他能够鼓动波尔塔瓦起义；
他能够冲入督军府中

---

① 传说马赛蒲编了一些歌曲，至今还在民间流传，高楚贝在他的密告中也提到爱国思想（译者按：这里所谓爱国思想，或单指当时乌克兰而言），似即指马赛蒲所编的歌曲。这思想不仅是在历史方面具有意义的。——普希金注

立刻擒拿狂妄的恶棍,
一泄自己为父的仇恨;
他能够亲手挥动刀剑
向他刺去……但是,别的计谋
鼓动在高楚贝的心头。

那是个动荡混乱的时代,
年轻的俄罗斯正在
从斗争中发展她的力量,
彼得的才智使她成长。
有个严峻的教师,教给她
怎样获得光荣:瑞典的骑士①
不止一次,向她攻打,
给她意外的流血的考验。
然而,经过长期惩罚的
俄罗斯,忍受着命运的皮鞭,
终于强起来。好像铁锤
固然击碎玻璃,却也铸成利剑。

无益的虚名令人发昏,
勇敢的卡尔在深渊上打旋。
他扫荡着俄罗斯大军
直到古老的莫斯科城郊,
好似旋风追逐谷中的灰尘,
又把烟尘漫漫的野草压倒。
他采取的途径并不新鲜,
我们今日的强敌刚刚走完,
那"命运之子"岂不一败涂地,

---

① 指瑞典国王卡尔十二。——原版注

他的退却是多么声名狼藉。①
乌克兰在暗中激动,
星星之火早在那里点燃。
血战的过去令人向往,
有些人渴望发动内战,
他们埋怨着,高声要求
督军领他们走向自由,
他们以浮躁的心情
焦盼着卡尔的来临。
多少声音呼叫:起来!起来!
在马赛蒲的身边哗动,
但年老的督军始终
对彼得一意恭顺。
和平常一样,他沉默寡言,
他安详地治理着乌克兰,
对于流言好像没有听见,
他仍旧漠然地饮宴。

"督军怎么了?"青年人问:
"他太老了,他已经没用;
岁月和操劳已经耗尽
他先前的活跃的热情。
为什么他的颤抖的手
还掌握着至高的权柄?
现在,我们应该宣告战争,
向着可恶的莫斯科进军!
如果年高的达罗申珂,
或者英俊的沙摩洛维奇,

---

① 可参看拜伦长诗《马赛蒲》(普希金注)。"今日的强敌","命运之子"等影射拿破仑在莫斯科一役的失败(原版注)。

或者巴烈,或者高节殷珂,①
无论谁统领我们的武力,
那时候,我们哥萨克
就不会葬身异邦的雪地,②
忧郁的小俄罗斯也早就
解放了,享有独立和自由。"

鲁莽的青年人,就这样
急躁地武断和埋怨,
他们只渴望天翻地覆,
却忘了乡土过去的沦陷,
忘了波格丹幸运的争端,③
多少神圣的血战和协定,
还有前代祖先的光荣。
但老人却能够步步慎重,
他的眼睛处处留神:
什么可行,什么不成,
从来不做冒失的决定。
有谁穿越坚固的冰层
深入海的腹内探询?
有谁能以历练的明智

---

① 达罗申珂,古代小俄罗斯的英雄,是俄罗斯统治者最顽强的敌人之一。葛利高里·沙摩洛维奇是督军之子,彼得一世初执政时,即被流放于西伯利亚。西朱昂·巴烈是傲慢的上校,著名的骑士。因为不遵命令,追击敌人,马赛蒲呈请把他流放于叶尼赛斯克。马赛蒲叛变后,与其势不两立的巴烈即由流放中召回,参与波尔塔瓦战役。柯斯洽·高节殷珂是第聂伯河畔哥萨克的首长(阿塔曼)。以后投降卡尔十二。一七〇八年被俘处死。——普希金注
② 两万哥萨克曾被遣至利夫梁儿亚。——普希金注
③ 赫美里尼茨基·波格丹是十七世纪小俄罗斯的著名督军。一六五四年,为抗拒压境的鞑靼人的大军,召集立法会议。讨论请求大国保护的问题。当时有主张臣服于波兰、土耳其或克里姆之可汗国者。民众则于会外高呼:"我们愿意听命于莫斯科的沙皇!"自此,波格丹随与沙皇签约,并乌克兰于俄国。

洞察狡猾的心胸的
莫测的深渊？它的思虑
全从被压抑的热情滋长，
它的果实全深深地埋藏。
也许，有个秘密的计谋
早已在他心里成熟。
谁知道？马赛蒲越是毒恶，
他的心越是阴险莫测，
那么，他的表面就越冷淡，
他的举止也非常简单。
呵，他多么会随时随地
揣测和迎合人的心意，
操纵自如，毫无错误，
把别人看得清清楚楚！
对着老人，在筵席上，
他会装作信任的模样，
善良地，而且絮絮不休
和他们慨叹岁月的流逝；
对任性的人他歌颂自由，
对牢骚满腹的人诋毁当轴，
对残酷的人热泪滂沱，
对于蠢材他卖弄城府！
也许，没有多少人看出
他的个性是多么冥顽，
他不惜使用各种手段，
善恶不分，伤害他的仇人；
没有任何怨隙他能忘记，
只要他一息尚存；
没有人知道傲慢的老贼
在罪恶的渊薮里陷入多深。
实则他没沾到一点圣灵，

实则他的心里没有歉疚,
实则他什么也不喜爱:
只爱血像水似的流;
自由——他弃若尘土,
他对祖国没有丝毫爱护。

很久以前,可怕的奸谋
便已阴蓄在老贼的心头。
然而,早就有敌视的眼睛,
怨恨的眼睛把一切看清。

高楚贝咬牙切齿地想:
"好吧,魔鬼,狂妄的强盗!
我要饶过你的府第:
我的女儿自作的监牢;
你不致被烈火烧得焦烂,
你不致死于哥萨克的钢刀。
不,你这坏蛋,总有一天,
在莫斯科刑吏的手里,
在刑台上,痛苦地扭曲,
鲜血淋漓,还不断辩白,
你定要诅咒那一天,那一刻,
你为我的女儿主持洗礼,
你定要诅咒那一桌筵席
我斟满了酒向你祝贺,
你定要诅咒那一夜,老恶鹰,
你把我的小鸽子诱到口中!"

原来如此! 有一个时候
高楚贝是马赛蒲的朋友,
他们曾经是水乳交融,

不分彼此,兄弟相称。
他们并着马,一起上阵
穿过火海,制胜了敌人。
他们常常花不少时间
面对面的密语交谈。
因此,对着老友高楚贝
诡谲的督军曾经吐露
他贪得无厌的灵魂深处;
而关于未来的变节,
关于秘密勾结和谋叛,
他也含混地提过一些。
自然,那时的高楚贝
对于他还十分忠诚,
但如今,捺不住毒狠的火焰,
他只听从一个呼声,
只有一种想念,整日整夜,
在他的心里上下翻腾:
不是他死,就要马赛蒲的头,
他要替受辱的女儿复仇。

但是,他把这偌大的毒计
紧紧地锁在心里。
有时候感到无力的悲哀,
他愿意把一切忘怀。
他对于督军并无恶意,
一切全是女儿的过错。
但即使女儿也可以宽宥,
让她自己对上帝负责:
为什么使家门蒙受耻辱,
天道和法理全都不顾……

但同时,他以鹰隼般的眼睛
在家门里到处寻求:
他需要勇敢的心腹,
坚定不移,不为利诱。
他把一切告诉了妻子:①
很久以前,夜深人静,
他就已经把密告写好。
他的妻子充满了愤恨:
她的脾气比他还急躁,
催促丈夫火速进行。
在枕席边,万籁俱寂的时候,
像幽灵似的,她低声
把复仇的话说个不停,
又是责备,又是激励和眼泪,
要他发誓——郁郁的高楚贝
终于向她提出了保证。

一切都想好。高楚贝
和无畏的伊斯克拉在计议。②
他们想:"我们一定会成功,
仇人的灭亡已经注定。
但是,谁能为公众的福利
一腔热诚,奋不顾身?
谁能不畏彼得的偏见
大胆地跪在他的脚下,
告发这声势浩大的坏蛋?"

---

① 马赛蒲信中曾责备高楚贝受制于"骄傲而多智"的妻子。——普希金注
② 伊斯克拉·波尔塔瓦上校,是高楚贝的挚友,参与他的计谋并一起受难。——普希金注

在波尔塔瓦,许多哥萨克
受过玛丽亚的冷落。
其中有个人,从幼年起,
就爱着她,热烈而真诚。
在乡村的小河岸旁,
在早晨,或暮色苍茫的黄昏,
他常常伫候着玛丽亚,
在乌克兰樱树的浓荫下,
他常常不安地徜徉。
而短短一面,就使他心欢。
他爱着,不敢怀有希望,
从不用恳求去使她厌烦:
呵,她的拒绝他怎能忍受?
当成群的求婚的少年
都到她家里,把她围拢:
他只忧郁而孤独地站在一边。
当玛丽亚的不幸的遭遇
忽然流传在哥萨克口中,
而残酷无情的人言
对她百般地嘲笑、讥讽,
这时候,只有在他心上
玛丽亚还保持往昔的权柄。
但只要有人在他前面
偶然提到马赛蒲的姓名,
他就心如刀割,脸色骤变,
并且迅速地垂下眼睛。
…………

是谁凭着星光和月光,
这么晚还骑在马上?

是谁的马儿不知疲倦,
奔驰在一望无边的草原?

一个哥萨克向北奔跑,
哥萨克哪儿也不歇脚,
既不在旷野和森林,
也不在危险的河滨。

他的剑像明镜似的闪亮,
他胸前的行囊丁当地响,
英骏的马儿一点也不绊脚,
摇摆着鬃毛向前奔跑。

飞快的差人需要金元,
年轻人喜欢玩耍宝剑,
骏马也是他的嗜好——
但是帽子却更为重要。

为了帽子,他宁愿
放弃骏马,金元,和宝剑,
若要帽子除非和他角斗,
除非割下他暴躁的头。
为什么帽子这样重要?
因为那里缝着密告,
高楚贝要向彼得大帝
告发督军这个奸细。

这时候,马赛蒲还没有感到
风暴的来临:他毫无惮忌,
继续进行他的阴谋。

显赫的耶稣徒①和他一起
正在策划怎样煽惑民间,
怎样给他戴上不稳的王冠。
在昏黑的夜里,他们两人
像盗贼似的秘密会商,
估计叛变有什么结果,
草拟督军公告的文章,
不是出卖沙皇的头颅,
就是评价诸侯的誓语。
一个乞丐模样的人物
没有人知道他来去的踪迹,
奥立克,督军的副官,②
常常带他在府里出入。
这个人派出不少人员
到处秘密地散播毒素:
那里,聚居顿河的哥萨克
已经由布拉温率领叛变;③
那里,他们在鼓动野蛮的部落;
那里,沿着第聂伯河岸,
他们正以彼得的专制
惊吓一群不安的渔夫。
马赛蒲到处溜放眼线,
他的函片飞到了每个国度,
他以狡猾和威胁,煽惑

---

① 耶稣徒札林斯基,杜利斯伯爵夫人和在流亡中的保加利亚某大主教,是马赛蒲叛谋中的主要人物。大主教经常化装为乞丐,往返于波兰和乌克兰之间。——普希金注(耶稣徒,或名耶稣会修士,是天主教的一个支派。——译者注)
② 菲力普·奥立克是马赛蒲的秘书长和亲信。马赛蒲死后,卡尔十二委以挂名的小俄罗斯督军。——普希金注
③ 布拉温是顿河的哥萨克,当时在叛变中。——普希金注

巴契沙拉①和莫斯科反目。
无论是华沙的波兰国王,
或奥洽可夫②城的土耳其总督,
卡尔和沙皇都对他听信。
他的诡计随时在舞弄,
他的心思越想越聪明;
为了最后的一击,布置周到,
他的主意怎能够退缩
罪恶之火在不停地燃烧。

然而他多么惊惶,多么暴躁;
当他的头上突然响了
一声霹雳!从波尔塔瓦
写出的密告,已经由
俄罗斯的权贵③交给他,
交给他,俄罗斯的仇敌。
这些权贵没一句严正的谴责,
反而认为他受了冤屈,
对他倍加慰藉。而沙皇
忙于作战,把密告看成
捏造的谗言,不但置之不理,
并且向犹大④老早地保证:
一定要制裁无端的挑拨。
这使得犹大多么开心!

马赛蒲装作异常悲凄,

---

① 巴契沙拉是克里姆之一城市,当时为鞑靼国首都。
② 奥洽可夫是黑海北岸城市,当时为土耳其占领。
③ 机要秘书沙菲洛夫和哥罗夫金伯爵是马赛蒲的密友和庇护人。实则他们应负严刑拷打及处决告密者的全责。——普希金注
④ 犹大是出卖耶稣的叛徒。这里当指叛徒马赛蒲。

向沙皇卑躬地陈述心意。
"苍天知道,世人也都明鉴:
可怜的督军悠悠二十年
忠心耿耿侍奉着沙皇;
他身受的宠幸真是无边,
他受到了爵位的恩赏……
呵,这诬陷是多么无稽,荒唐!
难道他,站在坟墓的边沿,
还要开始策谋叛变,
把光辉的名誉一起断丧?
难道不是他,满怀愤怒,
拒绝援助斯丹尼斯拉夫,①
谢绝了乌克兰的王冠,
并且把条约和秘密文件
本本分分地呈给沙皇?
难道不是他,对于可汗②
和沙列格勒苏丹的策动
不闻不问?他一向激昂
力图扫除大皇帝的敌党,
无论用智谋,或用刀兵,
不辞劳苦也不惜性命。
而现在,竟然有拨弄的小人
污蔑他的风烛残年!
他们是谁?伊斯克拉!高楚贝!
是他多年知心的友伴!"
老贼纵横着无情的眼泪,
冷酷地提出狂妄的要求:

---

① 此事发生在一七○五年。可参阅 B. 加明斯基著《小俄罗斯史》的注释(普希金注)。斯丹尼斯拉夫是和马赛蒲相勾结的波兰国王。
② 嘉塞·基列在进攻克里姆失利时,曾邀马赛蒲合力攻击俄军。——普希金注

要把他的仇人立即杀头……①
杀谁的头？……顽固的老贼！
是谁的女儿搂在他怀里？
但他却冷酷地抑制了
自己良心的怨诉的呓语。
他想："为什么这个糊涂虫
要挑起这场无益的抗争？
呵,这个狂妄的邪教徒
是在自己的身上磨快刀斧。
蒙着眼睛,他要闯到哪里？
他从哪里可以得到救星？
难道……但女儿的爱情
搭救不了父亲的头颅。
情人必须让位给督军：
否则,我早已身首异处。"

啊,玛丽亚！可怜的玛丽亚！
契尔卡斯②的鲜艳的花！
你还不知道,在你怀里
爱抚着一条怎样的毒蛇。
是什么不可解的魔力
使你这样一心一意
迷于一颗残酷、污浊的心？
是为谁你牺牲了自己？
老人额前深刻的皱纹,
他的斑白、拳曲的鬓发,
他的矍铄、凹陷的眼睛,

---

① 马赛蒲在信中对告密者的宽大处置表示不满,坚请将彼等处以死刑。他自比为被不法老人无辜中伤的苏珊娜,将哥罗夫金比为卜人达民鲁。——普希金注
② 契尔卡斯是第聂伯河岸的城市。

他的诡谲莫测的谈话,
你觉得比一切都更珍贵:
你竟为这些忘了母亲,
你竟为魔鬼铺陈的卧榻
舍弃了祖先的门庭。
老贼用他怪异的眼
蛊惑了你的神明,
他的低语催眠了你的良心;
你充满敬畏,仰望着他,
像是为光芒迷惑了眼睛;
你忘情地爱他,拥抱他——
这无耻反而使你快意。
你所骄傲的淑静的美
消失在肆意的狂欢里——
为了他,你已经逐渐沉沦,
丧尽了廉耻和稚弱的纯真……
但玛丽亚的无耻怎么样?
流言又怎样?世俗的针砭
她何必关心?只要老头儿
把骄傲的头俯在她膝前,
只要督军和玛丽亚一起
便忘了雄图、烦嚣和事务,
或者把胆大妄为的秘密
都向怯懦的少女吐露。
她毫不惋惜恬静的过去,
只有忧郁,像一朵乌云
有时候飘过她的心灵:
她想象郁郁不欢的
父亲和母亲站在她跟前,
她泪眼模糊,仿佛看见
他们无后的老境的孤零,

又似乎听到他们的怨声……
唉,假如她能够知道
那传遍乌克兰的新闻!
但是,关于这可怕的秘密,
她却完全蒙蔽在鼓里。

第 二 章

阴沉的马赛蒲,他的心
尽是些毒计,不能安宁。
玛丽亚用温柔的眼睛
望着丈夫,望着老人。
她以臂膊抱着他的前膝,
向他倾吐爱情的话语。
但有什么用?她的爱情
平息不了黑色的思潮,
可怜的少女!他像没有听到,
冷冷地向前直呆着眼睛,
半晌没有话,只用沉默
回答她的多情的指责。
她又是惊异,又是伤心,
抬起身来,简直难以喘息,
对她的丈夫大发脾气:

"听我说吧,督军!为了你
我把世间的一切舍弃。
我的一生只爱了这一回,
我的爱情只有一个目的:
就是你的爱情。为了你,
我已摧毁了自己的幸福,
但我一点也不曾惋惜……

你记得:在那可怕的寂静中,
在我成为你的那夜里,
你向我宣誓永远的爱情。
为什么你又不爱了呢?"

马赛蒲

我的好人儿,你完全错怪,
把你的乱想赶快抛开;
你以猜疑窒息了自己的心:
不,是热情在激动着你,
使你的神志烦乱不明。
玛丽亚,相信吧! 我爱你
胜过权力,胜过荣誉。

玛丽亚

完全不是! 你别再哄骗。
我们在一起才多少时辰?
你已经逃避我的温存,
你对这一切已经厌倦。
你整天和一群老人做伴:
宴饮,游乐——把我忘记。
你不是一个人坐一整晚,
就是和那乞丐,或耶稣徒一起。
可怜我的卑微的爱情
竟被冷冷地不睬不理。
我知道:杜利斯基夫人
不久以前曾和你宴饮。
这真是新闻。她是谁?

马赛蒲

你在嫉妒吗? 难道像我

这一把年纪,还在寻求
美人的高傲的秋波?
难道我,一个粗犷的老头,
还去学那浪荡子的行径,
唉声叹气,献媚和奉承,
不知羞耻地勾引女人?

玛丽亚

打住,你不要转弯抹角,
快简单地,直接地回答我。

马赛蒲

你的心神平静最为重要:
好吧,玛丽亚,你听我说——

我们很早就有一个计谋,
如今正在匆忙地着手。
美好的日子就要来临,
伟大的斗争一天天逼近。
有多少时候,我们一直
向着华沙的主子低头,
我们受着莫斯科的统治,
没有荣誉,没有可爱的自由。
但是,看吧,乌克兰
就要恢复它的独立,
我就要向彼得招展
一面血染的自己的大旗。
一切已经就绪:两个国王①
和我订立了秘密的协议;

---

① 指瑞典国王和波兰国王斯丹尼斯拉夫·列盛斯基。

很快地在混乱中,在战场上,
我也许就要登上皇基。
我有很多可靠的朋友:
那个杜利斯基伯爵夫人,
那个乞丐和那耶稣徒,
都忠心地执行我的计谋。
是从他们手里,传过来
两个国王的信函和密令。
这就是我的重大的心怀。
你满意了吧?你的疑云
消散了吧?

玛丽亚

噢,我亲爱的,
你原来将是祖国的皇帝!
沙皇的皇冠多么适合于
你银白的头发!

马赛蒲

快些住口
一切还未定,风暴就要到来,
谁知道什么在前面等候?

玛丽亚

我在你身边就没有畏惧——
你是这么有力!噢,我知道:
皇位在等着你。

马赛蒲

如果是刑台呢?……

玛丽亚

如果是刑台,我也和你同去。
啊,如果你死了,我怎能活?
不,不,你会把政权拿在手里。

马赛蒲

你爱我吗?

玛丽亚

我!爱不爱你?

马赛蒲

告诉我,谁对你更为珍贵:
父亲还是丈夫?

玛丽亚

亲爱的,
问这干什么?这个问题
徒然烦扰我的心。我的家
我一直想要把它忘记,
我辱没了家门;也许
(这个思想是多么可怕!)
我的父亲正在诅咒我,
这都是为谁?

马赛蒲

这么说,
我比父亲更可贵了?

玛丽亚

噢,上帝!

马赛蒲

怎么?回答我。

玛丽亚

由你决定。

马赛蒲

听着:假如,我和你父亲
两个人必须有一个牺牲,
假如你就是我们的法官:
你将要把谁判处死刑,
你将要袒护谁的性命?

玛丽亚

啊呀,够了,你这诱人的邪魔,
别扰乱我的心了!

马赛蒲

回答我!

玛丽亚

你的脸色苍白,你的话声粗犷……
噢,别发怒!我准备为你
牺牲一切和一切,相信我!
然而,这些话是多么可怕。
够了。

马赛蒲

　　不要忘了，玛丽亚，
你今天对我应允的一切。

　　静谧，安详，是乌克兰的夜。
透明的天空，繁星在闪耀。
大气凝止，像不愿意搅醒
自己的微熏。银白色的
杨树的叶子轻轻颤动。
从白拉雅教堂①的高空
月亮悄悄地洒下幽光，
照着督军的富丽的花园
和城堡的古老的围墙。
四野都异常寂寥，安憩；
但古堡里却在低语和动荡。
高楚贝，身上带着枷锁，
独自坐在碉楼的窗前，
他沉郁不言，满怀心事，
黯然地望着窗外的天。

　　明天就是刑期。然而他
并不畏惧残酷的死刑；
对于生命他既已毫不顾惜。
什么是死？一个意愿的梦。
他情愿躺在血染的墓地
永远安息。但是啊，上帝！
假如就和木石一般
无言地匍匐在恶棍脚前，

---

① 白拉雅教堂在乌克兰首府基辅附近。

418

让沙皇交给沙皇的仇敌
任由恶棍处置和欺凌,
不但性命不保,还丧尽名誉:
甚至连累朋友,一起受刑,
就要听着他们坟上的咒语;
啊,就在刀斧下无辜地牺牲,
看着仇人笑眯眯的眼神
自己却投入死神的怀抱,
而他对于恶棍的仇恨
却没有遗言,没有人知晓!……

他想起故乡波尔塔瓦,
那一些熟识的朋友和家庭,
豪华的日子已经逝去了,
女儿的歌声也已不存;
他想起自己出生的老屋,
他辛劳过,也做过平静的梦;
他想起过去的一切美景
都抛去了:这么心甘情愿,
可是为了什么?

   而突然
钥匙在生锈的锁里作响,
把不幸的人惊醒。他想:
是他了!你高举十字旗的人,
来吧,指引我的血腥的路程,
你能够宽赦一切的罪恶,
你是治疗悲痛的医生;
呵,你救世的基督的使者,
来吧,把基督的神圣的血
和躯体,带给我,让我更为坚强;

让我勇敢地面向死亡,
让我和永生结合一起!

就这样,不幸的高楚贝
怀着无限的内心的伤悲,
准备向浩然有力的神明
倾吐自己凄切的衷情。
但是,这前来的不速之客
并不是那神圣的隐者:
他看见凶恶的奥立克!
顿时灰了心,满怀厌恶,
苦恼的囚徒悲愤地叫道:
"狠毒的家伙,你来做什么?
我这最后一夜的安宁,难道
马赛蒲都不肯轻轻放过?"

奥立克

你的审判还没完;快一点招!

高楚贝

我已经说过了:走开吧,
让我安静!

奥立克

  督军大人还要
一些口供。

高楚贝

  还要供什么?
你们想知道的,我早已
说得一干二净。我的供词

全是假的。督军猜得不错：
我在抵赖，而且故弄玄虚。
你们还要知道什么？

　　　奥立克

　我们知道：
你有数不尽的金银财宝；
我们知道，你的宝库
不只藏在吉甘卡一处。①
你的死刑明天就要执行；
你的全部财产都要充公
作为军费的开支——
这是法令。还有最后一条
我来向你指明：说吧，
哪里藏着你的财宝？

　　　高楚贝

原来如此。请不要误会：
有三件财宝是我一生的安慰。
第一件财宝是我的名誉，
你们的拷打已把它拿去；
第二件财宝是我的爱女
再也不能收回的清白，
我整日整夜为它思虑，
但这财宝已被马赛蒲窃去。
第三件财宝呵，我倒还有，
这最后的财宝：神圣的复仇！
我准备把它交给上帝。

---

① 吉甘卡是高楚贝的乡村。——普希金注

奥立克

老头儿,别这么胡言乱语:
今天,你得准备离开人世,
还不把思想放得庄重。
这不是玩笑的时候。如果你
不愿意拷打,快点招供:
钱藏在哪里?

高楚贝

万恶的奴隶!
这无理的盘问有没有完?
等一等:让我躺在棺材里,
那时候,你和马赛蒲一起,
尽可用血腥的手指计算
我身后的所有财产,
你们尽可挖掘我的地窖,
焚烧我的家,拆毁我的花园,
还可以叫我的女儿做向导:
她会说出一切的秘密,
她会指出所有的财宝,
可是现在,天哪,我请求你:
走开吧,给我一点安静。

奥立克

钱藏在哪里?给我指明。
不吗?——钱在哪里?快点说。
否则,你就看到恶劣的后果。
想想吧,把地方说清。

不说吗？好！再打。喂，刑吏！①

刑吏走进来……
　　　　　　噢，痛苦之夜！
但是督军呢？他在哪里？
这恶棍往哪里可以躲避
自己蛇蝎的内心的控诉？
少女受着无知的祝福
还安睡在自己的卧房里，
就靠近年轻的教女身边，
马赛蒲郁郁地不发一言，
低垂着头，在那里默坐。
他心里飘过了思虑万缕，
一丝比一丝更为沉郁。
"昏聩的高楚贝必须受刑，
救他是万万不能。督军
越是眼看着大事将成，
越应该把权势牢牢抓紧，
而敌人，越应该在他前面
低低俯首。不，救他万万不行。
高楚贝和他的同党
必须死去。"然而，看一看床，
马赛蒲又想："噢，上帝！
假如她听见这致命的
消息，她将会怎么样？
直到现在，她还平静——
然而这秘密却不能
再保持很久。只要明天

---

① 高楚贝在判处死刑前，还被督军的士兵拷讯。由受难者的口供中可以看出，他曾被讯及所藏匿的宝库。——普希金注

斧头的降落就会哄传
整个的乌克兰。在她耳边
就会有人把一切说穿！……
啊,我知道:只要有谁
命中注定了动荡地生活,
就应该独自面向着风波,
不要把妻子一同连累。
在一辆车上,怎能教马
和胆小的牡鹿并驾齐驱?
我没有留意,没有觉察:
我竟给了她愚蠢的献礼……
可怜的少女,她的一生
美好的一切,一切珍贵的,
都已经拿来向我馈赠,
给了我,迟暮的老人——但是呢?
我正在给她怎样的打击!"
他想着,看了看平静的床:
多甜蜜的青春的安息!
多温柔的梦萦绕她的心房!
她的嘴唇张着;年轻的胸膛
正在异常平静地呼吸;
但是明天,明天啊……马赛蒲
不由得移开视线,心头颤栗,
他站起来,轻轻地移步
向着寂寥的花园走去。

静谧,安详,是乌克兰的夜。
透明的天空。繁星在闪耀。
大气凝止,像不愿意搅醒
自己的睡意。银白色的
杨树的叶子轻轻颤动。

可是,在马赛蒲的心上
却有着阴郁的奇异的幻景:
夜星是无数控诉的眼睛
好像在讥笑,朝他探望。
白杨树密密地站列一排,
它们的头轻轻摇摆,
像是法官在私语商议。
夏天的夜:温暖,幽暗,
有如地牢一样的窒息。

突然,一声微弱的呼喊……
他仿佛听见模糊的呻吟
从古堡传来。是不是幻梦,
夜枭的哭泣,还是蛇的哀鸣,
拷打的叫喊,还是别的声音——
但是,老人已经如此激动,
他再也不能克制自己。
听着这种漫长的呼号,
别的声音浮上了记忆:
扎别拉,哈马列,①和他自己,
还有他……这个高楚贝,
他们一起在战火里驰驱,
而他以狂暴的欢乐的呼号
曾把战场的一切压倒。

破晓。一抹紫红的彩霞
绚烂地笼罩着天空。
一切在闪亮:田陇,丘陵,谷地,

---

① 扎别拉是十七世纪乌克兰的显贵,曾为波兰国王服务,赫美里尼茨基叛变时随之倒戈。哈马列是赫美里尼茨基时代的"总参议"。——原版注

河水的浪花和树林的顶峰。
早晨的欢笑响遍了原野,
人也从睡梦中惊醒。

安睡的玛丽亚还在
甜蜜地呼吸。但是蒙眬中,
仿佛听见有人走来,
把她的脚轻轻触动。
她睁开睡眼,但很快
由于难忍早晨的光彩,
又微笑地把眼睛合拢。
玛丽亚倦慵地伸出双臂,
惺忪无力地低声呼唤:
"是你吗,马赛蒲?……"但回答的
却是另外一个声音。噢,天!
她颤栗,睁眼一看……怎么?
是母亲站在面前……

　　　　母　　亲

　　　别响,别响,
别要了我们的命。我偷偷
趁着黑夜摸索到这里,
我只有一个悲凄的恳求。
今天就是刑期。只有你
也许能和缓他们的怒气。
救救父亲吧。

　　　　女　儿(惊恐的)

　　　父亲怎么了?
什么刑期?

母　亲

怎么,难道你至今
都不知道? 你住的是官府
又不是旷野,你应该清楚:
督军的权势多么可怕,
他怎样把政敌随意惩处,
沙皇一切都依从着他……
但我看,虽然为着马赛蒲
你抛弃了悲伤的家,
然而当他用酷刑审问,
当他宣告判决的文书,
为你的父亲磨好了刀斧:
我看,你却还睡在梦中。
我们彼此,啊,已成了路人……
醒醒吧,我的女儿! 玛丽亚,
赶快跑去,跪在他脚下,
为父亲求饶,作我们的教主:
你的眼神能缚住恶棍的手,
你能够缴下他们的刀斧。
快去哀求吧,他定会点头:
为了他,你把名誉,亲人,上帝,
都已经忘却。

女　儿

我怎么了?
父亲……马赛蒲……死刑……
而这里,在城堡里,我的母亲
在恳求——是不是我发了疯,
或者就是一场噩梦。

母　亲

　　　不,不,
上帝保佑你,不是噩梦,
也不是幻想。难道你竟
不知道你父亲的脾气
不能够忍受女儿的私奔;
他一心一意想要报复
于是向沙皇密告了督军……
他被打得血肉模糊,
不得不承认是出于奸谋,
承认了意图陷害的耻辱,
就这样,他伸出勇敢的头
为了正义,牺牲给仇人。
今天,大队人马都要来监刑,
如果天主的手不来援救,
他们立刻就把他斩首。
现在,他还安然被幽禁
在监狱的碉楼里。

女　儿

　　　天哪,天哪,
就是今天! 我可怜的父亲!

说完,女儿就晕倒了,
像是一个冰冷的死人。

各色的帽子,矛戟闪着光。
鼓咚咚的响,骑兵在奔跑。
队伍排着整齐的行列。
人声鼎沸,心在跳。

大路像是弯曲的蛇身,
挤满着人,向前面蠕动。
刑台高搭在田野中央,
刽子手快活地来回徜徉,
焦躁地等待他的祭品:
一会儿用带白手套的手
舞弄着沉重的斧头,
一会儿和观众说说笑笑。
女人的尖叫,笑骂,低语,
和嘈杂的话声混在一起。
突然,一句高喝的口令:
鸦雀无声。只有马蹄的嘚嘚
打破这可怕的沉静。
看,威武的督军率领长老
骑着一匹黑马向前飞跑,
近卫军拥聚在他的左右。
一辆马车,在基辅大道上,
缓缓跟随。人们伸着头,
不安的目光向车上张望。
那里:光明磊落的高楚贝
毫无怨尤,端然默坐,
坚强的信念溢于面容;
还有伊斯克拉也非常利落,
像绵羊似的,静静听从
命运的支配。马车一停,
立刻响起了合唱的祈祷,
香炉的轻烟袅袅上升。
人民都在默默地祷告
不幸人的灵魂的安宁,
受难者也这样默祝着仇人。
他们下了马车,走到台上,

高楚贝画了十字,随即就位;
黑压压的观众都屏声息气,
像在坟墓里。斧头闪闪一挥,
人头滚下来。唉的一声:
整个广场在叹息。另一个
一转瞬间,也为斧头砍落。
青草被鲜血染得通红——
刽子手却怀着恶意的高兴
将两颗人头的额发抓起,
扬起手,使用十足的臂力
把头颅向滚滚人群抛去。

人已经斩了。围聚的民众
漠然散开,各自走去;
在回家的路上,开始谈论
他们小小的长年的忧虑。
刑场逐渐空旷,但这时
在行人杂沓的道上
穿过路人,跑来两个妇女,
满面灰尘,疲弱无力,
她们仿佛为什么事匆忙,
惊惊惶惶地奔向刑场。
"晚了,"有人看见她们,
用手指着刑场说。
那里,刑台正在拆落,
黑衣的神父正在诵经,
还可以看见两个哥萨克
把橡木的棺材抬上马车。

马赛蒲离开刑场以后,
便独自走在马队前头

满面阴沉。可怕的空虚
撕着他的心。没有人
胆敢向他的身边靠近,
他对谁也不言不语,
马儿吐着沫,尽在飞奔。
到了家,他问:"玛丽亚呢?"
然而他听到的,只是
怯懦的闪烁的答语……
他不由得恐惧,惊慌,
他去找她,到了她的卧房:
但卧房是静悄悄的死寂。
他惶惑不安地到了花园,
把宽大的水池绕了一圈;
在树丛里,在静静的凉亭,
哪里都没有她的踪影——
她走了！他把亲信的仆人
和快速的卫队召在一起。
他们去追踪。马在喘气。
人喊着粗野的叫声。
呵,多少壮勇,骑着马,
急急地向各方飞奔。

珍贵的时刻飞逝了。
玛丽亚始终没有回来。
没有人知道,也没有人听说
她为什么走,她怎样走开……
马赛蒲阴沉地咬紧牙关。
奴仆们也都噤若寒蝉。
督军的心里毒意沸腾,
把自己关在少女房中。
整整一夜,他靠着床边,

坐守着幽暗,不曾合眼,
心头像地狱,翻腾绞痛。
次日一早,派出的人
一个个的空着手回返。
马儿累得再也不能动转。
马掌,肚带,缰绳,鞍被,
无一不是浸透了汗水,
有的血迹斑斑,有的残缺、磨坏——
但是,没有人能够带来
可怜的少女的消息。
她的存在,像消失的声音,
从此再没有一丝痕迹;
只有母亲,忍受着悲痛和贫穷,
在流放的夜里踽踽独行。

第 三 章

内心的深沉的痛苦
并没有阻止乌克兰的首领
施展他的狂妄的企图。
一心迷于自己的美梦,
他和骄矜的瑞典国王
继续不断地秘密协商。
并且,为了更容易欺蒙
敌视的猜忌的眼睛,
他佯装抱病,辗转床上,
每天呻吟着,祈祷良方,
周围聚起来一群医生。
据说是操劳,战争,激情,
虚弱,老病,和悲伤:
是这些死的征兆,使病症

日趋严重。他准备了一切
就要和飘忽的人世告别。
据说他想要搭做道场,
他已经叫来了祭司长,
给他随时准备善后;
而他的奸诈拳曲的白发
也已经涂了教礼的圣油。

时光逝去了。可是莫斯科
空自盼望她的来客:
她在旧日敌人的墓地
早给瑞典人预备了祭礼。
但卡尔突然掉换了方向
把大军直向乌克兰开去。

是时候了!这垂危的病人,
这一具活尸:马赛蒲,
昨天他还在死亡线上哀呼。
却突然从病榻一跃而起。
今天,他成了彼得的强敌。
今天,他,屹立在大军之前,
睥睨一切,目光奕奕;
他雄赳赳地骑着马,挥着刀,
风雷电掣地向捷斯纳①驰去。
正如那个狡猾的红衣主教②
也是为岁月压弯了腰,
但一朝披戴教皇的冠冕

---

① 捷斯纳河,是第聂伯河的支流。
② 指教皇西克斯特第五。据传说,他为红衣主教时,伪装脆弱多病,一旦选为教皇,即将拐杖抛开,并高唱谢主歌。——原版注

就又轩昂,又年轻,又康健。
消息展着翅膀儿飞翔。
乌克兰立刻惊惶地传遍:
"他变节了,他倒戈了,
他把降旗一直插在
卡尔的脚前。"火在燃烧,
人民战争的血红的彩霞
笼罩着天空。

谁能形容出
沙皇的愤恨和恼怒?①
诅咒之声激荡着教堂,
刽子手劈裂了马赛蒲的像。
在自由辩论的、喧嚣的会中,
人民重新选出了督军;
从荒远的叶尼赛河边,
彼得迅速地召回和赦免
高楚贝和伊斯克拉的家人。
沙皇和他们泪眼纵横,
他豪爽地赐给新的荣誉
和产业,抚慰他们的忠诚。
和马赛蒲势不两立的骑士:
年老的巴烈,也从幽暗的流放

---

① 彼得以迅雷不及掩耳的处置使乌克兰再屈服。"一八〇七年十一月七日,遵照皇帝敕令,哥萨克人依照惯例,以自由选举方式,推举斯塔罗杜布上校伊凡·斯珂罗帕兹基为督军。

"八日,基辅,车尔尼可夫和柏列亚斯拉夫等地的大主教来到格鲁霍夫。

"九日,各地主教当众诅咒马赛蒲;同日,将叛贼马赛蒲的木像抬出,卸下勋章(将勋章以带系于像上),将木像掷于刑吏手中,刑吏缚之以绳,拉向街衢及广场示众,随即送至绞台处死。

"十日,在格鲁霍夫,将车切里及其他叛贼处死……"(彼得大帝日记)。——普希金注投回乌克兰沙皇的营帐。
叛乱像孤儿似的悸动。
哥萨克将军①和勇敢的
车切里,②都处了死刑。
啊,你热爱战功的君王
竟抛下了皇冠,戴上军帽,
你的末日也不远了,你就会
远远望着波尔塔瓦的城堡。

沙皇就朝向那里进军。
大军涌进像一场风暴——
在平原上,两军阵营
犬牙交错,诡谲地围抱:
这好像百战的英豪
虽然负伤了不止一次,
但却嗜血无厌,愈杀愈勇,
这一次才和渴盼的对手相逢。
强大的卡尔不快地看见
他眼前已不是乌云一片:
已不是不幸的纳瓦城③逃军;
而是焕发、整齐的军容,
纪律严明,快速,镇定,
和一列屹立不动的刀锋。

但是,他决定:明天就会战。
瑞典的营盘已沉沉入梦。

---

① "哥萨克将军"指高节殷科。——原版注
② 车切里曾力图保卫巴士伦,以拒孟什可夫公爵的大军。——普希金注
③ 纳瓦城,位于纳洛瓦河岸,原由瑞典占领。一七〇〇年彼得大帝率领俄军四万人进攻为卡尔击败。

只有一个帐篷,还听见
有人轻轻说话的声音。

"不,我看,错了,奥立克,
我们不应该这样匆忙;
我们估计得糊涂,鲁莽,
这不会产生好的结果。
显然,我的计划已经落空。
怎么办? 我大为失策:
我看错了这个卡尔。
他不过是机敏胆大的小儿;
两三次战场上的游戏
自然,他可以获得胜利;
他可以单骑去赴敌人的晚宴,①
他可以用笑声回答炸弹,②
他不弱于俄罗斯的狙击兵
可以在深夜偷入敌营:
好像最近,虽然自己受了伤,
他却换来一条哥萨克的命。③
但是,和大国的君主角斗
他却不是适当的对手,
他把命运看做是部队:
也想用战鼓来扭转支配。
他盲目,执拗,性情暴躁,
遇事轻浮,对人高傲,

---

① 前赴德勒斯顿,应国王奥古斯特的邀请。可参看伏尔泰著的《查理十二传》。——普希金注
② ——啊,陛下! 炸弹!……"炸弹和我让你写信的事有什么关系呢? 写你的信吧。"这件事发生很晚。——普希金注
③ 深夜,卡尔亲自侦察我军营地,并袭击坐于火旁的哥萨克。他直向哥萨克冲去,以枪击中其一。其余还击三枪,重伤了卡尔的脚。——普希金注

天知道他相信的什么运气。
他对于敌方新的力量
还以过去的胜算衡量——
他准要跌得头破血流。
我惭愧自己这么大年纪
还为好战的浪子所迷;
我像一个胆怯的姑娘,
竟为他侥幸的胜利和胆量
迷惑了眼睛。"

奥立克

我们还在
等待战争。时机并没有错过,
和彼得还可以恢复关系,
还可以消弭这一场灾祸。
我们打败过的沙皇,无疑地,
决不会拒绝我们的讲和。

马赛蒲

不,已经晚了。俄罗斯的沙皇
绝不能和我善罢甘休。
很久以前,我的命运
便已经注定。我的心头
积压着怒火。在亚速海岸
有一个夜晚,我和严峻的
沙皇,在军营里饮宴:
银杯沸腾着酒的泡沫,
我们的交谈也随着炽热。
我一时鲁莽,有一句失言
使年轻的宾客感到难堪……
沙皇立刻红了脸,掷了酒杯,

一手抓住我苍白的胡须,
目眦俱裂,满面恼怒。
那时,我捺下一口怨气,
我立誓将来一定报复;
我怀着这个誓言,一如母亲
怀着胎儿。这正是时候:
我要让他永远记着我
直到他的生命的尽头。
我要成为彼得的眼中之钉,
我要做他桂冠的荆棘,
如果他要和往日一样,
还来抓马赛蒲苍白的胡须,
那就让他看看吧,我要把
他的国土和他的半生毁尽。
但是,我们并不是没有希望,
谁胜谁败,明晨就可以决定。

俄罗斯沙皇的叛贼
说完了,静静地合上眼睛。

破晓的东方火一样燃烧。
巨炮的轰隆早已震动
平原和丘陵。紫色的浓烟
一团团一卷卷向上升腾
没入清晨的明亮的碧空。
队伍紧密靠拢。射击手
四面散开,在树丛里守候。
子弹嗖嗖响,炮弹在空中飞旋;
刺刀冷冷地斜向一边。
为胜利骄宠的瑞典人
穿过战壕的炮火,向前推进;

猛勇的骑兵策马飞奔；
步兵在后面紧紧跟踪：
坚定的步伐，黑压压的人群
加强了马队的冲锋。
整个的战场隆隆作响，
处处腾起熊熊的火焰，
但是，显然，战争的红星
已渐渐照在我们一边。
大军受到排炮的阻拦，
士兵一个个横尸沙场，
罗森从小道只身逃命，
暴躁的史立平巴也已投降。①
我们一队队向前逼紧，
瑞典的旗帜逐渐无光；
我们的每一步，每次交锋，
都受到战神特别的宠幸。
这时候，有如天神的旨令，
传出了彼得洪亮的声音：
"上帝保佑，一齐努力！"
一群亲信围着他，从帐幕里
彼得走出来。他的眼睛
烁烁地闪光。他的面孔
令人生畏，他的步履矫健。
他的神采奕奕，好似雷电。
他走着。卫士牵来一匹马。
忠诚的马，英骏而驯良，
一下嗅到了硝烟和炮火，
它抖擞着，斜扫着目光，
随即向战场的尘沙驰去，

---

① 罗森和史立平巴都是瑞典将领。——原版注

载着巨人,像感到无限的荣誉。

将近日午,火一般炎热。
战斗,这个收割者,也在休息。
哥萨克骑兵在跳跃,逞雄。
步兵排列着,异常整齐。
厮杀的合奏已经停歇。
盘踞在山头的巨炮
也戛然止住饥饿的咆哮。
而突然,"乌拉!"①的欢呼
响遍四野,把一切淹没:
原来是三军望见了彼得。

他迅速地驰过队伍之前,
有如战神,愉快而又威严,
目光睨视着整个战场。
像是彼得翼下的一伙飞燕,
亲信和子弟拥簇在后面,
无论战事或政务的匆忙,
无论人世沧桑怎样变迁,
他们是他的同志,他的心腹——
有高贵的谢列美捷夫,
有布流斯,包尔,瑞蒲宁,②
还有那出身贫寒的幸运儿,
那统治半壁河山的将军。③

而另一方,在勇武的

---

① "乌拉"意即"万岁"。
② 这四个人都是彼得一世的重臣。——原版注
③ 指孟什可夫公爵,彼得的宠臣。——原版注

蓝色的队伍之前,
受伤的卡尔为亲信的仆从
担架着,露出苍白的脸:
他忍着伤痛,动也不动。
英雄和勇将跟在他后边。
他像在静静的沉思中,
不安的眼神流露了
内心的兴奋和激动。
好像使他心绪不宁的
正是这久已期待的战争……
突然,他把手微微扬起:
三军立刻向俄营进攻。

沙皇的大军在平原上,
在烟尘里和瑞典人相逢:
战事爆发。波尔塔瓦之役!
烈火把城头烧得通红,
幢幢的人影像移动的墙
前扑后起,一层层涌上
严整的刺刀。飞跃的骑兵
像密集的乌云,成队扑来:
军刀,马缰,一齐震鸣,
互相砍杀,从肩头劈为两半。
倒下的尸首层层累积,
而到处,炮火的流弹
在尸堆里跳跃,冲击,
翻起泥土,把血肉飞溅。
瑞典人,俄国人,在刺,杀,砍。
战鼓的声音,切嚓,叫喊,
大炮的隆隆,马嘶,呻吟,
地狱和死亡,混做了一团。

在鼓号的喧腾之间,
镇定的将领以智慧的眼
眺望着全盘的战场,
他们在注视战争的动向,
他们预测失败或者胜利,
并且彼此悄悄地商议。
但是,在俄国沙皇的身旁,
那是谁?那个白发的老将?
两个哥萨克扶在两侧,
心中的敌忾火一般炽热,
他以英雄老练的眼睛
望着战斗激烈的进行。
他再也不能在马上奔跑,
孤独的流放已使他衰老,
巴烈再也不能振臂一呼
把哥萨克从四方聚拢!
但是,为什么他目光闪闪?
为什么愤怒,像夜的暗影
笼罩着他苍老的容颜?
有什么使他如此激动?
可是因为透过战场的浓烟,
他看见了马赛蒲,他的仇人,
而却因为没有武器,
不得不痛恨自己的年龄?

马赛蒲也在默默沉思
望着战场;一群叛变的
哥萨克,站在他周围,
还有长老,亲信和卫队。
突然,砰的一枪。老人回身:

渥那罗斯基①的手中
还在握着冒烟的枪筒。
几步以外,一个哥萨克骑兵
受了枪伤,在血泊里卧倒;
他的汗湿的马,满身灰尘,
脱了缰绳,疯狂地飞跑,
霎时消失在燃烧的远方。
受伤的哥萨克抬起身形
两眼射出烁烁的凶光,
手执短刀,还要扑向督军。
老人站起来,正要发问,
但逼近的哥萨克已经
倒下,死了。他临死的容颜
还对俄国的敌人怒气冲冲;
他的脸色苍白,暗淡,
他的嘴唇还在轻微地颤动,
把玛丽亚的名字低低呼唤。

但是胜利已经一刻刻临近。
啊,歼灭!追击!瑞典人在败亡!
噢,光辉的时刻!光辉的景象!
再一次进攻,敌人在逃奔。②
骑兵飞快地尾随追踪,
利刃砍杀得已经迟钝,
尸体铺陈在无垠的草原

---

① 渥那罗斯基,马赛蒲之甥,雷列耶夫有诗一首,即以其名名之。波尔塔瓦战后,渥那罗斯基流亡德国,后为俄皇追回,全家流放于西伯利亚。
② 由于孟什可夫公爵的适当处置和行动,主力战的命运早经决定。战事未及两小时而胜负注定。因为(彼得大帝的日记中写道)"所向无敌的瑞典的大人们很快露出了自己的马脚,而敌军立即被我军全盘击溃。"嗣后,彼得因为孟什可夫公爵这一次的功绩,常常宽容他的过错。——普希金注

有如累累的黑色的蝗虫。

彼得在欢宴。他的目光
明亮,骄傲,流露着光荣。
他的皇家筵席美味而丰盛。
士兵的欢呼在外面轰响。
在自己的帐幕里,他邀请
手下的功臣,对方的将领;
他款待着著名的战俘,
对着战场上的老师
他举起酒杯为他们祝福。

但是,首席的贵宾哪里去了?
哪里是我们最严厉的先生?
波尔塔瓦胜利的英雄
已粉碎了他长期的毒计。
马赛蒲在哪里?恶棍在哪里?
犹大要上哪里去逃亡?
为什么瑞典国王不在这里?
为什么没把叛逆送上刑场?①

在寥廓的草原的荒路上
国王和督军并马飞奔,
命运把他们送上一条途径。
切身的危险和懊恼
使国王重又抖擞起精神。

---

① 俄皇满怀不欲掩饰的喜悦,在战地上接待一批批的俘虏,并且不断地问道:"我的卡尔仁兄在哪里?"……当他举杯说:"敬祝我战争艺术上的老师们健康!"林什立德问他,他以这样尊敬的称呼指什么人。沙皇答道:"你们,瑞典的将军们。""果然如此,"伯爵说,"陛下,您这样不客气地对待自己的老师,未免太忘恩负义了。"——普希金注,引自法文

他忘了痛楚的伤痕。
他低垂着头,只顾奔跑:
后面紧跟着俄国的追兵;
他的一群亲信和随员
落在远处,急急地跟踪。

老督军和国王一面前行,
一面睁大炯炯的眼睛
眺望着广阔无边的草原。
前面是一座田庄……突然——
为什么马赛蒲显得慌张?
为什么他要快马加鞭
从一条幽径绕过这地方?
可是这荒凉的院落,
这寂寥的花园和房舍,
这座朝向田野的大门,
可是这一切使他想起
久已忘却的一段衷情?
你破坏圣洁和纯贞的魔鬼!
你可还认识这所院落,
这座房子,以前充满了欢乐?
在这里,幸福的家庭,
你常常是座上的宾客,
酒喝得半醉,谈笑风生。
你是否还认识淑静的女郎
曾经独处的幽寂的闺房?
还有这花园,在夜里,你带她
走向草原……你可能遗忘!

夜的暗影笼罩着荒原。
在蓝色的第聂伯河岸,

俄罗斯和彼得的残敌
在岩石间轻轻地将息。
睡眠给英雄带来了平静,
他暂时忘了波尔塔瓦的创痛。
但马赛蒲的梦却扑朔迷离,
他忧郁的心得不到安宁。
而突然,在万籁俱寂的夜里,
一个声音呼唤他。他睁眼
张望:有谁静默地弯下身形
用手指点在他的额前。
他像在刀斧下,打着寒噤……
他看见一个人,披头散发,
站在皎洁的月光之下。
苍白,憔悴,破烂的衣裳,
深陷的眼睛闪闪发光……
"这是梦……是你……玛丽亚?"

玛丽亚

啊,静些,静些,朋友!……如今
父亲母亲都闭了眼……
等一等……他们会听见我们。

马赛蒲

玛丽亚!可怜的玛丽亚!
醒一醒!天哪!……你怎么了?

玛丽亚

你听,这是多么狡猾!
他们传说怎样的笑话?
她偷偷地跑来告诉我,
说我可怜的父亲已经死了,

她还悄悄地拿给我
一颗鬓白的人头——天哪!
我们怎样逃避人世的诅咒?
想想看:这一颗人头
可不是人的,完全不是:
而是狼面——怎样的货色!
她竟然拿这东西来骗我!
她竟来恫吓我,多不害羞?
为了什么? 难道我就不敢
和你今天一块儿逃走!
这怎么可能?

     听着这些话,
无情的情人万感交集。
但她的思想却在旋风里。
"然而,我记得——她接着说,——
那田野……那喧闹的节期……
那一群人……僵冷的尸体……
那一天是母亲把我带去……
但你在哪里?……我为什么
和你分开,在黑夜里流离?
我们快回家吧……天已幽暗。
啊呀,真是,我的心头
七上八下,过于烦乱:
我竟把你这个老头
看做别人。走开吧,让我安静。
你在嘲笑我,你的眼睛
多么可怕。你丑,他美丽:
他的眼里流露着爱情,
他的话有多少柔情、蜜意!
他的胡须比雪还白净,
可是你的啊,挂着血迹!……"

她说完,尖声地狂笑,
她的脚步比羚羊还轻:
一跳,一跳,向前奔跑,
随即在夜的幽暗里消隐。

夜影稀疏了。东方发红。
哥萨克点起了篝火。
火焰熊熊地煮着麦芽;
骑兵们沿着第聂伯河
饮着他们憩息的战马。
卡尔醒来。"啊,是时候了!
起来吧,马赛蒲。天亮了。"
但督军早就没有睡意,
他的胸口感到窒息;
痛苦啃啮着他的心。
他上了马鞍,一声不响,
随着瑞典国君一起逃奔,
他的眼里闪着可怕的光芒,
就这样告别了祖国的边疆。

百年过去了。这些英雄
怀着如此的意志和热情,
骄狂,有力,留下了什么呢?
他们那一代已经逝去——
他们的胜利、血斑和苦辛,
也随着消失,没一点痕迹。
只有在北国,人民的心
还记着战争和历史的命运,
只有你,波尔塔瓦的英雄,
还留下伟大的铭记,受人崇敬。

在本节雷,一列飞旋的风车①
像是平静的藩篱,环绕着
这荒凉而颓残的城堡,
这儿,在战士的坟墓旁边
长角的水牛随地吃草,
只有残破的亭台遗迹
和长满青苔的三层石级,
虽然已深深陷入地下,
还在诉说瑞典王的事迹。
就从这里,这狂傲的英雄②
独自率领简便的仆从,
击退了土耳其大军的抄袭,
随即抛下宝剑,束手就擒。
这里,惆怅的游人徒来凭吊:
督军的坟墓已无处寻找,③
马赛蒲早已为人忘记,
只有年年的宗教大会
直到如今,举行隆重的祀礼,
还在高声诅咒他的恶名。
但是,两个殉难者的尸灰
却在墓中妥善地保存,
一座肃穆高耸的教堂,
荫蔽着古朴庄严的英坟。④
在吉甘卡,友人种了一列树,

---

① 本节雷是比萨拉比亚的城市,当时属土耳其。卡尔于波尔塔瓦战役失败后,居留于此。他曾拟怂恿土耳其与俄国交兵,不果,土军反将其本节雷的营地包围。卡尔率领少数仆从,一度击退土耳其和鞑靼大军的进攻,但终于因寡不敌众而被俘。
② 指卡尔。
③ 马赛蒲于战败后迅即死于本节雷,以后为其甥葬于今罗马尼亚之卡拉兹城。
④ 伊斯克拉和高楚贝的无头尸身由家属领回,葬于基辅修道院中。——普希金注

古老的橡树每年都盛开,
那花朵像是对后人申诉
他们祖先身受的灾害。
然而,关于罪孽的女儿……
却没有传说。她的苦难,
她的乖戾的命运和下落,
却有一层穿不透的幽暗
和世人相隔。偶尔有时候
乌克兰的盲目的歌手
在村落里,向一群乡民
还弹唱着督军的歌曲,
而顺便,也许把罪过的少女
向着哥萨克姑娘提一提。

《波尔塔瓦》题注

  本诗于一八二八年四月五日写起,以后搁置了很长时间。全诗约在三个星期内写成。第一章成于同年十月三日;第二章,十月九日;第三章,十月十六日。《献辞》成于十月二十七日。题词的三行,是从拜伦的《马赛蒲》长诗中摘取下来的。
  普希金提到写作本诗的缘起时说:"初读(雷列耶夫的叙事诗《渥那罗斯基》)如下的诗行:

   ……受难的高楚贝的妻子

   和被他诱惑的女儿,——

  "我感到惊异:诗人何以竟能写出这样恐怖的场面。但这整个的题材多么令人憎恶!没有一丝善良而和蔼的情绪,没有一些可以令人欢娱的色泽!蛊惑,敌意,背叛,狡狯,小气,狠毒……强烈的个性,深刻的悲剧的阴影笼罩着这恐怖的一切——是这些引起了我的兴趣。我用了十几天工夫把《波尔塔瓦》写完了,若是再久一点,我会写不下去的,甚至可能把它整个毁掉。"

塔 济 特 （1829—1830）

不是为了闲谈和行乐，
不是为了作战的商议，
不是为了结拜前的盘问，
不是为了强盗的嬉戏，
一大清早，一群阿杰赫人①
聚会在卡苏布的院子里。
呵，卡苏布老头儿的儿子
在塔塔尔图布的荒墟附近，②
意外地碰到嫉恨他的人，
就在那里断送了性命。
他的尸体搁在茅屋中，
埋葬的仪式正在进行，
阿訇③们唱着悲哀的歌。
在忧伤的茅屋前面
停下了套好牛的大车。
院子里挤得水泄不通。
客人嚎哭着，发出哀音，
并且捶打披甲的前胸；
马儿呢，听着这不像战斗的
喧嚷，也在迷惘地骚动。
人们等着。终于，从茅屋里

---

① 切尔克斯人的宗族的名称。
② 切尔克斯人遇人追捕时用于躲避的安全的地方。
③ 伊斯兰教教士的中国称呼。

老父亲夹在妻子当中
走了出来。他后面两个诸侯①,
用栗色马驮出冰冷的尸身。
人群接着往两旁退让,
人们把尸体放在牛车上,
又在周围放了许多武器:
弓和箭筒,上膛的火绳枪,
还有格鲁吉亚的短剑,
还有军刀上的十字钢,
这一切都为了使勇士
在坚固的墓里静静安息,
只要是阿兹拉伊②登高一呼,
武装的战士就立刻跃起。

　　丧仪的行列准备上路了,
牛车在移动。阿杰赫人
严肃地跟在牛车后面,
默默遮着马扬起的灰尘……
等到落日的暗淡的火焰
把岩壁映得金光闪闪,
那牛车才默默地来到
一个山谷:骑马的青年人
就在这儿被敌人击倒,
在这儿,寒冷的坟墓的阴影
如今盖着他沉默的尸身……

　　尸体被土地承接下来了。
墓穴被填平。人们站在墓前

---

① 原字为山中君王的"附庸""诸侯"之意。
② 伊斯兰教传说中的死亡天使。

做了他们最后的祷告。
这时候,突然从山中来了
一个老人和一个健美的少年。
人们让他们走到跟前,
老人对着悲伤的父亲
严肃地、镇静地说:
"可记得十三年前,你去到
一个陌生人的茅舍,寄托了
一个稚弱的婴儿给我。
你嘱咐我把他培养成
一个勇敢的车奇尼亚人。
今天,你把一个早死的儿子
埋葬入土了。呵,卡苏布,
听从命运的旨意吧,
我给你带来了另外一个。
这就是他了。你看他那
雄壮的肩膀,正好靠着
你的头,正好用他来补偿
你的损失,至于我的辛劳
我不必自夸你也会知道。"

  他说完,卡苏布把少年
匆匆看了一眼。塔济特
动也不动,站在他面前,
默默无言地低垂着头。
悲伤的卡苏布打量一番,
忍不住透出心中的爱意,
便热烈地把他抱在怀里。
以后他又拥抱了老先生,
向他致谢,并且把他请到
自己的家中,他要和友人

为他举行三天三夜的宴饮,
以后再用礼物和祝福
把老师好好地送上归程。
因为,悲哀的父亲心里想:
他给了我多么珍贵的礼品——
一个忠实可靠的心腹,
一个有力的复仇的人。

*

  多少天过去了。卡苏布的
内心的悲伤逐渐平息,
但是,塔济特仍旧保存
以前的野性,在自家的
茅舍里,他却像是外人,
他沉默着,整天在深山中,
独自游荡,就像捉来的小鹿
总是爱去荒野和森林。
他喜欢攀登陡峭的岩壁,
在矽石的山径小道爬行,
倾听着暴风雨的喧响
和那深渊里嘶吼的波浪。
有时候,直到夜深,
他沉郁地坐在山顶上,
用手支着头,动也不动,
两眼一直眺望着远方。
是什么思想从他心上掠过?
他的愿望究竟是什么?
从这山谷的世界,青春的梦
托着他,究竟要飘到哪里?……
怎么能知道?心灵的底层
是那么幽深,那么迷离。
在幻想中,少年是那么任性,

像天空中的风……
　　　　　　但父亲
对于塔济特却渐渐不满。
他暗想："哪里是教育的果实？
哪里有敏捷、机智和勇敢，
那狡猾的智慧和膂力？
我看他只有不驯和懒惰。
也许，我没有把儿子看透，
也许是老先生欺骗了我。"
　　　　　＊
　　塔济特从家中的马群里
选择了一匹他最爱的马，
有两整天，他不在茅屋，
第三天他才回到了家。

父　亲

儿呀，哪儿去啦？

儿　子

　　到一个峡谷，
临河的山崖在那里凿开，
是一条通到达里雅尔的路。

父　亲

你干些什么？

儿　子

　　听捷列克的水声。

父　亲

你没有瞧见格鲁吉亚人

或者俄国人?

儿　子

我只看见了
运货的亚美尼亚商人。

父　亲

可有兵跟着?

儿　子

没有,只他一个。

父　亲

为什么你不从悬崖突地
跳下,给他意外的袭击?

切尔克斯的儿子没有回答,
只把眼睛默默地垂下。

*

塔济特又给马儿上了鞍,
两天两夜都没有踪迹,
到第三天他回到家里。

父　亲

哪儿去啦?

儿　子

到了白山后。

父　亲

碰见谁啦?

儿　子

　　我在山头
看见我们那逃走的奴隶。

        父　亲

呀,慈悲的老天!他在哪里?
你难道没有用绳索套住
那个逃亡的人,把他拖回?

　　　塔济特又低低垂下了头。
卡苏布默默地皱了皱眉,
但很快就捺下心头的怒火。
他想道:"算了,无论怎样
他也不能代替他的哥哥。
我的塔济特原没有学会
用刀剑去把金银劫夺。
我不能盼望他的漫游
给我添来马匹,或者牲口。
他只知懒懒地、平和地
听着波浪,看天上的星星;
他不会在一场袭击中
劫夺马匹和诺盖①的牛,
也不会把战斗掳来的奴隶
载满安纳普河上的小舟。"
                    *
　　　塔济特又给马儿上了鞍。
两天两夜不见他的踪迹。
到了第三天,他脸色苍白

---

① 土耳其语系的一个民族,居住在阿斯特拉罕及斯达维罗波里边区。

像个死人,又回到家里。
父亲看见他,便问道:
"你上哪去啦?"

    儿 子

  我去到库班
那个靠近树林边的村庄。

    父 亲

看见了谁?

    儿 子

看见了仇人。

    父 亲

谁?谁?

    儿 子

  杀死我哥哥的人。

    父 亲

杀死我儿子的人!……
来呀!……哪里是他的头颅?
塔济特!……我要他的头颅。
让我好好看一看!

    儿 子

   那凶手
孤单单,浑身是伤,没有武器……

父 亲

你居然没有忘了血仇！……
你一定把他掼倒在地，
又拿钢刀插进他的咽喉，
在里面静静地转了三周，
你尽在欣赏他的呻吟，
和那蛇蝎的最后的呼吸……
给我吧……他的头在哪里？……
我没力气了……

　　但儿子
却默默无言，眼神黯淡。
卡苏布立刻沉下了脸，
对儿子嘶喊，充满了怒火：

　　"滚开吧——你不是我的儿子，
你不是车奇尼亚人——你是老太婆，
你是亚美尼亚人，胆小的奴才！
我诅咒你！滚开吧，别让人
笑话我有个懦弱的后代，
去去，去等待那可怕的会面：
让你死去的哥哥骑在
你的肩上，像一只血淋淋的猫，
让他无情地把你赶到深渊，
你呀，就像受伤的鹿一样奔跑，
满心是懊恼，得不到慰安，
让俄罗斯乡下的孩子们
用绳索把你的头套上，
狠狠撕裂你，像撕一只小狼，
呸，滚吧，滚吧……快点滚开，

别在这里冒犯我的眼!"
说完,老人就躺在地上,
闭了眼睛,一直躺到夜晚。
等他起来时,皎洁的明月
已经升上蔚蓝的天穹,
把山顶照得银光闪闪。
他接连叫了塔济特三声,
然而却没有一个人回应……

    *

  深山峡谷里的居民
在山坪上热闹地聚集——
于是开始了日常的游戏。
车奇尼亚族的青年们骑着马
在灰尘中飞快地奔驰,
不是用箭把帽子射穿,
就是把叠起三层的毛毡
用利剑一下子劈开。
一会儿,他们一起摔跤,
一会儿急速地、快乐地舞蹈。
妇人和少女在一旁歌唱,
歌声在林中远远地回荡。
但是,在这些青年中间,
有一个人没有骑马贪玩:
他既不沿着山涧飞奔,
也没有用响亮的弓瞄准。
而在少女之中,也有个人
悒郁而苍白,默默无言。
他们显然是奇特的一对,
站在人群里,什么也不看。
悲哀是他们的份儿:他是被逐的
儿子,而她呢——他的情人……

呵,有过一个时候!这青年
和她偷偷地在山里相会。
那时候,从她简短的话声,
从她慌张和下垂的眼睛,
他饮下了甘美的毒焰。
那时候,跨着自家的门槛,
她也许和一个快活的女伴
一面谈话,一面望着大道,
却突然脸色苍白,坐下了,
虽然答话,却不敢抬眼,
两颊像朝霞一样燃烧;
也有时候,她站在河边,
手里拿着金属的高水罐
正把从深山顶上流下的
潺潺的水波慢慢盛满。
他呀,再也不能够抑制
内心的激动:有一天
他去到她爸爸的跟前,
把他拉开说:"你的女儿
我一直爱着。我为了她
孤单单地一个人苦闷。
你就成全我这爱情吧。
我虽然穷,可是有力、年轻。
我很会做活儿。我能把
干瘪的饥饿赶出门外。
我会当你的儿子和朋友,
对你忠实、俯顺、尽心照顾。
和你的儿子结为兄弟,
做你女儿的忠实的丈夫。"

《塔济特》题注

本诗写作期间在一八二九年底和一八三○年初,当普希金在高加索和外高加索一带的旅行还给他留下新鲜印象的时候。篇首的葬仪描写是根据诗人所见到的奥赛丁人(高加索的民族)的葬礼。他在《阿尔兹鲁姆游记》中提到过这件事。在返回彼亚及果尔斯克旅途中,普希金结识了一个名叫诺格莫夫的卡巴尔德人,从他那里知道了阿杰赫人(更精确地说——阿巴杰赫人)的风俗:如把儿子交给外人寄养,报血仇等。本诗没有写完,原稿有如下的计划:

I

葬仪。卡巴尔德人和小儿子,一日——牡鹿——驿车,格鲁吉亚商人。二日——鹰,哥萨克。三日——父亲赶走他。青年和僧人。爱情——被拒绝。战斗——僧人。

II

1. 葬仪。
2. 三天。信奉基督教的切尔克斯人。
3. 商人。
4. 奴隶。
5. 凶手。
6. 驱逐。
7. 爱情。
8. 求婚。
9. 拒绝。
10. 传教士。
11. 战争。
12. 会战。
13. 死。
14. 结语。

在第二个计划的十四项中,写成诗的只有八项。

在普希金的稿本中,还有根据第九项写出的一些片段——描写了塔济特爱人的父亲如何拒绝把女儿嫁给他。片段如下:

然而,阴沉的老人带着
敌意的成见听他讲话,
他摇摇苍白的头,挥挥手,
这下面就是他的回答:
"谁要是不敢加入战斗,
谁要是体力弱,脑筋迟钝,
谁要是不会替哥哥复仇,
谁要是对奴隶都胆怯,
就会受到父亲的驱逐和诅咒……"

"你自己明白,只有疯子
才肯把爱女嫁给他!
你是在迷惑我的神志,
你不是瞎扯,就是说笑话。
去吧,给我一点安静。"
这严酷的谴责深深地
割裂着年轻人的心。
塔济特去了——从这时起
他跟谁也不言不语,
这不幸的人儿再也没有
把目光投向山中的少女。

然而,这被驱逐的儿子
也没有回到父亲的门庭。
夜消逝了——又是白日,
朦胧的黄昏
下面还有几句诗讲到被众人弃绝的塔济特是多么孤独。
　　　　　在山中
他像羚羊似的跳过深渊,
　忽而又——
　　静止地坐下,孤独的
他

　　本诗在诗人死后初发表于一八三七年的《当代人》杂志上,用的题名是《加鲁伯》(普希金的原稿上没有题目),原因是茹科夫斯基把塔济特父亲的名字加苏伯误读作加鲁伯了。苏联出版的《普希金文集》将本诗名改为《塔济特》。

科隆纳一人家 （1830）

1

四步抑扬格已经使我厌倦了：
谁都在写它。似乎这种习作
可以留给孩子们去琢磨、玩耍。
很早以前,我就想试试八行格。
真的：八行格里的三重韵脚
大概我可以掌握。看,我开始得
多好！凑韵对我简直易如反掌,
两个韵来了,第三韵也随着押上。

2

为了使韵路广阔,押起来容易,
我不计较把动词放在行末……
您知道：我们本来不太喜欢
用动词押韵。可是,究竟为什么？
虔敬的席玛托夫①就不避讳它,
而我呢,我多半也要这样写作。
有什么关系？我们已经够贫乏,
我将用动词押韵,添一些变化。

---

① 席玛托夫,俄国人。他在一八三〇年削发为僧。

3

我不会当它是不中用的老马,
或者把它看做有残疾的壮丁
傲然予以舍弃。我还要招募
副词和连接词:你必须收容
流氓和坏蛋,才能组织一支大军。
我需要韵;因此,一切对我都有用
甚至整部字典。音节就像大兵的行列
谁来都一样:我们绝不是在检阅。

4

喂,来呵,阴性和阳性的音节!
求老天赐福,我们试一试:注意!
看齐啦,迈出你们的脚步,
三个一排,在八行格里走去!
不要害怕:我们不会太严格:
放自然些,只要你们别犯规矩。
谢谢天,我们已经逐渐熟习,
我们就会在平坦的大路上驰驱。

5

多么快意:率领着自己的诗行
一列又一列,按着编号整齐行进,
我不让有谁离队,独自徜徉,
就像怕被零星歼灭的大军!
看哪,每个音调都光荣地合拍,
每一行都把自己看成了英雄,

而写诗的呢……他可以比做什么人?
他不是帖木儿①,就是个拿破仑

6

说到这里,让我们休息一下。
怎么?是停止,还是排双行行进?……
我想您已看出:每行诗有五步,
而我总喜欢在第二步停顿。
除此以外,我的诗行却坎坷不平,
我很想在安乐椅上养一养神。
呵,好像我坐了一辆颠簸的大车
一直在冻结的田野里疾驰而过。

7

算了。这有什么不得了?人不能
永远在涅瓦河的大理石岸
舒适地散步,或者擦着舞会的
镶花地板,或者驰越吉尔吉斯草原。
还是让我迈着小步,一点点地
彳亍而行,走过一站又一站。
我要仿效那传说中骑快马的人,
一口气从莫斯科骑到涅瓦河滨。

8

我是说:快马!就是帕纳斯山上的

---

① 帖木儿,传说是成吉思汗的后裔,自称为大可汗,曾在土耳其斯坦、西伯利亚、波斯及印度建立了广大的恐怖统治。

飞跃的神马,也都不能追过它。
但彼加斯①已经老掉了牙,它发掘的
水泉也干涸了。帕纳斯长满了荨麻。
菲伯②已经退休了,缪斯成了老太婆,
她们小小的圆舞也不再使人惊讶。
于是,我们离开了古典主义的峰顶,
终于来到卖破烂的市集上宿营。

9

请坐吧,缪斯;把手放在袖口里,
脚放在凳下!别动转,顽皮的姑娘!
现在我们就开始故事的叙述。
八年以前,靠近波克洛夫教堂,
住着一个贫寒的老寡妇,和一个
年青女儿。她们简陋的小小住房
就在警岗后面。呵,那明亮的房间,
三个窗户,台阶,——还依稀在我目前。

10

三天以前,傍近黄昏的时候,
我和一个朋友偶尔到那里游览。
在那里,我看到了一幢三层高楼,
而原有的小房子却已不见。
我立刻想起了老妇人和那姑娘:
以往,她们常常地坐在窗前,

---

① 彼加斯,神话中有翼的马,为缪斯所喜爱,它的脚踢出了赫利孔山下的一条泉水,即希波克林灵感之泉。
② 菲伯,太阳神,诗及音乐的保护者。

我还想起我年轻的那一段时光,
唉,她们可还活着?——究竟怎么样?

11

我想得很沉郁;我斜着眼睛
把高楼看了看。这时候,我承认,
假如有一场大火从它周围烧起,
那场大火才会消解我的嫉恨,
愉悦我的眼睛。请原谅,我们常常
想些怪想。很多废话,荒诞不经,
无论是你独自,还是和朋友闲谈,
都会在我们脑中不自觉地出现。

12

这样的人有福了,假如他能够
把思想的缰绳勒住,把语言
管得很紧:他能够把爬行的蛇
立刻扼死,让心灵沉沉睡眠;
但是,只要你有一阵絮叨不休,
就会被看做魔鬼,恶名哄传……
呀,我忘了,医生不准我生闷气:
就此打住,——请原谅我话离本题!

13

老寡妇(在兰勃兰特①的油画上
我多少次看到她那种面孔)

---

① 兰勃兰特,十七世纪荷兰名画家。

戴着老花眼镜,头上裹着头巾。
但她的女儿可真美丽动人:
那一对眼睛和眉毛,墨一般黑,
人却和小鸽子一样洁白、温顺;
她的喜好都很高尚、斯文,
而且还读过艾敏①的作品。

14

她还会弹奏六弦琴,有时候
也唱一唱:"蓝色的小鸽子在呻吟"
和"我是否要出去"②,以及其他:
凡是俄国的少女,在冬天的黄昏
坐在炉火边,或者在枯索的秋天
对着茶炊,或者游经春日的树林
所早已歌唱的那忧郁的调子:
呵,悒郁的歌女,我们的缪斯!

15

无论是当作比喻,或就事实说:
我们的大家族——从马车夫直到
第一流诗人都忧郁地歌唱。
我们显著的特征是:悲凄的号叫,
这就是俄罗斯的歌!我们往往
先欢喜一阵,然后以忧伤终了。
悲哀鼓动我们缪斯和少女的风琴。
然而,她们幽怨的调子却很动人。

---

① 艾敏,俄国十八世纪的警世小说家,当时颇为风行。
② 这两支歌都是当时流行的歌曲,是根据德米特里耶夫的词谱成的。

16

巴娜莎(这是那小妞儿的名字)
她能织能缝,能洗刷和烫平衣服;
所有的家务都由她一个人
管理,并且要清算每天的账目。
荞麦粥也必须由她亲自煮好
(这件重要的工作,有个老厨妇
好心的费克拉帮着她执行,
虽然她的听觉和嗅觉早已不灵)。

17

这一家的老妈妈常常地,
坐在窗前;白天拿袜子缝补,
到晚上就坐在小桌子前面
把纸牌摊开,慢慢地占卜。
这期间,女儿忽而跑到窗前,
忽而院中,跑遍房子的每一处。
街上有谁坐着车子,有谁步行,
她都一一看到(呵,敏锐的女性!)

18

每到冬天,百叶窗很早就关上;
但是在夏季,直到入夜以前
房子到处都敞着。在窗口,
苍白的狄安娜和少女面对面
久久地望着。(仿佛有谁规定:
没一篇小说不提到这一点!)

常常的,老母亲很早就在打鼾,
而女儿呢,还是对着月亮观看。

19

一面听着从顶楼传来的
妙妙的猫叫(不雅的幽会的暗号!),
和远远的警卫的喝喊,和时钟
得得地响。此外,一切静悄悄。
夏夜笼罩着安详的科隆那
是那么寂静。偶尔从邻家闪过了
一对人影。倦慵的少女可以听到
她的心在鼓胀的布衫里怦怦地跳。

20

每到礼拜日,无论夏天或冬天,
老妇人都必带着女儿前往
波克洛夫教堂,她总是站在
人们的前列,在教堂的左厢。
现在,我已经不住在那一带了,
可是我的梦魂还忠实地飞向
科隆那,飞到波克洛夫——在礼拜日
我爱在那里听俄国人的祈祷仪式。

21

我记得,有个伯爵夫人[①]常常地

---

① 指斯托洛依斯卡娅伯爵夫人,她为了挽救破产的家庭,十八岁时嫁给了一个七十岁的富翁。

去到那里……(我忘了应该怎样
照规矩称呼)她有钱,又年轻,
她总是喧哗而堂皇地走进教堂,
祈祷也很骄傲(这件事她也如
此!)。
我往往(真是罪过!)向右边张望,
总是望着她。巴娜莎在她之前——
唉,可怜的人儿仿佛就更为可怜。

22

有时候,伯爵夫人也会在无意中
把自己高傲的目光投在她身上。
然而,她却在静静地一心祈祷,
好像并没有为这一眼感到张皇。
人们会看到她是那么谦卑,温顺;
而伯爵夫人却在注意时装,
她不是察看装束,就是想着自己,
想着她那高傲而严峻的美丽。

23

她简直像是无尽的虚荣的
冷冷的化身:您一看就会同意。
但在她骄傲的外表下,我读到了
另一个故事:那是长期的忧郁,
怨诉的抑制……我看到了这些,
是这些引起了我不自觉的注意……
自然,伯爵夫人并不理解这一点,
一定把我也记到了她俘虏的名单。

24

她受着痛苦的折磨,尽管她貌美
而且年轻,尽管她的生活在奢华
安适中度过,而且富贵的女神
也在她的主宰下;尽管时尚对她
不断地阿谀——她是不快乐的。
我的单纯而善良的巴娜莎——
您新结识的女角,亲爱的读者,
却比伯爵夫人一百倍的快乐。

25

她的发辫挽在牛角梳子上,
浅黄色的鬈发盘绕在耳边,
胸前交叉着蝴蝶形的领结,
纤细的颈上挂着蜡制的项链——
朴素的衣饰!但是黑髭须的
近卫军人却总在她窗下流连;
少女虽然没有华贵的衣服
却也能把一群小伙子迷住。

26

在他们之中,有谁最称她的心?
或者还是她对所有这些人
都一样冷淡?我们以后就会知道。
而暂时,她的生活却很平静,
她从没有想到盛大的舞会,
想到巴黎的生活,或者宫廷

（虽然她的堂姐维拉·伊凡诺夫娜
嫁给宫廷侍役①就在皇宫附近住家）。

27

而突然,她们家里发生了不幸:
那个年老的厨娘出去洗一次澡
回来受了寒,就病了。尽管她们
用茶,用酒,用醋,用薄荷膏药
给她医治,在圣诞节的前夜
她一命呜呼。她们和厨娘永别了。
当天就来了些人料理后事,
并且把棺材运到奥赫达②去。

28

一家人都感到惋惜,尤其是
猫咪瓦西嘉。我们的老寡妇
过一会想:两三天——可不能更久,
没有厨娘倒也可以应付;
不能让伙食听命于天呵,于是她
喊道:"巴娜莎!""我吗!""何处
可以找到厨娘?打听一下邻居:
有谁知道?找便宜的可很不容易。"

29

"我知道,妈妈。"她立刻裹紧外衣

---

① 原诗指明为霍夫·符利叶尔,宫廷侍役。
② 奥赫达,彼得堡近郊,有奥赫金墓园。

出了门。(那是个严寒的冬天,
雪地沙沙地响,蓝色的天空
澄澈的缀满了星星,冰霜闪闪。)
老母亲等着巴娜莎,等了很久,
瞌睡使她垂了头,直到很晚
巴娜莎才悄悄地走进住房
向她说:"看吧,我给带来了厨娘。"

30

紧紧跟在她后面,羞答答的
闪出一个身材高高的姑娘,
却并不难看,穿着漂亮的短裙,
向老太婆低低一躬,就躲藏
在屋子一角,整理她的围裙。
"要多少工钱呢?"老太婆问姑娘。
"多少都可以,随你的便,"
姑娘答得谦恭而且自然。

31

老太婆对这回答很是高兴。
"叫什么名字?""玛芙拉。""哦,玛芙拉,
和我们住在一起吧;你年轻,
我的天;别找男人!去世的费克拉
给我当厨娘整整当了十年,
可一直严守妇道,从没有错差。
你只要照顾我,照顾我的姑娘,
勤勤谨谨的,千万不要报花账!"

32

一天,两天过去了。这个新厨娘
简直没有脑筋:不是菜煮得太烂,
就是烤焦了东西;要不就把器皿
整个掉在地;总是放了太多的盐;
坐下缝缝衣服吧——不会拿针,
说她两句吧——她默默无言;
无论什么事情她弄得乌糟,
巴娜莎直发抖,却也无法管得好。

33

礼拜天的早晨,母亲和女儿
都去教堂做弥撒,只剩下了
玛芙拉在家里。您看:她一整夜
都闹牙痛,简直痛得要死掉;
而且,还有肉桂需要她捣碎,
她还想把甜点心全部烤好——
因此,她留在家里。可是老母亲
在教堂里突然打了个寒噤。

34

她心想:"那狡猾的玛芙鲁霞①
为什么对糕点这么热心?
真的,这烤点心的多像个骗子!
她可是想给我们席卷一空

---

① 玛芙鲁霞是玛芙拉的亲昵的称呼。

然后就逃跑？我们可还打扮起来
出来玩耍哩！呵呀，多么怕人！"
老妇人这样想着，几乎要晕倒，
终于忍无可忍，对女儿说道：

35

"你待着吧，巴娜莎。我要回家，
有点事情我心惊。"女儿不清楚
是什么使她心惊。我的老婆婆
飞快地，几乎从教堂滚跌而出；
她的心急跳着，像面临着灾祸。
她到了家，来到厨房——但厨妇
却不在。她又跑到自己的房间，
怎么啦？天哪！多可怕的发现！

36

在巴娜莎的小镜子前面，厨娘
正静静坐着刮胡须。"呵呀，呵呀，"
怎么？老太婆扑通一声栽倒。
厨娘正把肥皂涂满了面颊，
看见了老太婆，便慌慌张张
（也不顾寡妇的尊严）越过了她
一直奔向门口，跳下石级，
用手遮着皂沫的脸，向前跑去。

37

弥撒做完了，巴娜莎回了家。
"妈妈，怎么了？""呵，我的巴娜莎！

玛芙拉……""她怎么啦?""我们的厨娘……
直到现在我都不敢回想一下……
对着小镜子……涂满肥皂……"
"真的,我简直不明白,请您说吧,
玛芙拉在哪里?""呸! 她是个盗徒!
她在刮胡子……就像我去世的丈夫!"

38

我无法告诉您,究竟巴娜莎
脸红了没有;不过自从那一天
玛芙拉就不见了——无影无踪!
她走了,并没有拿一文工钱,
自然,也没有分担严重的后果。
在漂亮的妞儿和老婆婆跟前
是谁接替了玛芙拉? 坦白地说;
我不知道,而且要赶快结束。

39

"怎么! 难道这就完了? 你开玩笑!"
"确系如此。""八行格也不过落到
这种地步! 您又何必鼓号喧天
纠集起大队人马,向人炫耀?
您所选的格式倒很令人羡慕,
但可否采用另一种材料?
难道您的故事一点训诫也没有?"
"也有也没有:请您稍稍等候……

40

"这就是给您的训诫:以我看来,
不花钱雇用厨娘的确很危险;
谁要是生为男子,他穿着女裙
去谈生意,总归奇特而且枉然:
因为总要有个时候,他必须
刮自己的胡须——这件事,自然,
不合乎女人天性……再多就没有:
请别在我的故事里拚命推求。"

《科隆纳一家人》题注

  本诗是一八三〇年十月普希金住在波尔金诺村时用五六天工夫写成的。它以彼得堡郊区平民的日常生活为主题,正是对当时反动刊物的一个有力的答复,因为自普希金从俄土战争(一八二九年)的前线归来后,那些刊物便想使普希金为官方的题材服务,要他写一种有道德"训诫"的、合乎官方爱国精神的作品。而这篇作品却不如此。

  这首诗在格式上和普希金以前所写的叙事诗不同。它采用了一种新形式,既是以八行为一节的八行格,每一行为抑扬的五步。

  初发表于一八三三年《新村》杂志上。当时大多数的批评家对它都不理解,但果戈理和别林斯基立即予以良好的反应。

  科隆纳是彼得堡的一个郊区,主要是劳苦市民的住宅区。普希金在中学毕业及流放以前的一段期间,曾经住在科隆纳波克洛夫教堂附近,因此对这个地区是很熟悉的。

青铜骑士 （1833）

——彼得堡的故事

前记：这篇故事所叙述的事件是以事实为根据的。洪水泛滥的详情引自当时报刊的记载。好奇的读者可以参看 B. H. 伯尔赫的记事，便知其详。①

——普希金

楔 子

那里，在寥廓的海波之旁
他站着，充满了伟大的思想，
向远方凝视。在他前面
河水广阔地奔流；独木船
在波涛上摇荡，凄凉而孤单。
在铺满青苔的潮湿的岸沿，
黝黑的茅屋东一处，西一处，
贫苦的芬兰人在那里栖身。
太阳躲进了一片浓雾。
从没有见过阳光的森林
在四周喧哗。
 　　　　　而他想道：
我们就要从这里威胁瑞典。
在这里就要建立起城堡，
使傲慢的邻邦感到难堪。

---

① 彼得堡在一八二四年十一月为洪水淹没。伯尔赫于一八二六年发表《彼得堡水灾详情》一文。

大自然在这里设好了窗口,
我们打开它便通向欧洲。①
就在海边,我们要站稳脚步。
各国的船帆将要来汇集,
在这新的海程上游历,
而我们将在海空里欢舞。

一百年过去了,年轻的城
成了北国的明珠和奇迹,
从幽暗的树林,从沼泽中,
它把灿烂的,傲岸的头高耸;
这里原只有芬兰的渔民,
像是自然的继子,郁郁寡欢,
孤单的,靠近低湿的河岸
把他那破旧的鱼网投进
幽深莫测的水里。可是如今
海岸上却充满了生气,
匀称整齐的宫殿和高阁
拥聚在一起,成群的
大船,从世界每个角落
奔向这豪富的港口停泊。
涅瓦河披上大理石的外衣,
高大的桥梁横跨过水波,
河心的小岛遮遮掩掩,
遮进了一片浓绿的花园,
而在这年轻的都城旁边
古老的莫斯科日趋暗淡,
有如寡居的太后站在
刚刚加冕的女皇前面。

---

① 阿尔加洛蒂说过,"彼得堡是俄罗斯通往西欧的门户"。——普希金注

我爱你,彼得兴建的城,
我爱你严肃整齐的面容,
涅瓦河的水流多么庄严,
大理石铺在它的两岸;
我爱你铁栏杆的花纹,
你沉思的没有月光的夜晚,
那透明而又闪耀的幽暗。
常常,我独自坐在屋子里,
不用点灯,写作或读书,
我清楚地看见条条街路
在静静地安睡。我看见
海军部的塔尖多么明亮。
在金光灿烂的天空,当黑夜
还来不及把帷幕拉上,
曙光却已一线接着一线,
让黑夜只停留半个钟点。
我爱你的冷酷的冬天,
你的冰霜和凝结的空气,
多少雪橇奔驰在涅瓦河边,
少女的脸比玫瑰更为艳丽;
还有舞会的笑闹和窃窃私语,
单身汉在深夜的豪饮狂欢,
酒杯冒着泡沫,咝咝地响,
潘趣酒①流着蓝色的火焰。
我爱你的战神的操场
青年军人的英武的演习,
步兵和骑兵列阵成行,
单调中另有一种壮丽。

---

① 潘趣酒是一种混合着苏打水、酒、柠檬、香料和糖的饮料。

呵,在栉比的行列中,飘扬着
多少碎裂的,胜利的军旗,
还有在战斗中打穿的钢盔
也给行列带来耀目的光辉。
我爱你,俄罗斯的军事重镇,
我爱你的堡垒巨炮轰鸣,
当北国的皇后传来喜讯:
一个太子在宫廷里诞生;
或者俄罗斯战败了敌人,
又一次庆祝她的光荣;
或者是涅瓦河冰冻崩裂,
蓝色的冰块向大海倾泻,
因为感到春意,欢声雷动。①

巍然矗立吧,彼得的城!
像俄罗斯一样的屹立不动;
总有一天,连自然的威力
也将要对你俯首屈膝。
让芬兰的海波永远忘记
它古代的屈服和敌意,
再不要挑动枉然的刀兵
惊扰彼得的永恒的梦。

然而,有过一个可怕的时辰,
人们还能够清晰地记忆……
关于这,亲爱的读者,我将对你
叙述如下的一段事情,
我的故事可是异常的忧郁。

---

① 可参看维亚谢姆斯基公爵给伯爵夫人扎道夫斯茄亚的诗。——普希金注

第 一 部

在幽暗的彼得堡的天空，
吹着十一月的寒冷的秋风。①
涅瓦河涌起轰响的巨浪
冲击着整齐的石铺的岸墙，
河水激动着，旋转着，像是病人
在她的床上不断地翻腾。
这时候，天色已晚，在昏黑中
雨点急骤地敲打窗户，而风
愁惨地吹扫，吼吼地嘶鸣。
这时候，刚刚做客归来，回到家门，
有一个青年名叫欧根……
我们要用这个名字称呼
故事的主人公，因为我喜欢
它的音调，并且曾有一度
它和我的笔结过不解的因缘。
他姓什么，我们不想再钻研。
尽管这姓氏，也许，在过去
一度出现在显赫的门第，
甚至于史家克拉姆金②
也许在笔下使这一族扬名，
但是如今，上流社会和"传闻"
却早把它忘得干干净净。
我们的主角在某一处任职，

---
① 密茨凯维奇曾用美丽的诗句，在他最好的一篇诗里，描写过彼得堡水灾的前夕；可惜描写的并不精确。雪是没有的，涅瓦河也没有冰冻。我们的描写虽然没有波兰诗人那样的鲜艳美丽，但却是真实的。——普希金注
② 克拉姆金（1766—1826），俄国著名作家，著有《俄国史》等。

住在科隆纳,一个要人也不认识,
他既不向往死去的祖先,
也没有叹息已逝的流年。

好了,既回到了家,欧根
扔开外套,脱下衣服,上了床。
但是睡眠——他却不能:
他的脑海里翻腾着不少事情。
他想什么呢?原来在盘算
他是多么微贱和贫寒:
他必须辛辛苦苦才能期望
一个安定的生活,一点荣誉。
但愿上帝仁慈,多给他
一些金钱和智慧。他想起
也有些花天酒地的富翁,
那些头脑并不高明的懒虫,
他们的生活却多么适意!
而他任职总共才只两年。
他的思虑又转向天气,风雨
还没有停息,傍近河沿
波涛不断地上涨,几乎冲去
涅瓦河的桥,使交通中断。
他想到巴娜莎,那怎么办,
和她就要两天,或三天不见。
想到这里,欧根衷心地痛惜,
并且像诗人一样幻想下去:

"我能结婚吗?为什么不?
自然,这可能是非常艰苦;
但没有关系,我健康,年轻,
我准备操劳,日夜不停;

总会有个办法,安置个家,
使它简单,安恬,并不奢华,
在那里安置下我的巴娜莎。
也许,过么一年、两载——
就会找到差使,把家事
交给巴娜莎管理和主持
并且教育我们的小孩……
就这样,我们活着,手拉着手,
生死相共,到死也不分离,
叫子孙把我们埋在一起……"

他想着,一夜想个不停,
他忧郁,并且衷心地期望
秋风不要嚎得这样愁人,
雨点也不要打在窗上
这样无情……
　　但是睡眠
终于合上他的眼睛。呵,看:
幽暗的风雨夜已渐渐消逝,
让惨淡的白日接着统治……
悲惨的白日!
　　涅瓦河一整夜
抗拒着风暴向大海倾泻,
但终于敌不过它的暴力,
和它搏斗已用尽了力气……
次日清早,在河水的两岸,
成群的居民汇集瞭望:
他们观赏着水花的泼溅,
和汹涌的,排山倒海的巨浪。
但是从海湾吹来猛烈的风

顶住了水流不能前行，
她翻来覆去，愤怒咆哮，
她退回淹没河心的小岛。
这时候，天时更为凶险，
咆哮的涅瓦不断上升，
她沸腾得像是一壶滚水，
像是野兽，猛然发了疯，
突地向城市扑去。在她面前
一切让开路，她的周围
立刻是死寂和荒凉——洪水
灌进了地窖，爬过门槛，
运河也涌上了它的铁栏。
看，彼得堡像传说的人鱼：
她的半截身子浸在水里。

  呵，围攻！偷袭！邪恶的波浪
像盗贼似的爬进门窗。
小船一摆，船尾把玻璃撞碎，
摊贩的木板上裹着布帷，
残破的草房，木片，屋檐，
小本生意的什物杂件，
贫穷人家的所有资财，
雷雨摧毁的桥梁的碎片，
和从坟墓冲出的棺材，
一切都飘浮在街上！
   人民
眼见上苍的愤怒，等待死亡。
唉！一切都完了！衣食和房间
哪儿去找？
  那是悲惨的一年，

我们的故皇①还正光芒万丈
统治着俄罗斯。他出现
在凉台上,忧郁,迷惘,
他说:"沙皇可不能管辖
冥冥中的自然力。"他坐下,
他以悲伤的眼睛,沉思地
遥望那险恶危殆的灾区。
以前的广场已变为湖泽,
条条大河是以前的街衢,
而皇宫像是阴沉的岛国
处在大水中。沙皇只开口
说了句话——请看他的将军:②
他们便东西南北,遍及全城,
有的走向大街,有的穿过小弄,
在波涛里出入,奋不顾身,
搭救那被洪水吓呆的游魂,
那等着淹没在家门的居民。

那时候,在彼得广场的一角
一所新的巨厦刚刚盖好,
在高大的阶台上,一对石狮
像活的一样,张牙舞爪
在门口把守。可怜的欧根
他的两手在胸前十字交叉,
没戴帽子,苍白得可怕,
正静静地坐在石狮背上
动也不动。然而,这可怜人
并没有为自己恐惧。任波浪

---

① 故皇指亚历山大一世。
② 指米洛拉多维奇伯爵和侍从武官宾肯道尔夫。

怎样贪婪地拍打,溅到脚跟,
他并没有听见,没有留心;
任雨点怎样淋湿着脸,
怒吼的风怎样摆出威严
并且把他的帽子吹到天空。
他只把自己忧郁的眼睛
凝固在一个遥远的方向。
在那里,山峰似的波浪
仿佛是从汹涌的海底
翻腾上来,把一切冲掉,
那里,暴风雨在怒号,
那里,房屋的碎片在浮荡……
而就在巨浪近处,呵天!天!
就在那海湾的旁边,——
一棵垂柳,一道简陋的篱墙,
墙里有破旧的小屋,住着一家
母女二人,住着他的巴娜莎,
他的美梦……难道是在梦里
他看见这一切?难道人生
只是一场空,一个春梦,
或是上天对我们的嘲弄?

这时候,他好像是中了魔魅,
好像是和石狮结为一体
不能够下来! 在他周围
再没有别的,只是水,水!
而上面,在那稳固的高空,
超然于河水的旋流急浪,
背对着欧根,以手挥向
无际的远方,坚定,肃静,
是骑着青铜巨马的人像。

第 二 部

但如今,涅瓦河发够了脾气,
暴虐和破坏已使她厌腻,
终于回转来,却一路欣赏
自己的横暴造成的情景,
并且把房获随处抛扬。
这好像是盗匪的首领
带着一队人马突入村镇,
他们凶残地打家劫舍,
杀烧和掳掠;哭,号,愤恨,
詈骂和扭打,天大的灾祸!……
一切做完,强盗迅速撤退,
害怕追兵,又因为满载而归
不胜疲劳,便在一路
抛下他们劫来的财物。

洪水撤退了,石铺的路
已经呈现,而我的欧根
心怀着忧思,希望,和恐怖,
一路奔跑着,像失了魂,
跑向那尚未平伏的河身。
那里,像在得意刚才的胜利
怒吼的波浪仍旧在翻腾,
水面上仍旧滚满了气泡,
像是有炉火在下面燃烧;
像是战马刚刚回归阵地,
涅瓦河是这样急促地喘息!
欧根瞭望着,看见一只船;
仿佛获得了意外的发现,

他一面追去，一面叫喊——
摆渡的船夫正自悠闲，
情愿只要几个铜板
把他渡过波涛的彼岸。

熟练的船夫用尽气力
和波涛搏斗了很长时间，
看那，小船老是没入浪里，
一连串的波浪就要打翻
大胆的搭客——但终于
他来到对岸。
　　　　　这不幸的人
跑过所有熟悉的街巷，
去到他熟悉的地方。举目四望：
却再也不认识。呵，可怕的景象！
在他眼前，一切都很凌乱，
这里一片荒凉，那里一堆破烂，
房屋变了形状，有的
完全倾圮了，另外一些
被洪水搬了地方。而且
像是战场上横陈着尸身，
他一眼看见周围的死人。
一阵昏眩，他什么也没想，
尽管苦难的折磨已使他疲弱，
却飞快地跑去，到那地方：
那里，不可知的命运正在期待：
像是密封的信函等他拆开。
看，这里他跑过城郊，这里
是海湾，附近便是他熟悉的
房子，它怎样了？
　　　　　他站住。

他转来转去,又走回原处。
看一看,转过身,仔细观察:
就在这里,应该是她的家!
这里是柳树,原来有篱墙——
显然,洪水已经把它扫光,
但哪里有房子?他迷惘,
他踱来踱去,想了又想,
自言自语,高声说个不住——
而突然,用手拍着前额,
他大笑起来。
　　　　夜的帷幕
向战栗的城轻轻垂落;
但它的居民却在谈论
白天所发生的一切不幸,
久久不能安睡。
　　　　破晓的光
透过疲惫而苍白的云彩
流入安静的都城。这光亮
已不能找到昨天的灾害
留下的痕迹;一片紫红①遮盖了
丑恶的形象。一切事情
和从前一样有条理地进行。
在那畅达无阻的街心,
人们依旧带着漠然的表情
面对面走过去。那些官员
也放弃了昨夜隐蔽的桃源,
到衙门正式办公。勇敢的小贩
丝毫没有丧气,把地窖
又从涅瓦河的手里接管,

---

① 沙皇的衣服是紫红色。这里影射沙皇在洪水后拨发的无补于事的救济金。

并且希望以邻居的钱包
填补自己重大的亏空。小船
一只只从院子搬出去。
　　　　　　末了,
瓦斯托夫男爵,①天宠的诗人,
也已吟唱了不朽的诗章,
对涅瓦河的灾难表示哀伤。

　　但是,我可怜的,可怜的欧根……
唉,他的脆弱而迷乱的神经
却经不住这可怕的打击。
那涅瓦河的吼吼的风声
和翻天巨浪,还在他的耳际
不断地轰鸣。有什么噩梦
撕裂他的神志;恐怖的思想
紧抓着他:他只无言地游荡。
一礼拜,一个月,转瞬已过,
他从来没有回到家稍坐。
他那幽僻的小屋,既然
租期已满,又没付租钱,
一个穷诗人便来做了房客。
欧根从此没有回来,连衣物
也不要了,整天地流浪,
很快的,世界便把他遗忘。
夜晚他睡在码头,从窗户
扔出的面包就是他的食物。
他所穿的衣服,原已破旧,
这时更是稀烂。一些顽童

---

① 瓦斯托夫男爵是俄国十八九世纪之间的诗人,属于和普希金敌对的文学团体。"不朽的诗章"意含讽刺。

朝他的背影扔着石头。
更常常的,马车夫的皮鞭
抽在他身上;因为,显然
他一点也不辨认路径,
茫然无感。内心的风暴
使他听不见外界的闹声。
就这样,他拖着一个躯壳
度过悲惨的岁月;既不像人,
又不像野兽,既不像生灵
又不像阴间的鬼魂……
　　　　有一晚
他睡在涅瓦河的码头上。
夏令正渐渐地转为秋天。
吹起了冷风。黝黑的波浪
扑向码头,打着光滑的阶沿,
那声音像是幽诉和低怨,
像是含冤的人在哀求法官
靠在他紧闭不动的门前。
欧根惊醒来,周围异常黑暗:
雨在淋漓,风吹得非常凄惨。
在阴暗的远处,一个岗哨
正远隔着夜雾朝他高呼……
欧根吃了一惊;过去的恐怖
重又在眼前浮现。他连忙
爬起来,到街上流浪;
忽然他站住了,睁大眼睛
静静扫视着四周的情景,
脸上露着失魂的惊惶。
他到了哪里? 眼前又是
巨厦的石柱,和一对石狮
张牙舞爪,和活的一样,

把守在高大的阶台之上。
而笔直的,在幽暗的高空,
在石栏里面,纹丝不动,
正是骑着铜马的巨人,
以手挥向无际的远方。①

欧根不由得战栗。他脑中
有些思想可怕的分明。
他知道:就在这里,洪水泛滥,
就在这里,贪婪的波浪
包围他,向他恶意地侵凌;
包围着他,石狮和广场,
和那坚定的矗立的人
以铜的头颅伸向苍穹:
就是这个人,按照他的意志
在海岸上建立了一个城……
看,在幽暗里他是多么可怕!
他的额际飘浮着怎样的思想!
他掌握着怎样的力量!
那匹马燃烧着怎样的烈焰!
呵,高傲的马,你将奔向何方?
你的蹄子将在哪里飞扬?
呵,你命运的有力的主宰!
不正是这样:一手握着铁缰,
你勒住俄罗斯在悬崖上面,
使她扬起前蹄,站在高岗?

这可怜的发疯的欧根

---

① 可参看密茨凯维奇关于彼得铜像的描写。这位波兰诗人自己也承认,他是借用鲁班的原意。——普希金注

尽绕着铜像的脚边环行，
他以惶惑的眼睛注视着
那统治半个世界的国君。
但他的目光忽然昏暗，
胸口感到窒息，他把额角
贴靠着冰冷的栏杆，
他的心里奔腾着火焰，
他的血滚沸。而突然，沉郁地，
他站在高傲的铜像前面，
咬紧牙齿，握着拳头，
像突然有什么魔鬼附体，
他全身战栗地低声诅咒：
"好呵，建设家，你创造的奇迹！
等着我的……"说罢，转过头
便飞快地逃去。因为这时候
他似乎看见威严的皇帝
突然间怒气冲冲，无声地
把他的脸转向欧根……
而当他穿过广场逃奔，
在空旷的广场上，他却听见
仿佛背后霹雳一声雷鸣，
仿佛有匹快马向他追赶，
石路上响着清脆的蹄声。
在他身后，在苍白的月色下，
看，青铜骑士骑着快马
一面以手挥向高空，
一面赶他，这可怜的疯人！
这一夜，无论跑到什么地方，
他总听见骑马的铜像
追赶他，响着清脆的蹄声。

从那时候起，只要欧根
由于偶然的机会，路过广场，
他的脸上便显出慌张
惶惑的神情。他会把手
迅速地放在自己的胸口，
好像去抚摩那里的创伤；
并且脱下破旧的小帽
低着头，露着困窘的目光，
绕一条小道溜去。
　　　　在海滨
有一个小岛。迟归的渔人
有时候把船在那里停泊，
一面晾着鱼网，一面烧着
他们简陋的晚餐。或者
礼拜天，一些官员划着小船
游经这里，便到岛上休憩。
它非常荒凉，甚至没有一根草
在那里滋生。洪水的泛滥
游戏似的，把一间旧茅屋
冲流在那里，在那水边，
它便停留着像一丛灌木。
去年春天，来了一只大船
把破烂的茅屋移去。那里面
一无所有，但是在门口，
我们的疯人却被人发现。
自然，人们看在上帝的面上，
把这僵冷的尸体赶快就埋葬。

《青铜骑士》题注

本诗于一八三三年秋季在波尔金诺村写成；始于十月六日，成于十月三十一日。因为受到尼古拉一世的反对,未能在诗人生前发表。只有楔子的一部分,曾以《彼得堡·断章》为名,在《阅读文库》一八三四年第一期上发表过。诗的全部在诗人逝世以后,经过朱可夫斯基的审查和校订,初次登载在一八三七年《同时代人》第一期上。

关于译文韵脚的说明[①]

普希金的叙事诗是很严谨的格律诗,要把它译成我国的新诗,对译者立刻产生一个困难的问题。由于我们的新诗还没有建立起格律来,译者没有一定的式样可以遵循,这迫使他不得不杜撰出一些简便可行的、而又类似格式的临时的原则,以便他的译文有适当的规律性。

这里,译者愿意仅就本书的韵脚加以说明。在段落很长的叙事诗中使用韵的时候,译者的顾虑是:(一)不能每行都有韵;因为如果要每行都有韵,势必使译文艰涩难行,文辞不畅,甚至因韵害意,反而不美。而且,我国律诗的传统,和西洋诗不同:行行都韵似乎不是我们的习惯。(二)要避免单调。无论双行韵,或隔行韵,如果在长篇叙事诗中一成不变地使用下去,定会给人以单调之感。

因此,本书采用了双行韵和隔行韵混合交错的样式。它的好处是:(一)译者可以相当自由地选择词句,不过分受韵脚的限制;而另一方面,(二)仍是处处有韵脚的链锁:在任何相连的两行诗中,必然至少有一行是和或前或后的一行(也许是和它邻近的一行;也许是隔开的一行)押着韵的。这样,我们读起来时,会感到有连续不断的韵贯穿着全篇。(三)没有呆板或单调之感;因为韵的出现富于变化,有些地方近似一种"意外的巧合",有助于阅读的快感。

另外,译者给自己规定一个禁条,就是不准相连的三行诗同韵,只准相连的两行同韵。如果竟而多出韵来,那就是"跑韵"了,那是不美的,应该避免。

这里的韵脚有些押得很勉强,很模糊,这一方面固然由于译者的思虑不够周详,但另一方面,恐怕也是白话译诗所不易避免的现象,

[①] 只限于叙事诗节,献辞和短歌不包括在内。

有其在语言本质上的困难:因为有很多个字,和它们准确押韵的可能性本来就是很少的。但关于这,译者不想在此多作解释了。

译　者

附　录

一、别林斯基论高加索的俘虏

摘自《亚历山大·普希金的作品》第六章

　　……和《鲁斯兰和柳德米拉》比较,《高加索的俘虏》受到了读者更热烈的欢迎,这首短小的叙事诗实在是受之无愧。普希金在这里充分表现了他自己,同时也充分表现了他的时代:因为《高加索的俘虏》是浸透着那一时代的情调的。这情调可以分为两方面说,在这首诗的主题中,有两方面同样为诗人所向往——一是山野民族的自由的诗意的生活,一是幻灭的生活,心灵的悒郁的憧憬。在本诗里,这两方面的描写溶合成为一幅灿烂的诗的图画。这是第一次,高加索的庄严景色及其剽悍的居民被写进俄国的诗歌里——而且,从普希金的这篇诗,俄国社会第一次认识了那久已和他们刀兵相接的高加索。我们说——第一次:因为杰尔查文的两节相当乏味的描写高加索的诗,以及茹科夫斯基在致沃耶珂夫信中一段也是同样乏味的描写(用诗写成),对于像高加索这样含有诗意的地方,连给人一点大致的概念也谈不到。我们相信,普希金因为谦虚,在这首诗的注释里把以上两人的诗行都抄出来,并且诚心诚意地加以赞美;①但是,他这样做,对他们反而非常不利,因为在看过他的充满了艺术生命的高加索的图画以后,谁也不能相信那两个人也是在描写同一个题材的。……我们不想再从普希金的这首诗里抄出那些描写高加索及其山民的诗行了:有谁不是把它们记得烂熟了呢?我们只想说,尽管《高加索的俘虏》还有很多地方表现着诗人的天才未尽成熟,尽管诗

---

① 　注释中的这两节诗,译者未予译出。

人对于所看到的山峦和山民的生活有过分"青年人"的激动,但是这首诗的很多写景的片断至今还没有失去价值。假如你起初抱着大略翻看一下的轻蔑态度来读《高加索的俘虏》,你会渐渐不自觉地为它所吸引,从头直读到尾,并且会说:"这一切很年轻,不成熟,但却又是这么好!"由此可以想见,这一幅生动、鲜明而又灿烂的高加索的图画,在本诗初问世的时候,对俄国的读者会发生怎样的作用!从那时起,在普希金的生花的妙笔下,高加索不仅以其辽阔和自由的生活,而且以其无穷尽的诗意成了俄国人心神向往的国度,成了豪迈的生活和大胆的梦想的国度!普希金的缪斯好像把早已存在于俄罗斯和这一片土地——这由她的儿子的珍贵的血和英雄的业绩所换得的一片土地——之间的血肉关系给缔结起来了。高加索是普希金的诗的摇篮,以后又是莱蒙托夫的诗的摇篮。

作为一个真实的诗人,普希金不能把高加索的描绘当作附带的插曲合并在诗里:因为这样做的话,就会使它成为过分的说教式的,因而也就乏味了。因此,他把高加索的生动的图画和故事的情节紧密地结合起来。这图画不是从诗人自己的立场,而是作为情节的主人公——俘虏的观察和印象写出来的;因此,这种描写,使读者好像亲眼看到那地方一般,有其特殊的生命的气息。凡是到过高加索的人,就不能不对普希金的刻画的真实性表示赞叹。随你站在伯式突左近的高峰上,向那遥远的山峦的起伏望去吧——你会不自觉地背诵这几句可能是你很久没有机会记起的诗:

> 这一幅景色多么庄严!
> 皑白的峰顶是积雪的
> 永恒的宝座,屹然不动,
> 像一列白云凝固在天边,
> 而群山中的那座高峰:
> 埃里布斯,那庄严的巨人,
> 头上闪着冰雪的冠冕
> 以双峰伸向蔚蓝的天空。

野蛮民族的自由,盗匪的英勇以及山民的家庭生活都以鲜明写实的笔致描绘了出来。但那作为本诗前后两章的特殊桥梁的切尔克斯女郎却是完全理想化的人物,她只是"表面地"忠于现实。在这女郎的描绘中,特别可以看出当时普希金的天才之尚未成熟和"年轻"的地方。诗人替本诗安排了两个主角:俘虏和切尔克斯女郎——这种安排自然对于读者有异常的吸引力,能够制作出闹剧来,而且,甚至年轻的诗人自己也颇得意于此。但是——真正天才的力量也就在这里!——尽管这首诗的情节是根据这样一种做戏的安排,尽管这安排和现实比较起来,显得多么减色,——在切尔克斯女郎和俘虏的对话中,却涌现了如此真挚有力的情感,如此的亲切、热情和苦痛,以至有一种感染人的魔力,迎面扑来,是无法可以阻挡的,尽管你同时也清楚地意识到,这一切都不过是发自稚气的忧郁感。特别感人的一幕是切尔克斯少女释放俘虏的如下几行:

> 她颤抖着手,拿着锯,
> 向他的脚前弯下身去。
> 铁链被锯得吱吱作响,
> 眼泪不由得流下脸庞——
> 铁链断了,哗啦啦跌落……

在这一幕,自由的快感和切尔克斯少女的命运给人的忧郁感相互斗争着,因为你知道:俘虏获得了自由以后,是不会把他以前如此高贵而彻底地拒绝给她的东西,现在来给他的救命恩人的;但是你也清楚:这不过是一时的感情冲动罢了,切尔克斯少女经过痛苦的折磨后,就不可能再为这种爱情所迷。这以后,尽管你为非常富于诗意地描绘出来的少女的死黯然神伤,你的心胸却也感到自由和畅快,当你看到在俘虏的面前,在雾色里,俄罗斯的刺刀在闪耀,而且他还听见了放哨的哥萨克的喊叫的时候……

但这俘虏究竟是怎样一个人呢?他是这首有双重内容和双重情调的诗篇的另一方面;对于这首诗的成功,他的贡献如果不比高加索的景色描写多,却也绝不会更少。俘虏这个人——他是那时代的英雄。当时的批评家曾经正确地指出过:这个角色有些不确定,有些自相矛盾,因而显得好像没有个性似的;但是这些批评家却不了解,俘庯正是因为有这样的个性,才引起读者的如此热烈的反响。当时的青年人特别喜爱这个角色,因为他们在他身上或多或少看到了自己的影子。青年人对于已逝的青春的悒郁感;这种原就没有任何憧憬的幻灭;这种在从事最有力的行为时的心灵的冷漠,这种含有冷酷精神的热血的沸腾;这种不是因为享受过了生命的华筵而有的餍足感,却是要以它来顶替冷漠和贪欲;这种从灰色无力的怠惰中,从完全静止的状态中对行动的渴求;一句话,这种青春之前的老年,刚劲之前的衰颓,这一切——就是自普希金以来我们时代的英雄的特征。这些特征并不是由普希金创新或臆造出来的:普希金不过是第一个指出它们的人,因为在他以前,它们便早已存在着了,不过到他的时代更加显著而已。这现象并不是偶然的,而是必然的、不幸的。要知道,培植这种可悲的无果花的土壤并不是普希金或任何人的诗,而是社会。因为社会像一个人一样地生活着,发展着:它有它自己的婴儿期,少年,青年,成年,以至老年。普希金以前的俄国诗(意即文学——译者)是俄国社会的婴儿期的反映和表现。因此,这一时期的诗看来天真烂漫:它不是歌颂光明,就是以感伤的诗句献给亲爱的人,一切充满了非常愉快的田园风味。它的现实是——幻想,因此这现实是虚无乡的现实;在这种现实里,绵羊的天真的咩叫,鸽子的咕咕啼唤,牧童牧女的亲吻,以及有情人的温馨的眼泪等只是或被同样天真的"我歌唱",或"噢,你,圣洁的美德!"等呼声所打断。就是那时的浪漫主义也非常之天真烂漫,它力求表现对死的伤感,津津有味地复述老妇人的关于僵尸、狐魅、女巫、术士的故事,以及少女被死去的未婚夫的咒语招到坟墓里去,或类似的一些神话的糟粕。那时文学中的悲剧则经常温文尔雅地迈着舞步,硬给顿河的粗野的哥萨克披上罗马的氅肩。喜剧所嘲笑的社会污垢和瑕疵,并不是当时社会所有的,而却是它所没有的;而对于那当时充满社会中的一切弊病反倒不闻不问。因此,从这方面来看,冯维辛的喜剧就成了一般情况中的例外。那时的讽刺文学对于攻讦古希腊、罗马或古代法国社会的罪恶,比对付俄罗斯的要更热烈些。这天真是到了极点,因此,显而易见,这种文学也是很合乎道德的。社会、饮食、欢乐,据我们的老年人说,他们那时的欢乐不是我们现在的这种样式;和那时的不知疲劳的舞蹈者比较起来,即使我们现代最欢蹦乱跳的小伙子也不过是在送葬行列中漫步的老叟,必须使他们的两脚叉开,脚跟拍地,才能让地板振摇,窗户颤动;无条件地欢乐——这是婴儿的特权。婴儿以生活为游戏,他在生活的灿烂的波涛上舞蹈,尽兴地泼弄着浪花,因而有种种嬉闹,在他的眼里,一切都变为珍奇,一切都比原样更好;如果说他对一件玩具会很快地感到厌烦,那么,另一件玩具也同样会很快地吸引他。由婴儿转入青年的过渡时期——少年,就不如此了。固然,这一时期的人也在游戏,但已经不是那同样的游戏;在有许多游戏一个接替一个时,他已经会把它们和自己的理想比较。如果他的愿望不能实现,他就会忧郁,尽管他自己并不能说明这愿望是什么;剥夺了游戏也使他悲哀,因为这就丧失了希望,失掉了心灵的寄托。在青年时代,理性和情感的生活全力燃烧着,并且发生了热情和理智的冲突。青年时代有丰富的欢乐,但也有同样多的——如果不是更多的——痛苦,因为十足的幸福就在于能够面对生活,在于直接体验生活中的一切。少年是意识觉醒的开端,青年把意识充分发展了起来;它的根源永远是苦涩的,而它甘美的果实则是为了未来的世代,就好像祖先要把辛辛苦苦得来的财富留给后一代一样……

　　普希金的《高加索的俘虏》正遇到即将由少年时代转入青年时代的社会。这首诗的主角正是这种情况下的社会的反映,普希金自己就是那个俘虏,但这仅限于写此诗时的他而言。诗人一旦在作品中体现了那有如身体的病痛一样折磨他的理想,——这便意味着他已永远地摆脱它了。这样的人物固然也出现在普希金后期的一些叙事诗中,但他已经不是像在《高加索的俘虏》中的那样子:只要你个别地予以研究,你就会看到这人物永远是在新的发展的阶段中,他是在动着,前进着,他变得更成熟,因此也更能吸引你的注意。普希金所以是一个伟大的诗人并且和他的一群模仿者所不同者,即在于此。他一方面不改变自己的路线的本质,另一方面则永远有力地把握了那作为有机体的现实,永远指出新的质素,但是他的模仿者呢,他们直到现在还没有以嘶哑的声音唱完那陈腐的使人人都听厌了的调子。从这方面说,《高加索的俘虏》是一首历史性的叙事诗。你读它时,感到它是只能在某一个时期中写出来的;也就因此,它将永远是一首美丽的诗。假若我们这时代有哪个天才诗人写出了一首和《高加索的俘虏》在格调和精神上都一致的诗——那么,这首诗必然会是一篇毫无价值的作品,尽管它在诗艺方面也许远优于普希金的《高加索的俘虏》;但在两相比较中,普希金的诗仍旧是那么美好,像没有它一样的。

对《高加索的俘虏》的最好的评语是由普希金自己说出来的。在《高加索的俘虏》发表的七年之后,他在《阿尔兹鲁姆游记》一文中有一段话说:"在这里,我看到了一本污旧的《高加索的俘虏》的单行本;不得不承认,我异常满足地把它读了一遍。一切都很脆弱,年轻,贫乏;但却也有很多地方是真实地臆想出来、表现出来的。"以下还有提到《高加索的俘虏》的一段话,我们不知道是诗人在什么时候写出来的,但却提供了一个值得注意的事实,表明普希金是多么勇于正视自己的作品:"《高加索的俘虏》是我初次着力描绘个性的不成功的试验;它所以比我写过的一切都更受人欢迎,这是由于其中的忧伤的调子和一些景物的描绘。可是 H. A. P. 和我,我们对那些忧伤的诗句笑了半天。""我初次着力描绘个性"这句话特别值得注意,它指出:诗人打算通过外界的事物描绘(也就是客观化)他自己的内心状态,可是这一点他还不能充分做到。

在诗艺方面,《高加索的俘虏》应列为普希金尚未成为大师时的作品之一。他还在学习中。诗句是美丽的,充满了生命,流动而富有诗意;但是还不见艺术的运用。内容常常是顺着形式走,或者恰恰相反;在这两方面的任何缺陷,永远是此起彼随。辞藻的润饰固然没有像在《鲁斯兰和柳德米拉》中那样多,但却更显著地受着过去诗派的影响。有些用字不精确的地方……和《巴奇萨拉的喷泉》一样,起头有些涩重之感,但脆弱无力的句子很少,乏味的转折几乎没有;全篇的表现到处充满了诗情。如果要把普希金和他以前的诗家作一比较的话,我们可以从《高加索的俘虏》中指出如下的事实:请看最平凡的概念——切尔克斯少女把自己的语言教给俘虏——是怎样被诗意地表现了出来:

>　她用柔情的目光安慰他；
>　他们半用彼此不通的语言，
>　半用眼睛和手势谈话。
>　她给他唱了不少山歌，
>　唱着幸福的格鲁吉亚，
>　同时她把异方的言语
>　说出来，印给不耐的记忆。

　　有些诗句充满了人世的道理；很多地方，对于诗人所歌唱的那个时代的现实来说，有特殊的真实性。这两方面的例证都可以从如下一段美丽的诗行中看出来：

>　他认识了世界和人类，
>　也看出了生活的虚伪。
>　朋友的心里暗藏着冷箭，
>　爱情完全是愚蠢的梦幻，
>　他早已厌倦了随世浮沉
>　去为不屑的浮华牺牲，
>　去听那头脑单纯的毁谤，
>　或者口是心非的阿谀；
>　他宁愿隐退，离开故土，
>　把自己寄托在自然怀中，
>　去追随欢乐的精灵——自由，
>　向着遥远的边疆飞奔。

　　这十九行诗所道出的事情太多了，这是由那个社会在它的典型人物的意识中所唤起的一幅简洁而深刻的图画。人的意识开始觉醒了——凡是习惯上被人认为美好的事物，都跌落下来，沉重地压在他的心上；他和周围的现实明显地敌对起来，并且和自己展开斗争；他对一切都不满，把一切都看作虚幻，并且为了新的幻景向远方飞奔，结果不过是得到新的幻灭……在"去听那头脑单纯的毁谤"一句中有多么丰富的思想！由此可见，毁谤不一定是出于恶意：它常常发自一种想助人谈兴的天真欲望，有时也是一种真诚但却愚蠢的好意或同情的结果,而这一切,诗人都以一个大胆的形容词表现出来了! 像这样的形容词,普希金用得很多,并且他是第一个使用这种形容词的人!……

二、论高加索的俘虏

摘自布拉戈依著《普希金的创作道路》①

……俘虏在本诗的第一部中神秘而骄傲地以"深刻的沉默"掩藏了"内心的波动",到第二部他说话了。可是他的话和诗人一直在用心渲染的那种沉郁的英雄面貌显然很不相称。俘虏的幻灭和冷漠的态度原来归根于情场的失意。但这种"冷漠"怎能算是冷漠呢,如果你承认主角实际上仍是热恋着以前的情人("我……看见那永远可爱的人;我呼唤她,向她奔去,")?

……"俘虏的性格奇怪得难以理解",一个最早的普希金批评家波格金说,"他的性格里有无穷尽的矛盾,很难断定这个人的重心是什么:是爱情呢,还是自由的渴慕?"普希金自己也感到这是他这篇作品失败的地方。因此他说,他并不擅长于刻画"浪漫主义诗歌里的主人公"。

应该指出,普希金在写作流放南方时代的第一首诗的时候,已经能在某种程度上(自然,还不是自觉地,而是凭艺术家的天才的直觉)批判这种个人英雄的形象,并已对他的英雄主义发生疑问了。

显然,就是这种事实使我们能解说如下的情形,即:尽管诗人愿意把俘虏写成"浪漫主义诗歌里的主人公",渲染出他的最崇高的面貌,但在诗的结尾,却绝没有赋予他英雄的光彩,以致很多善意的批评家感到迷惑甚至不满了,普希金也表示他和这些批评家有同感,但同时指出:俘虏对于切尔克斯少女的命运的漠不关心,在他没有去拯救她这一事实上所表现的人情之常的热衷的缺乏,——这是归根于他的性格的。"有些人对于俘虏未能投入河中把我的切尔克斯少女捞起来——哪怕多少麻烦一下——表示遗憾;是的,我不得不在高加

---

① 本书为苏联科学院一九五〇年出版。

索的那条河边挥泪:那里有一个人淹没了,却没有任何人去寻觅她;我的俘虏是个审慎的聪明人,他没有对切尔克斯少女发生爱情,——因此,他不去使自己淹没是对的,"普希金在写给维亚谢姆斯基的信中这样诙谐地答复了后者的指责,因为维亚谢姆斯基也认为,从俘虏对于切尔克斯少女的行为看来,他是"缺乏人性"的。

"审慎"绝不是浪漫主义诗歌里的主人公应有的气质。然而,这里不仅仅是"审慎"的问题,还有——普希金很快地承认——为个人英雄、为"绝对的自我主义"者的性格中所必不可少的一个特征,就是:这种人惯于从旁掠过别人的生活而不觉察什么。"你只顾你自己的意志,"这是诗人在四年以后,借着茨冈老头儿的嘴对个人英雄所说的话。差不多同时,普希金给个人主义下了个定义说:

> 我们都是拿破仑,自然,
> 谁要有感情,那是傻瓜和粗汉,
> 而那些两脚动物,芸芸众生。
> 不过是为了我们的使用。

普希金在写《高加索的俘虏》时,还没有认识到这一点。但至少,在本诗的非英雄主义的结尾中,他通过艺术家的潜意识的感觉,给了个人英雄一个裁判;尤其重要的是,从这样的主人公第一次在他的作品中出现的时候起,他就已宣告这个裁判了。

和这种本质上非英雄主义的个人英雄成为对照的,是普希金所描绘的山中少女——大自然的女儿,切尔克斯的女郎——的形象。他的严峻的父亲和哥哥以及所有的切尔克斯人都是"战争的剽悍的子孙",有一颗"好斗的心",他们构成生活中另一种样式的英雄形象,但这种英雄主义是原始的,残酷的。他们是——像诗人随时都在着重指出的那样——"强盗"。普希金一方面欣羡他们住在荒野的自由,他们的生活与习俗的原始的单纯,他们的热诚好客和家庭生活的融洽以及作战的勇猛,但另一方面,他却深切地理解他们的英雄主义之残酷的流血的本质,并且毫不隐讳地这样告诉读者:

> 然而,单调乏味的和平
> 使好斗的心感到厌倦,

>意图欢乐的节日的游戏
>常常为残酷的节目扰乱。
>有时候,席间疯狂的笑闹
>伴以刀剑的吓人挥舞,
>奴隶们的人头四处乱飞,
>年轻人鼓掌而又欢呼。

切尔克斯少女的形象也被一种粗犷的爱自由的英雄情绪所渲染。我们记得她曾对俘虏说过,她因为爱他,绝不嫁给她所不爱的人,而如果人们强迫她这样做的话,她是不肯屈服或让步的。

切尔克斯少女的英雄主义是另外一种;在全诗中,她成为一种崇高的英雄主义和真正人的因素的体现者:她有强烈而深挚的爱情,她可以为爱人牺牲自己的一切。

俘虏由于冷酷自私的"审慎"和考虑,没有费一点力气去搭救那释放他的恩人。但切尔克斯少女的富于自我牺牲精神的真实的爱情却与此相反。她以自己生命的代价换取了俘虏的自由,因为她知道,她释放他即意味着和她过去的一切以及和家庭的联系都要因此割断了,她知道所有的切尔克斯人,包括自己的亲族在内,都不会宽恕她这种行为的。她所以自尽,不只是因为不能和俘虏生活在一起,并且因为她的退路,她的回归以前生活的道路也断绝了。当俘虏由于刹那的感激要求她一同逃奔时,她拒绝了这个请求,因为她不愿意使自己成为他和另外一个女人之间的爱情的障碍,她不愿意搅扰他可能有的幸福:

>这怎么可能?你爱着别人!……
>去找她吧,去爱她吧……

……俘虏从自然的女儿手中得到了自由:这种布局是相当近似拉狄谢夫的。① 但同时,普希金绝不仅是把拉狄谢夫的布局通过新的材料复制一番。这里,他一面追随拉狄谢夫,一面却又给旧有的布局灌注了新的抒情的血液,把自己一代的进步人士的情感,他们对

---

① 作者比较了本诗和拉狄谢夫《从彼得堡到莫斯科的旅行》的情节,举出它们很多相似的地方,这一段已为译者略去。

"自由"的热望,他们对上流社会的反感以及对"自然",对人民的向往表现出来。

在本诗情节以外的部分——在高加索的风景和山民习俗的描绘中,可以看到"生活"和"书本"之间的激烈的斗争。浪漫主义的诗歌应该整个充满了主人公的人格,他的情感和经验的主观世界以及使他成为主要角色的事件,但这里我们可以很明显地指出:在有些地方,直接从现实中得来的材料如何破坏了这个教条。普希金起初认为这是自己艺术上的失败,因为他未能实现向自己提出的任务。

"切尔克斯人的习俗的描写没有和任何事件联系起来。它只能算是地理志或旅行记",诗人在给格涅吉屈的信稿中这样说,但接着又值得注意地补充了一句,说这段描写是"全诗中最看得过去的地方"。

《高加索的俘虏》有很多大量描写景物的片段,显然违反了"浪漫主义"诗歌的教条。但无论普希金怎样去判断它们,它们绝不是艺术上的"瑕疵"。

……在本诗中,小的世界(主人公的个人和浪漫主义的情节)和大的世界(客观现实的广阔的图画,它把主人公和情节都包括在内,成为一个有机的整体)的并存,成为全诗结构的特点。

从这方面说,《高加索的俘虏》是和拜伦的东方诗作很不相同的。拜伦的那些诗从情节的中间突然开始,好像随意涂抹着,他的主人公的性格是片断的,不完整的,这常常是由于诗人故意不肯把一切说清楚,说完全,以致读者如坠五里雾中,有时甚至摸不清事情的头绪,看不出它会怎样发展下去。……普希金的这首诗的情节是很清晰的,结构也有条不紊,自然和谐。全诗的内容都尽括于题目中。俘虏的故事以他的被俘为起始,以他的释出为结束。它的思想也清晰地呈现着。在这首诗里,我们从俘虏和切尔克斯身上看到了文明与"自然"之间,"开化"和原始生活之间的冲突。这并不是一个新问题,自卢梭以来,这问题一直活跃在欧洲文学的意识里。但是普希金却早在《高加索的俘虏》一诗中对这个问题给了反卢梭精神的答案。开化的人已经没有退回自然的道路了。这个"自然的朋友"跑到高加索去寻找自由,却终于成了自由的切尔克斯人的奴隶。这种奴役和对自由的渴慕之间的对照形成全诗的基础,表现了在原始生活中去寻找自由是不可能的。就连粗犷的切尔克斯少女的爱情也没有能使主人公满意。

本诗的"结语"也是赤裸裸地反卢梭精神的,维亚谢姆斯基曾为了这"结语"尖刻地指责普希金,认为它是机械地安上去的一部分,并且给全诗"涂上了血腥"。显然,"结语"有其独特的颂歌式的语调,和这诗的抒情——哀歌体已经有别了。但同时,它却是这一整体所不可少的部分。

首先应该指出:它并不是机械地安上去的一部分,而是这首诗的自然的结尾。俘虏从幽禁中逃出,回到自己的人们当中,回到那和切尔克斯作战的人们当中:

> 在他前面,在雾色里,
> 俄罗斯的刺刀在闪耀,
> 间或听见放哨的哥萨克
> 正在山坡上彼此喊叫。

"结语"中提到"俄罗斯的战鼓咚咚地响",提到去破坏高加索的"野蛮的自由"的俄罗斯军队。这种自由虽然在诗人看来充满了诗意的美,但他却同时着重指出,它是历史地注定了要灭亡的。这些诗句不仅阐明了全诗,而且是给普希金未来的思想及艺术的发展作了一个注解……

三、别林斯基论强盗兄弟

摘自《亚历山大·普希金的作品》第六章

在一八二七年《茨冈》初次发表的时候,题目下印着:"写于一八二四年";同年印行的《强盗兄弟》(初次发表于一八二五年的年刊中)在题目下也印着这一行字。那么,普希金是在同一年中写了这两首诗的了。① 这是很奇怪的,因为在这两首诗之间,实在有天渊之

---

① 这个臆测是错的。《强盗兄弟》写于一八二一年至一八二二年,《茨冈》则写成于一八二四年。

别:《茨冈》是伟大的诗作,而《强盗兄弟》不过是诗人初学写作的练习。其中充满了虚伪而夸张的感情,是一篇毫不真实的夸张的闹剧——也就是因为这缘故,它是容易被别人模仿的。如果这首诗是和《鲁斯兰和柳德米拉》①同时写出的,那么,它可以充作普希金的巨大的天才的明证,因为它的诗句尖刻有力,气势奔放,叙述也一泻如注。然而若是拿它当作和《茨冈》同时的作品看,它就是令人不解的一篇东西了。其中所写的强盗很像席勒笔下的强盗:卡尔·慕尔所率领的人马②;虽然,就事件的轮廓而言,它是显然只能发生在俄国的。强盗在叙述他的经历时所使用的语言,未免太高了,不适合于农民的身份;但若把他当作受过教育的人来看呢,他的意识力又未免太低了。因此,就产生了铿锵有力的、热情迸发的诗句。患病的强盗的梦魇以及他对哥哥的呓语——都是十足夸张的闹剧。……

四、别林斯基论巴奇萨拉的喷泉

摘自《亚历山大·普希金的作品》第六章

……照普希金的意见,《巴奇萨拉的喷泉》比《高加索的俘虏》薄弱。对于这,我们不能完全同意。《巴奇萨拉的喷泉》在形式方面显著地进展了一步。这首诗的基本思想如此巨大,只有充分发展和成熟的天才才能驾驭它;普希金尚且不能胜任,并且也许因此对它过于拘谨了,这是很自然的事。一个野蛮的鞑靼人对于后宫的爱情感到餍足了,突然对一个外方女子——一个对于亚细亚野蛮民族的喜好和内廷的淫靡完全格格不入的女子——发生了近乎人道主义的高贵的感情。玛丽亚整个是欧罗巴式的,浪漫气质的。她是中古时代的典型:温和,谦谨,童心里充满了虔敬的宗教情绪。而基列对她油然而生的浪漫的、骑士风的感情,完全颠倒了这个强盗暴君的本性。他本是一个在官能的享乐上从来没有考虑到有引起对方共感的必要的

---

① 《鲁斯兰和柳德米拉》是普希金最早年的叙事诗,写于一八一七年至一八二〇年。
② 德国诗人和剧作家席勒(1759—1805)的《强盗》一剧,描写英雄强盗卡尔·慕尔为反对父王的虐政而为义盗的故事。

野蛮人——连他自己也不了解何以要对这样一个弱小的美女敬若神明。他几乎和中古骑士一样地对待她：

> 基列对她忽然发了慈悲：
> 她的悲哀，呻吟，眼泪，
> 惊扰了可汗的短促的梦，
> 而为了她，他放宽了
> 后宫里的严峻的法令。
> ……（以下十四行略）

不可能对这鞑靼人有更多的奢求了。以后玛丽亚为嫉妒的莎丽玛所害，莎丽玛也随即死去。……玛丽亚的死并没有结束可汗的单恋的痛苦：

> 黯淡的后宫满目凄凉，
> 基列对它又变了心肠，
> 他率领浩荡的鞑靼大军
> 又去攻打异国的边疆。
> ……（以下十一行略）

你看：玛丽亚带走了基列的整个生命；从他和她初次会面的那一刻，他就改变了本质：如果说，她在他心里所引起的、连他自己都不了解的感情还没有把他变为一个"人"，那么，至少他里面的"兽"是死去了，而他已经不再是一个真正的鞑靼人。因此，本诗的思想是——由于崇高的爱情，一颗野蛮的心灵的转变（如果不是改邪归正的话）。这是多么伟大、多么深刻的思想！然而年轻的诗人还不会应付它，因此，在这首诗的最富于哀情的地方，它反而成为夸张的闹剧了。尽管普希金自己认为："莎丽玛和玛丽亚的一幕有戏剧价值"，但仍旧无可讳言的是，它的戏剧性里透露着闹剧。莎丽玛的独白充满了做作，充满了一般年轻诗人惯用的、而也是为年轻的读者所赞赏的做戏似的热情的夸张。你可以说，这一幕显示了在诗人当时未成熟的天才中，有着强烈的戏剧因素；但也仅仅是因素而已，它的发展还有待于未来。年轻艺术家的绘画，在鉴赏家的富有经验的眼中看来，可能有着伟大画家的未来的展望，尽管这幅画本身并没有什么价值。同样,不成熟的天才悲剧演员不能不以高声呼叫和猛烈的手势来表示在他内心里沸腾的丰富的热情,因为他还没有体会出一种单纯而自然的姿态。因此,我们很同意普希金对"常常地,在血战厮杀中,他舞起军刀,突然呆住"等诗句的意见。他说:"A.拉耶夫斯基对如下的(即以上所举的——别林斯基)诗句掩口而笑。""一般说来,年轻的作家们是不会描写热情的动作的。他们的主人公永远在颤抖,狂笑,切齿,等等。这一切都是闹剧,都是可笑的。"

  尽管如此,这首诗有很多美丽迷人的地方。莎丽玛和玛丽亚的肖像(尤其是玛丽亚的)异常动人,虽然也显得有年轻的灵感的天真未凿的面貌。本诗最佳的部分是景物的描写——或者,更确切地说,是回教治下的克里姆的生动的描写:直到现在,它还是一幅异常迷人的图画。这幅图画没有《高加索的俘虏》在描写荒蛮雄伟的高加索时所具有的那种崇高的因素,但它却以撩人的温馨华丽的诗句,写出了塔弗利达的美丽景色:我们诗人的配色永远是随着地方而转移的。后宫的图画,那种懒散、悒郁、单调的生活以及孩子般的嬉戏,鞑靼人的歌——直到现在,这一切还是如此生动,如此新鲜,如此魅人! 例如,这是些多么华丽的诗句:

> 在愉快的塔弗利达原野上,
> 夜来了,铺满了它的黑影;
> 远远的,从桂花静穆的浓荫里,
> 我听见了夜莺的歌声。
> 在星群的后面,一轮明月
> 爬上了清朗无云的高空,
> 而把它的倦慵的光
> 流泻在树林、山谷和丘陵。
> 在巴奇萨拉的市街上,
> 像幽灵似的轻捷,飘忽,
> 头戴着白纱,掠来掠去,
> 是一些纯朴的鞑靼主妇,
> 她们挨家访问,好生匆忙,
> 为了消磨夜晚的时光。

那一段关于太监疑心听到蟋蟀的声音的描写和这一幅奇幻美妙的自然图画出色地融合在一起了。诗句的音乐性,子音的柔和——在使读者的听觉充满了美感:

> 但周身的一切又趋于平静:
> 只有淙淙悦耳的泉水
> 从大理石的洞隙不断迸涌,
> 还有那躲在玫瑰花丛的
> 夜莺,正在黑暗里歌唱……

这里,即使是随意割断来看,也无法破坏诗句的美。请再看这一幅东方大自然的令人赏心悦目的华丽图画吧,它是多么富于情致,多么富于真实的抒情诗呵:

> 呵,富丽的东方之夜,
> 你幽暗的景色多么撩人!
> 你的时光流得多么甜蜜,
> 对于先知穆罕默德的子民!
> 他们有温柔的家室,
> 他们的庭园多么美丽,
> 幽静的是无忧的内廷
> 承受着月光的沐浴:
> 一切都神秘而又安闲,
> 一切充满着美妙的灵感!

《巴奇萨拉的喷泉》除了充满这种难以言说的甜美和华丽的诗情而外,还有一种轻淡晶莹的哀愁,一种诗意的沉思,这一切都为透明而馥郁的、奇异的东方之夜,为基列宫中神秘的喷泉的传说所激起的想象传染给诗人了。诗人以深挚的感情描写着喷泉:

> 上面有铭文,风雨的吹打
> 还没有剥去石碑的字迹。
> 在这异国文字的花纹下,
> 在大理石中,泉水在呜咽,

>它淅淅沥沥地向下垂落，
>像清凉的泪珠，从不间断；
>像慈母怀念战死的男儿，
>在凄凉的日子忍不住悲伤。

从此一直到尾，是本诗最优美，最富于音乐性的一组结束的诗行；它好像总结了本诗以前的一切，把读者在阅读全诗后应该遗留在心灵里的感应有力地集中起来了；在这里既有诗的富丽的色彩，又有仿佛是为"泪泉"的不断的呜咽所引起的轻淡、晶莹、甜美的哀愁，使诗人在炽热的想象中仿佛看到了一个女郎飘忽掠过的神秘的身影。……最后的二十行诗句的和谐的音节实在令人心荡神怡。……

整个说来，《巴奇萨拉的喷泉》是青年诗人的富丽而有诗意的想象的结果；无论是它的缺点或优点，都带有这种青春的痕迹。无论如何，它不失为一小朵美丽馥郁的花。你尽可以把它和任何年轻的作品一样看待，任凭意兴所至，毫无奢求地欣赏着，因为在这种诗里，精力蓬勃代替了思想的谨严和周详，而以豪爽的笔触涂出来的华丽的色彩代替了紧密精确的规划。……

五、别林斯基论努林伯爵

摘自《亚历山大·普希金的作品》第七章

《努林伯爵》是以高度艺术手腕写出的一篇诗的特写，表现了对于我们社会生活某方面的轻松的讽刺。德米特里耶夫的故事诗《时髦的妻子》曾经风行一时，似乎可以使作者永垂不朽的样子。那篇故事诗的确是美丽的，就是现在读起来还能给人以快感。然而，在我们这时代，"永垂不朽"却不是很容易的事；《努林伯爵》比《时髦的妻子》不知要优越多少倍，但尽管如此，普希金却不能依赖它而永垂不朽的。《努林伯爵》不过是诗人桂冠上的一片叶子。诗人在努林伯爵的身上，以无可比拟的技巧刻画了上流社会的许多常见的微末的人物之一。娜泰丽亚·巴洛芙娜是新时代的年轻的地主主妇的典型。她在新式学堂里念过书；虽然居住乡间，在时尚上却不肯居人之后;对于家务一概不懂;读着言情小说,而对于丈夫——草原上的大熊和猎犬一样的人物——则觉得语言无味,感到厌倦。这篇故事充满了俄国大自然的风味,写出了俄国一般乡村的枯索无味的生活。只有普希金才能如此轻松地刻画出一幅鲜明而又异常忠实于现实的图画。(请参阅本诗起头的八十五行,至"绕过山后,微弱得不再听见"为止。——译者。)……这里是带有佛兰明斯画派风味的一系列图画,每一幅都不弱于我们的油画鉴赏家所异常推崇的佛兰明斯的油画。然而佛兰明斯画派的主要特长在哪里呢?是不是因为它能够把平凡的现实从诗的观点刻绘出来?从这个意义上说,努林伯爵简直是一整组最精彩的佛兰明斯的油画。假如我们说过:普希金不会以《努林伯爵》而永垂不朽的,这并不是因为我们把这首诗当作只是诙谐而机智的轻松的作品来看:不是的。这只是说,普希金有许多比《努林伯爵》更伟大的作品来支持他的不朽。这篇短小的叙事诗如果在别的诗人,可能是使他成名的主要作品,但对于普希金来说,它不过是附加的装饰;如果普希金没有它,也不会使人觉察或感到惋惜的。

我们不能不赞赏诗人在描绘俄国生活的异常典型的特征时所使用的那种轻松的笔致。例如,在描绘娜泰丽亚的女仆巴娜莎的肖像时,他这样写着:

> ……这个女仆
> 是她的一切计谋的心腹。
> 她能缝,能洗,传递信件,
> 她会讨索破旧的衣服,
> 有时候和主人戏谑玩笑,
> 有时候向主人大声喊叫,
> 对于主妇则谎话连篇。

多么酷肖!所有服侍由学堂出身的新式主妇的俄国女仆可不全是这样!

我们是否要提出:这诗充满了俏皮,机智,诙谐,典雅,轻微的讽刺,高尚的调子和对现实的熟悉,并且是表现在最完整的诗句中?普希金的手笔一直是如此的——《努林伯爵》不过是他的最成功的作品之一罢了。

　　这首诗初次发表于一八二八年的《北国之花》上，一八二九年单独印行。那时候,所有学究式的批评家都为这首诗激怒起来了。它的主要的罪状据说是内容的琐碎。从这些批评家看来,诗必须描写像是洛蒙诺索夫的《颂诗》和《彼特利亚德》,彼得洛夫①的《颂诗》或赫拉斯珂夫②的笨重的诗里所表现的那样重要的题材。我们愚顽不化的批评界连想都没有想过,像那些夸张的,故作庄严的诗篇,就是把它们全都加在一起,也配不上《努林伯爵》的一页！以后,又有人指出《努林伯爵》的滔天大罪是故事及其讲述的语句的有伤大雅,好像这触犯了上流社会的礼貌了。可叹的批评界！它竟学会了少女的礼仪,从客厅里拾起了文雅：那么,《努林伯爵》自然是极端触犯了它的循规蹈矩的感觉了,这又何足为怪？可叹的批评界！直到今天,它还在一心一意信赖着自己对上流社会的知识,肆意攻击《死魂灵》,说它越出了文雅的规格——而上流社会呢,毫不感激;直到如今,连这个可叹的批评界的存在与否都不想去知道,依旧以读《努林伯爵》的那种非常的兴趣来读着《死魂灵》,并没有在这两部作品中的任何一部中,看到与我们的批评界所谓的"大雅"和"礼仪"有什么抵触的地方。

六、别林斯基论塔济特③

摘自《亚历山大·普希金的作品》第十一章

　　……普希金的晚期诗作中又有一篇是描写高加索和那些山民的。然而,在《高加索的俘虏》和《加鲁伯》④之间有怎样大的差别呵！这两篇诗仿佛竟是两个诗人在不同的世纪中写出来的！普希金在《阿尔兹鲁姆游记》中讲过他亲眼看见了山民的葬礼。这使我们有理由猜想：诗人在一八二九年从阿尔兹鲁姆旅行中所获得的印象

---

① 彼得洛夫（1760—1793）,俄国诗人,克拉姆金的好友。
② 赫拉斯珂夫（1733—1807）,俄国诗人,著有《露西亚德史诗》等。
③ 这篇诗在别林斯基的论文中被唤作《加鲁伯》,实即指《塔济特》,原因见"题注"。
④ 指《塔济特》。

是收集在这首诗里面,而这首诗是在一八二九年以后写成的。如果它和《高加索的俘虏》仅仅隔了十年——这是多么伟大的进程呵!普希金若是再活十年的话,他会给我们写出怎样的作品!……

《加鲁伯》的深刻的人文思想是表现在异常真实而又诗意的形象中。车奇尼亚族的一个老头儿埋葬了一个儿子,别人给他送来了被寄养的另外一个。但这第二个儿子代替不了他的哥哥,辜负了父亲的希望。年轻的塔济特没有受教育,不熟悉其他方式的社会生活和思想,却仅仅受着天性中本能的支配,和自己的种族及所来自的社会的本质不相融和。他不能把战斗理解为一种职业或是一种诗的生活,也不能把复仇理解为一种责任或是一种快感。

> 但是,塔济特仍旧保存
> 以前的野性,在自家的
> 茅舍里,他却像是外人。
> 他沉默着,整天在深山中,
> 独自游荡,就像捉来的小鹿
> 总是爱去荒野和森林。
> ……(以下十六行略)

实际上,他究竟是个什么呢——是诗人,艺术家?是献身于学识的,或仅仅是一个深刻内省的人,生性爱好和平的劳动、悠闲的幸福,以及对四周的人们只求发挥一种和平而善意的影响?谁能知道呢,假如连他自己都不清楚的话?让他去到文明的社会里露面吧,——尽管让他在工作和斗争中跌进上千个错误,但他还是会意识到和找到自己的意义,而且献身于它的。然而,他却是生在这样一些种族中,这些种族野蛮、愚昧、有宗法的家长制度,并且过着抢劫的生活。他和他们没有一点共同之处——他没有一个安身立命的地方,他被弃绝了,被诅咒了;他的亲人成了他的仇敌……塔济特的父亲无论就身体或灵魂说都是一个车奇尼亚人,他不理解而且憎恨一切非车奇尼亚族的社会生活方式;对于他,只有车奇尼亚人的道德才是神圣的、绝对正确的。因此,只有当他看出儿子是一个真诚的车奇尼亚人的时候,他才会爱他。在对待儿子的关系上他和车奇尼亚族的社会完全一致,他是从民族的利益出发的。父子之间,也就说社会与个人之间的悲剧的冲突不能不迅速地展开。塔济特有一次在山中漫游的时候碰到运货的亚美尼亚商人——他不抢劫,不杀人,也不用套索把他拖到家里去。又有一次他碰到逃跑的奴隶——也任他去了。

....

"滚开吧——你不是我的儿子,
你不是车奇尼亚人——你是老太婆,
你是亚美尼亚人,胆小的奴才!"
......(下略)

这里,是社会借父亲的口在讲话。这类车奇尼亚人的史实在文明社会中也发生过:意大利的伽利略因为不能同意车奇尼亚式的对于天体的概念,几乎被活活地烧死。然而,伽利略的情况是一个人的知识超越了自己的社会。万一他是被烧死的话,至少死前他会有一种慰安,就是,那些愚昧的刽子手们不会把他的思想也烧绝的……但这里呢,是一个人的天性和本民族有所不同,而且他还没有意识到这一点——这是怎样一种难于令人忍受的悲剧情况!……在人群里孤单单的一个,他的亲人变成了他的仇人;他很愿意和人们接近,但又是畏惧地、像突然遇到蛇一样地与他们躲开……他怪罪、蔑视和诅咒自己,只因为他的意识还不足以为他的自绝于社会作辩解……正是这种东西——社会与个人之间、理性与权威及传统之间、人的优良品质和野蛮的社会之间的永恒的斗争!它就在车奇尼亚人中间出现了!……

《加鲁伯》的最后一些诗句的优美是任何赞誉所难以形容的。这里是对于切尔克斯人性情的生动的描绘和为社会不容的一对情人的动人的图画:

他们显然是奇特的一对,
站在人群里,什么也不看。
悲哀是他们的份儿:他是被逐的
儿子,而她呢——他的情人……
……(以下二十九行略)

呵，可怜的少年说出了一切，但却一点也不懂他自己。他有力、年轻，他很勇敢——但他却同情那逃跑的奴隶，却不能杀死那受伤的、手无寸铁的敌人；他不是一个车奇尼亚人，在他的茅屋里饥饿是会来到的……而且他是被摈弃了的，那个不幸而爱他的女孩子也被摈弃了！他们将有怎样的遭遇呢，我们是无需知道的。他们会毁灭——这是一定的。至于是怎样毁灭了的，那又何必知道呢！……因此，这首诗可以认为是完整的、有首有尾的。它的思想已经很清楚很充分地表现出来了。

七、别林斯基论科隆纳一家人

摘自《亚历山大·普希金的作品》第十一章

《科隆纳一家人》是俄国伟大艺匠的游戏之作。尽管从内容看来它是显然没有什么意义的，但在形式上，这篇滑稽故事却有很大的优点。机智，玩笑，那引人入胜而又轻松的叙述，有些处感情流露的闪光，通篇所渲染的一种特殊的色调以及异常优美的韵文——这一切都呈现为了不起的技艺。当这篇现在说来已经不算新的作品意外地落在你手里，而你的视线不经心地落在某一节或某一行的时候——无论从头还是从中间读起，都是一样的，总之你就会连自己也不知不觉地一直读到结尾，并且读过之后你的心里会有一种轻松而优美的感觉，尽管你这已经是一百遍把它读了又读了。很多人会对这种意见觉得奇怪，然而我们却认为《科隆纳一家人》是一篇卓越的作品，在它的不重要的内容和轻松随便的形式之下隐藏着丰富的艺术。这篇诗作证实了一个简单的真理，就是：只要艺术是忠实地再现了生活，我们对这生活便永远具有高度的兴趣，而另一方面，只在艺术作品中追寻情节的效果的人们，他们是既不懂生活，也不懂艺术的。文学作品和绘画一样，有它自己的色调的渲染；如果说绘画把这种渲染重视到这种地步，有时候甚至使它成为唯一的优点，那么，文学作品中的渲染也该同样被重视。的确，它是最不易为大多数读者所觉察的。读者们经常首先看内容，看思想，忽略了形式，因此常常把平凡的作品看作是伟大的，把伟大作品看成为泛泛的。我们相信，有很多读者非常喜爱《科隆纳一家人》,但仍旧认为它只不过是一篇可喜而微不足道的东西罢了。大多数人永远是这样评判的!

八、别林斯基论青铜骑士

摘自《亚历山大·普希金的作品》第十一章

很多人觉得《青铜骑士》是一篇奇怪的作品,原因是:这篇作品的主题显然没有充分发挥出来。至少,疯癫的欧根在被彼得的骑马的铜像追赶时所感到的恐怖,除了他对铜像迸出的那几个字外,是无法以更多的话来表达的。不然的话,何以他要想象沙皇的怒气冲冲的脸,无声地转向他;何以在他逃奔的时候,他听见:

> 仿佛背后霹雳一声雷鸣,
> 仿佛有匹快马向他追赶,
> 石路上响着清脆的蹄声。……

如果你同意这个说法,即欧根想要对铜像说的话,是不能全在诗里写出来的,那么,这首诗中原来令你觉得模糊不定的思想,就会清楚地呈现出来了。全诗真正的主人公是彼得堡。因此,在一起头,就展开一幅卓越的图画,描写彼得对于建立新的都城的种种思想,并且刻画了今日彼得堡的灿烂的情景。(请参阅本诗起头的四十三行——译者。)这以庄严而雄浑的笔致所写出的诗行,我们不必多举了;但为了研究本诗思想的发展,值得向读者提醒楔子的结尾一段。(请参阅"矗立吧,彼得的城,挺着胸"等以下十一行——译者。)

故事的内容描写一八二四年彼得堡的恐怖的洪水。这次洪水和彼得大帝创建彼得堡城直接有关;俄罗斯在这个城上所付出的高昂的代价自然并不仅只限于这次洪水。诗人一方面把洪水当作历史事件描写出来,一方面又写出在洪水之下牺牲的个人的爱情故事,把这两件事情以高度艺术的手法结合在一起。故事的主人公的名字——欧根——对于诗人有非常亲切的联想;他怀着深切的同情描写着与欧根的家系不相切合的寒微的情况。……普希金描绘洪水的那些诗行,其色调之美,可能是前一代那极力要写史诗《波东》的诗人宁愿尽毕生之力去换取的……你简直不知道：是该惊叹于它的雄浑壮丽呢，还是它的几乎近于散文的质朴和单纯？这两者兼而有之，实在达到了诗的高峰。……洪水退落以后，欧根在巴娜莎原来居住的地方只看到一棵柳树，其余什么全没有了。他受到这种打击，神经错乱了。他在大街上流浪，孩子们追踪着他，马车夫的鞭子抽打着他，而有一次：

> 他到了哪里？眼前又是
> 巨厦的石柱，和一对石狮
> 张牙舞爪，和活的一样，
> 把守在高大的阶台之上。
> 而笔直的，在幽暗的高空，
> 在石栏里面，纹丝不动，
> 正是骑着铜马的巨人，
> 以手挥向无际的远方。

这可怜的人和"骑着铜马的巨人"不断的碰面，以及青铜骑士在他心上所留下的印象——是在这里隐藏着本诗的涵义，是在这里可以找到它的思想的钥匙。……

我们在这首诗里看到了个人痛苦的遭遇，他的痛苦好像是由于这新的都城的地址没有选择好而来的，因此才有这么多的人死于灾难，——我们心里充满了对这小人物的同情，和他一样的几乎要感到迷惑；而突然，我们随着他看到了我们荣誉的英雄的塑像，不由得恭顺地垂下眼睛。——我们感到一阵亵渎神圣的冷战，好像知道犯了重罪似的向前跑去，听见：

> 仿佛背后霹雳一声雷鸣，
> 仿佛有匹快马向他追赶，
> 石路上响着清脆的蹄声。

我们虽然心中惶恐，但却知道，这在高空中纹丝不动的，好像因为珍视这城市才挥出手的青铜骑士，并不是专断，而是明智的意志的化身。我们觉得，在黑暗的破坏和混乱之中，从他的青铜的嘴唇里会发出"要创造！"的声音，而他挥出的手能傲然地使猖狂的自然力俯首就范。……我们从深心里默认公众的利益要凌驾个人之上，虽然同时,我们也不拒绝对个人的痛苦表示同情,……在看到这个伟人骄傲地,坚定不移地站在众人的破坏和死亡之上。好像在具体象征他的创造的不可毁灭性的时候,我们的心里固然不能不战栗,但同时,我们也承认:这个青铜巨人在卫护祖国和民族的命运时,就照顾不了个人的命运;我们承认他所做的一切的历史必然性,而他对我们的高瞻远瞩就足以证明他的一切是对的了……是的,这首诗是对彼得大帝的最大胆、最庄严的礼赞,只有像诗人这样的歌手,那有足够的资格来歌颂俄罗斯的如此伟大的改造者的歌手,才会想得出来的礼赞。……马其顿国王亚历山大曾经羡慕阿其里斯有荷马这样的诗人为他歌颂;在我们俄国人看来,彼得在这方面是无须羡慕任何人了。……普希金没有写过像《彼特利亚德》①那样的史诗,然而他的《四行诗节》("对于光荣和仁慈的期望"),他的《波尔塔瓦》和《彼得大帝的酒宴》里的很多地方,以及这一篇《青铜骑士》,都是最奇异、最伟大的《彼特利亚德》,只有伟大的民族诗人才能写出来的。……我们在读着这些诗时所感到的心灵的颤动,足以证实一般俄国人所赋予诗人的称号:"俄国人的心",这实在是不假的。

我们愿意谈一谈《青铜骑士》的诗句,它的弹性、雄浑和热力。但是这种讨论超出了我们的能力:只是以同样美好的诗句才能表示我们对这些诗行的赞扬,而我们贫乏的散文是无能为力的。……有些地方,例如提到瓦斯托夫的那些诗句,好像还不够工整;自然,如众所周知,这首诗是在诗人逝世以后才印行的。就只从这一方面讲,它也足以称为巨制了。……

九、论青铜骑士　H.波斯彼洛夫等

摘自一九五〇年苏联中学八年级教本《俄国文学》

彼得大帝的形象

普希金在这首诗里描写了两个不同历史阶段中的彼得,两个阶

---

① 《彼特利亚德》是 A.格鲁金切夫的史诗作品。

段相隔有一百年之久:(一)是在伟大的北方战争开始的时候,彼得刚刚取得芬兰海湾的沿岸一带,他想在涅瓦河口建立新的城市,使它成为俄国未来的京城;(二)是一百年以后,在一八二四年十一月间,凶猛的洪水泛滥这个城市的时候。

诗中所描写的主要事件是和洪水有关的小公务员欧根和他的爱人的毁灭。关于彼得堡兴建的故事,在诗中好像只是主要故事的前奏。在楔子里,彼得是作为真实的历史人物写出来的,而在诗的主体中,他则作为神化的偶像而出现,成为骑着快马的铜像。这种以偶像的描写来代替真实的历史人物的描写,对普希金来说,在他的《波尔塔瓦》中已经可以看到了。……这种以描写后人的纪念来刻画历史人物的方法,自然,是便于美化那个人物的。

即使在楔子中,彼得的形象也已完全脱离了他的公私生活的琐碎细节:他站在"寥廓的海波之旁",镇静而庄严地思考着祖国的未来:

> 大自然在这里设好了窗口,
> 我们打开它便通向欧洲。
> 就在海边,我们要站稳脚步。

这就是在第一个历史性的刹那间,充满在彼得脑海中的思想。他没有为幻想和专断所左右;他认出了历史的必然。俄国过去的发展使她必然和欧洲靠近,必然接受欧洲的文化,而大自然的形势,全国的河流系统——这在以前是最重要的交通通道——也指出了她必须打开通向欧洲的窗户的地方。

是俄国的历史和地形左右了彼得的意志和认识的。他肯全心全意地牺牲自己的一切,来执行国家交给他的任务。从普希金看来,这正是彼得伟大和正确的地方。这也说明了他的事业的成功,一则可以见于他之为北国的人民铭记于心这件事,但尤其可以从今日这个城市的迅速发展和繁荣的情况表现出来。这就是为什么在本诗中,写过了彼得的形象以后,还要描绘他的巨制——彼得堡。这也就是为什么这一首诗的故事的叙述,必须伸展到一个人的生命史的范围以外,伸展到很久以前去。在本诗的第二部中,彼得的出现就为他的塑像——青铜骑士所代替了。

一八二四年十一月间彼得堡的洪水以及全城贫困居民的无辜牺牲好像是对于兴建彼得堡的彼得的控诉。

代表这些居民控诉彼得的是本诗的另一个角色——欧根。

欧根的形象

假如说,彼得是非常概括地,夸张地,当作一个历史概念描写出来的,那么,和他相对的这个小公务员欧根,却被具体地,同时是典型地刻画了出来。普希金借着欧根的家系说出了从彼得一世以来一个世纪中的俄国贵族的命运。普希金最初在原稿上写出了欧根的很长的家谱,但以后使它脱离,自成一篇。我们从这个家谱上知道:欧根的祖先在彼得一世时就已经开始衰落了,他们是反对彼得新政的人。……在《青铜骑士》一诗中,关于他的家系只剩下了几行,暗示他出自高贵的门第。……一句话,我们看到的是贵族门第的贫寒的后代。作者描写他的心情说:

> 他想什么呢? 原来在盘算
> 他是多么微贱和贫寒:
> 他必须辛辛苦苦才能期望
> 一个安定的生活,一点荣誉。
> 但愿上帝仁慈,多给他
> 一些金钱和智慧。他想起
> 也有些花天酒地的富翁,
> 那些头脑并不高明的懒虫,
> 他们的生活却多么适意!

我们必须指出:在欧根的这种思索和情绪中,已经埋伏了那导致他的最后结局的因素,就是:他对于自己社会的和经济的地位的不满,因为这地位注定了他要艰苦地工作,并且把他和"花天酒地的富翁"对立了起来。对于富人的不满和敌视发展而为社会的政治的抗议。我们在欧根的身上看到了受教育的市民阶层的典型人物,这一阶层在当时还没有形成一定的社会群,还没有认识自身在解放斗争中的任务。普希金在本诗的一种手稿里,写出了欧根的一段思索,我们可以看出他并没有超越在小康的家庭生活范围以内追求个人的幸福:

> 总会有个办法,安置个家,
> 使它简单,安恬,并不奢华,
> 在那里安置下我的巴娜莎。
> 也许,过那么一年、两载——
> 就会找到差使……

在这种思想里,显而易见,欧根并没有提出任何社会问题,并没有想到改变社会及政治制度,从而改善和他类似的人们的境况。

但无论如何,他和彼得的对照是很明显的。彼得的形象仿佛没有限制在个人的打算以内,他和伟大祖国的辽阔的空间以及历史未来的远景融合一体了。与此相反,欧根的形象完全缩紧在一个小小劳力者的生活圈内。然而当这个"小人物"们的世界成为洪水下的牺牲品时,欧根成长起来了。他从一个只会无益地怨天尤人的个人,变成了一个想找出人世不幸的基本原因的国民;而且,他没有把这基本的原因归之于自然的原始力,而是归之于人,归之于社会生活的制度。在这方面,有一个有趣的对照——如果我们把他和当时的沙皇亚历山大一世比较一下的话:

> ……他出现
> 在凉台上,忧郁,迷惘,
> 他说:"沙皇可不能管辖
> 冥冥中的自然力。"他坐下,
> 他以悲伤的眼睛,沉思地
> 遥望那险恶危殆的灾区。

沙皇在那首先是使贫苦的居民陷于灾难的洪水之前屈服了,他把洪水只看做是"冥冥中的自然力",只想给受难者以慈善性质的援助:

> ……请看他的将军:

> 他们便东西南北,遍及全城,
> 有的走向大街,有的穿过小弄,
> 在波涛里出入,奋不顾身,
> 援救那被洪水吓呆的游魂,
> 那等着淹没在家门的居民。

然而欧根对于洪水的态度就不同了:

> ……然而,这可怜人
> 并没有为自己恐惧。

他所关心的,是"就在巨浪近处,呵天!天!""住着一家母女二人,住着他的巴娜莎"。洪水以全体的死亡威胁着他,他不能与之妥协。这灾祸像是一场噩梦,像是"上天对我们的捉弄",一样地使他迷惑。然而他不仅止于愤怒而已;在痛苦达于极点的时候,他脑中深深刻下了两个影子:一是暴怒的涅瓦河("在他周围再没有别的,只是水,水!"),一是"背对着欧根"的,"超然于河水的旋流急浪"的"骑着铜马的偶像"。

这两个影子留在他的意识中。它们逐渐贯穿起来,在欧根的为爱人的全家死亡所震撼的心灵上起了重大的作用。他对这不可避免的一切发生了一个疑问:这都是谁的过错呢?"内心的风暴使他听不见外界的闹声。""他的脆弱而迷乱的神经却经不住这可怕的打击。"他从日常生活的轨道上震落下来了,心里失去了理智的平衡和清醒,开始过着疯癫的乞丐般的生活。

洪水过了一年以后,欧根又在彼得的铜像前呆住了。

> 欧根不由得战栗。他脑中
> 有些思想可怕的分明。
> 他知道:就在这里,洪水泛滥,
> …………
> 就是这个人,按照他的意志
> 在海岸上建立了一个城……

只是在这时候,欧根的思想突然清楚起来,并且从最刺激他的两个影像做出了结论——他完全清楚了在城市的建设者沙皇的业绩和洪水泛滥之间的因果关系。

得到了这个结论之后,欧根决心要公然向"那统治半个世界的国君"提出愤怒的控诉和抗议了:

> 好呵,建设家,你创造的奇迹!
> 等着我的……

但欧根的残余的力气只允许他说到这里为止。然而,就是说一说反对专制政治的话,也是多么不可能!欧根为疯狂的恐怖所笼罩了:

> 他似乎看见威严的皇帝
> 突然间怒气冲冲,无声地
> 把他的脸转向欧根……

而当他飞快地逃去时,他听见:

> 仿佛背后霹雳一声雷鸣,
> 仿佛有匹快马向他追赶,

就是这样,欧根向专制政体的单独的抗议,以自己的毁灭结束了。

本诗的思想

《青铜骑士》的丰富的思想内容是很难以一句笼统的话包括尽净的。因此,我们不如分述一下这诗的内容的几点。

(一)首先,这首诗的显著的意思在于推崇彼得的改造俄国使之强盛的业绩,在于表示诗人对这事业的充分的同情。照普希金看来,欧根的毁灭,是由于不理解俄国发展的历史规律,并且是和这个规律相违抗的结果。

(二)普希金在描写欧根的毁灭时,是要在他的身上批判个人的、或狭隘的集团的观点,因为欧根是从这个观点去看彼得的改革的。在诗中,为了和欧根的局限的社会观点相对照,诗人在彼得的形象中提出了对于整个国家前途的考虑,借以确保整个国家在一定阶段内的进步。

(三)这种进步必然会伴随着包括欧根在内的无数人的牺牲。普希金在描绘他的痛苦和毁灭时,是把他当作在历史的巨轮下被无情地摧毁的人来看待的。诗人把历史必然的规律以及其对于个人私欲的无情的抑制在青铜骑士的形象里体现了出来。

类型和结构

《青铜骑士》是两种类型的结合:(一)英雄史诗(彼得的形象)和(二)现实主义的小说(欧根的形象)。

本诗在结构上的特点是使无生物也成为事件中的角色,如:彼得的铜像,彼得堡城,涅瓦河。彼得堡城好像是为彼得辩护的,证明了他的远大计划的正确;而涅瓦河,相反,好像反对彼得并给了欧根以抗议的口实。无论是关于彼得堡城或涅瓦河的描写,都是现实主义的典范。

事件是严格地按照时间的顺序叙述着的,这加强了作品的现实主义的格调。

诗句和语言

《青铜骑士》的诗句的特色,是沉着的魄力和简洁。铜像飞跑的一段描写充满了恐怖之感,并且那字音也异常生动地传达出马蹄奔跑的声音。可以说,普希金在这首诗中,在以音达意的方面,臻于技巧的顶点。……(下略)

《青铜骑士》的语言,就风格说,是不一致的,它随着思想的内容而改变。

凡是涉及彼得大帝和俄国命运的地方,语言就持重庄严起来。……反过来,凡是描写日常事物和小公务员的生活的,在口气、用字和句法方面,都变得单纯。……因此,《青铜骑士》的语言,是反映了它的双重类型的。

十、别林斯基论波尔塔瓦

摘自《亚历山大·普希金的作品》第七章

……在《茨冈》发表的两年以后(即一八二九年),普希金又发表了叙事诗《波尔塔瓦》；在这里，诗人强烈地表现了要和过去的创作道路脱离，并坚决走上新的途径的努力。但是，凡是可以见到努力的地方，就还没有成果：因为所谓获得成果，这意味着平和而自如地，因此也是不费力地拥有了它。《波尔塔瓦》有一些犹疑不定，因此，这首诗便有一种雄浑巨大的，但同时又是不和谐、不充分而陌生的一些东西。《波尔塔瓦》充满了新的素质——它表现了人民性；在这首诗里，几乎每一处，单独来看，无论在诗的表现力、内容的充实和灿烂的色彩方面，都超越了普希金以前所写的一切；但是同时，这首诗没有统一，不是一个整体。它的内容是如此博大，仅仅是诗人的勇敢——他敢于猎取这种内容的勇敢，就足以令人赞叹了，更何况，很多地方显示了诗人足以胜任这个题材。然而，在读着《波尔塔瓦》，并赞叹它的雄浑的美的时候，我们仍旧忍不住要问："这究竟是怎样的一篇东西呢？"探究一下这种现象的原因是很值得的：我们这里想就能力所及，详细而公正地解剖一下这个问题。

《波尔塔瓦》的缺点和优点，对于当时的批评家和读者群，是同样地不甚了然的。普希金在《鲁斯兰和柳德米拉》以后所发表的作品中，没有一个是比《波尔塔瓦》更激起人的争论的了。人们冷酷地指责它，毫不顾及伟大的诗人已有的地位。因此，从那时候起，有的批评家对于自己的勇气颇为得意，发现了竟也可以把普希金当作普通写诗的人一样斥责，便利用这个万幸的发现，永远不想放过表现这种足以自豪的勇气的机会。因此，就有许多杂志异口同声地、顽固地而且无礼地责骂《波尔塔瓦》，《努林伯爵》，《鲍里斯·戈都诺夫》，《欧根·奥涅金》的第七章，第三部短诗集，等等。我们都看到这些批评是些什么东西。或者，更确切地说，这些责骂是些什么东西。批评绝不是责骂，责骂并不是批评。但我们还是回到《波尔塔瓦》吧。

《波尔塔瓦》的主要缺点是在于：诗人想要写作一篇史诗。普希金隶属于那扬弃了伪古典主义①传统的文学派别，因此，他嘲笑着"比伊尼略瘦的肺痨的父亲"，并且在《奥涅金》的第一章中戏谑地应

---

① 十八世纪的俄、英、法等国文学，以因袭及模仿古典作品为理想，结果使文学成为学院派的，呆板而陈腐的，因此名为伪古典主义。

许写"一篇二十五章的叙事诗",而且还在第七章的结尾,戏谑地摹拟了古代史诗惯有的调子:

> 达吉亚娜的胜利的俘获
> 我们固然应该祝贺,
> 但是,现在得话归本题,
> 不要忘了我们为谁而歌……
> 说到这儿,让我添上两句:
> "我要歌唱的是年轻的友人,
> 和他那无数怪癖的幻想。
> 噢,缪斯!史诗的女神!
> 请照拂我的艰涩的诗章,
> 请递过你的可靠的拐杖,
> 不要让我迷失了途径。"
> 够了!我总算尽了责任!
> 虽然稍晚,我向古典主义
> 已经用序曲表示了敬意。

然而,这一切并不表示:我们能够很容易从我们所生长的时代的主流摆脱得干干净净。普希金虽然是俄国文学的革新大师,但文学传统并不因此而在他的身上减少作用:只要看他对于古代俄国文学的代表作家无一不表示无条件的佩服,就可以明白了。于是,在《波尔塔瓦》一诗中,他想以新的精神来写史诗。什么是史诗呢?史诗就是某种历史事件的美化(理想化)的表现:这种历史事件必须是由全体人民参加的事件,必须贯穿着人民的宗教的、道德的和政治的生活,并且对于人民的命运有很大的影响。因此,如果这事件不只涉及一个民族,而且涉及整个人类,那么,描写这事件的诗必然就愈加接近史诗的标准。自古希腊城邦衰落,亚历山大学派①兴起以迄十九世纪初叶,这二千余年间的读书人对于史诗的看法都是如此的。为

---

① 亚历山大城自纪元前三〇六年到纪元后六四二年,文学、艺术和科学极为发达;从这里所发展的文学及思想潮流,称为亚历山大学派。

什么对于史诗会有这样的见解呢？因为古希腊人已有了《伊利亚特》和《奥德赛》,——更多的理由是没有的。这理由似乎很可笑,但也是可以理解的,因为凡是对于全世界历史具有意义的民族,对于其他民族的影响永远如此：其他民族在许多事物上,从艺术以至服装的样式,都必然盲从地模仿它。《伊利亚特》对于古希腊人说,是一本《圣经》,在很多方面是他们一切晚近的诗(意即文学——译者)的源泉,不只为有学识的人所诵读,而且为每个以作海伦的后代为荣耀和幸运的希腊人所能背诵的。然则为什么,比如说,罗马人没有这样的诗呢？如果罗马人的政治生涯已度过了历史的中年时代而还没有这样的诗的时候,他们会怎么办呢？很简单：如果人民的灵感和天才没有创造这样一首诗出来,——那么,必然会有著名的诗人来写作它。他只要模仿《伊利亚特》就够了。《伊利亚特》歌唱着希腊史上所传诵的最重大的事件：特洛伊城的攻克。那么,要想得到类似的题材,必须要在自己国家的史籍里搜索一番。好了,这是一些更好的材料——传说罗马王国由于伊尼来到意大利而奠定了基础。在着色和细节上,只要略略更改,也全可以照抄《伊利亚特》和《奥德赛》。例如,荷马是这样开始自己的诗的："缪斯,请你歌唱……"等等,而你只要改为第一人称："我歌唱某某英雄……"就可以了。如果罗马人这样轻而易举地有了史诗,为什么其他的新兴民族不可以同样地创造史诗呢？因此,意大利人有《解放了的耶路撒冷》,英国人有《失乐园》,西班牙人有《阿劳干那》,葡萄牙人有《路西亚兹》,法国人有《亨利亚德》,德国人有《米赛亚德》,我们俄国人则有未完篇的《彼特利亚德》,还有(如果可以当作笑柄来提起的话)那标榜一时、异常沉闷的《露西亚德》和《弗拉基米尔》[①]。这些史诗和作为它们榜样的《伊尼德》一样,是没有按照历史规律产生出来的。《伊尼德》仅仅是

---

① 《解放了的耶路撒冷》的作者是塔索(1544—1595);《失乐园》的作者是密尔顿(1608—1674);《阿劳干那》(Araucana)的作者是阿郎索·德·俄西拉(1533—1595);《路西亚兹》的作者是卡门斯(Camoens),发表于一五七二年;《亨利亚德》的作者是伏尔泰(1694—1778);《米赛亚德》原名为 Der Messias,作者是克罗普斯托克(1724—1803);《露西亚德》和《弗拉基米尔》都是米哈伊罗·赫拉斯克夫(1733—1807)的作品。

《伊利亚特》的模仿；然而，《伊利亚特》固然是荷马由自己的意识创造出来的作品，它也经过了全体希腊人民的"直接的"孕育。我们认为：把《伊利亚特》看做好像是许多民间行吟诗人的集成之作，当然是绝对错误的意见：因为这和全诗的严谨的整体和一贯的艺术性不能相容。但同时，无可置疑地，荷马一定也或多或少采用了别人的材料，从而构成了在希腊生活和希腊艺术上的永恒的碑石。他的艺术天才是过滤一切的熔炉：民间传说的粗糙的矿石和诗的歌曲及断章，都经过这个熔炉化为纯金了。荷马是在所歌唱的事件发生的二百年以后写成了自己的两篇史诗的，而事件的发生早在纪元前一千二百年左右。那还是一个神话时期，就是荷马生活的时代也是史前时期；因此，他的诗里有所谓"儿童的天真"；因此，他所描写的世界尽管怎样神怪离奇，还是承受了现实的烙印的。并且，他在《伊利亚特》之后又写了《奥德赛》，这充分表明了他不能以一部作品说尽人民的所有生活面，因此用《伊利亚特》表现人民的勇敢和英雄性的一面，用《奥德赛》表现他们的智慧。《伊尼德》，反之，是在罗马民族已经由成熟而至衰落的时期，没有人民的参与，并且几乎不受任何诗的传统的协助写成的。像这样的一篇诗和《伊利亚特》有什么共同的地方呢？它不过是一篇陈腐的作品，而又极力装作年轻。更何况罗马人的生活情调是和希腊人不同的。因此，伊尼只能算是一个伪装的罗马英雄。而真正的罗马英雄——自然也不是约里·恺撒，或许倒是格拉其弟兄吧；真正的罗马史诗也许是犹斯丁尼安的法典，它可以比作《彼赛斯特拉德》的集成荷马史诗，前者对于罗马人，和后者之于希腊人，是有同样的功绩的。但尽管如此，《伊尼德》的英雄终于获得了"至圣"（Pius）的称号，它的作者也被称为"贞女"（Virgieius）。这诗篇是在道德沦丧的时代写成的，在那个时代里，整个的民族在堕落，古代的至理名言和罗马人的勇敢都已消失殆尽了，而文学则失去了人民的天才的活力，寄生于麦赛纳德的翼护之下；甚至贺拉斯也以他的铿锵的诗行，歌颂着自私和卑微的情感。至于《伊尼德》，固然，我们不能否认它有许多主要的优点：它有美丽的格律，并且保存了当时正在消失的古代世界的许多宝贵的迹象，但是，这些优点，都不过使它仅仅能够成为古代文学的一个碑石，一个有才能的诗人的作品，而不能使它成为史诗。作为史诗来说,《伊尼德》实在是一篇令人遗憾的作品。同样的评语也可以施予其他类似的尝试。塔索的《解放了的耶路撒冷》是以学院的方式、并迎合学院的口味写成的,而且经过作者的几次损毁。这部作品所歌颂的事件虽然涉及整个的基督教世界,但作者的时代和那事件相距几近五百年,那时的意大利人不仅早已不觉得为了什么信仰(除金钱而外),有和沙拉荪或土耳其人交战的必要,并且连教皇的神圣也不再信仰了。尽管《解放了的耶路撒冷》有铿锵的八行格(甚至人民也广为传诵)和美丽的片段,但这也不能稍减它之为失败的史诗的厄运。《失乐园》除去一些优美的诗的片段而外,也只能看做是幽暗的清教和克伦威尔的动乱时代在文学上的回声而已。作为史诗,它显得太长,畸形发展而且枯索无味。至于《亨利亚德》,它的意义并不在于是史诗,而是在于它向天主教的排除异端提出了抗议:这可见于它以一个精神上的新教徒作为主人公,这个主人公敢于在宗教最狂热的时代坚持做一个合理的、有血有肉的人。《米赛亚德》可以看作是德国人民对劳动的喜爱,他们的坚忍性格和玄想的神秘主义的碑石。这部作品在文学的雕琢方面是下过工夫的,但是过于铺张,呆板而无味。只有但丁的《神曲》近于前列作品所亦步亦趋去模拟的史诗理想。这是因为但丁既不想模拟荷马,也不想模拟维吉尔。他的诗只想表现中古的生活,包括那时代的烦琐哲学和神学以及含有各种矛盾因素的野蛮的生活方式。如果说维吉尔对但丁起着重要的作用,这原因是自然而不可避免的:在中古时代的意大利,维吉尔仍旧被盲目地崇拜着,一般僧人几乎把他认作是天主教的圣徒之一。但丁的诗的形式,和飘忽于其中的精神一样,是自发的、独创的,——作为中古世纪的伟大的碑记来说,也许只有哥特式的大教堂可以和它相比。然而,但丁的《神曲》并没有歌颂任何著名的、对人民的命运有重大影响的历史事件,它甚至没有任何英雄人物。它的人物主要是烦琐哲学和神学式的,这是中古时代最大的特色。因此,以前只能在《伊尼德》式的史诗中看到的东西,也可能出现于别种作品之中了:不必是著名的事件,就是人民或时代精神的描写,也可以使作品和荷马的史诗跻于同一类型中。顺便,我们可以大胆地说,德国人的《伊利亚特》不是克罗普斯托克的无足轻重的《米赛亚德》,而是哥德的《浮士德》。从这一切我们可以总结说:想要以歌颂著名的历史事件来创造史诗,这是人类在美学上的误解;在这样脆弱的基础上不可能建立任何东西。尤其在我们这个时代,在我们历史的生活中,衰亡的过去和新生的事物在斗争着,一切都显得纷繁不定,软弱而无特性,在活动着的仿佛只有个人,而无群体。一般说来,中古时代对于史诗是特别不利的,因为它所极力发展的,是对戏剧有利而对史诗有害的个人和个性的感觉。在史诗里,主人公要自然而然地成为事件本身,使自己的意志从属于事件,而不是和事件相搏斗的个别的人。因此,在新的世纪里有了小说——小说是这个世纪的真正的史诗。它愈是贯穿着和史诗相左的戏剧的因素,它就愈为成功。由于对史诗的错误的概念一再相承,自古即有一种相传的习惯:就是对每个新的世纪都提出史诗的要求,把史诗看做是诗(意指文学——译者)的最高形式和使人的天才发挥到最高度的作品。但尽管如此,这所谓诗的最高形式,无论古今,一直是戏剧,假如我们必须把诗的某种形式定为最高形式的话。

自然,普希金是一个天才的诗人,一个智者,他不会不知道:史诗,就其类型来说,不仅意味着庸俗的《露西亚德》,也意味着机智而华丽的《亨利亚德》,后者不幸有了在它方一出现的时候即已过于陈腐和粗俗的形式。然而,同时,普希金并没有完全否定把史诗放在新的形式里的可能。因而他对于史诗的理想是新古典主义,就是由所谓浪漫主义改造过的古典主义。普希金的艺术才能不容许他在彼得大帝以前的俄国史中去寻找史诗的材料;因此,他注意到了俄国最伟大的革新的朝代,采用了这一朝代的最重大的事件——波尔塔瓦战役,这一战役的胜利保证了彼得大帝所有的劳苦和业绩的胜利,换句话说,保证了他的改革的胜利。但是在普希金的这首分为三章的诗里,彼得大帝只在最后一章(第三章)中出现,其他两章的篇幅全在叙述马赛蒲对玛丽亚的爱情以及他和她的亲族的关系。因此,波尔塔瓦战役好像只在马赛蒲的爱情故事中形成一个插曲和终结;这显然贬低了这类主题的崇高性,连带使这首史诗也解体了!而何况,这首诗既名为《波尔塔瓦》,就应该以波尔塔瓦战争为其思想和人物,因为诗篇的题名是很重要的,它一向不是以体现作品思想的主要人物的名字标明出来,就是把思想本身直接标明出来。这是普希金的第一点错误,并且是重大的错误!然而,也许有人反驳我们说:普希金并没有想写史诗,他这篇诗的主人公并不是波尔塔瓦战役,而是马赛蒲。像这样的反驳更可以得到如下事实的支持,就是:在当时,有这种传说,并且有人写过,说普希金最初把这首诗题名为《马赛蒲》,但是为了某种原因,在付印时,又改名为《波尔塔瓦》了。我们姑且认为事实确系如此,然而就是从这个事实的观点来看,《波尔塔瓦》,就整体而言,也是一个错误的构成。诗人想通过这个触及政治阴谋、并由政治阴谋引起波尔塔瓦战争的爱情故事表现什么思想呢?难道这思想是:诱惑青春的纯真是不正当的,尤其对于一个老年人?难道整个诗篇的思想都寓于那一段描写着马赛蒲和瑞典国王逃出波尔塔瓦战场,途经高楚贝的寂寥的庄园时在内心所引起的过分夸张的思潮中?这种思想,自然是好的、道德的,但未免太属于个人范围,谈不到一点历史意义。难道仅仅为了这种思想,就值得去描写波尔塔瓦战争和彼得大帝吗?我们觉得不然!自然,马赛蒲对高楚贝的女儿玛丽亚的爱情,从愤愤不平的高楚贝以后去密告马赛蒲一事来看,是有历史的意义的;但是从整个波尔塔瓦战争来看,这个爱情故事只不过是一个插曲,一个史实的细节——而波尔塔瓦战争本身,不但可以没有马赛蒲的爱情,就是整个不提马赛蒲,也具有足够重大的意义了。诗人的主要思想如果是马赛蒲的爱情,他应该在诗中把波尔塔瓦战事表现为一个插曲,其重要性仅只在马赛蒲个人的身上,而把彼得的巨大的形象侧面提过去。这里应该说到的,或许仅是那个热爱着玛丽亚的哥萨克的戏剧性的死,那个替高楚贝向彼得告密,在波尔塔瓦战争期间疯狂地冲向马赛蒲,并且,在受到渥那罗斯基致命的一枪以后,口中还在默念着玛丽亚的名字的哥萨克的死……不然的话,整个波尔塔瓦战役这个插曲就必然像它现在这样,妨害了全篇——它成为诗中之诗,和马赛蒲的爱情故事完全没有关系。而这清楚地表示了:普希金想要在任何题材中去把握那可以创造类似史诗的机缘。波尔塔瓦战争既然很容易随着马赛蒲的爱情故事而来,并且是如此诱人的一个机会,诗人自然不肯放过这个实现自己的梦想的机会了。但是,就在这个创造史诗的梦想里,包含了使《波尔塔瓦》一诗根基脆弱的原因;因为即使是从波尔塔瓦战争这事件上,也不可能写出什么史诗来。这战役整个是一个人的思考和业绩;人民固然也参与了,但那只是作为大帝手中的工具;对于彼得的认识和评价,只有等待后人,而这后人的评价直到喀萨邻二世时才刚刚开始。一般说来,从彼得大帝的一生,天才的诗人可能写出很多出戏来,但绝对写不出一首史诗。彼得大帝是一个太有个性、有特性的人物,因此,对于任何样的史诗来说,是太富于戏剧性了。此外,史诗的人物,以半历史性半神话性的最为适宜;他们最好处于遥远的年代,因此,就易于把他们生活中所有重大的事情集中表现在诗的几个瞬息间。假如在这个历史人物和我们之间,既没有长远的年代,也没有不同的生活境况的隔阂,那么,在他的生活中,必然会有很多不合乎豪壮与夸大的平凡的细节,为诗人无法避开。

因此,普希金的《波尔塔瓦》不能成为史诗,理由是:在我们这时代,史诗是不可能的;也不能成为拜伦式的浪漫主义的叙事诗,理由是:诗人想把它和不可能的史诗溶合起来。于是,《波尔塔瓦》成了一首没有主人公的诗。我们已经指出:既然全诗的绝大部分是在描写马赛蒲的爱情故事,说彼得大帝是这诗的主人公是可笑的;然而马赛蒲呢,也不能算是《波尔塔瓦》的主角。拜伦于其充满魄力与雄伟的名为《马赛蒲》①的一诗中,并没有把马赛蒲这个人物依照历史的真实描写着;然而,他的描写却忠于诗的真实,因而他的马赛蒲成为诗的巨人,使我们看见了英国诗人的深邃灵魂所创造的许多巨人之一……然而,普希金比拜伦更清楚马赛蒲这个历史人物,想要忠于史实,——于是铸成了大错。因为,请看吧,按照诗人自己所说的话,这是怎样的一种主人公呢?

> 他不惜使用各种手段,
> 善恶不分,伤害他的仇人;
> 没有任何怨隙他能忘记,
> 只要他一息尚存;
> 没有人知道傲慢的老贼

---

① 拜伦的《马赛蒲》一诗发表于一八一九年。

> 在罪恶的渊薮里陷入多深。
> 实则他没沾到一点圣灵,
> 实则他的心里没有歉疚,
> 实则他什么也不喜爱:
> 只爱血像水似的流;
> 自由——他弃若尘土,
> 他对祖国没有丝毫爱护。

只要不是具有喜剧精神的任何诗篇,它的主人公必须在读者之中唤起强烈的同情感,哪怕这个主人公是个恶棍,他也必须以他的意志力,以他的险恶的灵魂的气魄撼动读者。然而,我们在马赛蒲身上只能看见阴谋家的卑鄙,他随着阴谋的失败而逐渐衰老。普希金感到了这一点,想给这首诗以及马赛蒲的行动找出一个坚强的基础,因此便给马赛蒲以复仇的情绪,使他为了个人的怨隙而诅咒彼得。我们可以从波尔塔瓦战事前夕马赛蒲和奥立克的对话中知道这一点:

> 不,已经晚了。俄罗斯的沙皇
> 绝不能和我善罢甘休。
> 很久以前,我的命运
> 便已经注定。
> ……(下略)

这篇故事的艺术的优美是用不着多说的。其中可以明显地看到大师的匠心。一切都传出那一时代的神韵,一切都忠于历史。然而,尽管故事本身基于历史的传记,它却一点也没有解释出马赛蒲的性格,也没有使全诗的情节获得统一。诗人可以把这篇诗构筑在肆无忌惮的复仇的热情上;如果是这样,那么,复仇便应该是所有人物的行动的重心,便应该自成一个整体。这样的复仇应该不择手段,不畏艰巨,并且不为失败的恐惧而动摇。但是,马赛蒲在这件事上却过于谨慎了。要是他知道叛变不会成功的话,他会退避的;如果在波尔塔瓦战争的前夕,他能预见战争的结果,他或许再一次装作无辜,欺骗彼得,或甚至转到彼得的一方。然而,叛变使他怀着成功的希望;即使这希望仅只是从瑞典国王的手中得到名为独立实则臣服的地位,但无论如何,他是可以戴上王冠了。这能算是复仇吗?不,复仇只有一个目标——自己的仇人。他情愿和仇人一起投入深渊,情愿以自己生命的代价换取仇人的生命。马赛蒲所说的"已经晚了,俄罗斯的沙皇绝不能和我善罢甘休"一段话,只能解释为绝望后的夸口。彼得绝不是肯把马赛蒲尊重为自己的敌人的人,并且,即使是为了皇室的稳固,也绝不肯和他妥协。在他眼中,马赛蒲只不过是个叛乱的臣子,是个叛贼。不幸,马赛蒲以其精细多智的本性,不会不见到这一点。但是,假若普希金是将诗篇的通盘计划构筑在马赛蒲的复仇一点上,为什么,除了分散注意而外,他要提到马赛蒲的爱情故事呢?……但也许,诗人的思想在于表现马赛蒲和玛丽亚相互的爱情?老人和少女的热烈相爱——这是非常有诗意的思想,并且,我们应该说,普希金很会以伟大的画师的笔触去描绘它。当时有几个批评家,认为这种爱情是不可能的、不自然的,曾经强烈地反对它;但是,他们的攻讦不但不值得反驳,甚至不值得注意。这些先生们忘了莎士比亚——这个在人心和情感的知识上比他们有更高的权威的诗人——的《奥赛罗》①。但莎士比亚把这种爱情当作事实一样表现出来,并没有探究它的法则,因为道德的问题一旦混入,就必然减弱戏剧的热情了。与此相反,我们的诗人把这个现象的可能性与其是否自然的问题作了分析。但必须声明,在这一点上,他是真正莎士比亚式地把诗的明灯带到问题的幽暗的核心,给了它以明确的解答,这是只有伟大的诗人才能做到的:

>   少年的心只燃烧一下
>   随即熄灭。爱情寄寓其中
>   忽隐忽现,飘忽不定,
>   他的感情是那么变幻无常。
>   但老人的心为岁月磨练,
>   却和顽石一样坚强,
>   不那样轻浮,不那样顺从,
>   它的火焰也不那样短暂,

---

① 在莎剧《奥赛罗》中,少女苔丝狄蒙娜甘愿嫁给中年以上的军人奥赛罗。

而是迟缓，持久，让心
在情火里逐渐烧红：
生命的余烬再也不会变冷，
除非把生命连根除尽。

以后，我们看到，玛丽亚对马赛蒲的爱情得到更详细、更深入的铺叙和说明，它所使用的纯熟的技巧使读者不由不叹为观止。但是，马赛蒲对玛丽亚的爱情，和诗篇的整个情调一样，我们却无法看到，因为爱情并没有使他在任何时候动摇过他的阴谋。玛丽亚的失踪虽然使马赛蒲异常不安，但这对于故事的发展和进程并没有一些影响。我们感觉，马赛蒲在途经高楚贝的田庄以及此后遇见疯癫的玛丽亚时所感到的不安，对于诗人说来，似乎是过于夸张的手法。也许，我们所以有这种感觉，因为在读过了波尔塔瓦战役及其结果以后，爱情的兴趣不由得减低了。这里又可见到诗人的重要错误：即他想把浪漫主义的情节和史诗联系起来。这就是为什么《波尔塔瓦》不能给读者一个统一的、完整的、完全满意的印象。这种效果，是为任何深思的、周密布置的诗篇所不可少的。

但《波尔塔瓦》的局部的美是惊人的。如果说《茨冈》在思想和布局方面都远超过诗人以前的所有作品，那么，《波尔塔瓦》除了在布局上不如《茨冈》而外，在表现的完美方面则远超过了它。在普希金的创作过程中，他的诗艺第一次在《波尔塔瓦》里获得了完全的发展，第一次完全成为普希金式的。当时有些批评家们，并非毫无理由地对两三个不正确的短尾形容词吹毛求疵，这容易令人突然想到以前的"诗的自由"一派。例如，他用 Тризну Тайну 而非 Тризну Тайную；还有几个新创的字，例如，在"他本该是正经的朋友和教父"一句中，用了 Должный 这个字。我们还可以找出他们未曾发现的一些毛病，例如，有些不适当的古斯拉夫文字——Младой, Благостыни, главы, 特别是，有两处显然不确切的表现：一是在马赛蒲不满高楚贝的独白中，不知为什么把高楚贝叫做 Вольнодумеч（不信教的人）；又一处是在奥立克的激怒的（一般说来，也是全诗中最平淡无味的）对话中，他劝告高楚贝在回答讯问时要 питаться мыслию суровой。① 所有的毛病不过如此了。可是,除此而外,《波尔塔瓦》的诗行是多么完美呵! 由于《波尔塔瓦》的出现,俄国读者第一次在巨大的诗篇里读到了使用祖国语言的、如此完美的诗行:

> 高楚贝显赫而又富豪,
> 他的牧场一望无边;
> 他的马儿成群结队,
> 随地吃草,不用看管。
> ……(以下三十四行略)

　　谈到《波尔塔瓦》局部的美,真不知道从哪里说起是好,因为它是这么多。几乎这诗的随便哪一处,分别来看,都是高度的艺术技巧的典范。我们不想一一举出这些地方,只想指出几处。那个热爱玛丽亚的哥萨克虽然是只为了效果才出现的多余的人物,但是关于他的描写(从"在波尔塔瓦,许多哥萨克"一行起,至"并且迅速地垂下眼睛"止)是一幅多么精练的图画。再往下面,由"是谁趁着星光和月光"以迄"告发督军这个奸细"这一段,简直可以受任何赞扬而无愧:它又是民歌,又是艺术的创造。高楚贝在暗室中等待死刑,他和奥立克的对话(除去奥立克的部分)——这一切都是以如此广阔、有力,而又安详、稳定的笔触描绘出来,使读者有茫然之感:不知是该赞叹这个恐怖情景的愁惨呢,还是它的迷人的美。谁能不怀着极大的喜悦读着如下的诗行,心中感到又甜美,又悒郁:

> 静谧,安详,是乌克兰的夜。
> 透明的天空,繁星在闪耀。
> 大气凝止,像不愿意搅醒
> 自己的睡意。银白色的
> 杨树的叶子轻轻颤动。
> 从白拉雅教堂的高空
> 月亮悄悄地洒下幽光,

---

① 原文意为"要充满严峻的思想",别林斯基大约是对此处的形容词表示不满。译者译为"要把思想放得庄重"。

> 照着督军的富丽的花园
> 和城堡的古老的围墙。
> 四野都异常寂寥,安憩;
> 但古堡里却在低语和动荡。
> 高楚贝,身上带着枷锁,
> 独自坐在碉楼的窗前,
> 他沉郁不言,满怀心事,
> 黯然地望着窗外的天。
>
> 明天就是刑期。然而他
> ……(以下二十六行略)

高楚贝对奥立克关于宝库的追问的回答,就连《波尔塔瓦》的坚决的毁谤者也置以赞誉,因此,我们这里可以略而不谈了。刑吏在拷打着高楚贝,这时候,马赛蒲正坐在受难者的安睡的女儿的脚旁,沉思着:

> 啊,我知道:只要有谁
> 命中注定了动荡地生活,
> 就应该独自面向着风波,
> 不要把妻子一同连累。
> 在一辆车上,怎能教马
> 和胆小的牡鹿并驾齐驱?
> 我没有留意,没有觉察:
> 我竟给了她愚蠢的献礼……

在受到良心谴责的极度郁闷中,恶棍走到花园去,为的是可以冷静一下自己过分澎湃的情绪。小俄罗斯夏夜的迷人的灿烂,在马赛蒲内心的幽暗和痛苦的对照下,更显出一种异常奇幻的美:

> 静谧,安详,是乌克兰的夜。
> 透明的天空。繁星在闪耀。
> 大气凝止,像不愿意搅醒
> 自己的睡意。银白色的

杨树的叶子轻轻颤动。
可是,在马赛蒲的心上
却有着阴郁的奇异的幻景:
夜星是无数控诉的眼睛
好像在讥笑,朝他探望。
白杨树密密地站列一排,
它们的头轻轻摇摆,
像是法官在私语商议。
夏天的夜:温暖,幽暗,
有如地牢一样的窒息。

突然,一声微弱的呼喊……
他仿佛听见模糊的呻吟
从古堡传来。是不是幻梦,
夜枭的哭泣,还是蛇的哀鸣,
拷打的叫喊,还是别的声音——
但是,老人已经如此激动,
他再也不能克制自己。
听着这种漫长的呼号,
别的声音浮上了记忆:
扎别拉,哈马列,和他自己,
还有他……这个高楚贝,
他们一起在战火里驰驱,
而他以狂暴的欢乐的呼号
曾把战场的一切压倒。

　　你要问:像这样崇高的艺术的造诣,应该怎样去赞美呢?实在的,赞美比责骂要困难得多!要想有足够的资格来做这种诗行的批评家,他本人必须是个诗人——并且还必须是怎样的诗人!因此,我们意识到自己的能力的薄弱;我们只能平淡乏味地说:如果这场表现马赛蒲内心忏悔的情景对于多疑的富于理性的读者显得近于夸张的表演(理由是:毒恶成性的马赛蒲如果为了他所宰割的牺牲品的一滴血而战栗,这是和青年人受到美人青睐而脸红一样的丢面子的),那么,至少,贯穿于这段诗行的描写技巧足以令人倾倒。高楚贝的妻子和她女儿相会的一幕,由于玛丽亚所表现的一切,也极为精彩。刚刚由睡梦中惊醒的她,几乎猜出了母亲突然莅临的可怕的含义,但同时又不敢这样想,因而问道:"父亲怎么了?什么刑期?"这问题,以及母亲的反诘和感叹的回答,都多么富于戏剧性!高楚贝和伊斯克拉受刑的一幕,一方面既有单纯和安详的美,一方面又可怕地忠于现实:如果诗人不是以他的创作的灵感给这幅图画涂上优美的色泽,它会在读者的心灵上引起不可忍受的窒息的感觉。那个在刑台上快活地来回徜徉的刽子手,渴望着牺牲品的来临,而且还一会儿用洁白的手舞弄着沉重的斧头,一会儿和快活的观众说说笑笑,——还有那些漠然的、在死刑执行以后回家去的民众,谈着他们个人小小的长年的忧虑:这一切蕴含着多么深刻而真实的思想,但同时又是多么沉重而郁闷!

但是,由诗人的充盈的手所随处散播的这些美,和第三章的美比较起来,又算得了什么!毫不足异:这第三章所要表现的情调原就是雄伟和壮丽……在这里,我们看见了彼得和波尔塔瓦战争……诗人以娴熟的笔致刻画着马赛蒲内心沸腾的毒恶的思索;他的佯装的病,他从垂危的病榻突然一跃而至争霸的舞台;彼得的愤怒,他有力而迅速地镇压了小俄罗斯的措施。……诗人对卡尔十二的致辞是多么优美:

> 啊,你热爱战功的君王
> 竟抛下了皇冠,戴上军帽
> 你的末日也不远了,你就会
> 远远望着波尔塔瓦的城堡。

波尔塔瓦战役以广阔豪迈的笔锋描绘了出来;这是一幅异常活跃生动的图画:画家甚至可以照它和照真景一样地写生出来。在这涂满了火热的颜色的图画中,彼得的出现,用普希金自己的话来说,使读者感到直如寒流彻骨,毛骨悚然,使他有一种印象,好像他在望着圣礼的举行,好像是光彩夺目的天神,驾着雷和电闪朝他走来……

这时候,有如天神的旨令,
　　传出了彼得洪亮的声音:
　　"上帝保佑,一齐努力!"
　　一群亲信围着他,从帐幕里
　　彼得走出来。他的眼睛
　　烁烁地闪光。他的面孔
　　令人生畏,他的步履矫健。
　　他的神采奕奕,好似雷电。
　　……(以下二十八行略)

　　请想一下吧,一个伟大的天才的创造者,多少年来他的心里都在萦绕着改造全民族的梦想,在他那沙皇的额际不知流过多少辛劳的汗——请想他在这千钧一发的时候,在他开始看到他的多年劳绩,他和自然,和形势所做的艰巨的斗争就要获得决定性的胜利的时候,——请想一下,如果你有足够的想像力的话,他那焕发着胜利的光辉的面容——那么,你就会看到普希金在诗行中所描绘的这一幅生动的图画了……是的,在这里,绘画值得和诗一较短长,伟大的画家值得把普希金的生动的诗行转到画面上,转为生动的颜色,借以决定绘画是否能采用诗所善于表达的题材。这个绘画上的问题并不在于创新,而是在于把同一个对象从诗的语言上灵活地转化到绘画的语言上,借以比较两种艺术的媒介和效能。让我们附加一句吧:在这里,画家绝对占不了便宜——他必得应付一群人众,一些细节,然后再应付彼得的面容——这是一切绘画的最大的难题……波尔塔瓦战役并不只是以交战双方的实力的强大、以斗志的坚决和流血的数量为特色的一场战争;不是的,它是决定全民族的生存、决定整个国家的未来命运的战争,它是现实对于彼得的雄图——这是如此巨大的雄图,可能连彼得自己,在他受到打击而感到幻灭的时候,以及几乎他所有的大臣都感到是不能实现的——考验。因此,在每个士兵的脸上,都应该不自觉地表现出这个思想,即:一件伟大的事业已经完成了,而他就是其中的执行人之一。……

　　但是,这幅巨制并不就此完成:这不过是主要的部分。在另外一端,诗人还指出了另一部分,这部分虽然较小,但若没有它,这幅图画

就不能完整:

>而另一方,在勇武的
>蓝色的队伍之前,
>受伤的卡尔为亲信的仆从
>担架着,露出苍白的脸:
>他忍着伤痛,动也不动。
>英雄和勇将跟在他后边。
>他像在静静的沉思中,
>不安的眼神流露了
>内心的兴奋和激动。
>好像使他心绪不宁的
>正是这久已期待的战争……
>突然,他把手微微扬起:
>三军立刻向俄营进攻。

在战事的细节中,值得注意的是那描写衰老无力的巴烈,因嫉视仇人马赛蒲而感到激动的一幕。然而另一个插曲,叙述着热爱玛丽亚的哥萨克之死的那一个插曲,尽管有优美的格律,它出现的地方却不恰当,并且是过分夸张的。我们已经说过,原来要把这个哥萨克写进诗中的意思,是为了高楚贝可以遣人向彼得去送密告,借以扩大这件事的戏剧性的效果;诗人为了这个效果歪曲了史实:因为这个密告不是由哥萨克送去的,而是假手于年老的僧人尼珈诺尔。

战争一幕,画中有画,使伟大的画家也只好自叹不及了:

>彼得在欢宴。他的目光
>明亮,骄傲,流露着光荣。
>他的皇家筵席美味而丰盛。
>士兵的欢呼在外面轰响。
>在自己的帐幕里,他邀请
>手下的功臣,对方的将领;
>他款待着著名的战俘,
>对着战场上的老师

>他举起酒杯为他们祝福。

现在,我们应该谈到诗篇的另一部分——这是由玛丽亚对马赛蒲的爱情所组成的——极端优美的细节。这一部分好像是可以自成一体的诗中之诗。

普希金在马赛蒲和玛丽亚的爱情史实上,只采用了老人和少女彼此相爱这一点;在细节上,甚至对高楚贝的女儿的描述,都没有按照事实。因此,他是依据自己的理想把事实改造过了——高楚贝的女儿完全被理想化起来,甚至她的名字也由玛特隆娜变为玛丽亚。当玛特隆娜私奔到老督军的居所时,他因为害怕人说他诱惑了她,把她重又送归家中,而母亲则把女儿痛加鞭打。自然,这使得可怜的少女的热情更为坚强了。马赛蒲是爱她的,向她不断写着热情的信,但是关于怎样处置这件事却始终犹疑不决:他忽而恳求秘密地会晤,忽而劝告她进入寺院。

但无论如何,普希金诗中的马赛蒲和玛丽亚的关系是以历史为基础、为本质的,并且合乎诗的真实。普希金之能采用这种材料,也表现了他是一个真正伟大的诗人;虽然,他把这种关系照自己的意思理想化了。

>不仅是婴儿面庞的柔毛,
>不仅是青年棕色鬈发,
>有时候,老人严肃的容貌,
>额前的皱纹,银白的头发,
>也可以构成热情的幻梦
>交织于美人的玄想之中。

这样的现象固然不多,但也是现实中可能的。在人的精神法则中包含着它的起因。人们因为它稀见而感觉诧异,但不能说它就是反人性的。普通的妇女都把丈夫看做是她的卫护者;在嫁出的时候,她自觉地或不自觉地做了一档交易,即是以她的美貌或动人换取了刚健和力量。以此类推,如果有些特别富于热情的女子,迷于个性刚强的、有权有势的男子,这种迷恋的程度竟使她不顾年龄的差别,这也是极为自然的事情了。在这种女子的眼中,白发苍苍成了一种美;

而且,老人的脾气愈是暴躁,她愈觉得以自己的美貌和爱情的力量来和缓他的脾气是一种快乐和荣耀。老人的丑陋在她的眼中也是美的。这就是为什么胆怯而温和的苔丝狄蒙娜如此一心一意地要嫁给那个老战士、粗暴的摩尔人——伟大的奥赛罗。对于普希金的玛丽亚来说,这种情感更易于解释:因为玛丽亚尽管在意识上率直而不成熟,她却赋有骄傲、顽强而坚决的个性。配得上和她甘苦相共的,应该不是像马赛蒲这样的恶棍,而是一个真正的英雄。这样,无论他们在年龄上的差别怎样大,他们的结合就会是最自然、最智慧的举动。玛丽亚的错误是在于:她从深心里情愿不惜招致任何恶果而达到自己的目的;她以为她是发现了伟大的灵魂,她把无耻的行为看为英雄式的勇敢。这个错误可以说是她的不幸,但不是她的罪过。这个错误正表示了她是一个伟大的女人。有了这样的认识以后,她的爱情便是可以理解的了。我们于是明白——

> 为什么她是这样任性
> 想从家庭的禁锢逃开;
> 为什么她忧郁,叹息,
> 对于求婚少年的殷勤
> 总是傲慢地不睬不理;
> ……(以下十三行略)

诗人在刻画这个少女的热烈奔放的爱情时所使用的灿烂富丽的色彩,令人无法充分表达内心的惊羡。在这里,诗人普希金达到了只有第一流艺术家才能达到的高峰。他以艺术家的慧眼深刻地透视了一个伟大女人的内心的秘密;他让我们看到她的卧室,为了使外貌的刻画成为内心的描绘,从现实的事实显示一般的规律,从现象显示思想……

> 啊,玛丽亚!可怜的玛丽亚!
> 契尔卡斯的鲜艳的花!
> 你还不知道,在你怀里
> 爱抚着一条怎样的毒蛇。
> 是什么不可解的魔力

>使你这样一心一意
>迷于一颗冷酷、污浊的心?
>是为谁你牺牲了自己?
>……(以下二十八行略)

在这样伟大的天性里,爱情只能是专断的热情,在对象的选择上,不容许有任何比较甚至任何犹疑;然而,它也并不妨碍其他伦理的感情。因此,爱情的幸福并没有从玛丽亚的心上骗走对父母的悒郁的关切。

>她毫不惋惜恬静的过去,
>只有忧郁,像一朵乌云
>有时候飘过她的心灵:
>她想象郁郁不欢的
>父亲和母亲站在她跟前,
>她泪眼模糊,仿佛看见
>他们无后的老境的孤零,
>又似乎听到他们的怨声……

也许有人要说,事实并不如此,因为玛特隆娜是恨着父母的,并且立誓要永远"一心一意爱着马赛蒲,以示抗拒她的仇人。"但是,据说,玛特隆娜的父母曾经鞭打过她……显然,这也就是普希金为什么要根据诗的真实,决定不用这种"事实"的缘故……

玛丽亚的品格,在她向马赛蒲解释心意的一幕中,可以说是达到了最高的境界:这一幕是以真正莎士比亚的笔触描绘出来的。马赛蒲为着要消释玛丽亚的嫉妒和猜疑,不得不把胆大妄为的阴谋告诉她;而她立刻把一切都忘怀了,什么疑虑和不安都没有了。并且,她信任他,相信他不是在骗她:她相信,他的希望也不会落空……这个在幽居中长大的,注定了和现实生活隔绝的女人——以她的见地,她怎能知道这种举动的危险及其可忧的后果!她只知道一件事,她只相信一件事,就是:她所爱的人是这么威武有力,他不可能不获得他所意愿的一切。在她爱人白发上的皇冠的闪耀已经迷乱了她的眼睛,于是她以天真的信心欢呼着,充满了强烈的贤惠的爱情,但却缺

乏生活的知识。(参阅原诗第二章——译者)

你可以详细地研究这一幕,体会每个细节,衡量每个字:(玛丽亚的回答:"我!爱不爱你?")这是怎样的深奥,怎样的真实,并且怎样的单纯!——她之不断地规避回答,是因为在她心里早已有了决定,并且对她是非常可怕的决定——谁对她更为珍贵:是父亲还是丈夫,她要牺牲两个人之中的哪一个借以搭救其他一个,以及以后看到爱人的怒气所给的坚决的回答……这一切是多么戏剧性,多么淋漓尽致地刻画了一个女人的心!

玛丽亚疯癫的出现,作为鞭笞马赛蒲的良心,尤其是作为补充她自己的画像来看,是不适于全诗的情调的,甚至令人有闹剧之感。她的疯话的最后一段充满了悲剧的恐怖,同时也有深刻的心理的因素:

> 我们快回家吧……天已幽暗。
> 啊呀,真是,我的心头
> 七上八下,过于烦乱:
> 我竟把你这个老头
> 看做别人。走开吧,让我安静。
> 你在嘲笑我,你的眼睛
> 多么可怕。你丑,他美丽:
> 他的眼里流露着爱情,
> 他的话有多少柔情、蜜意!
> 他的胡须比雪还白净,
> 可是你的啊,挂着血迹!……

普希金在这首诗里不只以其神笔刻画了一个女人,而且在他所塑造的女像中,没有一个人有比玛丽亚更好的品格的了。那个过于被颂扬的、崇拜一切而且还在崇拜更多事物的达吉亚娜——那个混合着乡村的幻想癖和城市的智慧的达吉亚娜,和她相形之下算得了什么呢!

但《波尔塔瓦》并非仅以玛丽亚的形象而成为普希金的最优秀的作品之一。这篇诗没有思想和布局的统一,因此,就整体而言,是有缺陷的、薄弱的;然而就局部而论,这是一篇伟大的作品。它包括使它不能成为整体的几首诗。它的内容是如此的丰富,以致不能尽括于一篇作品中:是这种丰富的重量把它压裂了。它的第三章可以自成为史诗体的一篇东西。但是,只从它的材料却不能写出一篇史诗:即使诗人把它尽量铺展开来,它也只能成为一系列优美的图画,而不是一首史诗。诗人感到了这一点,想把它和戏剧性的爱情的故事联系起来,但这种联系也只能是外在的而已。这种散碎性在结语中完全显露出来了:诗人始而讲到那一时代的骄狂有力的人们,讲到彼得大帝,以后又讲到卡尔十二,马赛蒲,高楚贝,伊斯克拉,而终于玛丽亚……尽管如此,《波尔塔瓦》是普希金向前迈进的伟大的一步。它好像是一幢建筑物,给人以不平凡的印象;它没有任何主宰的、使别的部分都和它趋于一致的原则。但每个各别的部分都是至高的艺术作品。在《波尔塔瓦》以前,我们的诗人还没有采用过这样珍贵的材料来组织自己的作品,还没有以更高的艺术的完整修饰过它。在这篇诗里,他的诗行是多么单纯,多么有力! 在内容和语言的色彩之间,是多么灵活地密切相关! 在叙述语调、用语的精神和表现的曲折方面,它给了我们一些新颖的、独创的、纯俄国的风味。……

十一、苏联教科书《俄国文学史》摘要

在波斯彼洛夫等人所著的苏联中学第八年级教科书《俄国文学史》(1950版)二五二——二六一页上,关于普希金的《波尔塔瓦》有详细的分析和论述。兹将其中可为前文(别林斯基)补充的几点,摘要译出,以供阅读本诗的参考。

关于本诗所叙述的故事和史实之间的差别

……从以上所列举的历史材料可以看出:普希金只是在琐碎的细节上和史实稍有出入,这些细节是:

(一)玛丽亚发疯的插曲是诗人臆造的。

(二)还有那个热爱玛丽亚、替高楚贝传送密告的青年哥萨克的形象,也是诗人虚构的。

(三)在普希金的诗里,关于高楚贝和他的同谋伊斯克拉,有和

史实不符的地方,此即:严刑审问他们的人是奥立克,而不是如史实所载的沙菲洛夫和哥罗夫金等人。

(四)在说明马赛蒲叛变的动机时,过分夸张了他对彼得大帝的私仇,因而低贬了马赛蒲在社会政治上以及荣誉上所引用的借口。

本诗的结构

本诗内容的特征在于情节的戏剧性,在于人物之间的极度紧张的斗争。这斗争发自狭隘的个人的,甚至是私人情感上的因素,但很快就转变成尖刻的政治冲突,再发展而为辉煌的历史场面的戏剧。波尔塔瓦战役是这个斗争的最高的决定性的环节,因此本诗即以其名名之。普希金把这场战役作为前景,并且在本诗的序言中解释它的意义说:"波尔塔瓦战争是彼得大帝执政期间最重要、最足以庆幸的一件事。这战争使他得以摆脱危险的敌人,使俄罗斯的政权在南方巩固下来,确保了它在北方新获得领土,并且向全国证明了沙皇所推行的新政的必要和成功。"

《波尔塔瓦》的戏剧性的情节共分几个步骤:

(一)第一步是马赛蒲和高楚贝两人之间由于玛丽亚而发生的斗争。马赛蒲违反玛丽亚父母的意志而占有了她;高楚贝则在政治方面报复,向沙皇呈奏了对马赛蒲的密告。

(二)第二步是玛丽亚和马赛蒲之间的斗争关系。玛丽亚埋怨马赛蒲对她的冷淡和隐秘:"你整天和一群老人做伴:宴饮,游乐——把我忘记。"甚至嫉妒他和杜利斯基伯爵夫人之间的关系。为了缓和玛丽亚,马赛蒲便将自己的政治阴谋等一切秘密告诉了她,并且透露了斗争的危险性。玛丽亚和马赛蒲之间的误解因此消除。

(三)本诗的戏剧性斗争的第三步是:高楚贝的受刑以及马赛蒲和彼得之间的决定性的分裂的展开。从这时起,这斗争具有明显的政治性,并且使新的人物——卡尔十二和彼得大帝登场了,原有的人物(高楚贝和玛丽亚)则退出场面。

(四)波尔塔瓦战争的场面成了这斗争的戏剧性发展的顶点,并且好像宣告了对于所有参与人物的历史的判决。在结语中,诗人不过是把以后一百多年的历史发展予以证实的判决,简洁地叙述出来而已。

波尔塔瓦战争在历史上的重要意义以及它的英雄人物彼得大帝的伟大,使这事件和本诗其他的戏剧性插曲不能谐调。因此,本诗的情节缺乏统一和完整。别林斯基认为:《波尔塔瓦》不能像任何深度集中和周密布局的诗一样在读者心中唤起一种统一的、完整的、异常满足的印象。……

本诗的思想

在这首诗里,普希金把在社会意义上和道德水准上迥然不同的人物汇合在一起。彼得无论在行为的高贵动机方面,或在任务的伟大方面,或在其划时代的工作所产生的实际而丰富的成果方面,都超出了作品的其他人物。

> 只有在北国,人民的心
> 还记着战争和历史的命运,
> 只有你,波尔塔瓦的英雄,
> 还留下伟大的铭记,受人崇敬。

彼得以波尔塔瓦的胜利为新政奠定了稳固的基础。他的历史业绩毫无疑问是在这里。这也就是《波尔塔瓦》一诗的中心思想。

别林斯基认为普希金的"艺术手腕"在于他能把"俄国历史上最伟大的时代"中"最伟大的事件"作为这首诗的主题。……

久赫里别克尔在读完这首诗以后,从碉堡里写信给普希金说:"我对你不仅像平常一样地表示友爱,而且,你的《波尔塔瓦》还使我对你起了无限的敬意。"这个十二月党人和别林斯基一样,体会到了本诗的思想的涵义。他认为,在尼古拉一世力图阻挠进步的时候,《波尔塔瓦》描写了彼得的划时代的、具有巨大的进步意义的胜利,这是非常适时的。普希金正是以彼得的形象的描绘去争取十二月党人所争取的目标:俄国的开明。

马赛蒲的行为基于个人的虚荣心,因而他成为祖国的叛徒。在本诗结语中,他充分得到这种行为的后果:

> 马赛蒲早已为人忘记,
> 只有年年的宗教大会
> 直到如今,举行隆重的祀礼,
> 还在高声诅咒他的恶名。

卡尔尽管有显著的勇敢和过人的精力,但他的一生也毫无成果可言:

> 只有残破的亭台遗迹
> 和长满青苔的三层石级,
> 虽然已深深陷入地下,
> 还在诉说瑞典王的事迹。

在后人的心中,深刻的同情和敬意萦绕着两个无辜的受难者——高楚贝和伊斯克拉的名字:

> 一座肃穆高耸的教堂,
> 荫蔽着古朴庄严的英坟。
> 在吉甘卡,友人种了一列树,
> 古老的橡树每年都盛开,
> 那花朵像是对后人申诉
> 他们祖先身受的灾害。

最后,诗中提到乌克兰的盲目歌者以玛丽亚的故事告诫哥萨克的青年们。

由此看来,普希金在总结人物的命运时,他的整个情感都向往于那全心全力为当时的进步理想而奋斗的人,以及那为祖国的福利牺牲了自己,但却在这种牺牲中看到了至高的幸福、体现了人的品格和生命的崇高的意义的人。因此,我们可以说,《波尔塔瓦》一诗的中心思想是爱国主义的热情,是对祖国的崇拜。

民歌形式的采用

显然,这篇作品既是基于对祖国的崇拜和对人民力量的歌颂,它的风格也会随着呈现民间诗歌的影响。例如,描写玛丽亚的美貌的一段(见"她鲜艳得像春天的花朵"等十二行)并没有绘出个体化的肖像,而是以民间歌曲的风格,描绘出一个概括的、理想化的民间美女的形象。还有那个热爱玛丽亚的哥萨克青年携带高楚贝的密告骑马夜奔的一段,也是以民间诗歌的形式和色泽描写出来的。我们可以随便举出四行为例:

> 飞快的差人需要金元,
> 年轻人喜欢玩耍宝剑,
> 骏马也是他的嗜好——
> 但是帽子却更为重要。

青年和骏马的形象,以及许多形容词如:чистое поле(干净的田野)①, степь необозримая(一望无边的草原), Буйная голова(暴躁的头)——这一切都是民间诗歌的特点。高楚贝对奥立克所做的关于三件财宝的回答也显然受了民歌的影响:它的风格充满了民歌的精神。否定的比喻是民歌的一个突出的特征,普希金在本诗中也使用到它了:

> 羚羊听见巨鹰的翱翔
> 也不曾这样向岩下躲避,
> 少女在廊前独自徘徊,
> 战栗着,等待一句应许。

和否定的比喻密切相关的还有否定的或肯定的"陪衬"(параллелизм);诗人可以靠它异常生动地烘托出事物的特征。这样的"陪衬"如:

> ……高楚贝所以豪富、骄矜,
> 不是因为美鬘的马队;
> 也不是克里姆牧人的贡金,
> 或祖先的庄园,使他心醉。
> 年迈的高楚贝有个女儿,

---

① 这里,译者为紧缩字数,仅译为旷野。

> 他骄傲的是这女儿的美。

这里,高楚贝为有女儿而感到骄傲的一事,是以比喻的方法生动地描绘出来的。

普希金还常常使用一种民歌技巧,就是把同一个观念重复三次,例如:

(一)高楚贝的富有,借描述他的牧场、马队和庄园表现出来。

(二)在玛丽亚私奔的描述中,有三个细节:渔夫在夜晚听到的是"马的驰奔,哥萨克的答话,女人的低语。"

(三)在哥萨克青年携带密告夜奔的一段中讲到:他"既不在旷野和森林,也不在危险的河滨"歇脚。

(四)高楚贝在受刑以前说起三件财宝。

普希金似乎感到了:以《波尔塔瓦》这样富于色彩和戏剧性的情节而言,它应该出之以民歌的形式。他在本诗的结尾指出了这一点:

> ……偶尔有时候
> 乌克兰的盲目的歌手
> 在村落里,向一群乡民
> 还弹唱着督军的歌曲,
> 而顺便,也许把罪过的少女
> 向着哥萨克姑娘提一提。

艺术形式的特征

在《波尔塔瓦》这首诗里,普希金把诗的三种类型——抒情诗,史诗,戏剧——都结合在一起了,而以史诗为主体。史诗类描述的重要部分为:高楚贝的财富及其女儿的美貌,马赛蒲诱拐玛丽亚,波尔塔瓦战争前夕乌克兰的政治情况,波尔塔瓦战争及其后果。但作者并没有保持史诗类叙述的一贯冷静的口吻。

众所周知,普希金是怀着异常兴奋的心情写作《波尔塔瓦》的,他神往于这题材:"强烈的个性,深刻的悲剧的阴影笼罩着这恐怖的一切",他为其中深刻的抒情诗的因素所激动着。这自然影响了叙述的语调,以致史诗式的叙述时常迸发为抒情诗式的感慨。最明显的一例为：

  啊，玛丽亚！可怜的玛丽亚！
  契尔卡斯的鲜艳的花！
  你还不知道，在你怀里
  爱抚着一条怎样的毒蛇。

  在这首戏剧性的叙事诗中，有很多情景在诗人脑中如此栩栩如生地呈现着，他便以戏剧的形式表现出来，好像使它也可以在戏台上演出一样。

后　记

　　良铮同志所译的《普希金叙事诗选集》在四川人民出版社热情支持下出版了,它表明这些叙事诗深受广大读者的欢迎和爱戴,我们全家表示衷心的感谢。
　　这本选集包括五十年代上海平民出版社出版的《波尔塔瓦》《青铜骑士》《高加索的俘虏》(1954)和《加百利颂》(1955)四本诗集。良铮同志和我排除了种种困难,一九五三年从美国回到了解放后的新中国。祖国的欣欣向荣,政府对知识分子的深切关怀和鼓励,激发着良铮同志以饱满的热情投入工作,他在短短的一年多的时间里就完成了上述四本叙事诗的译著。上海新文艺出版社于一九五八年又重印了这四本诗集,还出版了《普希金抒情诗集》,《普希金抒情诗集二集》(1957)和《欧根·奥涅金》(1957)。良铮同志还翻译出版了英国诗人的作品《拜伦抒情诗选》(1957),《雪莱抒情诗选》(1958)和《济慈诗选》(1958)等。
　　由于横加的罪名,良铮同志一九五八年遭到打击,但他并没有灰心,除了八小时工作外,一直坚持译诗。"文革"期间的揪斗,抄家,去农村劳改也没有动摇他的意愿,他还是一如既往,勤勤恳恳地埋头于译诗。在那人妖颠倒的年月里,他明知译诗没有出版的可能,但他在重读鲁迅杂文集《热风》时曾摘写到:"有一分热,发一分光,就令萤火一般,也可以在黑暗里发一点光,不必等候炬火。"他坚信真理,坚信人民不会长久被愚弄。在此期间,他修改和增译了《普希金抒情诗》上、下集(江苏人民出版社,1982),《拜伦诗选》(上海译文出版社,1982),拜伦长诗《唐璜》(人民文学出版社,1980)和普希金的《欧根·奥涅金》(四川人民出版社,1983)。《雪莱抒情诗选》已由人民文学出版社于一九八二年再版。他还翻译了奥登、艾略特等人的诗作,也将出版。

"四人帮"打倒后,他的工作热情更加高涨了,正当他准备为人民多做贡献的时候,他的生命(一九七七年二月二十六日突发性心脏病)被剥夺了。他没有能够修改所有的译诗,这是一件憾事。我感到欣慰的是良铮同志生前的译诗都已出版,或再版,或即将出版。

良铮同志安息吧,人民是永远不会忘记你的!

周与良
一九八四年四月七日于天津